Les Filles de Caleb

DU MÊME AUTEUR

Aussi vrai qu'il y a du soleil derrière les nuages, essai biographique, Libre Expression, 1982.

Les Filles de Caleb, roman, tome 1 : *Le Chant du coq*, Québec/Amérique, 1985 ; édition revue et corrigée, avec des illustrations de Gilles Archambault, Libre Expression, 1995 ; nouvelle édition, Libre Expression, 2003 ; tome 2 : *Le Cri de l'oie blanche*, Québec/Amérique, 1986 ; édition revue et corrigée, avec des illustrations de Gilles Archambault, Libre Expression, 1997 ; nouvelle édition, Libre Expression, 2003.

Ces enfants d'ailleurs, roman, tome 1 : *Même les oiseaux se sont tus*, Libre Expression, 1992 ; collection Zénith, Libre Expression, 2003 ; tome 2 : *L'Envol des tourterelles*, Libre Expression, 1994 ; collection Zénith, Libre Expression, 2003.

J'aurais voulu vous dire William, roman, Libre Expression, 1998.

Tout là-bas, roman, Libre Expression, 2003.

Arlette Cousture

Les Filles de Caleb

Tome 3

L'abandon de la mésange

Libre Expression
QUEBECOR MEDIA

Catalogage avant publication de la Bibliothèque nationale du Canada

Cousture, Arlette

Les Filles de Caleb

Volumes 1 et 2 publ. à l'origine dans la coll. : Collection 2 continents.
Série Best-sellers.

Éd. originale des v. 1 et 2 : Montréal : Québec/Amérique, c1985-c1986.

Sommaire : t. 1. Le chant du coq. – t. 2. Le cri de l'oie blanche. – t. 3.
L'abandon de la mésange.

ISBN 2-7648-0109-2 (v. 1)
ISBN 2-7648-0110-6 (v. 2)
ISBN 2-7648-0098-3 (v. 3)

I. Titre. II. Titre : Le chant du coq. III. Titre : Le cri de l'oie blanche.
IV. Titre : L'abandon de la mésange.

PS8555.O829F54 2003   C843'.54   C2003-941675-5
PS9555.O829F54 2003

Illustration de la couverture
GILLES ARCHAMBAULT

Photographie de l'auteur
© PANNETON-VALCOURT

Conception de la couverture
FRANCE LAFOND

Infographie et mise en pages
COMPOSITION MONIKA, QUÉBEC

Libre Expression remercient le gouvernement canadien
(Programme d'aide au développement de l'industrie de l'édition),
le Conseil des Arts du Canada et la Société de développement
des entreprises culturelles du soutien accordé à
ses activités d'édition dans le cadre de leurs programmes
de subventions globales aux éditeurs.

Éditions Libre Expression
division de Éditions Quebecor Media inc.
7, chemin Bates,
Outremont (Québec) H2V 4V7

Dépôt légal :
4ᵉ trimestre 2003
ISBN : 2-7648-0098-3

REMERCIEMENTS

Encore une fois, merci à ceux qui ont cru en
Les Filles de Caleb.

Merci

à DANIEL LAROUCHE, mon amour,

à l'équipe des Éditions LIBRE EXPRESSION, plus
particulièrement, à Johanne Guay, Carole Levert,
Louis Royer, Évelyne Mailhot, Hélène Noël, France
Lafond, Gilles Archambault, Jean Baril et Annie
Ouellet,

à André Bastien, André Bolduc, Johanne Bougault,
Johanne Dufour, Raynald Donais, Susanne Durand
de Cardenas, Marie-France Laferrière, Lyse René,
Alain Riffon,

à tous les lecteurs des *Filles de Caleb* qui les ont sui-
vies depuis 1985 et aux nouveaux lecteurs qui les
découvrent.

Je dédie ce livre aux filles de ma petite famille, mes sœurs, Lyse Couture et Michelle Couture, ma fille, Marilou Michon, mes nièces, Katia Nelson et Marika Nelson, mes petites-nièces, Sandrine Nelson-Doucet et Mïa Quiroz-Nelson.

PROLOGUE
ÉTÉ 1956

Blanche, comme tous les matins, avait bu un café bien chaud avec Clovis. Tous les matins aussi, elle était sa femme, son amoureuse, et ils prenaient le temps de se dire du regard leur bonheur. Puis Blanche enfilait son tablier de mère et allait réveiller les enfants, Élise et Micheline. Ce matin-là, Clovis la bouscula un peu, trop heureux d'aller conduire à la campagne leur citadine d'aînée, âgée de seize ans. Il souhaitait qu'elle y apprenne la touffeur de la terre, le parfum des fleurs sauvages, et qu'elle y respire l'odeur forte du bétail sans se pincer le nez. Le seul animal avec lequel Élise avait été en contact jusque-là, hormis les chiens, les chats, les oiseaux et les lapins de Pâques, était le cheval du laitier, qui, chaque matin, mâchouillait immanquablement la haie des voisins. En découvrant la campagne, Élise comprendrait peut-être le bonheur qu'avaient eu ses parents, près de vingt ans auparavant, à fouler les terres sauvages d'Abitibi pour les apprivoiser. Des terres hors du temps, à prendre, à faire boire et à gratter, à labourer et à débarrasser de leurs parasites. L'idée de ces vacances avait tant excité Élise que lui et Blanche avaient presque craint qu'elle n'eût davantage envie de quitter le giron familial pour quelques semaines que de se mettre les mains dans la terre.

Blanche et Micheline les accompagnèrent jusqu'à l'arrêt d'autobus de Park Avenue et, depuis le trottoir, les escortèrent lorsqu'ils se dirigèrent vers l'arrière du véhicule en ne cessant de faire au revoir de la main. Le conducteur ferma la porte et l'autobus se remit en marche pendant que le père et la fille saluaient la mère et la sœur par

11

la fenêtre. Élise se retourna pour les regarder disparaître. La jupe verte de Micheline et la robe bleu pâle de coton *égyptien*, comme le précisait sa mère, s'estompèrent rapidement. Élise regarda donc défiler les arbres du mont Royal, en muselant l'inquiétude qu'elle ressentait à l'idée de quitter sa famille — sauf sa sœur, qui leur imposait une détestable crise d'adolescence qu'elle ne pouvait plus supporter — et l'angoisse qui la torturait à la pensée d'habiter chez des étrangers.

Clovis et Élise se rendirent à la gare Centrale du Canadian National Railway, que tout le monde appelait les Chemins de fer nationaux, et tous les employés saluèrent son père, qui avait un bon mot pour chacun même s'il leur était supérieur dans la hiérarchie.

— Alors, l'héritier?

— Une héritière...

— Belle comme sa mère, j'espère...

Élise ne savait cacher son malaise. Son père la présentait à tous, aux porteurs comme aux préposés à la consigne, aux *red caps* comme à ce jeune homme, pas tellement plus âgé qu'elle, qui était assis au guichet informations, appelé par tout le monde « la lumière verte », et dont la casquette trop grande ne tenait en place que grâce à ses oreilles.

— Ma grande fille, Élise.

Élise leva les yeux au plafond tandis que le jeune homme rougissait et bafouillait quelque chose qui pouvait ressembler à un bonjour. Elle esquissa un sourire, fit un signe de la main et trotta derrière son père qui marchait d'un pas léger malgré sa valise. Un porteur s'empara de celle-ci sans rien demander, la posa sur son chariot et s'apprêta à les suivre. Clovis attendit sa fille.

— Élise, je te présente M. Philippe. Son fils, Wilson, étudie à l'université McGill. En anglais.

— Il a terminé ses études de médecine cette année, monsieur Lauzé. Et il sera sur le même train que nous. Il a un emploi d'été pour payer sa résidence.

— Tes pourboires ont-ils réussi à payer ses études?

M. Philippe éclata de son rire enroué, venu du milieu de son ventre et qui lui secouait les épaules avant de retentir.

— Mes pourboires, son travail, puis le Prêt d'honneur.

— T'es rendu à combien d'enfants, Joachim? Sept?

— Neuf. Ma femme vient de me donner des jumelles.

— Des jumelles! Neuf? T'as décidé de te faire une équipe de base-ball?

Élise avait souri et elle s'enquit si elles étaient identiques. Devant l'aveu de M. Philippe, qui avait peine, disait-il, à les différencier, elle sourit de nouveau.

— Moi aussi, un jour, j'aurai des jumelles.

— Parce que tu penses que ça se décide comme ça?

— Je ne le pense pas, papa, je le sais.

— Ta fille est peut-être une sorcière, monsieur Lauzé. Je vais demander à mon Wilson de l'examiner.

— Qu'est-ce qu'il y a de mal à être une sorcière?

Les pères se signèrent, la suppliant de s'éloigner d'eux, puis ils se moquèrent gentiment, lui faisant remarquer qu'elle avait de trop belles dents et un joli nez sans verrue. Élise se dirigea vers l'escalier en portant fièrement son sac de paille en bandoulière.

* * *

Le train s'immobilisa en pleine campagne. Clovis regarda l'heure et fronça les sourcils, puis il rassura Élise en vantant les mérites des aiguilleurs, qui avaient peut-être fait arrêter leur train pour laisser passer un convoi de fret. Mais aucun autre train n'arriva et ils étaient tous là à transpirer comme des bagnards. Clovis, en bon cheminot, calcula le temps d'arrêt et le retard qu'il entraînerait. Il allait partir à la recherche du contrôleur lorsque celui-ci vint annoncer aux passagers qu'il y avait un problème de freins et qu'on attendait le dépannage. Clovis grimaça.

— C'est grave, papa?

— Non, pas grave... Long.

Élise refusa de jouer aux cartes et reprit sa lecture de *Bonheur d'occasion*, au grand plaisir de son Manitobain de père, qui disparut derrière le contrôleur. Le temps passa sans qu'Élise s'en aperçoive, trop absorbée dans sa lecture. Le train eut un soubresaut et Élise, levant la tête, regarda à l'extérieur. Elle posa aussitôt le livre et rejoignit un groupe de passagers sortis prendre l'air et se dégourdir les jambes. Certains se promenaient calmement en attendant que le wagon soit réparé tandis que d'autres houspillaient le contrôleur.

— Ma femme accouche en ce moment même! Pensez-vous que je vais être arrivé avant la première communion du bébé?

— Ça ne donne rien de me crier des bêtises.

— Ça soulage, parce que moi, c'est ma vieille mère qui se meurt! Je voudrais quand même lui ouvrir la porte du paradis!

— Il faut être patient.

Élise, en les écoutant parler, cherchait son père du regard. Elle vit alors qu'une section du train avait disparu, ce qui expliquait probablement le soubresaut, puis elle entendit quelqu'un crier que l'autre moitié du train devrait revenir dans moins de deux heures. Reconnaissant la voix de son père, elle alla le trouver. Il était là, au bout du train, le torse nu, le front et les mains noirs de graisse, les cheveux en bataille, l'air heureux.

— Qu'est-ce que tu fais là, papa?

— On a réussi à décrocher les wagons.

— C'est vrai que c'est un beau gros jouet. As-tu vu tes pantalons? C'est maman qui sera pas contente!

Le père et la fille haussèrent tous deux les épaules en échangeant un sourire complice. Il lui demanda alors si elle préférait pique-niquer ou manger à l'intérieur. Elle savait que son père préférait de beaucoup l'extérieur au wagon-restaurant, aussi se dirigea-t-elle d'un pas léger vers le seul arbre qui jetait un peu d'ombre dans le paysage et que les vaches avaient apparemment repéré avant eux. Ils n'y trouvèrent qu'un seul petit espace sans bouse et ils n'en bougèrent plus. Un employé courut vers eux en portant un plateau et Clovis lui offrit un pourboire aussi généreux que son sourire.

Père et fille mangèrent en parlant de la ferme où allait Élise, qui répétait la même litanie:

— Traire les vaches, ramasser les œufs, désherber le jardin, cueillir ce qui est mûr...

— À ce temps-ci, ça devrait être les fraises, quelques laitues, les radis peut-être...

— Puis aider Mme Vanderchose avec les tâches de la maison.

— Vandersmissen. Apprends-le. C'est une famille belge.

Élise se tut, respira à plein nez la bouse de vache en se disant : « C'est pas si mal », puis écouta son père lui raconter l'arrivée des Vandersmissen, qu'il avait accompagnés à leur ferme après en avoir choisi l'emplacement avec un agronome. Élise appréhendait quand même le moment où elle ferait leur connaissance, beaucoup à cause de sa timidité, mais davantage parce qu'elle savait si peu de choses de la Belgique — seulement le nom de la capitale et du roi — et qu'elle craignait que son ignorance n'entache la réputation de son père.

Celui-ci lui rappela qu'il avait un très bon emploi qui le conduisait fréquemment à la campagne, où il aurait aimé vivre ; à proximité de Montréal, certes, mais y vivre tout de même. Il reparla de ces voyages qu'il faisait régulièrement dans plusieurs pays pour expliquer le Canada afin d'y attirer des gens.

— Même en travaillant fort pour la patrie et en recommençant à faire des familles de quinze ou vingt enfants comme nos grands-mères, on n'y arrivera pas. Le pays est trop grand à peupler.

Puis il parla de Blanche, qui avait toujours été à ses côtés et qui avait laissé tomber son travail d'infirmière pour s'occuper d'elle, son aînée.

— Je te dis que tu étais la bienvenue...

Élise leva les yeux au ciel pour lui faire comprendre qu'il se répétait.

— O.K., je radote. C'est l'âge. Rappelle-toi que j'ai passé la cinquantaine depuis deux ans...

Il bondit soudain sur ses pieds, le doigt pointé vers la deuxième partie du train, maintenant visible à l'horizon.

— Notre vipère va se recoller. Reste ici si tu veux ; moi, je vais aller voir les gars travailler.

Élise se leva, défroissa sa jupe, frotta l'une après l'autre ses chaussures de suède blanc contre ses mollets pour en enlever la poussière et se dirigea vers le train. Si les passagers n'étaient pas sortis pour se rafraîchir, ils étaient maintenant dehors pour assister à l'attelage des wagons, au grand désespoir du contrôleur, qui ne contrôlait plus rien du tout. Il allait de gauche à droite, invitant les gens à retourner à leur place en leur promettant un départ imminent. Personne n'obéit. Élise rejoignit finalement son père qui, souriant et excité, trépignait d'envie d'être aux côtés du cheminot qui dirigeait les opérations. Le demi-train était maintenant arrivé et le mécanicien avait ralenti sa cadence au maximum pour éviter le choc de l'accrochage aux rares passagers demeurés à l'intérieur.

— Et si on achetait un train électrique pour Noël?

— Bonne idée, ma fille. Ça va être moins salissant!

Clovis lui donna un léger coup de coude et se concentra sur les manœuvres. Les wagons étaient maintenant à près de six pieds l'un de l'autre et glissaient effectivement comme des vipères sur les rails. Les gens soupiraient de soulagement à la pensée qu'ils allaient bientôt continuer leur trajet.

Un garçon d'une douzaine d'années sortit sur le marchepied du wagon qui allait être raccordé, une enveloppe à la main. Il cria à la ronde qu'il rapportait un télégramme pour un certain M. Gratton. Élise chercha l'homme en question et reconnut celui dont la femme accouchait qui se frayait un chemin pour prendre l'enveloppe, puis elle vit le jeune se précipiter à sa rencontre, trébucher et tomber sur la voie, à quelques pieds de la mâchoire d'attelage. Clovis n'hésita pas une seconde: il s'avança, agrippa le jeune par un bras et eut tout juste le temps de le lancer dans les bras de M. Gratton, qui tomba à la renverse. Les mâchoires d'attelage se refermèrent en silence et tous les voyageurs se figèrent, horrifiés. On s'était attendu à un claquement métallique, pas à ce son étouffé. Élise, elle, avait entendu son père faire « hoah! » et elle vit qu'il s'était empalé sur les mâchoires. Pendant quelques secondes, seul M. Gratton parla, prenant tout le monde à témoin du geste héroïque de Clovis.

— Il a sauvé la vie du petit gars! Vous avez vu? S'il l'avait pas attrapé, c'est le petit gars qui serait là sur la voie à vomir du sang.

Puis on entendit des cris. On appelait le contrôleur, le conducteur, un médecin, les porteurs. Les femmes appelaient les hommes, qui criaient le nom de leur femme. Elles pour qu'ils aident, eux pour qu'elles ne regardent pas.

Élise n'entendait que le râle de son père. Les joues inondées de larmes, elle s'agenouilla à côté de lui, hypnotisée par ses yeux grands ouverts.

— Qu'est-ce que t'as fait, papa?

Il eut un air contrit et grimaça, plus de regret que de douleur.

— Je pense que je viens de me tuer, Élise, parvint-il à dire péniblement.

Wilson, le fils de M. Philippe, s'approcha d'eux et regarda les dégâts causés par les mâchoires. Il hocha la tête, tant d'incrédulité que d'impuissance. Il se pencha ensuite pour parler doucement à Clovis, qui n'attendait qu'une confirmation de son propre diagnostic.

— Si seulement vous pouviez vous évanouir, monsieur Lauzé, avant que les hommes rouvrent les mâchoires...

— Je sais... C'est ce qui va m'achever...

Imitant Élise, le jeune homme lui baisa les mains.

— Va-t'en, Élise. Toi, Wilson, reste là, au cas où...

— Au cas où quoi, papa...?

— Au cas où je mettrais trop de temps à mourir. Au cas où ma mort serait pas digne.

Le contrôleur et le conducteur s'étaient approchés. Il aurait été impossible à une ambulance ou à une voiture de patrouille de les rejoindre. Le conducteur demanda doucement à Clovis de lui dire quand il pourrait remonter dans sa locomotive. Élise était sans voix. Quelqu'un tendit un verre d'eau que Wilson approcha des lèvres du blessé. Ce dernier tenta de boire, mais il eut un haut-le-cœur et cracha du sang. Élise se couvrit la bouche d'une main moite et tremblotante. Clovis pria le contrôleur d'éloigner les gens, ce qui fut fait aussitôt. Élise eut le sentiment que les voyageurs le faisaient à regret, curieux de connaître le sort de son père.

— Embrasse ta mère et ta sœur pour moi. C'est maintenant qu'on se dit adieu.

Élise avait le sentiment d'avoir été projetée dans un cauchemar dont on allait la tirer d'un moment à l'autre. Elle ne pouvait que regarder les lèvres de son père et elle voyait claquer ses dents rouges de sang. Elle s'approcha de lui, hésita, puis lui mit une main autour du cou.

— Ça va, papa. Je vais reculer l'horloge et on va se réveiller tous les deux. Tu le sais, je suis une sorcière. On va retourner s'asseoir dans la bouse de vache. Je vais te dire combien j'ai hâte d'être rendue à la ferme des Vanderchose. Je pense qu'ils sont déjà venus à la maison avec leur fils pour nous apporter une douzaine de petits pots de lait caillé, qu'ils appelaient yogourt.

Clovis acquiesça d'un faible battement des paupières.

— Tu as enlevé l'élastique du papier ciré qui fermait le pot et tu y as trempé ton doigt. Tu as dit que ça te donnait un avant-goût de la Belgique, et lorsque M. Vanderchose t'a demandé en riant ce que la Belgique goûtait, tu as répondu: «Le lait maternel.» Mme Vanderchose a essuyé une larme. Je m'en souviens.

— Souhaite-moi un bon voyage, Élise.

— Non.

Élise en était incapable. Le contrôleur lui demanda de le suivre, mais elle ne broncha pas, son corps ne pouvant plus bouger, tant il avait été, lui aussi, mortellement broyé. Elle aurait voulu demeurer auprès de son père, mais le regard de celui-ci avait commencé à fuir. Elle ne revit ses iris que deux fois avant qu'ils n'aillent se cacher derrière les paupières.

M. Philippe et son fils firent une croix sur le front et sur la bouche de Clovis, et Élise sentit ses jambes ramollir. Il lui fallait rapidement sortir de ce cauchemar, sans quoi son père allait mourir avant de s'éveiller. Il lui fallait trouver une formule magique.

— Mais qu'est-ce qui vous prend?

Élise fit un geste pour effacer la croix. Son père devait être affolé et se demander s'il avait encore le droit de vivre maintenant qu'on lui avait fait une croix sur le front. À moins que ce signe n'ait été le baptême de sa nouvelle vie.

— Papa, on n'est pas assez grandes, Micheline puis moi.

Vivement qu'elle le retienne avant que l'éternité le happe! Mais ses jambes... En chuchotant, Wilson lui dit de l'embrasser avant qu'il ne puisse plus en avoir conscience. Elle obéit et embrassa son père partout sur son visage, qui avait commencé à changer de couleur. À chaque baiser, elle murmurait «je t'aime» ou «merci». Puis Wilson l'aida à se relever, sa douceur venant à bout de sa résistance.

— Tu peux m'attendre, mademoiselle. Je viendrai te rejoindre.

Elle suivit le contrôleur en lui racontant que son père se relèverait dès qu'on ouvrirait les mâchoires des wagons, et qu'il éclaterait de rire en disant qu'il leur avait fait une belle frousse.

En montant l'escalier, Élise perdit l'équilibre car les wagons s'entrechoquaient en rafale. Puis, par le reflet de la fenêtre, elle vit Wilson Philippe étendre son veston sur le sol. Wilson prêtait-il son veston parce que son père claquait encore des dents ou parce qu'il était mort? Était-il une personne ou une chose? Puis elle aperçut les pieds de son père qui se chevauchaient, comme si le pied droit faisait un croc-en-jambe au pied gauche pour le faire trébucher. Il n'y avait que lui pour se faire trébucher dans la mort.

Elle courut en pleurant jusqu'à l'arbre qui leur avait donné de l'ombre et l'étreignit, la joue collée contre l'écorce. Wilson, sa chemise blanche tachée de rouge, vint vers elle et, indifférent aux regards des autres voyageurs, la couvrit de tout son corps, resserrant son étreinte derrière l'arbre et posant ses mains sur les siennes.

— C'est fini.

Elle sanglota, le front toujours collé à l'arbre. De son bel index d'ébène, Wilson lui caressa le cou, juste sous le lobe de l'oreille, et lui murmura de laisser sa peine s'accrocher aux branches.

— Souffle, mademoiselle Élise, souffle ta vie sur l'arbre et aspire la sienne.

Elle ferma les yeux en hoquetant, en disant que cet arbre était plus vivant que son père.

— 1 —

1958

Le portier essuya avec un mouchoir à pastilles rouges sa moustache figée par des glaçons, puis leur sourit de toutes ses dents propres et droites. Il aida Blanche à s'extirper du taxi tandis qu'Élise se glissait sur la banquette derrière elle et que Micheline, n'en faisant qu'à sa tête, sortait du côté de la circulation de la rue Sherbrooke, sous les invectives du chauffeur.

— C'est ça, organise-toi pour qu'on m'arrache une porte! Des plans pour que je me les gèle!

Le portier pressa le pas devant les trois clientes pour ouvrir la porte du Ritz-Carlton. Blanche laissa passer son aînée devant elle avant de s'engouffrer dans le hall tandis que Micheline échappait à la tempête par les portes tournantes. Elles secouèrent les paillettes de neige dont étaient saupoudrés leurs manteaux, qu'elles abandonnèrent au vestiaire.

L'argenterie de la salle à manger brillait sous l'éclairage des lustres. Élise et Micheline feignirent toutes deux d'être de vieilles habituées, sous le regard amusé de leur mère qui connaissait bien ces lieux pour les avoir fréquentés d'abord avec son amie Marie-Louise au début des années trente, puis avec Clovis qui avait continué de l'y emmener pour ses anniversaires. Ils y avaient toujours mangé en tête-à-tête, mais en réservant invariablement une troisième place pour son amie disparue. Clovis, respectueux de ce rituel, portait un toast à Blanche, après quoi leurs verres choquaient celui qui se trouvait devant la place inoccupée de Marie-Louise et qu'ils avaient rempli.

Ce soir, les filles s'étaient fait un point d'honneur d'y souligner son anniversaire en l'invitant à y manger le dessert.

— Quand Élise sera mariée à un homme riche, on t'invitera à manger tout un repas.

— Voyons, Micheline, on parle pas de ça.

— C'est une très bonne idée de venir ici manger le gâteau.

— Même si on t'a fait payer le taxi?

— Micheline!

Veuve depuis deux ans, Blanche avait accepté l'invitation même si elle avait secrètement souhaité franchir seule avec ses fantômes le cap de la cinquantaine. Autant elle avait besoin du souffle de ses absents pour respirer, autant elle ne pouvait vivre sans celui de ses filles.

Le maître d'hôtel les avait installées à une table dressée pour cinq personnes.

— Croyez-vous que vos invités pourront se joindre à vous malgré la tempête?

— Nous l'espérons.

Élise avait répondu avec un sourire à faire fondre les glaçons qui flottaient dans le pichet d'eau qu'un jeune serveur s'était empressé de verser dans leurs verres. Elle le remercia d'un battement de cils qui fit soupirer Micheline.

— Maman, jure-moi que mes cils se prendront jamais pour des ailes d'oiseau. Je veux pas avoir l'air d'une oie à dix-huit ans, moi.

Élise prit une petite gorgée tandis que Blanche s'amusait du propos de sa cadette. On leur versa ensuite du champagne et Élise insista pour qu'on serve aussi leurs invités, sous le regard torve du sommelier.

Blanche et Élise prirent chacune deux coupes et, avec Micheline, portèrent un toast à cinq verres.

— À tes cinquante ans, maman!

— Et à tous nos fantômes! renchérit Micheline en ricanant.

Élise fusilla sa sœur du regard lorsqu'elle vit se brouiller celui de sa mère. Elle déposa son verre et baissa le front. Blanche n'était plus avec elles. Sa mère n'avait pas retrouvé son sourire et Élise avait laissé le sien lui échapper. Blanche n'avait réussi à éteindre que quarante-huit de ses cinquante bougies et n'avait pas soufflé une seconde fois, regardant plutôt la paraffine couler comme des larmes sur le glaçage avant de se ressaisir. Élise vit dans cette maladresse un signe qui confirmait ses pensées : sa mère aussi avait cessé de vivre depuis deux ans. Blanche s'agita, fit un rictus qu'elle croyait rassurant et écrasa les deux dernières mèches entre son pouce et son index. Le temps que le serveur coupe le gâteau, elles avaient retrouvé leur bonne humeur.

En sortant de l'hôtel, elles poussèrent toutes les trois un cri d'étonnement amusé. La tempête avait pris de la force, accumulant la neige au point de faire disparaître la bordure du trottoir. Le portier, au paletot de plus en plus blanc, haussa les épaules en ouvrant les bras d'impuissance.

— Les taxis ont disparu. Soit qu'ils sont coincés dans la neige quelque part, soit que leurs chauffeurs sont bien au chaud dans leurs maisons.

— Pourquoi est-ce qu'on couche pas à l'hôtel ?

— Parce que, ma pauvre petite sœur, on s'appelle Lauzé, pas Rockefeller !

Blanche se demandait si elles pourraient rentrer à la maison à pied.

— Et des autobus, il y en a ?

— Oui… si on peut dire. Il y en a un qui est passé il y a peut-être cinq minutes.

— Venez, les filles. On peut se rendre à Park Avenue.

— Ça, c'est le fun !

Élise saisit le bras de sa mère après que toutes trois eurent enfoncé leur toque, monté le col de leur manteau et recouvert leur nez de leur écharpe. Elles marchèrent pendant près d'une heure, silhouettes blanches et voûtées sous une neige qui tombait de plus en plus dru, et dépassèrent l'autobus, enlisé dans plus de quinze pouces de neige. Plus celle-ci tombait, plus la ville devenait silencieuse. Bientôt, elles entendirent parler les gens qui se trouvaient à un demi-mille d'elles.

— On se croirait en pleine campagne.

Elles arrivèrent enfin à Park Avenue, transies, et virent l'éclairage diaphane d'un casse-croûte que la neige enjolivait. Quatre clients, emmitouflés pour affronter la tempête, leur tinrent la porte.

Elles entrèrent et s'affalèrent sur une banquette vert pomme en imitation de cuir, fendillée. Le prélart, usé par des générations de clients, laissait entrevoir des planches de bois sans grain ni couleur. Blanche et ses filles tirèrent sur leurs doigts de gants avec leurs dents et enlevèrent leurs bonnets, laissant apparaître trois têtes ébouriffées dont elles ne se formalisèrent pas. Tempête et coquetterie ne s'étaient jamais bien accordées.

La serveuse, une gentille dame aux cheveux blancs jaunis, leur apporta trois laits au chocolat bien chauds. Micheline avala le sien sans prendre le temps de respirer tandis qu'Élise et Blanche se réchauffaient les mains sur leurs tasses. Pour ne pas désoler la dame, elles acceptèrent une soupe maison où flottaient des pâtes alphabet et des yeux de graisse. Blanche, dont l'appétit avait été comblé au Ritz, n'en prit que deux bouchées alors que ses filles nettoyèrent le bol avec une tranche de pain. La dame resta debout à la fenêtre, qu'elle essuyait avec son tablier pour tenter de voir à l'extérieur.

— Ça fait au moins deux heures que j'aurais dû fermer, mais je me suis dit qu'il y avait peut-être du monde de pris dans la tempête, ce qui fait que j'ai fait une soupe de fond de frigidaire. Il y a rien de meilleur pour se réchauffer le *canayen*. De toute façon, mon mari doit encore travailler.

Elles acquiescèrent toutes les trois tandis que la dame leur versait ce qui restait au fond de la casserole.

— J'ai pas souvenir d'avoir vu une tempête comme ça un vingt-sept février.

— Moi non plus. D'habitude, après la Saint-Valentin, on a la paix.

Micheline avait répondu avec un aplomb qui n'étonna pas sa mère. Blanche allait rétorquer qu'il y avait eu une tempête probablement semblable à celle-ci en 1908, le jour de sa naissance, lorsque la porte s'ouvrit toute grande, laissant entrer un tourbillon de neige si épais et violent qu'il cachait presque le mari de la serveuse.

— Ah ben ! v'là mon bonhomme de neige ! Je t'espérais plus.

La dame débarrassa la table et lava les assiettes à toute vitesse tandis que son mari vidait la cafetière en reniflant sans cesse. Blanche et les filles réenfilèrent leur manteau à contrecœur et reprirent leurs gants, encore humides, posés sur un calorifère. L'homme renâcla un bon coup, puis sourit à Élise dont la longue chevelure noisette venait de disparaître sous un bonnet.

— Où que tu restes?

Élise jeta un coup d'œil à sa mère avant que celle-ci réponde qu'elles habitaient avenue Querbes, entre l'avenue Laurier et le boulevard Saint-Joseph. L'homme, sans aucune discrétion, interrogea son épouse d'un coup de tête avant de hausser les sourcils et de pincer les lèvres. Sa femme comprit et sourit.

— Je pense que c'est une bonne idée, si les belles madames s'accommodent d'Oscar. Suivez-nous.

De la neige jusqu'aux cuisses, les quatre femmes se retrouvèrent sur ce qui avait été un trottoir quelques heures auparavant, mettant quelques minutes à trouver leur souffle dans la tourmente tandis que le mari verrouillait la porte derrière elles. Lui emboîtant péniblement le pas, elles passèrent dans une ruelle pour se retrouver nez à nez avec Oscar qui, recouvert d'une épaisse couverture grise, mâchouillait son avoine. Élise et Micheline poussèrent un «ho!» muselé par leur écharpe.

— Un cheval et un traîneau, maman! C'est le fun!

Blanche ferma les yeux pour remercier Clovis de protéger ainsi ses femmes, et Émilie, sa mère, de lui expédier le plus étonnant des cadeaux d'anniversaire.

Blanche et ses deux filles se retrouvèrent bien au chaud sous une peau d'ours dans le traîneau que tirait Oscar, apparemment insensible au vent, au froid et à la neige. Élise croyait rêver, aspirée dans un néant tout blanc où seul le son des grelots cloués à l'avant du traîneau la retenait à la réalité de la nuit. Elle inspirait profondément l'air de ces limbes et elle aurait juré que le froid avait la même odeur qu'un orage. Leurs bons Samaritains étaient assis à l'avant, collés l'un contre l'autre et protégés par d'épaisses couvertures. Remises de leur surprise, les passagères n'en croyaient pas leurs yeux d'avoir presque tout Park Avenue à elles seules. Tantôt elles devinaient la silhouette du mont Royal grâce à un lampadaire, tantôt, au contraire, elles étaient perdues dans l'enfer des tourbillons de vent.

Blanche repensait à sa pauvre mère qui avait été seule à se débattre contre cette nature déchaînée et qui s'était vue forcée de s'ouvrir pour une naissance qui l'avait précipitée dans le plus profond désespoir. Quelle triste histoire que celle de sa naissance !

— Tu pleures, maman ?

— Sais-tu, je pense que oui...

Émue, Élise prit la main gantée de sa mère et posa sa tête sur l'épaule accueillante malgré la neige qui la recouvrait. Elle sut gré à la nuit de cacher son trouble. Elle espérait que le chagrin que les cinquante ans de sa mère avaient fait surgir du plus profond de son âme n'allait pas rouvrir la plaie de l'insoutenable absence de son père. Elle se tenait toujours pour responsable de la mort de ce dernier, et sa mère n'avait permis à personne d'entrer dans le caveau de son veuvage. Élise restait donc à la porte, ne trouvant mot pour la forcer. Jamais elle ne se pardonnerait de ne pas avoir retenu son père, ce jour-là.

Profitant des rares instants d'accalmie, M. et Mme Avoine leur faisaient la conversation.

— Je vous l'avais pas dit, mais mon vieux travaille sur le mont Royal.

— Puis en été j'ai une belle voiture à six places confortables.

— C'est ça qui arrive quand un gars de la campagne se retrouve à Montréal puis qu'il est malheureux comme une pierre.

— Je voulais retourner sur la terre du père.

— C'est là qu'on a pensé que mon vieux pouvait peut-être louer une ou deux stalles à l'écurie de la rue Villeneuve. Puis on a épargné assez pour acheter une picouille qui nous a donné Oscar en se faisant servir par un vieux cheval de course à la retraite.

— Ça fait que, pour un gars de la ville, je fais pas mal habitant avec mon cheval, mon traîneau, ma voiture, mon nom puis celui de ma femme.

— Votre nom !

— Oui. Comme vous me voyez-là, je suis Pit, le plus jeune des fils à Isidore Avoine, puis j'ai épousé une petite Beauchamp.

Micheline éclata de rire en répétant : « Beau champ d'avoine ! » Blanche l'imita d'un rire si cristallin qu'il réchauffa Élise. L'adolescente se cala encore plus profondément sous l'aisselle de sa mère.

—2—

Pâques aurait été sans histoire si Blanche n'avait pas reçu une crotte sur son beau chapeau de paille noir. Un oiseau effronté l'avait échappée sans vergogne entre la maison et le parvis de l'église Saint-Viateur. Élise lui jurait que l'accident s'était produit au retour de la messe tandis que Micheline affirmait le contraire.

— Je te jure, maman, je l'ai vue avant la messe. Je pensais que c'était un bouton décoratif.

Blanche avait accusé le coup sans sourire, soucieuse de son image auprès des autres paroissiens. Elle ne fréquentait plus l'église que le dimanche. Elle s'y était agenouillée pour recevoir des cendres sur le front le lendemain du mardi gras, mais n'y était pas retournée de tout le carême. Le curé ne l'y avait pas vue non plus aux vêpres en mai, le mois de la Vierge Marie. Micheline y était allée seule, et elle avait élevé un autel à la Vierge dans sa chambre. Blanche lui avait donné la permission d'utiliser une nappe de dentelle pour le décor, et Élise, poussée par la curiosité mais également pour faire plaisir à sa sœur, lui avait apporté trois belles grosses branches de lilas.

— Tiens, ça va parfumer ta chapelle et cacher la puanteur de tes pieds.

— C'est pas ma faute si j'ai une verrue plantaire...

— À te voir partir le soir avec ton missel sous le bras, on peut se demander si tu n'aurais pas l'intention de devenir une enfant de Marie...

— Ton esprit plus-que-parfait a pas compris que pendant un mois je peux sortir tous les soirs et voir mes amies sans être obligée de demander de permission ? Je peux même te dire que je suis pas la seule, puisque j'en ai vu deux ou trois qui fumaient en cachette ou qui embrassaient leur *chum* derrière l'église...

— Il me semblait, aussi, que des soirées de prière, ça te ressemblait pas. Comme ça, tu veux faire comme tout le monde. Je suis déçue.

— Là, c'est moi, la déçue. Ton esprit plus-que parfait aurait dû voir que je veux surtout pas faire comme ma sainte nitouche de sœur, c'est tout.

Là-dessus, Micheline avait indiqué la porte à sa sœur en ordonnant :

— *Vade retro Satanas !*

Alors que Micheline avait tendance à s'enfermer dans sa chambre, Élise préférait s'isoler dehors, pour y respirer de l'air frais et les parfums variés selon les saisons. En ce matin de Pâques, elle y rejoignit sa mère et elles regardèrent ensemble les pousses de narcisses, de jonquilles et de tulipes. Le mois de mai étant particulièrement chaud cette année-là, elles avaient déjà déchaumé le petit coin de pelouse et préparé les plates-bandes où elles planteraient leurs annuelles. Élise adorait travailler dans le jardin, surtout en compagnie de sa mère.

Ce jour-là, sans trop réfléchir, elle osa lui demander pourquoi elle ne fréquentait pas l'église plus souvent. Blanche en échappa presque sa binette.

— Chacun prie à sa manière, Élise. Dans le jardin, je pense à ton père, à ma mère, à tous ceux que j'ai aimés et qui sont partis.

Élise se dit que le jardin de sa mère ressemblait dangereusement à un cimetière. Elle ne pouvait savoir que Blanche ne se serait jamais permis de lui avouer qu'elle avait noyé une bonne partie de ses croyances dans le bénitier de Villebois, en Abitibi, à cause du curé qui avait précipité une de ses patientes en enfer en l'obligeant à avoir des enfants alors que son corps usé, quoique jeune encore, n'en pouvait plus et que chaque grossesse était pour elle une épreuve terrible, que finalement elle n'avait pu surmonter.

— J'ai des amies dont les mères sont pas mal plus dévotes...

— Tant mieux pour elles !

Élise éclata de rire, sa mère n'ayant jamais utilisé une telle expression.

En juin, elles assistèrent toutes les trois à la remise des prix scolaires. Élise et sa mère avaient toujours détesté cette soirée, qu'elles trouvaient humiliante pour les élèves qui ne recevaient rien. Micheline, par contre, l'adorait, parce qu'elle pouvait se pavaner devant les frères de ses camarades. Elle recevait toujours une récompense exceptionnelle. Cette année-là, elle eut une mention spéciale pour n'avoir manqué aucun jour de classe et pour avoir été première en trois matières. Élise obtint le livre *La Flore laurentienne* pour ses bonnes notes en géographie alors que ce livre aurait mieux convenu à sa camarade qui était forte en botanique.

En route pour la maison, elles se moquèrent toutes les trois de ce prix, les connaissances d'Élise en géographie se limitant, selon Micheline, aux noms des pays que leur père avait visités, à ceux de leurs capitales et aux anecdotes qu'il leur avait racontées.

— Belgique, Bruxelles, Vanderchose, yogourt! enchaîna Élise à cette remarque.

— Angleterre, Londres, Piccadilly, drôle de monde!

— Italie, Rome, Pie XII, pickpockets!

— Pologne, Varsovie, rideau de fer, Winston Churchill!

— France, Paris, gris, hôtel Scribe, Opéra et putains!

— Micheline! Ton père n'a jamais dit ce mot-là de sa vie!

— Il disait «femmes de mauvaise vie».

— Micheline a raison; ça veut dire la même chose, maman.

Combien il leur manquait!

Élise ne savait comment parler de ses ambitions à sa mère. Celle-ci la voyait médecin, et sa sœur, avocate. Elle avait décidé que cette belle journée était idéale pour s'en ouvrir.

— Est-ce que c'est normal, maman, que je n'aie pas envie d'avoir plein de diplômes?

— On m'a refusée en médecine, mais toi, tu peux être médecin si tu le veux.

— Je le veux pas.

— Et pourquoi? Les temps ont changé.

— Pas tant que ça, maman. Dans ton temps, on se mariait, on avait des enfants, on devenait grand-mère, puis c'était fini. C'était ça, la vie, puis cette vie-là, moi, je l'aimerais. En fait, je voudrais vivre comme ta mère et toi quand tu étais jeune. J'ai envie de grand air et de campagne. Je veux plein d'enfants, un mari, puis...

— Il y a pas un seul diplôme qui peut t'empêcher d'avoir ça, Élise. J'ai eu tout ça, plus deux diplômes...

— Je sais, je sais. Mais, dans ma classe, on pense pas mal toutes la même chose. On est plus intéressées à se trouver un ami de garçon qu'à se demander où et quoi on veut étudier.

Blanche proposa alors à sa fille de goûter à la vie durant son été; de se trouver un petit travail, puis d'aller à la campagne pour quelques semaines.

— Ce que je comprends pas, maman, c'est pourquoi faire de longues études si j'ai davantage envie d'élever une famille et de rester à la maison? Toi, par exemple, tu dis: « J'ai été ». Tu dis pas: « Je suis ».

— Je suis maintenant mère de famille, et la vie...

— Voilà! C'est ça qui accroche. Est-ce qu'on est riches, maman?

Blanche expliqua que leur père les avait toutes trois mises à l'abri du besoin; que leur maison était payée et qu'il y avait même de l'argent mis de côté pour qu'elles puissent toutes deux faire des études supérieures.

Élise confia à sa mère qu'elle croyait lui ressembler.

— Tu es allée au fin fond des bois. Moi, je veux la campagne. Et n'oublie pas que c'est en réalisant ton rêve que tu as rencontré papa.

— Et si tu ne te mariais pas, qu'est-ce que tu ferais? Il te faudrait bien gagner ta vie. Souviens-toi que ma propre mère a eu besoin de ses diplômes pour nourrir ses enfants, Élise.

— À t'entendre, on croirait que les études, c'est pour se protéger des hommes ou de l'ennui.

— Pas de l'ennui, ma pauvre Élise. De l'abandon ou de la misère.

Élise n'avait jamais envisagé le célibat ni l'abandon. Une peur sournoise lui mordit le ventre. Elle repoussa les mèches qui lui tombaient sur le front, fit un sourire timoré et demanda d'une voix fluette si elle était jolie. Blanche en fut troublée. En quelques minutes, sa fille l'avait conduite aux portes de l'enfer, et maintenant elle était redevenue ange. Était-ce parce qu'elle était jolie que personne ne pensait à le lui dire? Blanche regarda la chevelure longue et noisette, ses yeux à elle, pâles avec un regard plus tendre que le sien, observa la ligne délicate de la nuque et du cou et reconnut la détermination Bordeleau de sa mère en contemplant le front et la mâchoire de sa fille. Elle demeura pourtant sans voix, ne trouvant les mots pour le lui confirmer. Comment lui dire qu'elle avait toujours été belle et qu'elle et son père avaient pleuré à maintes reprises en se demandant comment ils avaient pu faire une si jolie enfant? Comment lui dire qu'elle devrait être prudente parce que les hommes tourneraient autour d'elle comme des bourdons? Comment lui dire la vie? Élise fit une moue et laissa tomber la main en soupirant.

— Tous les matins, maman, je me dis que l'homme que j'aimerai et qui m'aimera, le père de mes enfants, il est là, quelque part, et je ne sais pas où. Peut-être habite-t-il juste à côté ou en Abitibi. Et le soir, en me couchant, je me demande si je l'aurais pas croisé dans la rue par hasard. Il me tarde de le rencontrer. Je lui raconte ma journée, je lui confie mes rêves dans lesquels je lui demande de venir me rejoindre.

Blanche soupira à son tour, convaincue que rien ni personne ne saurait résister à cette fille si douce qu'on ne pouvait soupçonner de vivre sur un volcan.

— 3 —

Élise tentait de mémoriser tout ce que lui disait son patron, M. Ballard. Elle devait retenir le prix des cigares, des cigarettes, du tabac à pipe, du tabac à cigarette et du papier à cigarette. Elle devait aussi connaître celui des friandises ainsi que des magazines, des journaux *Le Devoir*, *La Presse*, *Montréal-Matin*, *Montreal Star* et *The Gazette*. M. Ballard l'informa de l'existence de certaines publications qui se trouvaient dans l'arrière-boutique et qu'il était seul autorisé à vendre. Élise rougit, comprenant qu'il parlait de magazines de sexe. Il lui débitait le tout à une vitesse telle que, pendant un court instant, elle regretta les religieuses qui lui mâchaient sa leçon quand elle était enfant.

Élise avait sollicité ce travail dans une tabagie de Park Avenue pour prendre un peu d'expérience, même si elle ne voyait pas grand-chose dans ce job qui puisse être utile à son avenir, sauf si elle se retrouvait sans diplômes et abandonnée. Sa mère, peut-être légèrement affolée par ses confidences, lui chantait cette rengaine depuis maintenant plus d'un mois. Élise avait donc décidé de ne plus lui parler de sa vie tant et aussi longtemps qu'elle s'inquiéterait autant. Depuis la mort de son père, elle s'était fait un point d'honneur de la protéger, et elle avait raffermi sa décision de ne rien dire qui puisse lui causer des insomnies. Jamais elle ne lui avait raconté l'agonie de son père.

M. Ballard lui expliquait maintenant le fonctionnement de la caisse enregistreuse et elle se retenait de sourire. Toute son enfance, elle avait joué avec une caisse de plastique rouge aux touches jaunes dans laquelle elle plaçait l'argent du jeu de Monopoly ainsi que des pièces métalliques rondes qu'elle et sa sœur avaient trouvées sur des chantiers de construction non loin de l'avenue du Mont-Royal. Elle adorait jouer à la marchande. En été, elle vendait de la limonade près de l'arrêt d'autobus, encaissant religieusement les pièces de cinq cents avant de rendre les deux cents de monnaie. Quand il faisait extrêmement chaud, elle vendait des cubes de glace faits avec du *Kool-Aid*, trois cents chacun. Une année, elle avait aussi tenté de vendre des fleurs qu'elle avait cueillies dans le cimetière juif. Ses parents, surtout son père, l'avaient punie, lui apprenant qu'elle avait volé. Elle n'avait pas compris, puisque les fleurs étaient offertes à tous, personne n'étant là pour les surveiller.

— Aimerais-tu que quelqu'un vienne couper des fleurs de notre jardin?

— C'est pas pareil! Elles sont presque toutes coupées, et nous, on n'est pas morts.

Elle n'avait pas pu s'expliquer comment il se faisait que les morts aimaient les fleurs et qu'ils ne pouvaient se passer de quelques œillets et d'un ou deux glaïeuls. Son père l'avait forcée à rendre ses bouquets. Il l'avait accompagnée jusqu'à la grille du cimetière et elle était allée remettre les fleurs sur les stèles où elle les avait dérobées. Deux vieilles dames vêtues de noir, aux yeux aussi foncés que leur manteau, étaient recueillies devant la première stèle, et Élise, effrayée par leurs grimaces de douleur, pires, avait-elle juré, que celles des sorcières, avait lancé les fleurs sans cérémonie et pris ses jambes à son cou.

— Est-ce que t'as compris?

Élise revint à la réalité, fit signe que oui et referma le tiroir-caisse, après avoir bien placé les derniers billets dans le même sens que tous les autres. Elle voyait encore quelques coupures à l'effigie de George VI même si c'était maintenant sa fille qui souriait péniblement sur les nouveaux billets. Regardant le visage d'Élisabeth II, elle se dit que celle-ci ressemblait davantage à une jeune fille attifée pour un bal de collation des grades qu'à une vraie reine.

M. Ballard s'absenta, le temps d'aller chercher un hot-dog, après lui avoir confié le magasin. Elle rougit, le cœur serré d'appréhension. Micheline fit aussitôt son apparition, ce qui la rassura, bien sûr, mais l'agaça aussi.

— As-tu vu des beaux gars?

Élise regarda au plafond et la pria de partir.

— Je travaille. C'est quand même pas une affaire de famille...
Je veux pas que tu viennes ici tous les jours.

— Pourquoi pas? J'ai le droit d'acheter ma *Dubble Bubble* ici.
T'es toute seule?

En chuchotant, Élise lui dit que non puisqu'un client venait
d'entrer. L'homme demanda un paquet de cigarettes *Export A* sans
dire «s'il vous plaît» ni «merci», lança les pièces sur le comptoir et
sortit sans même un au revoir. Micheline en fut plus irritée que sa
sœur, qui l'avait salué poliment en souriant et invité à revenir.

— Je parie qu'il a été élevé à l'est du boulevard Saint-Laurent,
lui.

— Qu'est-ce que t'en sais?

— Des cheveux *Brylcreem*, des fers aux talons de ses chaussures, et deux plis de pressage sur son pantalon gris trop court. Le
genre de gars qui danse le *boogie-woogie* sur le bout des pieds, tu
sais, comme ça...

Micheline se tourna les pieds vers l'intérieur, se grimpa sur les
orteils, bascula son bassin vers l'avant et se déhancha avec ridicule.

M. Ballard rentra sur ces entrefaites, mastiquant sa dernière
bouchée de hot-dog, un sourire ketchup et moutarde entre les dents.
Élise toussota et Micheline reprit une pause parfaitement détendue.

— T'as eu cent pour cent. Mon fils m'a dit que tu l'as remercié.

Élise s'efforça de sourire puisque apparemment elle avait été
victime d'un traquenard. Micheline lui lança un regard moqueur.

— Il est étudiant, votre fils, monsieur Ballard?

— Il vient de finir l'École des métiers. Il va faire mieux que son
père, celui-là.

Derrière le père, Micheline fit mine de se peigner à la Elvis et de
ranger le peigne dans sa poche. Elle cessa brusquement son manège
quand M. Ballard se tourna vers elle.

— Je suis Micheline, la sœur d'Élise.

Élise aurait voulu l'étrangler, tant elle en était honteuse.

— Venue acheter sa gomme *balloune*, tint-elle à préciser pour
expliquer la présence de sa cadette.

M. Ballard lui en offrit quatre cubes que Micheline accepta avec
toute la grâce de la couventine de bonne famille qu'elle était.

— Vous habitez Outremont, vous aussi, monsieur Ballard?

Élise regarda au plafond. Sa sœur était impossible.

— Non. Plus à l'est, rue Marquette.

Micheline fit un sourire victorieux qui disait «j'avais-raison-ma-chère-sœur-na-na-nan» tandis que M. Ballard continuait.

— Sauf votre respect, Outremont, c'est pas ma *gang*, mais c'est de là que viennent mes meilleurs clients. Ma *gang*, elle est au stade DeLorimier puis à la piscine de l'île Saint-Hélène, ajouta-t-il, narquois.

Élise préféra baisser les yeux plutôt que de soutenir son regard. Micheline les salua et sortit en se dandinant car elle savait qu'Élise la regardait.

— Elle a un pétard dans le cul, ta sœur!

Élise trouva la remarque vulgaire et n'en comprit pas le sens. Elle préféra néanmoins l'air offensé au rire. M. Ballard la refroidit.

— Il va falloir que tu t'habitues. Si t'es venue ici pour me chier dessus, tu peux repartir sur ton *béciq* Robin Hood à trois vitesses, puis rejoindre ta *gang*.

Élise maudissait sa sœur de lui avoir compliqué ainsi l'existence. M. Ballard n'ajouta plus un mot, passa dans le minuscule réduit qui lui servait de bureau et y demeura presque tout le reste de la journée, n'en sortant que deux fois, la première pour aider Élise à installer un nouveau rouleau de papier dans la caisse enregistreuse, et la seconde lorsque deux petits garçons s'enfuirent avec un *popsicle*, qu'elle offrit de payer.

— Je les connais. En été, ils me volent un *popsicle* par semaine. En hiver, ils m'achètent cinq paquets de cartes de hockey avec de la gomme, puis ils volent le sixième. Toujours le lundi.

— Pourquoi vous les laissez faire?

Il éclata de rire.

— Parce que j'ai déjà été moi-même un petit morveux qui volait un sucre d'orge par semaine. Puis à part ça, ils sont pas tout seuls à aimer Maurice Richard puis Jean Béliveau. Un *popsicle* puis un paquet de cartes de hockey par semaine, ça va pas me mettre en faillite, puis ça les fait courir à l'école, parce qu'ils partent toujours en se sauvant.

M. Ballard se rembrunit avant d'ajouter qu'il connaissait leur père et que les petits gars devaient se faire brasser les fins de semaine.

— Pas un mauvais homme, mais il a la *fuse* courte puis les poings nerveux. Je pense que le petit vol du lundi, c'est leur récompense pour avoir enduré le père toute la fin de semaine.

L'été fila si rapidement qu'Élise se retrouva en août sans avoir pu aller une seule fois à la plage d'Oka. Elle aimait y voir l'ombre des pins chatouiller les têtards. Mais elle était si fatiguée lorsqu'elle rentrait le soir qu'elle s'étendait pour lire ou rêvassait tout simplement dans le jardin en regardant les oiseaux s'ébrouer dans un bassin circulaire en ciment, envahi ici et là par une jolie mousse jaunâtre. Elle avait mis un mois à pardonner à sa sœur son insolente visite, ne lui permettant de revenir au magasin que si elle promettait politesse et respect. M. Ballard ne lui avait plus jamais reparlé de l'incident, mais parfois, en jasant, il comparait leurs deux mondes, concluant toujours en évoquant les études de son fils qui lui permettraient de ne pas travailler à la tabagie.

Élise ne mentionna jamais qu'elle était orpheline de père et elle parlait de ce dernier comme s'il avait encore été là. Chaque fois qu'on la complimentait pour quelque chose, elle répondait invariablement qu'elle avait appris cela de son père ou qu'elle avait hérité de son talent. Jamais, depuis sa mort, il ne lui avait autant manqué. Elle aurait eu tant de questions à lui poser, tant de poissons d'avril à piquer sur son manteau, tant d'anniversaires à fêter. Elle aurait voulu lui raconter les problèmes de ses clients et lui dire qu'elle aurait aimé avoir la parole facile comme lui. Elle ne savait jamais quoi dire. Alors, elle souriait lorsque leurs propos étaient drôles. Lorsque les questions n'attendaient pas de réponse, elle penchait la tête de côté, faisant oui ou non sans dire un mot. « Mon mari passe ses soirées à la taverne. Je te jure que la vie, c'est pas de la tarte, hein ? » Élise penchait la tête. « Je pense qu'on est pris avec Duplessis pour un bon bout de temps. » Elle penchait la tête. « Est-ce que je rêve ou est-ce qu'il y a de plus en plus de maudits Juifs à boudins dans le quartier ? » La jeune fille penchait la tête et baissait les paupières.

Élise remercia M. Ballard qui, voulant lui manifester sa satisfaction, lui avait offert une boîte de toffees dont le couvercle portait une photographie de la reine Élisabeth II, l'air aussi à l'aise sous sa couronne que les bonbons dans leur papier d'emballage métallique. L'été s'achevait et Élise quittait son travail pour prendre quelques jours de repos. Non seulement avait-elle accueilli et servi avec gentillesse tous les clients qui avaient franchi la porte de la tabagie, mais elle avait aussi réaménagé la présentation des étagères et nettoyé le magasin.

— Pourquoi vous vendez pas du matériel scolaire? Vous me dites tout le temps que l'instruction c'est important.

— J'ai déjà assez de mes petits voleurs du lundi. J'ai pas envie d'avoir des petits morveux qui me prennent des crayons, des effaces puis des petits calepins...

Élise lui sourit. Ce M. Ballard avait parfois des réflexions qu'il lui faisait bon d'entendre. Elle regarda l'heure et rangea une dernière fois le comptoir où trônait la caisse, dont elle avait poli les appliques métalliques comme elle l'aurait fait de la plus belle argenterie de chez Birks. Du coin de l'œil, elle vit M. Ballard pincer les lèvres et elle se demanda sincèrement si son départ le chagrinait. Elle eut une réponse presque immédiate lorsque son fils, Conrad, entra à la hâte, un bouquet de fleurs à la main.

— C'est de moi, puis de mon père itou.

Élise fut si touchée par cette délicatesse qu'elle oublia que le bouquet était misérable et elle ne remarqua pas le malaise du père.

— Si tu t'ennuies, je te laisserai le magasin une fois de temps en temps, quand j'irai luncher.

Elle passa à l'arrière-boutique pour prendre ses effets et elle allait ressortir lorsque Conrad, qui l'y avait rejointe, l'en empêcha. Il se plaça devant elle, arborant un sourire à la Elvis.

— Dis-moi que t'es vraiment innocente puis que t'as jamais rien vu.

Elle fut franchement étonnée. Il n'était pas venu au magasin plus de trois fois au cours de l'été.

— Qu'est-ce que j'étais censée voir?

— T'es innocente.

Mal à l'aise, elle déglutit et baissa le front en pensant: «Papa, papa, j'ai un problème.» Elle tenta de rire, puis de s'esquiver. Conrad lui prit le bras.

— Tu m'as jamais vu quand tu passais par la ruelle? Tu m'as jamais vu dans la vitrine du restaurant où j'ai dû boire un gallon de café à tous les matins?

Elle fit non de la tête à chacune des questions.

— Mon père t'a jamais parlé de moi?

Elle retrouva son aplomb et dégagea son bras.

— Oui, pour me dire qu'avec tes études tu ferais mieux que lui.

— C'est tout?

— Il me semble que oui.

— Il t'a pas dit que ma fiancée m'avait lâché parce qu'elle était jalouse de toi?

— De moi?

Il hocha la tête et se passa la main dans les cheveux pour redresser le coq gominé qui lui était tombé sur l'œil.

— T'es vraiment innocente.

Il lui vola un audacieux baiser exactement comme elle avait vu James Dean le faire au cinéma, puis il fit une moue à la Marlon Brando, prit une cigarette qu'il alluma avec un Zippo, à la Humphrey Bogart, la salua de l'index à la John Wayne et l'abandonna dans une épaisse fumée bleue. Elle s'essuya les lèvres avec dégoût et secoua la tête, n'ayant rien compris à la déclaration ni à l'agression inconvenantes. Elle s'empressa de sortir du cagibi, deux lourds sacs à poignée de chez T. Eaton & Co. au bout des bras. Elle chercha Conrad du regard, mais ne le vit nulle part. Son trouble devait être grand car elle n'avait pas entendu le tintement de la clochette fixée à la porte. Elle posa ses sacs et tendit la main à M. Ballard qui, le regard fuyant, la prit dans sa main droite pour ensuite la couvrir de sa main gauche.

— Est-ce que mon gars t'a dit, pour sa fiancée?

Elle tiqua, mais ne voulut pas répondre, se contentant de sourire.

— C'est que, des fois, il est un peu bizarre quand un jupon le dérange. Mais je comprends pas, pour sa fiancée. Lui as-tu fait des promesses?

— Bien sûr que non! Je lui ai jamais parlé!

Elle arracha la main qu'il tenait toujours entre les siennes et reprit ses sacs.

— Vous allez m'excuser, monsieur Ballard, il faut que je parte.

— Attends, je vais porter tes affaires...

— Non, merci.

Il la regarda se débattre avec ses sacs et la porte. Elle se retourna quand même pour lui faire au revoir de la tête et elle vit tristesse et honte sur son visage. Elle sut alors qu'il avait compris ce qui s'était passé. Encore troublée, elle sortit, puis jeta un regard autour d'elle, mais elle ne reconnut pas Conrad derrière les volutes bleuâtres qui léchaient la vitrine du restaurant d'en face. Les fleurs s'étiolèrent sur le comptoir.

—4—

— Ils ont besoin de mes bras à moi ? Pour de vrai ?

Élise ne savait si elle était ravie. Sa mère, qui avait des nouvelles des Vanderchose deux fois par année, aux fêtes et aux récoltes, avait offert de leur confier son aînée, le temps du ramassage des pommes de terre, madame s'étant arraché un bout de doigt lorsqu'une porte attirée par un courant d'air lui avait claqué dessus.

— Et tu leur as dit que je pouvais passer mes dernières semaines de vacances à quatre pattes dans un champ à déterrer des pommes de terre ?

— Oui. C'est tout un été ! Un emploi dans un magasin en ville et deux belles semaines à la campagne. On dirait que tes projets se réalisent, non ?

Depuis deux ans, la simple mention du nom des Vanderchose — il lui faudrait apprendre leur vrai nom — plongeait Élise dans une douleur si aiguë qu'elle en vomissait. Elle avait donc constamment reporté le moment fatidique de son séjour à la ferme. Sans le savoir, sa mère venait de mettre fin à cette appréhension dont Élise ne s'était jamais ouverte à personne. La jeune fille était prête à se rendre à la ferme, mais à certaines conditions. Bien qu'elle ne fût pas superstitieuse, elle ne voulait pas prendre le train, car elle ne voulait plus jamais revoir cette voie. Elle ne se sentait pas à l'aise non plus d'y aller en voiture avec monsieur, de crainte de lui porter malheur. Sa mère avait-elle décidé qu'il était temps pour elle d'aller de l'avant et de découvrir tout ce que son père voulait lui apprendre ?

Élise ne savait pas si elle était capable de vivre avec des étrangers. En fait, elle se demandait si elle en avait vraiment envie. Vivre à la campagne pouvait toujours être amusant, mais se fondre dans une famille qui n'était pas la sienne lui demanderait un effort qu'elle ne pouvait mesurer. Par contre, elle était enchantée de sortir de la ville et de ses rues maudites qui offraient à Conrad Ballard des centaines d'endroits où la surprendre. Qu'elle aille rue Laurier pour acheter un journal ou jusqu'à Park Avenue pour fouiner dans les magasins, il était là, lui demandant toujours la même chose.

— Est-ce que tu t'es fait un *chum* ?

Le matin même, arrivé de nulle part, il avait empêché de se refermer la porte de l'autobus dans lequel elle prenait place, jeté un ticket dans la boîte, arraché le billet de correspondance de la main du chauffeur et était venu s'asseoir à côté d'elle.

— Est-ce que tu t'en vas rejoindre ton *chum* ?

Conrad avait la détestable manie de toujours agiter une jambe lorsqu'il était assis, ce qui agaçait Élise encore davantage, si cela était possible. Non seulement décida-t-elle de ne pas lui répondre, mais elle détourna la tête et fixa son regard sur l'extérieur.

— Fais pas comme si tu me connaissais pas. Tu fais quasiment partie de la famille.

Il tenta de la prendre par l'épaule. Elle en ressentit un dédain tel qu'elle ne put réprimer un « beurk ! ». Elle se leva en le bousculant, retourna à l'avant du véhicule et s'assit près du chauffeur. Conrad la suivit et s'installa face à elle en souriant. Élise vit dans ses yeux une admiration qu'elle trouva malsaine. Conrad lui faisait peur. Depuis qu'elle avait compris qu'il la suivait, elle en faisait des insomnies. Elle avait cessé de travailler à la tabagie depuis six jours et, chaque fois qu'elle regardait par la fenêtre, il était là. Elle l'avait même vu la nuit, appuyé contre le lampadaire ou assis sur la bordure du trottoir, grillant cigarette sur cigarette. Elle l'entendait marcher dans la ruelle, sifflant ou chantonnant *Don't Be Cruel*. Elle n'avait pas osé parler de cette situation à sa mère, mais celle-ci s'inquiétait de son manque d'appétit et de sa nervosité.

— Voyons, Élise, est-ce qu'il y a quelque chose qui te tracasse ?

— As-tu un *chum* ?

Micheline, sans le savoir, faisait écho aux propos de Conrad, et elle riait de bon cœur tandis que sa mère avait froncé les sourcils.

Élise revint à la réalité et passa volontairement son arrêt. Puis le suivant. Conrad ne sortait pas non plus. L'autobus arrivait à la fin de son circuit lorsque le chauffeur se retourna pour informer les passagers qu'ils devaient mettre un autre ticket dans la boîte. Élise sortit son porte-monnaie tandis que Conrad, debout, fouillait dans toutes ses poches. Elle glissa son ticket dans la boîte et le jeune homme voulut négocier un rabais.

— Il me manque cinq cents. Tu peux pas me forcer à descendre pour cinq cents!

La porte s'ouvrit et Conrad sortit en proférant des menaces à l'endroit du chauffeur, de la société de transport et des autres passagers. Il donna un coup de poing à la porte qui se refermait, un coup de pied et un autre coup de poing au panneau métallique de l'arrêt.

— *Gang* de trous de cul!

La bouche en cul-de-poule, il envoya des baisers à Élise en se passant la langue sur les lèvres, ce qui la dégoûta et fit dire « Oh! l'écœurant! » à une passagère. Le chauffeur fit rouler la toile qui indiquait sa destination et reprit sa route en direction opposée. Soudain, Élise s'affola car Conrad, réapparu à une intersection, courait à côté du véhicule. Le chauffeur tenta d'accélérer, mais fut forcé de s'arrêter pour prendre un passager. Élise, quitte à passer elle-même pour hurluberlu, changea de place dès qu'elle eut perdu Conrad de vue. Ce dernier continua sa course, devançant parfois l'autobus, qui le rejoignait toujours. Un passager semblait s'amuser de la scène.

— Torrieux! J'espère que c'est pas le petit-fils d'Alexis le Trotteur, parce qu'il va arriver à l'avenue du Mont-Royal avant l'autobus!

Le chauffeur, agacé, rappela Élise à l'avant.

— Je pense que tu devrais dire à ton *boyfriend* d'arrêter son petit jeu. Un autobus, c'est pas une place pour faire une scène de ménage.

Elle demeura sans voix. Non seulement se sentait-elle trahie, mais elle ne pouvait concevoir que le chauffeur ait cru qu'elle puisse aimer un garçon aussi minable!

Offusquée, elle resta debout près de la porte arrière. L'autobus arriva enfin au boulevard Saint-Joseph, où elle aperçut Conrad qui, rouge comme un coquelicot, courait toujours. Elle sortit, évita le jeune homme et marcha en direction de chez elle, respirant profondément pour cacher sa peur et regardant nonchalamment les fleurs des parterres. Conrad tenta de lui barrer le passage, mais elle louvoya pour l'éviter.

— As-tu pensé à une date pour notre mariage, Élise ?

Il était fou ! Elle repensa au *Lotus bleu*, un album de Tintin qu'elle avait lu, assise sur les genoux de son père. Elle avait été terrifiée par le fou qui traînait toujours son sabre pour décapiter les gens. Elle avait eu si peur qu'elle était descendue des genoux de son père et s'était sauvée.

— Mais où vas-tu, Élise ? lui avait-il demandé en riant à gorge déployée.

Elle s'était cachée sous son lit. Ce fou avait longtemps hanté ses rêves par la suite. Conrad lui faisait presque aussi peur, et, alors qu'elle se revoyait, petite, glissant sous le sommier, il lui saisit le bras pour la retenir. Elle poussa un cri de colère et échappa à son étreinte.

— Écoute-moi, Conrad Ballard. Si je te vois encore une fois devant ma maison ou dans la ruelle, je raconte tout à ton père.

Il pencha la tête sur le côté et lui fit un sourire attendri.

— Je le savais que tu me regardais puis que tu m'entendais. Moi puis toi, on est comme Scarlett O'Hara puis Rhett Butler dans *Gone with the Wind*. J'ai déjà dit à mon père qu'on allait se fiancer.

M. Ballard savait-il son fils aussi détraqué ? Élise doutait même de l'existence d'une autre fiancée. Elle tourna les talons et entra dans la maison, refrénant son envie de claquer la porte. Les rares colères d'Élise étaient toujours dangereusement silencieuses. Jamais elle n'aurait osé crier ni même hausser le ton, par crainte d'éveiller son mort tant adoré. Jamais. Mais son souffle se faisait plus pressant, ses mâchoires se crispaient au point de craquer et elle retenait des larmes qui brûlaient l'iris bleu de ses yeux. Le cœur battant la chamade, elle posa l'oreille contre la porte et écouta. Conrad devait être parti car elle n'entendait rien. Au moment où elle allait respirer de soulagement, la voix du jeune homme lui parvint aussi clairement que s'il avait été à six pouces de son oreille.

— Je le sais que tu m'aimes, Élise. Donne-moi une chance puis je vais te rentrer ma saucisse dans ton steak de fesses.

Élise eut la nausée, mit la main sur sa bouche et éclata en sanglots silencieux. Cacher sa peur et son angoisse. Sur la pointe des pieds, elle marcha jusqu'à sa chambre, tira les rideaux et résista à l'envie de se glisser sous son lit. Elle s'allongea en se demandant si les hommes continueraient encore de parler s'ils savaient que chacune de leurs paroles pouvait être la dernière. Quant à elle, sa dernière pensée, si elle était morte à l'instant, aurait été qu'elle détestait Conrad Ballard de l'expédier ainsi en enfer.

M. Vandersmissen stationna devant la maison. Élise et sa mère sortirent aussitôt sur le perron. Avec son accent encore empreint de sa musique d'Europe, il s'informa de leur santé et dit à Blanche qu'elle était toujours aussi ravissante. Élise la regarda d'un œil étonné. Comment sa mère, âgée de cinquante ans, pouvait-elle encore être ravissante aux yeux d'un homme qui était quand même plus jeune qu'elle? Les Belges devaient avoir le compliment dans leur manuel de politesse. Élise lui tendit la main. La retournant dans la sienne, il l'invita à bien la regarder. Dans deux ou trois jours, ces mains douces et roses seraient grises et rêches à force de fouiller la terre.

— Mais tu vas voir, mon petit, la terre est une grande artiste et elle va redessiner ta main, peut-être même changer ton destin.

— Mais de quoi vous parlez?

— Des lignes de la main. Je n'y connais rien, mais ma femme est une experte. Remarque que je ne sais si sa vie va se trouver bouleversée parce qu'elle s'est arraché plusieurs dizaines de lignes de son annulaire.

Là-dessus, il lui fit un clin d'œil et s'empara de la valise. Élise regarda ses mains, s'excusa et rentra dans la maison, hésitant entre disparaître par la porte arrière ou monter dans la voiture. Elle craignait de ne pas être à la hauteur de la réputation de son père ni de l'estime que les Vandersmissen avaient eue pour lui.

— Est-ce que tu vas m'écrire, Élise?

Micheline l'avait rejointe, une pomme dans la main. Elle enviait sa sœur de partir et ne comprenait pas pourquoi sa mère avait insisté pour la garder auprès d'elle.

— Je pense pas. De toute façon, j'aurais rien à te dire.

— Si t'as rien à me dire, dis-moi au moins ce que les animaux racontent. Meuh! Bêêêê! Cocorico! N'importe quoi!

Devant l'air chagrin de sa sœur, Élise lui tapota l'épaule et promit d'essayer de trouver le temps de lui envoyer un mot.

— Je sais pas si tu y as pensé, mais c'est la première fois de ma vie que j'aurai pas de grande sœur fatigante qui se prend pour une mère supérieure.

— J'y ai pensé... T'en profiteras pour fumer en cachette. Je serai pas là pour te dire que tu pues.

Rassérénée, Micheline prit son air coquin et lui offrit la pomme, qu'Élise mit dans sa poche.

— Pour le voyage.

Sans plus hésiter, l'aînée ressortit en s'excusant de s'être fait attendre. À peine avait-elle terminé sa phrase qu'elle aperçut Conrad faisant le pied de grue dans la ruelle. Elle regarda sa mère, puis M. Vandersmissen.

— Est-ce qu'on peut partir tout de suite?

Tous deux furent étonnés de son empressement. Apercevant Conrad, Micheline le salua de la main et rejoignit sa sœur qui se hâtait de monter dans la voiture.

— As-tu vu ton meilleur? Ma foi, on dirait qu'il va courir après l'auto...

Élise la regarda, ulcérée.

— Peux-tu, pour une fois, une toute petite fois, te taire? Tourner ta langue sept fois...

Micheline, qui n'était au courant de rien, l'interrompit en susurrant dans son oreille :

— Pas dans sa bouche à lui, en tout cas.

Élise lui saisit le bras et chuchota à son tour, pour ne pas être entendue de sa mère :

— Vas-tu te fermer le clapet, espèce d'insignifiante!

Humiliée, Micheline rougit et se précipita dans la maison en retenant ses larmes, sans dire au revoir. Élise monta devant, fit un sourire à sa mère et demanda à M. Vandersmissen de démarrer. Elle ne se retourna pas, terrorisée à la perspective de voir Conrad courir derrière eux.

— 5 —

Le coup de foudre fut violent. D'abord enivrée par les parfums qui entraient par les fenêtres des portières, Élise s'abandonna ensuite à la beauté des champs qui s'étendaient à perte de vue, allant embrasser les collines affalées sur des terres ocrées. Son cœur s'emballa même devant les troupeaux de vaches, indifférentes à la vie. L'attrait fut tel qu'elle demanda à M. Vandersmissen de s'arrêter, ce qu'il fit avec grâce. Elle sortit, le supplia du doigt de lui accorder une minute, puis se dirigea vers un fossé où elle cueillit une brassée de fleurs sauvages. « J'en prends pour toi, papa, pour madame et pour moi. » Elle revint vers l'automobile, posa les fleurs sur la banquette arrière et, silencieuse, se rassit aux côtés de M. Vandersmissen, qui lui sourit avant d'embrayer.

Chaque fois qu'Élise bougeait les pieds, elle faisait crisser la terre et les cailloux apportés sur le plancher de la voiture par d'autres chaussures que les siennes. L'automobile, quoique sans ailes effilées comme celles des nouveaux modèles de Pontiac ou de Chevrolet, était confortable et propre. Seul le plancher trahissait la campagne.

— À ce temps-ci de l'année, il y a un léger parfum de pomme dans l'air, tu ne trouves pas?

Elle acquiesça et, réservée, n'ajouta pas que ça sentait aussi l'ozone et la terre, le fumier et le foin.

La maison des Vandersmissen n'avait rien de particulier, hormis un joli balcon qui la ceinturait et des dizaines de vases de fleurs suspendus à la rampe, accrochés aux colonnes, posés sur les marches ou à même le sol. Il y avait des pots de grès et des casseroles de fonte, de vieilles cafetières et même de vieilles bottes dans

47

lesquelles avaient été plantées de jolies fleurs de toutes sortes. C'était la première maison de campagne qu'Élise voyait ainsi parée, les autres ayant l'air d'avoir été abandonnées à la nature. Sa timidité s'estompa.

L'automobile alla presque embrasser la porte d'un petit bâtiment avant de s'immobiliser à côté d'un tracteur. Élise regrettait son père, qui aurait pu la présenter et mettre toute la maisonnée à l'aise par ses blagues toujours à propos. Elle inspirait profondément pendant que M. Vandersmissen portait sa valise. Avant même qu'ils ne posent le pied sur la première marche de l'escalier, elle devina les traits du fils Vandersmissen, à demi révélés par la moustiquaire de la porte. Il était impossible qu'il fût aussi beau que ce qu'elle avait furtivement aperçu. La porte s'ouvrit en faisant chanter le ressort, puis se referma en claquant. Le fils Vandersmissen était devant eux, mais Élise n'osa lever les yeux. Il arracha la valise des mains de son père et rouvrit la porte, cédant le passage à Élise avec tellement d'élégance et de politesse qu'elle s'enticha de ses chaussettes de laine, étonnantes en cette fin d'été, de ses jeans à la fesse rapiécée, des carreaux de sa chemise et des poils qui sortaient en chamaille du col. Mais elle n'osa pas regarder son visage, tant elle redoutait que sa première impression ait été erronée. Où donc étaient passés sa peur et le sourire carié de Conrad Ballard ?

Mme Vandersmissen, un énorme bandage autour du doigt et du poignet, choisit ce moment pour entrer dans la cuisine. Elle se dirigea vers Élise en pleurnichant son bonheur de recevoir enfin sous son humble toit la fille de ce cher M. Lauzé.

— Qui nous manque encore, mademoiselle Élise. Terriblement.

Élise s'émut, accepta les mains de Mme Vandersmissen dans les siennes en faisant attention de ne pas la blesser davantage et se retrouva écrasée contre sa poitrine comme si elle avait été une enfant prodigue.

— Côme, porte la valise de Mlle Élise à sa chambre.

Le jeune homme disparut dans l'étroit escalier et Élise entendit la valise frapper le mur à deux reprises. Mme Vandersmissen l'assit presque à table, puis déposa devant elle un morceau de gâteau et un verre de lait. Elle lui tendit ensuite une serviette roulée dans un anneau.

— À chacun son anneau.

Élise la remercia, même si elle n'était pas familière avec la coutume d'avoir un anneau et une serviette qui lui fussent propres. Côme revint et Élise le regarda alors droit dans les yeux. «Papa, pensa-t-elle, je suis piégée.» Étant la seule à avoir une collation, elle prit une bouchée qu'elle mastiqua lentement, ne sachant plus comment le faire, intimidée par l'insistance du regard de ses hôtes, surtout celui de Côme qui, debout, les coudes appuyés contre un meuble, ne la quittait pas des yeux.

— Alors, mon quatre-quarts, il vous plaît?

Élise s'empressa d'avaler son morceau de gâteau et elle but une gorgée de lait pour l'y aider. Des morceaux de crème collèrent au verre.

— J'ai jamais mangé un aussi bon *cacard*.

Les Vandersmissen échangèrent un regard amusé. Apercevant un vase vide au-dessus d'une armoire, Élise s'excusa et alla chercher les fleurs, légèrement flétries, qu'elle avait laissées sur la banquette. Mme Vandersmissen éclata d'un rire attendri, demanda le vase à Côme et, pointant son doigt enveloppé vers le fond du terrain, désigna une talle de fleurs colorées et spectaculaires. Elle s'empressa de rassurer Élise.

— Mes fleurs sont tellement décoratives dans le jardin que je me résigne difficilement à en couper. Vous avez eu une très bonne idée.

Côme et son père allèrent travailler aux champs, promettant d'être de retour pour le repas. Côme fit de grands yeux et pinça les lèvres pour faire comprendre qu'il n'avait pas le choix et Élise fut prise de panique à l'idée de se trouver là à se demander ce qu'elle pourrait dire d'intéressant à cette dame qui sentait le bon pain chaud.

— Vous pouvez monter et ranger vos effets. Votre chambre est au fond, à droite. Soyez bien à l'aise.

Facile à dire, pensa Élise en se retrouvant dans une pièce où elle vit une machine à coudre, une petite table et le renflement d'un tuyau de cheminée, caché dans le mur. Devant elle, une minuscule chambre à coucher, apparemment celle de Côme. Elle s'y rendit à pas feutrés pour y jeter un coup d'œil. Le lit était de métal, et la commode, de bois peint. Une cotonnade rayée, suspendue à une tringle métallique, servait de rideau. Une simple couverture remplaçait le couvre-lit, probablement trop lourd en été. Au mur, une image pieuse retenue par une punaise, et un diplôme encadré qui penchait vers la droite sur son clou. Élise entra dans la pièce et redressa le cadre. Elle se dirigea ensuite vers sa chambre, qui jouxtait celle des Vandersmissen. Cette dernière était spacieuse, emplie d'imposants meubles dont elle ne connaissait pas le style. Même les murs, recouverts de papier peint, avaient un petit air coquet. Tout faisait le plus bel effet malgré la pénombre, les tentures étant tirées devant la fenêtre pour garder à la pièce sa fraîcheur.

— Mademoiselle Élise, avez-vous besoin d'aide?

Élise pivota sur elle-même, cramoisie, fautive, crut-elle, jusqu'à la moelle.

— Non, merci, madame. Pardonnez-moi, je ne voulais pas être indiscrète.

Mme Vandersmissen, sans l'écouter, l'entraîna dans la chambre qui lui avait été assignée. Élise trouva à celle-ci une fraîcheur de jeune fille et elle demanda à Mme Vandersmissen si elle avait aussi une fille. Un généreux bouquet de fleurs sauvages — plus joli que le sien — avait été posé sur la commode.

— Non. Nous n'avons qu'un fils. J'aime avoir une chambre d'amis, sans plus. Mais vous avez l'œil, cette armoire est celle que j'utilisais quand j'étais jeune fille. Elle est remplie de souvenirs.

En souriant, Mme Vandersmissen ouvrit la porte de l'armoire, qui dégagea une si agréable odeur qu'Élise ferma les yeux pour la humer.

— Chaque Noël, ma famille m'envoie des provisions de lavande séchée. Toutes les armoires d'Europe sentent la lavande.

— Ici, elles sentent la boule à mites.

Mme Vandersmissen invita Élise à ranger ses effets et s'assit sur le lit pour lui tenir compagnie. La jeune fille en fut terriblement intimidée. Elle n'avait pas envie de montrer ses sous-vêtements et ses provisions féminines. Ne sachant que faire, elle se réfugia devant la fenêtre. Comprenant son malaise, Mme Vandersmissen vint à son secours.

— En fait, je voulais vous demander s'il y avait des aliments que vous ne mangiez pas.

— Non, non. J'aime absolument tout.

— Des préférences?

— Aucune. J'aime tout.

— Alors, pour ce soir, de l'agneau, ça vous irait?

— J'adore l'agneau.

— Vous en mangez toujours à Pâques, je suppose.

— Toujours.

— J'ai bien pensé que c'était le cas. Votre père aussi aimait beaucoup le gigot.

Satisfaite, Mme Vandersmissen lui tapota gentiment le bras.

— À tout de suite, ma belle demoiselle.

Élise sourit. Elle était aussi menteuse que son père. Ils n'avaient jamais mangé d'agneau, ni à Pâques, où ils lui préféraient le jambon, ni le dimanche, où le repas principal consistait en une énorme poule grillée, quand ce n'était pas un rôti de bœuf ou de veau.

Élise rangea ses effets. Ce faisant, elle entendit le moteur du tracteur. Elle se plaça aussitôt derrière la dentelle de sa fenêtre et épia le père et le fils, se demandant si elle avait imaginé le regard de Côme tourné vers l'étage. Elle recula vivement d'un pas, craignant qu'il ne la voie. Il était encore plus beau qu'elle ne l'avait espéré. Elle pensa alors à Micheline et se demanda si elle répondrait oui quand celle-ci, fidèle à ses obsessions, s'enquerrait si elle avait vu de beaux garçons.

Tenant ses articles de toilette et sa serviette, elle sortit de la chambre, descendit l'escalier à la hâte, s'immobilisa quelques instants pour voir si Mme Vandersmissen était visible, ne l'aperçut pas, se faufila dans la salle de bains et ferma la porte sans faire de bruit. Elle ouvrit le robinet et plaça le bouchon de caoutchouc, si mangé par le temps qu'il avait perdu son étanchéité. Elle trempa sa débarbouillette à la hâte et se frotta les joues, le front et le cou. Elle était de retour à sa chambre avant que Côme n'entre dans la cuisine.

— Élise?

Il était là! Elle ouvrit sa porte et Côme lui fit un sourire si joli qu'elle oublia pendant au moins deux secondes qu'elle était à L'Avenir et non au premier des sept ciels. Elle repoussa une mèche indisciplinée, pour se donner une contenance, et sourit à son tour.

— Vous êtes rentrés ?

— Je voulais te dire que ma mère fait les meilleures chips du monde. La seule chose meilleure que ça, ce sont ses frites.

Elle ne savait si Côme l'avait vue rougir et s'il entendait le galop de son cœur. Jamais elle n'avait été si intimidée devant un garçon. Non seulement était-il le plus beau qu'elle ait jamais rencontré, mais il avait aussi une voix à trémolos à faire pâlir de jalousie les oiseaux. Elle musela ses pensées, soupçonnant qu'elle était trop jeune pour lui. Il devait avoir plus de vingt ans.

— C'est que je viens de manger un morceau de *cacard* et je ne voudrais pas gâter mon souper.

— À ta guise. À tout à l'heure.

Élise referma la porte et y appuya son front. Maintenant il la laisserait pâtir dans les champs... Elle s'allongea pour voir le confort du matelas et s'assoupit. Elle fut tirée de son sommeil par la voix de Mme Vandersmissen qui chantait presque son nom, depuis le pied de l'escalier.

— Le dîner est servi.

Élise sursauta. Quelle impolie elle faisait ! Elle n'avait pas dressé le couvert ni aidé madame à préparer le souper. Elle s'essuya les dents avec son drap. Elle aurait voulu descendre les marches à la hâte, mais, dès qu'elle aperçut les jambes de Côme, les siennes ramollirent.

— Pardonnez-moi mon impolitesse. Je me suis endormie.

Le souper fut excellent et Élise se demanda pourquoi elle n'avait jamais mangé d'agneau. Au moment où elle s'emparait d'un torchon pour essuyer la vaisselle, M. Vandersmissen le lui arracha des mains et Côme l'invita à le suivre.

— Non, merci. Je veux faire la vaisselle. Madame ne peut pas se mouiller les mains.

— Une fois n'est pas coutume, mon petit. On te torturera demain. Mais aujourd'hui, va voir la ferme.

Élise suivit donc Côme et marcha derrière lui, non pas parce qu'elle voulait éviter de parler, mais parce qu'elle venait de remarquer ses belles épaules — jamais elle n'avait prêté attention à des épaules — et ses fesses rondes comme les miches de pain posées sur le comptoir de la cuisine.

— Tu ne veux pas marcher avec moi ?

— Oui, oui. C'est que je regarde tout ce que je vois...

— La campagne et la ville, c'est pas pareil !

Elle ne répondit rien. Ils entrèrent dans le premier bâtiment et Côme lui glissa un panier au bras.

— C'est pour les œufs. Habituellement, ma mère fait ça le matin, mais depuis qu'elle s'est blessée, je le fais le soir. Avant d'accepter, elle m'a dit : « Sache, mon fils, que le jour où je ne pourrai plus me pencher pour ramasser mon repas, aussi bien m'empresser de devenir engrais moi-même. »

Côme avait imité à la perfection le ton de sa mère. Élise souriait. Les poules s'effarouchèrent et allèrent se percher près des endroits où elles pondaient.

— Va les prendre.

Élise tendit le bras, qu'une poule picora.

— Aïe !

— Pas grave !

Elle prit alors un œuf chaud et mou dans sa main.

— Oh ! C'est tellement...

Elle ne savait que dire. Comment aurait-elle pu exprimer à un fils de la terre qu'elle prenait la vie toute chaude dans ses mains pour la première fois ?

— On est des maraîchers, mais on garde aussi des animaux. Deux vaches pour le lait, la crème, le yogourt et le beurre. Aussi pour les deux veaux qu'elles nous donnent chaque année grâce au taureau du voisin. Des poules pour les œufs, le bon bouilli et le pâté. Quelques agneaux. Des cochons. Seulement ce qu'on peut manger.

Élise regarda se poser au sol les derniers duvets, les poules s'étant calmées. Elle porta le panier sur la galerie de la maison et vint rejoindre Côme. Ils pénétrèrent alors dans un autre bâtiment, où il lui tendit un torchon pour qu'elle s'essuie les mains. Elle le lui rendit aussitôt et il le lança sur un clou planté dans une vieille planche.

Le jeune homme fit glisser une grande porte qui émit craquements et gémissements. S'assoyant sur le siège d'un tracteur, il invita Élise à se percher derrière lui, ce qu'elle fit en souriant pour cacher sa maladresse à grimper, empêtrée qu'elle était dans sa jupe.

— J'espère que tu apporté des jeans ?

— Pas des jeans ; un pantalon *black watch*.

Il éclata de rire en répétant : « Ah ! Outremont, ses belles coquettes en jupe ! » Élise trouva le courage de répondre, sur le même ton : « Ah ! L'Avenir et ses beaux haïssables en salopette ! » Puis elle se tut, souhaitant qu'il n'ait rien supposé.

— Tiens-toi comme tu peux !

Debout derrière lui, elle effleura à peine ses épaules, mais, lorsqu'il embraya, elle lui agrippa la taille tandis que son nez allait s'écraser contre sa nuque. Ils sortirent rapidement du bâtiment. Élise faisait de terribles efforts pour ne pas lui enserrer la taille trop fort, mais, chaque fois qu'ils passaient sur une bosse ou un creux, elle resserrait son étreinte, y prenant un plaisir qu'elle était incapable de trouver honteux. La seule fois de sa vie où un garçon avait été aussi près d'elle — l'étreinte forcée de Conrad ne comptait pas — avait été le jour du décès de son père. Elle avait encore en mémoire l'odeur chaude et musquée de Wilson. Côme sentait davantage l'air frais et la terre. Un nouveau sursaut et elle sentit ses seins s'écraser contre le dos de Côme. Elle recula immédiatement et sourit en pensant que Micheline l'envierait certainement.

Côme lui montrait les champs de maïs et de pommes de terre. Elle avait reconnu les choux et n'en était pas peu fière. Elle contemplait les arbres, les immenses tas de pierres abandonnées en plein champ. Mais elle voyait aussi les épaules et la nuque de Côme, et devinait ses cuisses. Elle avait une envie folle de toucher ses petits cheveux fous et de lui mordiller l'oreille. Troublée par ces pensées qui lui étaient étrangères, elle se concentra sur un autre champ de pommes de terres, rayé vert et noir, qui allait mourir à l'orée d'un boisé si loin qu'elle était incapable d'en reconnaître l'essence des arbres.

— C'est ici qu'on travaille demain.

Côme arrêta le moteur et Élise, oubliant sa jupe, se mit à courir dans le champ, sous le regard amusé du jeune homme, qui demeura appuyé contre la roue du tracteur, les bras croisés. Tantôt elle sautillait, tantôt elle tournoyait. « Un chiot », pensa-t-il. « Il m'intimide », se dit-elle. Elle s'agenouilla pour toucher, sentir et caresser les feuilles. Sans réfléchir, comme si elle n'avait su que faire, elle arracha un plan pour voir les tubercules accrochés à la racine. Elle enfouit ses mains dans la terre et y farfouilla pour en extirper huit belles et grosses pommes de terre. Elle en prit une, enleva un tout petit peu de terre et y mordit à belles dents. La terre goûtait l'odeur d'orage et la chaleur, le noir et le vert, l'eau et le sable. Élise ferma les yeux et avala en souriant. « Oui, se dit-elle, je suis amoureuse de la terre. Quel curieux sentiment ! »

Elle ramassa tous les tubercules et les retint dans sa jupe. Se relevant sans se rendre compte qu'elle exhibait ses cuisses et le triangle de sa petite culotte, elle se dirigea vers Côme, toujours en souriant.

— Quand tu auras cueilli quelques centaines de plants, même sourire va te faire mal.

— Je sais, je sais. Puis je vais avoir les mains grises, pleines de lignes que je n'ai jamais vues.

— Des lignes de cœur, j'espère.

Côme s'avança vers elle, la débarrassa de sa récolte, qu'il posa sur le tracteur, lui prit une main et la lécha lentement jusqu'à ce qu'elle soit propre. Complètement décontenancée, Élise l'essuya sans hâte sur sa jupe, puis regarda sa deuxième main. Sans hésiter plus longtemps qu'un battement de cils, elle la lui tendit. Il la mordilla.

—6—

Oubliant sa timidité, Élise descendit au salon en peignoir de chenille verte et en pantoufles. Elle rôda devant une mince collection de livres, choisit une brochure sur l'Exposition universelle de Bruxelles et s'assit dans un fauteuil berçant pour la feuilleter. Mme Vandersmissen était déjà couchée et M. Vandersmissen alla presque aussitôt la rejoindre. Côme ne broncha pas. Au grand étonnement d'Élise, il était occupé à coudre un bouton. Elle se plongea dans sa lecture.

— J'en arrive.

Elle sursauta.

— D'où?

— De Bruxelles.

— De Bruxelles!

Élise s'attrista. Comment pourrait-elle intéresser un garçon qui avait déjà traversé l'océan Atlantique? Elle connaissait si peu de choses alors qu'il en savait déjà tant! En chuchotant pour ne pas éveiller ses parents, Côme lui raconta que ceux-ci, ainsi que ses oncles et tantes qui habitaient encore la Belgique, lui avaient offert ce voyage.

— Pour mon diplôme. Mon baccalauréat ès arts. Le plus instruit de ma famille a peut-être une sixième année...

— Peux-tu imaginer la quantité de légumes qu'ils ont cultivés et vendus?

Côme se mordit la lèvre supérieure, le regard assombri. Élise calcula qu'il devait avoir vingt et un ans.

— Ils ont dû récolter des millions de chicons. Je ne voudrais pas les décevoir.

Elle ne savait que dire. Côme incarnait cette belle générosité qui la séduisait depuis qu'elle était là. Il participait à toutes les tâches et corvées. La ferme de ses parents était aussi la sienne. Il aidait sa mère à laver la vaisselle et, ce soir, il cousait un bouton. Élise soupira. Elle venait de découvrir que Côme était aussi un fils reconnaissant. Elle se promit de remercier sa propre mère d'avoir réalisé le vœu de son père en lui offrant ce séjour. Durant ces lourdes secondes, elle parvint difficilement à décrocher son regard de celui de Côme. Ce dernier la pria de s'approcher avec la brochure, et ensemble ils voyagèrent en chuchotements à travers les pages et les images. Ils virent Bruxelles, sa Grand-Place et le Manneken-Pis, qu'il avait cru grandeur nature alors que le petit pisseur avait à peine vingt-quatre pouces de hauteur.

Élise tourna les pages le plus silencieusement possible. Rien de ce qu'elle voyait sur ces photographies ne ressemblait à Montréal. Côme lui parla du pavillon américain, où il avait pu voir la télévision en couleur et entendre un message du président Eisenhower. Il lui décrivit l'Atomium, cette drôle de chose en aluminium qui enleva à Élise le goût d'apprendre la chimie. Il lui confia qu'il s'était expédié au moins deux cartes postales par jour.

— C'est moins ennuyant que de tenir un journal.

En chuchotant elle aussi, elle lui demanda si elle pourrait les voir.

— Les voir, oui, mais tu ne les liras pas...

Élise rougit et baissa les yeux. Ils prirent congé l'un de l'autre en haut de l'escalier. Il lui serra la main pour lui souhaiter une bonne nuit et elle la retira aussi lentement qu'elle put. Ni lui ni elle ne savaient comment mettre fin à cette soirée qu'ils auraient bien prolongée jusqu'aux aurores.

Élise, envahie par un sentiment qu'elle n'avait jamais connu, ne pouvait fermer l'œil. Elle négligea de tirer le fin rideau de sa chambre, fascinée par la noirceur de la nuit. Elle demeura longtemps à la fenêtre, à respirer cette totale obscurité qui n'existait pas à Montréal. Non seulement cette nuit était-elle vraiment noire, mais elle chantait. Élise entendit une étrange cacophonie de cris d'oiseaux et de chauves-souris, d'aboiements, de meuglements et d'autres sons qu'elle ne pouvait identifier. Était-ce à cause de cette impudeur de la nature qu'elle se sentait enivrée par l'odeur de Côme ? Était-ce parce que la terre transpirait qu'elle ne cessait elle-même de soupirer ? Elle repensait à Côme, dont elle avait regardé bouger les lèvres avec une folle envie de les mordre quand il lui avait raconté ses vacances. Mille fois elle s'était demandé si c'était cela, l'amour, et mille fois elle avait répondu oui. Elle ne pouvait s'expliquer qu'à la fois sa tête et son corps étaient amoureux. Incapable de comprendre les sensations étranges qui l'assaillaient, elle s'allongea finalement, une jambe par-dessus le drap pour tromper la chaleur de la nuit. Elle s'endormit sans entendre Côme pénétrer dans sa chambre, pas plus qu'elle ne l'entendit déposer au pied de son lit un petit paquet ficelé. Elle n'eut pas non plus conscience de son souffle timide et tiède sur sa cheville découverte.

* * *

M. et Mme Vandersmissen invitèrent Blanche et Micheline à partager avec eux le dernier repas d'Élise à leur table. Blanche accepta à la condition d'y venir en train et non en voiture. M. Vandersmissen irait donc les chercher à la gare et il invita Élise à l'accompagner. Elle refusa poliment, sous prétexte qu'elle devait boucler ses valises. Il feignit de la croire et il lui sourit même si son cœur de père s'inquiétait de la réaction de Blanche quand elle apprendrait que lui et son épouse avaient manqué à leur devoir. Côme et Élise avaient osé, sous leurs yeux, non seulement veiller à des heures impossibles, mais aussi se tenir par la main lorsqu'ils marchaient dans les champs ou dans les bois. Ravie de savoir son fils amoureux de la fille de ce bon M. Lauzé, Mme Vandersmissen avait néanmoins exhorté son mari à ramener leur fils à la raison.

— Et à quelle raison voudrais-tu que je le ramène ?

— Jamais d'amours pendant l'année scolaire.

— Notre fils entre à l'université, Mimine ! C'est un homme !

— Mais il ne dort plus ! À table, il chipote et n'avale presque rien.

— C'est parce qu'il la mange des yeux !

M. Vandersmissen tentait maladroitement de dédramatiser les amours des jeunes.

— Tu as vu tout le poids qu'ils ont perdu ?

— C'est qu'ils ont travaillé comme dix pour s'impressionner mutuellement...

Élise et Côme se levaient à l'aube, déjeunaient rapidement d'un bol de gruau, de rôties tartinées de confitures de fraises pour elle, de miel ou de graisse de rôti de porc pour lui. Puis ils s'occupaient des animaux tandis que M. Vandersmissen déjeunait à son tour. Ils se rejoignaient ensuite tous les trois devant les bâtiments et partaient pour les champs, Élise coiffée d'un chapeau de paille et Côme, d'une casquette décolorée par le soleil et le sel de sa transpiration. Derrière le tracteur que conduisait M. Vandersmissen était accrochée une benne dans laquelle ils s'assoyaient côte à côte. On y avait fixé une espèce de convoyeur et c'est sur le ruban de cette machine qu'Élise et Côme, agenouillés face à face ou pliés en deux, plaçaient les pommes de terre qu'ils triaient au fur et à mesure qu'ils les extirpaient. Ils avaient les mains écorchées, les genoux douloureux et la peau brûlée malgré l'absence de l'intense chaleur habituelle de juillet. Ils changeaient fréquemment de côté, s'offrant un répit pour les yeux. Quand Élise était du côté du soleil, elle clignait des yeux, concentrée sur son travail et condamnée à ne voir que la silhouette de Côme. Ils se rafraîchissaient en même temps, buvant l'eau du même thermos.

Ils rentraient un peu avant le couchant. Élise montait à sa chambre et s'écroulait sur son lit en se frottant les articulations. Il lui arrivait parfois de s'endormir, mais l'odeur de la bonne nourriture parvenait toujours à la tirer de son sommeil ou de sa torpeur. Elle passait ensuite à la salle de bains. Elle avait négocié un bain aux deux jours, pour lequel elle avait promis de ne pas faire couler plus de quatre pouces d'eau — à son grand désespoir —, le puits étant presque à sec. Côme, lui, se douchait en une minute, montre en main. Après le repas, ils lavaient la vaisselle, en profitant pour s'effleurer la main ou le bras, puis ils lisaient ou écoutaient de la musique. Ils avaient dansé une fois dehors sur une chanson qui parlait de *first love affair*, de Sal Mineo. Élise, qui comprenait et parlait mieux l'anglais que Côme, traduisait maladroitement les paroles, les trouvant osées.

And once you've chosen to share... your first love affair...

— Et quand tu choisis de partager... ta première affai... histoire d'amour... On peut dire « histoire d'amour » ?

— Ou « tes premières amours »...

You're different in so many ways...

— Tu es différent de tant de façons...

Il l'étreignit, lui chuchotant dans l'oreille qu'il était si différent qu'il avait du mal à se reconnaître. S'armant de courage, Élise lui répondit qu'elle ne savait pas en quoi il était différent, mais qu'elle ne pouvait faire autrement que d'aimer ce qu'il était devenu.

Le compte à rebours ayant commencé, Élise avait perdu le sommeil. Non seulement devait-elle quitter Côme, mais elle allait retomber dans la folie de Conrad à moins qu'il n'ait découvert une autre dulcinée à qui déclarer sa flamme. Elle n'avait jamais révélé à Côme ses troublants démêlés avec le jeune Ballard, gardant secrètes ses peurs et sa découverte de la grossièreté. Si elle ne lui avait pas parlé de l'agonie de son père, elle avait sangloté à fendre les pierres en cherchant des mots pour lui décrire le son qu'avaient fait les mâchoires en s'attachant. Côme avait pleuré avec elle.

En moins de trois semaines, Élise s'était vue grandir et vieillir. Les lendemains ne ressemblaient plus nécessairement à une salle de classe, mais à quelque chose de différent qui s'était immiscé dans sa tête. C'était la première fois, depuis le décès de son père, qu'elle sortait du passé. Maintenant qu'elle voyait se dessiner un semblant d'avenir, celui-ci allait commencer par un incommensurable chagrin. Côme ne se portait guère mieux, ironisant sur sa prétendue grande maturité.

M. Vandersmissen partit pour la gare tandis que sa femme achevait les préparatifs du dîner. Elle avait tué et fait cuire un chapon aussi gros qu'une dinde. Tous les légumes provenaient du potager et elle avait bien l'intention de vanter les mérites d'Élise, qui avait travaillé autant qu'un homme, même si, les derniers jours, elle l'avait souvent confinée à la cuisine pour faire les conserves avec elle.

Pendant qu'Élise s'essuyait les mains à son tablier, véritable menu de la semaine, Mme Vandersmissen lui offrit de lui lire les lignes de la main. Elles s'assirent donc sur les marches du perron, faisant une pause entre deux blanchiments de tomates.

— Ah ! mon petit, depuis le temps que j'en ai envie !

Elle ponctua son observation de « hum ! », de « hon ! » et de « ah ! ». Élise fronçait les sourcils, craignant évidemment le pire.

— Voilà, mon petit, je ne vous apprendrai rien si je vous dis que vous avez le cœur sur la main.

Élise eut un rire nerveux.

— Ligne de chance, ça va, normale. Votre ligne de vie est très belle. Vous allez certainement passer les septante ans, peut-être même les octante, et, bonne nouvelle, vous n'aurez pas de problèmes de santé.

Élise mourait d'envie d'interroger Mme Vandersmissen sur ses amours, mais elle se retint.

— Voulez-vous faire des études, Élise ?

— Oui, c'est certain.

— Ah bon ! Je ne vois pas d'études supérieures, mais je peux me tromper. Par contre, je vois deux beaux enfants.

Élise éclata de rire.

— Ça, je sais. Des jumelles.

— Vous savez ça, vous ?

Mme Vandersmissen souriait. Élise se tapota le ventre du bout des doigts.

— Ici, je le sais. Un ami de mon père m'a dit que j'étais peut-être une sorcière. Il faut dire qu'il vient d'Haïti.

— Ah bon ! Peut-être a-t-il raison. Je pense qu'en Haïti il y en a plus qu'ici, des sorcières. De toute façon, nous le saurons bien assez vite parce que je vois que vous aurez vos enfants très jeune.

— Quand ?

— Vous avez dix-huit ans ?

— Oui, depuis juillet.

— Dans un an, peut-être deux. Moi, si j'étais vous, je me retiendrais.

Élise retira sa main. Elle ne croyait plus à la science de Mme Vandersmissen. Elle la voyait maintenant plutôt comme une mère qui lui passait un message. Gentiment, certes, mais elle lui avait quand même servi un avertissement. Mme Vandersmissen, ayant vu pâlir la confiance d'Élise, lui sourit avec tendresse.

— Je sais que vous vous aimez, Élise. Soyez prudente.

Le sens de cette mise en garde échappa à Élise, qui retourna aux mannes de tomates.

— Élise, vous aurez une très belle vie.

La jeune fille se contenta de répondre qu'elle l'espérait.

*   *   *

Élise s'apprêta à dresser le couvert dans la cuisine.

— Attendez, mon petit. Ce n'est pas un repas ordinaire. Nous recevons votre bonne maman et votre jeune sœur.

Mme Vandersmissen déroula une nappe si finement et joliment brodée qu'Élise n'osa pas y toucher.

— Je n'ai jamais vu une aussi belle broderie, ni au couvent ni dans les églises.

— Si vous trouvez que cette nappe est belle, mon petit, vous pouvez imaginer ma robe de mariée. Ma grand-mère avait un don pour la dentelle à fuseaux. Et mon voile, je ne vous dis pas... Nos vieilles femmes belges produisaient des chefs-d'œuvre pour se faire pardonner de jaser.

— Avez-vous appris ?

— Oui, mais je n'ai jamais sorti mes fuseaux des malles ! Mes doigts sont maintenant tellement abîmés que j'en accrocherais les fils.

Elle agita son doigt encore coloré, quoique délesté de son bandage. Élise comprit que Mme Vandersmissen éprouvait quelque regret, même si elle n'en souffla mot en sortant les serviettes de table d'un des tiroirs du buffet.

Élise n'ajouta rien, le cœur trop occupé. Sa mère allait entrer dans un coin secret de son cœur et elle ne savait comment l'y accueillir. Elle avait encore moins envie d'entendre les sottises de sa sœur. Elle avait aimé chaque seconde de son séjour et avait regoûté au bonheur de vivre autrement qu'en orpheline. Elle avait côtoyé un père qui parlait trop fort, trop souvent, avait une opinion sur tout et sur rien, et une mère qui ne cessait de regarder son fils avec une douceur qui atténuait la vivacité de son propos. Quand elle appelait son fils, son « Côme » pouvait claquer comme un fouet ou glisser dans l'air comme un mot d'amour. Sa mère à elle ne lui avait jamais parlé sur ce ton. Peut-être parce qu'elle n'était pas européenne. Peut-être parce que sa fille n'était pas un fils. Peut-être parce que la

63

mort de son mari lui avait arraché du cœur trop de tendresse. Heureusement, Élise se savait aimée d'elle.

Elle avait les yeux gonflés de chagrin et de nuits blanches. Elle tenta désespérément de penser à autre chose, mais en vain. Elle aurait à faire tout le trajet sans Côme à tenir par la main, avec sa sœur qui lui poserait des questions auxquelles elle n'aurait pas envie de répondre.

Côme et elle avaient passé toute la nuit à se promettre l'éternité de leur amour et leur indéfectible fidélité. Elle avait pleuré et il avait délicatement aspiré ses larmes ou les avait cueillies avec un doigt pour les mêler aux siennes. Elle avait sangloté et il lui avait caressé le dos en faisant d'abord un petit cercle vis-à-vis de son cœur, qu'il agrandissait ensuite et rapetissait au rythme de ses chuchotements dans son oreille. Ils se sentaient tous les deux sur un esquif abandonné aux vagues d'une mer tourmentée. Élise ne croyait toujours pas à la chance qu'elle avait d'être aimée d'un garçon aussi extraordinaire. Un futur agronome qui voulait tenir parole et rendre tous les siens fiers de lui !

— J'ai encore deux ou trois choses à faire, madame, si vous voulez bien m'excuser.

— Allez-y, mon petit, je comprends.

En fait, elle ne pouvait comprendre, puisque Élise et Côme s'étaient donné rendez-vous derrière le tas de pierres, dans le champ, pour pouvoir s'y faire leurs vrais adieux sans être vus ni de la maison ni de la route. Elle retint la porte moustiquaire pour l'empêcher de claquer et partit sur la pointe des pieds. Dès qu'elle fut certaine que Mme Vandersmissen ne pouvait plus la voir, elle courut à travers le champ.

Côme l'attendait en faisant des ronds de fumée, couché sur une couverture à carreaux dérobée à l'écurie. L'entendant venir, il tourna la tête, jeta son mégot d'une chiquenaude et lui ouvrit les bras. Élise s'agenouilla à ses côtés et posa une main sur sa poitrine couverte de poils blonds et frisés.

— On a combien de temps avant qu'ils arrivent ?

— Une bonne demi-heure. Mon père met davantage d'énergie dans ses mâchoires que sur l'accélérateur. Viens là.

Élise s'allongea en prenant soin de tirer sur sa jupe pour éviter de la froisser. Côme s'accouda sur le sol pour l'admirer une dernière fois et lui taquiner la joue de son index. Se rapprochant d'elle, il mit son pouce sur une joue et le reste des doigts sur l'autre. Exerçant une légère pression qui fit s'entrouvrir les lèvres d'Élise, il se pencha doucement, puis glissa sa langue sur ses dents avant de les forcer délicatement à lui laisser un passage vers l'intérieur de sa bouche. Élise lui téta légèrement le bout de la langue avant d'agiter la sienne en guise d'accueil. Elle goûta encore sa salive, qu'elle avait d'abord imaginée salée, mais qui était aussi claire que de l'eau de source. Puis elle sentit la main de Côme détacher les agrafes de son soutien-gorge. Elle se figea, se demandant si elle devait s'abandonner à ses envies ou refuser la main qui lui caressait maintenant le mamelon, lequel s'était durci comme lorsqu'elle entrait dans l'eau froide. Cette pensée la fit sourire car elle sentait la sueur lui couler dans le dos, depuis la nuque jusqu'à la courbure des reins. Les frissons qui avaient envahi ses jambes, ses bras et son ventre ressemblaient aux frissons de bonheur qu'elle avait eus à quelques reprises au concert en entendant un pianiste ou un flûtiste ou même à ceux qu'elle avait eus le soir de son arrivée en écoutant le chant de la nature. Mais ces frissons que Côme lui donnait venaient des rayons du septième ciel. Elle ne refusa donc pas cette main qui se glissait maintenant entre ses cuisses qu'elle ne réussissait pas à tenir serrées. Tout en elle s'ouvrait si facilement qu'elle en prit peur.

— Côme, Côme, je n'ai jamais... Je ne sais pas si...

— Chut ! Tout s'apprend...

Élise se tut, rassurée par la voix de son amoureux. Elle se laissa bercer dans ses bras et ne fit rien pour retenir sa petite culotte qu'il venait de faire glisser jusqu'à ses chevilles. Ne voulant pas être en reste, elle tira délicatement sur la braguette, prenant soin de ne pas y coincer son sexe qu'elle avait déjà pris dans ses mains une fois, les yeux fermés, dans le noir d'une de leurs nuits. Côme la couvrit de tout son corps et elle ferma les yeux en sentant farfouiller dans sa fourrure son pénis qu'elle aurait dit affamé. Côme tremblait tellement qu'il dut s'y prendre à trois fois tandis qu'elle s'enfouissait la tête dans son cou pour lui mordiller le lobe de l'oreille. Elle retint un petit cri de douleur lorsque le pénis trouva son chemin en elle. Côme, appuyé sur ses coudes, les yeux soudés aux siens, l'entraîna alors dans un mouvement de berceuse. Élise se demanda si c'était cette extase que les religieuses qualifiaient de péché mortel. Côme eut un autre cri plus puissant, puis retomba sur elle, fragile et chaud comme un œuf mou fraîchement pondu.

— Élise! Qu'est-ce que vous faites?

Élise ouvrit les yeux tandis que Côme sautait sur ses pieds et toussotait en fermant sa braguette. Micheline était debout devant eux, les sourcils froncés, le regard suspicieux, la bouche amère. Elle ramassa la petite culotte, la lança à la tête de sa sœur, puis courut vers la maison en sanglotant.

Micheline était maussade en prenant place à table et les Vandersmissen se demandèrent s'ils l'avaient froissée. Blanche n'en tint pas compte, trop heureuse de retrouver son aînée en si grande forme. Elle n'avait d'yeux que pour elle, vantée au superlatif par ses hôtes, et elle voyait en Côme un jeune homme sérieux. Elle vit une inquiète douceur dans les regards qu'il jetait à Élise. Celle-ci insista pour faire le service et affronta les grimaces de Micheline, qui prit un hors-d'œuvre et la suivit dans la cuisine.

— Comment tu fais pour le regarder sans vouloir passer en dessous de la table?

— Comme ça, répondit Élise en lançant une douce œillade.

— Je veux bien, mais ce gars-là a vu tes fesses, même plus.

— C'est pas plus compliqué que ce que je fais.

Elles retournèrent à la salle à manger. Élise s'étonnait de la facilité avec laquelle elle avait pu éteindre un brasier tout en laissant un tison. Côme fut impressionné par son aisance et ne l'en aima que davantage, essayant de lui dire par ses gestes et son attitude qu'il avait encore plus envie d'elle. Les parents ne virent en eux qu'une belle jeunesse saine et promise à un avenir florissant. Et soudain, en pleine euphorie, Micheline éclata en sanglots, s'excusa et sortit de table. Élise et Côme pâlirent.

— Vous permettez?

Élise partit à la poursuite de sa sœur, qu'elle trouva assise sur le siège du tracteur.

— J'aime pas ça, Élise.

— T'aimes pas quoi?

— Tu vieillis trop vite pour moi. Si ça continue, on va avoir toute une génération entre nous deux.

— Mais non.

— Tu fais des affaires de grande personne. J'imagine que maintenant vous allez vous marier.

Élise prit peur. Elle venait d'offrir sa jeunesse à Côme et elle espéra qu'il ne cesserait jamais de l'aimer comme elle savait qu'elle-même l'aimerait toujours. Elle étreignit alors Micheline et parvint à la consoler.

— Je pense, Élise, que j'ai jamais vu un aussi beau gars, avec des épaules... C'est toujours les mêmes qui ont tout...

— Mais j'ai rien...

— Mais oui ! T'as trouvé l'homme de ta vie !

— Tu penses vraiment ça ?

— C'est ce qu'il faut que je pense, puisque t'as couché avec lui. Il y a plus un seul homme qui va vouloir de toi.

*　*　*

La mère et les deux filles Lauzé étaient assises derrière alors que M. Vandersmissen avait pris la place du passager et Côme, le volant. Élise avait remercié ses hôtes rapidement, voulant éviter qu'ils voient son immense tristesse ou reconnaissent la volupté de ses amours dans son regard. Elle promit de leur écrire.

L'arrivée à la gare fut la bienvenue, ne fût-ce que pour détendre l'atmosphère, qui ressemblait trop à une rupture, au goût d'Élise. Comme pour mal faire, le train eut près d'une demi-heure de retard. Le quai s'était rempli de passagers et l'angoisse d'Élise augmentait de minute en minute. Blanche serra la main de M. Vandersmissen et de Côme pendant que Micheline criait un « au revoir et merci » sans conviction après avoir rapidement parlé à l'oreille de Côme.

— T'es mieux de l'aimer, ma sœur, Côme Vanderchose, parce que tu as fait des affaires qui se font pas. Des péchés mortels, quand on se marie pas.

Élise fit un tout petit signe de tête à M. Vandersmissen, qui vit bien qu'elle n'avait pas regardé Côme. Il en fut inquiet et il mit la main sur l'épaule de son fils, qui se tenait droit, avec fierté. Élise transpirait à grosses gouttes et elle enleva son chapeau pour s'essuyer le front. Elle ne pouvait prendre ce train et risquer ainsi encore une fois la vie de sa famille. Mais comment taire la vérité à sa mère afin de ne pas la bouleverser ? Elle avait si mal et si peur qu'elle crut s'évanouir. Elle posa un pied sur le marchepied et se remit à trembler. Elle le retira, respira profondément, puis tenta une nouvelle fois de monter dans le wagon. Rien n'y fit. Il y avait là une barrière invisible qu'elle était incapable de franchir.

Micheline était déjà assise et Blanche l'avait rejointe. Élise était soudée au quai, tétanisée. Elle lança un regard suppliant à Côme, qui ne la vit pas, occupé qu'il était à aider une dame âgée. Elle s'approcha de la fenêtre, se planta devant sa mère et fit non de la tête. Sa mère en fut contrariée. Si seulement Élise avait pu lui parler, lui dire qu'elle se croyait maudite ! Sur les lèvres de sa mère, elle pouvait lire : « Monte, Élise. »

Elle remit son chapeau, pendit à son épaule la bandoulière de son sac de paille, agrippa sa valise et, tandis que le conducteur criait « *All aboard* », elle courut du quai à la gare, puis de la gare à la rue. Elle vit de loin le visage de sa mère, encadré de ses mains, scrutant le quai, et elle lui fit un signe qui lui disait de partir. Elle s'arrêta finalement dans un garage, essoufflée et terrorisée. Le garagiste, étonné, la dévisagea comme si elle avait été un spectre.

Elle se planta devant la fenêtre et vit partir le train. Le garagiste la regardait, interloqué, et il remarqua qu'elle tremblait des mains comme des lèvres.

Côme poussa la porte du garage, sourit doucement au garagiste et s'approcha d'elle.

— Tu viens avec moi, Élise. J'ai promis de te reconduire. Viens.

— J'aurais pu tuer maman si j'avais pris le train. Un mauvais pressentiment. Elle était assise à la même place que mon père. Pas le même wagon, pas le même train, mais la même place. Ah ! Côme, sors-moi de mes cauchemars !

Côme la ceignit de ses bras et la berça pour la rassurer.

*   *   *

Élise aurait souhaité le trajet sans but et sans fin. Après avoir déposé son père, Côme dit à son amie qu'il ne fallait pas qu'elle croie qu'il lui avait manqué de respect. Jamais.

— C'est tout moi, Élise, pas juste ma tête, mais tout moi qui te dis de m'attendre.

— Pourquoi t'attendre? Pourquoi on ne se fiance pas? On a eu une relation...

— Parce que c'est impensable. Toi à Montréal, moi à Sainte-Anne-de-la-Pocatière.

Elle ferma les yeux en une vaine tentative pour retenir les grosses larmes rondes qui en jaillissaient.

Côme la regarda longuement, aussi malheureux qu'elle.

— Cesse de pleurer, ma douce. On pourra se voir l'été prochain. Peut-être aussi à Noël ou à Pâques.

— Se voir deux fois par année?

Élise sanglota de plus belle. Côme rangea la voiture sur le bord de la route et éteignit le moteur pour pleurer avec elle.

— Si on décidait de s'attendre?

Élise s'était calée dans la banquette et tournait la tête de gauche à droite, en pleurant. Côme, décontenancé par tant de chagrin, ne savait comment la consoler.

— Je déteste au plus profond de mon cœur les années qui s'en viennent, Côme. Je ne serai nulle part si je ne suis pas avec toi. Je déteste avoir dix-huit ans et être encore obligée d'attendre ma majorité pour prendre des décisions. Et puis tu me forces à t'attendre dans une ville qui grouille de vermine malade. Qu'est-ce que tu veux de moi, Côme?

—7—

Avant qu'Élise et Côme ne se séparent pour un interminable calendrier de saisons, il lui avait demandé de lui téléphoner si elle n'avait pas ses règles. Troublée de l'entendre aborder le sujet, elle ne réussit plus ensuite à trouver le sommeil ni à endormir ses craintes. Jamais elle n'avait pensé que le léger et fugace frottement de leurs pubis ait pu aboutir à une grossesse. Elle s'était sentie si bien à la campagne qu'elle avait eu le sentiment d'être devenue la campagne elle-même. Allongée sur la terre, elle était devenue la terre au point de trouver normal de s'y faire aimer, mais elle n'avait pas pensé qu'elle pouvait s'y faire ensemencer.

Inquiétée par ses nuits blanches, sa mère reconnut les premiers tourments de l'amour. Discrète, elle n'aborda jamais la question, car le téléphone ne sonnait pas et le postier n'apportait jamais de courrier pour sa fille. Élise lui en savait gré. Elle ne pouvait être aussi reconnaissante envers Micheline, qui lui faisait toujours la tête ou la sermonnait du haut de ses quinze ans nouvellement acquis.

— En tout cas, Élise, je l'ai dit à personne.

— J'espère bien, parce que ma vie, c'est pas de tes affaires, et encore moins des affaires de tes amies, dont tu changes toutes les semaines.

— C'est mieux que les tiennes, qu'on connaît même pas.

— Ça non plus, ça te concerne pas.

Son retour à Montréal avait fait réapparaître Conrad, plus déterminé que jamais à s'en faire une fiancée. Il commença à lui téléphoner, à son grand désespoir, allant jusqu'à appeler à dix heures du soir, ce qui leur mettait les nerfs en boule à toutes les trois. Sa mère l'avait sommée de le raisonner, ce qu'elle n'avait pas fait, préférant l'éviter plutôt que de lui parler. Élise le retrouvait donc dans la rue et elle n'avait qu'une hâte : que le froid arrive et lui fasse fuir la ruelle mal déneigée qu'il utilisait encore et toujours pour lui chanter la pomme. Son sommeil était hanté à la fois par la peur de voir apparaître Conrad et par l'inquiétude causée par le retard de ses menstrues de septembre.

C'est donc une Élise pâlotte et fébrile qui rentra à l'École normale pour terminer la seconde et dernière année de son brevet B. Elle avait retrouvé à regret ses jarretelles et ses bas de fil beige, enfilé son jupon, son chemisier blanc à manches courtes, et sa chasuble marine que toutes les élèves des religieuses appelaient de son nom anglais de *jumper*, avec sur la poitrine, côté cœur, l'écusson du couvent. Sa mère lui avait acheté un blazer pour les journées fraîches, qu'Élise avait été forcée de laisser dans son casier car ce vêtement ne faisait pas partie de l'uniforme. On avait toléré qu'elle le porte pour rentrer à la maison, mais jamais dans la cour ou dans l'école.

Si elle avait ressenti quelque plaisir à revoir ses compagnes, elle avait vite déchanté, les trouvant terriblement immatures et naïves. Elles avaient toutes, disaient-elles, passé l'été à écouter les chanteurs rock en flânant, et elles parlaient encore du service militaire qu'Elvis Presley avait commencé en mars. Au cours de chimie, Élise avait osé mentionner l'Atomium de l'Exposition universelle de Bruxelles, mais personne n'avait paru intéressé sauf son professeur, qui connaissait l'existence de cette reproduction géante d'un atome.

Le 9 octobre, elles connurent une journée de deuil, le pape Pie XII étant décédé, d'un hoquet, disait-on. Au grand étonnement de toute la classe, Élise éclata en sanglots et les religieuses la conduisirent aussitôt au bureau de l'aumônier. Celui-ci lui parla de la mort « qui vient toujours comme une voleuse » et de la grandeur de l'âme du disparu, passant sous silence les reproches qu'on avait faits à ce pape de ne pas avoir condamné le régime nazi de la dernière guerre. L'aumônier parla de la promesse d'un ciel harmonieux et pieux, de la perpétuelle présence des anges et de la réunion de tous les êtres aimés. Élise sanglota encore plus fort, pensant à son père et à son interminable attente de Côme. Ses larmes toutefois étaient dues davantage au soulagement qu'elle avait ressenti le matin même à l'apparition d'un écoulement rouge et libérateur. Pendant plus de quatre semaines, elle avait vécu dans la hantise d'un accouchement secret à l'hôpital de la Miséricorde, avec la peur viscérale de devenir la honte de sa mère et de se voir forcée de donner un enfant à la crèche! L'aumônier étant la dernière personne à laquelle elle s'en serait ouverte, elle s'accommoda du malentendu quant au décès du pape puisqu'il laissait la voie libre à ses pleurs. Étant parvenue à sécher ses larmes, elle tenta de mettre un terme à la rencontre, mais l'aumônier la retint encore une heure, ne s'interrompant que lorsqu'il entendit la cloche annoncer la fin des cours et l'heure du repas.

Maintenant qu'elle avait retrouvé la paix, qu'elle n'avait plus cette peur d'avoir un deuxième cœur dans son corps, elle préférait la sagesse et le désir inassouvi aux amours charnelles, délicieuses mais trop affolantes. Comme elle ne voulait jamais plus vivre une telle hantise, elle se promit continence et mariage avant de retrouver les merveilleux frissons qu'elle avait connus dans les bras de Côme. Par-dessus tout, elle craignait que l'amour de Côme ne se soit étiolé, alors que le sien était encore si vif et si souffrant. Elle rêvait de lui et de sa timide toison blonde, tentant de se convaincre qu'il rêvait aussi d'elle. Son orgueil et sa fierté la retenaient de lui téléphoner. Mais si elle avait été enceinte, qu'auraient-ils fait?

— Côme, c'est moi. Tu m'as demandé de te téléphoner si je n'avais pas de...

— Tu n'as pas eu tes règles! Nous allons avoir un bébé?

Si elle avait naïvement espéré entendre un cri de joie ou même une demande en mariage, elle avait dû se contenter d'une voix chevrotante et inquiète, puis d'une sonore déglutition et de soupirs sortis directement des narines.

— Côme, je téléphonais pour te dire de ne pas t'inquiéter.

— Pas m'inquiéter? Mais enfin, Élise, j'aurais été un trou du cul si je ne m'étais pas inquiété! J'ai bien compris, tu n'es pas enceinte.

— Je ne suis pas enceinte. Mais si je l'avais été?

— Mon Dieu! Ma douce, nous venons d'échapper à une catastrophe, quelle qu'en eût été l'issue. Alors, je ne veux même pas penser à un scénario. Merci de m'avoir téléphoné, ma douce. Je t'embrasse.

— Côme !

— Quoi ?

— Est-ce que tu t'ennuies de moi ?

Élise fut soulagée de voir qu'il avait changé de ton. Quelle idée avait-elle eu de le tourmenter inutilement ? Elle avait quand même un peu honte.

— Je n'ai pas une minute à moi, mais s'il m'arrive de rêvasser, c'est toujours près de toi que vont mes pensées.

— Alors, si on se donnait rendez-vous en rêve, toutes les nuits à trois heures, ça te conviendrait ?

— Parfaitement. À bientôt, ma douce, à trois heures.

*   *   *

La chorale du couvent était en répétition pour le spectacle de Noël et Élise, dont la grande religiosité avait été découverte le jour du décès de Pie XII, avait choqué son professeur titulaire en refusant d'en faire partie.

— Vous ne voulez pas faire un duo avec le chœur des anges ?

— Je préfère préparer mon stage.

— Vous en êtes certaine ?

— J'en suis très certaine.

— Élise, un chœur de jeunes filles encore innocentes est pourtant si proche de celui des élus.

— Mais, ma sœur, je suis tout sauf innocente !

Élise éclata d'un rire clair, imitée par la religieuse.

— N'allez jamais répéter cela devant les gens... On pourrait imaginer des choses...

Sans cesser de rire, Élise répondit qu'elle n'était pas inquiète, parce que les gens n'avaient pas vraiment d'imagination.

Elle était lasse d'entendre parler de choses telles que « les élus, le chœur des anges », à quoi elle croyait de moins en moins. Depuis qu'elle aurait commis « le » péché contre le neuvième commandement de Dieu, « L'œuvre de chair ne désireras, qu'en mariage seulement », Élise s'était retirée des manifestations religieuses, même si elle doutait d'avoir commis de faute mortelle, puisqu'elle n'avait jamais eu l'intention de créer quelque œuvre que ce soit. Elle avait tout simplement trouvé un réconfort en assouvissant son immense amour pour Côme.

Noël se passa donc sagement en famille et Blanche fit à ses filles une surprise de taille en leur offrant un train électrique ! Élise en fut chavirée, sachant que cela répondait à un souhait de son père. Sa mère avait poussé la délicatesse jusqu'à inscrire sur la carte accompagnant le cadeau : « À Blanche, à Élise et à Micheline, de papa. » Elles installèrent le jouet au sous-sol, où elles commencèrent à lui créer un décor. Élise insista pour que le train se promène en montagne, celui qui avait tué son père ayant roulé dans la plaine. Sa mère acquiesça. Elles consacrèrent plusieurs heures des vacances à cette construction, ce qui les amusa énormément.

Quelques jours avant le premier de l'an, Élise reçut une enveloppe qu'elle prit des mains de sa mère en tremblotant. Blanche la laissa seule, et Élise pesa et soupesa l'enveloppe pendant au moins cinq minutes avant de l'ouvrir avec un coupe-papier, pour l'abîmer le moins possible. Elle s'assit à la table de la salle à manger et se résigna enfin à sortir la carte. Une fine pluie de paillettes dorées arrachées aux branches d'un sapin enneigé tomba sur la table et elle sourit en retenant son souffle. Elle les ramassa toutes et les remit dans l'enveloppe.

Ma douce, mon Élise,
Que cette nouvelle année soit des plus belles.
Pas un seul jour ne passe sans que je pense à ton parfum
et à ton sourire.
Et toi, m'as-tu rencontré en rêve ?
Pour toujours, ton Côme.

— 8 —

MAI 1959

C'était affolant! Élise se trouvait devant vingt-trois petites filles dont elle aurait la responsabilité pour une semaine complète, après quoi, le vendredi après-midi, les religieuses viendraient l'évaluer.

Les petites étaient sagement assises, les pieds posés bien à plat sur le sol, les mains jointes. Quelques-unes souriaient tandis que d'autres attendaient patiemment qu'elle commence la leçon. En trois minutes, Élise avait remarqué sur le cahier d'appel qu'il y avait là sept Louise, trois Denise, deux Michelle, deux Huguette et, évidemment, une Marie. Depuis qu'elle allait à l'école, il y avait toujours eu une Marie dans sa classe. Micheline aussi et sa mère également. Avec cinq prénoms, Élise connaissait plus de la moitié de sa classe!

En trois minutes aussi, elle se demanda si elle avait vraiment du talent pour l'enseignement. Comment saurait-elle en septembre, proche de la vingtaine, être responsable d'autant de fillettes? Elle avait peine à imaginer sa grand-mère qui, à seize ans, enseignait à une classe de sept niveaux scolaires, en plus de voir à l'entretien de toute une école. Les temps avaient terriblement changé puisque maintenant une fille de seize ans n'avait pas toujours la permission de sortir plus tard que dix heures du soir la fin de semaine, et ne l'avait pas du tout la semaine. Sa mère lui avait montré une photo de sa grand-mère, prise à la toute fin du XIXe siècle, alors qu'elle était âgée, elle aussi, d'à peine vingt ans. Elle se tenait devant une école, entourée de ses élèves, véritable poule avec ses poussins. Élise lui avait trouvé un air sévère. Maintenant elle comprenait que n'importe quelle fille de son âge qui était de service vingt-quatre heures par jour, dix mois par an, ne pouvait pas se permettre d'avoir un air autre que sévère. De toute façon, sa pauvre grand-mère devait être trop épuisée pour sourire.

Une élève leva la main et demanda si elles allaient faire la prière.

— Quelle prière?

— Eh bien, la prière du matin.

Élise l'avait complètement oubliée.

— Je sais, mais quelle prière récitez-vous le matin?

— Celle du matin.

Élise la remercia, réprima un sourire et leur demanda de choisir. Elles choisirent le *Je vous salue, Marie*, qu'Élise expédia le plus rapidement possible. Elle invita ensuite les élèves à prendre leur livre de lecture et soupira d'ennui. Les petites filles, par contre, étaient tellement fières d'elles-mêmes qu'elle n'osa pas les interrompre.

La lecture terminée, elle passa au calcul et sortit les cartons d'opérations mathématiques préparés par la titulaire. D'un côté, les élèves pouvaient voir « 4 + 2 =» et du sien, il y avait la réponse. Elle hésita, puis rangea les cartons et déambula dans la classe.

— Fermez vos yeux. Imaginez un instant que nous sommes dehors, à la campagne. Devant nous, là-bas, il y a une belle ferme, avec, sur la galerie, des vases remplis de fleurs. Un peu plus loin, on voit des animaux. Ouvrez les yeux. Pouvez-vous les nommer?

Il s'ensuivit une cacophonie à travers laquelle elle reconnut les mots « poule», « vache», « cochon».

— Bien. Si, derrière la clôture, je vois quatre vaches et deux cochons, je vois combien d'animaux?

« Six», entendit-elle à la ronde.

— Six? Vous connaissez bien la campagne. Maintenant, écoutez bien. Je vois quatre vaches, deux cochons, et puis tout à coup il y a trois poules qui, affolées, sortent du poulailler en caquetant et en perdant leurs plumes. Combien est-ce que je vois d'animaux?

— Neuf!

— Neuf! Vous êtes très bonnes! Oh! voilà que les deux cochons viennent de disparaître. Combien en reste-t-il? Sept? Mais vous êtes des championnes!

Élise continua à faire des calculs avec les fillettes, qui additionnaient tantôt des animaux, tantôt des pots de fleurs. Elles comptèrent aussi des paniers de pommes de terre, qu'elles achetaient si elles étaient des dames de la ville ou vendaient si elles étaient des fermières. Élise prit plaisir à ce jeu et, le cœur léger, accompagna les élèves dans la cour de récréation. Les fillettes l'entourèrent, lui redemandant des histoires de campagne et de ferme. Elle promit de leur en raconter d'autres dès qu'elles retourneraient en classe, préférant pour l'instant tenir la corde à danser.

Elle passa la semaine à amuser les enfants en leur parlant de la campagne. Elle donna une dictée qui contenait les mots «coq» et «poule», «lapin», «grain» et «carotte». Elle parlait des mois et des saisons en se référant aux semis et aux récoltes. Elle fit même le catéchisme et les prières tantôt à dos d'âne derrière la Vierge, tantôt dans la crèche, selon que les petites étaient, ce jour-là, berger ou mage, et tantôt en maillot de bain avec Jean-Baptiste, dans un fleuve qui s'appelait Jourdain. Les petites apprenaient les couleurs aux noces de Cana, en coloriant les verres de vin, les fruits et les légumes du repas, ainsi que les fleurs des tables et du bouquet de la mariée, sous un arc-en ciel magnifique avec son violet et son indigo, et dont les extrémités indiquaient l'endroit où les mariés trouveraient leurs cadeaux. Pour les détendre, elle leur apprit, en anglais, la chanson *Old McDonald Had a Farm*.

Le vendredi après-midi arriva malheureusement trop vite et Élise pénétra dans sa classe avec une légère appréhension. Les religieuses l'y avaient précédée, prêtes à évaluer son autorité à la discipline du groupe à son arrivée.

Les petites entrèrent en lui faisant des clins d'œil, le sourire aux lèvres. Élise fit la prière de l'après-midi, que les petites choisirent de dire en maillot de bain aux côtés de Jean-Baptiste puisque la journée était exceptionnellement chaude même si le ciel se couvrait et annonçait des orages.

— Mais ça va être bon pour les jardins, hein, mademoiselle Lauzé?

Les religieuses s'agitèrent sur leur chaise. L'heure qui suivit fut à l'image des leçons de la semaine. Après avoir joué à «j'arrive du marché et, dans mon panier, j'ai une pomme, puis une pomme et une banane, puis une pomme, une banane, une poire, des raisins...», une petite fille se leva et, portant un fictif panier, alla en offrir le contenu aux religieuses pour leur collation.

— J'arrive du marché et, dans mon panier, j'ai, pour votre collation, une pomme, une banane, une poire, des raisins, une pêche, une banane...

— Non! crièrent les autres. Une tablette de chocolat et une brosse à dents.

Élise fut ravie. La petite ne pleura pas même si elle s'était trompée. Elle offrit les fruits de son panier, forçant les religieuses à tendre la main pour les prendre, puis elle regagna sa place. La directrice de l'École normale se leva, imitée par les autres religieuses, et, sans dire un mot aux enfants, elles sortirent de la classe comme un vol d'étourneaux.

— Mademoiselle Lauzé, je vous attends à mon bureau lundi matin, à la première heure.

La voix était si impérative qu'Élise la reçut comme un coup de fouet en plein cœur. Elle haussa les épaules et regarda les vingt-trois frimousses qui avaient toutes cessé de sourire.

— Les sœurs ont pas aimé nos fruits?

— Je pense que les sœurs ont pas aimé la campagne. Mais moi, je vous ai aimées. Vous avez été sages, obéissantes et polies, mais, surtout, vous avez su toutes les réponses.

— Est-ce que vous allez vous faire chicaner?

— Peut-être... Mais j'ai besoin de vous. Qu'est-ce que je devrais apporter dans ma serviette?

Les enfants éclatèrent de rire. Une Louise proposa des œufs, pour les lancer, suivie d'une deuxième Louise qui mit dans la serviette des tomates pourries. Élise n'en revenait pas quand la troisième voulut qu'elle apporte une tapette à mouches. Elle les interrompit, expliquant que sa serviette était beaucoup trop petite. Alors, Marie leva la main et dit qu'elle devrait peut-être simplement apporter «trois plus deux égalent cinq mouchoirs».

Élise entra dans le bureau de la directrice.

— Honte, mademoiselle Lauzé! Je n'ai jamais eu aussi honte de ma vie. On se serait cru dans une colonie de vacances! Pire, un mardi gras! Que faites-vous du programme?

— J'ai respecté le programme. Nous avons couvert toutes les matières, y compris l'histoire et la géographie.

— J'imagine que vous avez fait la valise des explorateurs?

Élise était heurtée par le mépris qui lui était servi sous une pluie de postillons.

— Non, ma sœur. Nous avons voyagé avec Radisson et nous en avons profité pour identifier tous les animaux qu'on voyait sur les rives.

— Venus s'abreuver, évidemment.

— Évidemment. Pouvez-vous me dire le mal qu'il y a à enseigner la matière d'une façon différente?

La religieuse fixa son regard sur celui d'Élise, la bouche pincée, respirant fort par le nez.

— Êtes-vous consciente, mademoiselle Lauzé, qu'il nous sera difficile d'émettre un diplôme d'enseignement à une étudiante qui ne sait se plier aux exigences d'une profession et qui, de plus, refuse de se soumettre à nos évaluations?

Élise ne répondit rien, se sachant en pleine tempête.

— Que feriez-vous à ma place, Élise?

Un malaise d'abord sournois, puis de plus en plus criant, battit aux tempes d'Élise, qui cligna des yeux pour le faire fuir. Elle avait envie de répondre qu'elle commencerait par nettoyer ses dentiers, se laver et se mettre du déodorant, et qu'elle essuierait ensuite ses lunettes... Que pouvait-elle répondre à cette question? Elle n'avait rien à dire. Les enfants s'étaient amusées tout en apprenant. Quant à elle, elle avait enseigné tout en s'amusant.

— Que feriez-vous, Élise?

Le malaise s'accrochait, lui comprimant les poumons. Le cœur étouffa lui aussi. Une porte venait de lui claquer au visage et, depuis quelques minutes, Élise ne se sentait plus la bienvenue dans sa propre vie.

— J'irais féliciter les enfants et je leur remettrais des images, ma sœur. Et je leur donnerais congé de devoirs et de leçons pour la fin de semaine.

Elle fit une petite révérence, un discret salut de la tête, puis sortit du bureau.

— Revenez ici, mademoiselle Lauzé, nous n'avons pas terminé!

Élise ralentit le pas, s'arrêta et se retourna.

— C'est vrai que vous n'avez pas terminé, ma sœur. Moi, oui.

Elle continua son chemin dans le couloir.

— Ici, Élise!

Élise chantonna pour elle-même : «Promenons-nous dans les bois... Loup y es-tu? — Non. Je prends mes papiers.»

Elle entra dans sa classe, se dirigea vers son pupitre et pria le professeur ébaubi de l'excuser tandis qu'elle prenait ses effets. Elle bourra sa serviette et ressortit en ânonnant de son meilleur ton de couventine :

— Au revoir et merci, ma sœur.

Et sur le même ton elle susurra, les dents fermées :

— Elle pue beaucoup, la supérieure.

Elle prit son imperméable et son parapluie.

— Ici, tout de suite!

— «Promenons-nous dans les bois... Loup y es-tu? — Non. Je mets mes bottes.»

Elle enfila ses caoutchoucs et sortit de l'école.

— Nous allons sévir!

Elle offrit son visage à la pluie, non pour noyer des larmes qu'elle n'avait pas, mais pour que l'eau caresse le sourire de soulagement qui lui parait les joues. Elle ouvrit finalement son parapluie.

«Promenons-nous dans les bois... Loup reviens-tu? — Non, jamais plus!»

— 9 —

Blanche fut soufflée d'apprendre que sa fille avait quitté l'école et que les religieuses menaçaient de lui refuser son diplôme de brevet B. Elle ne pouvait imaginer que son aînée, si raisonnable, ait pu faire une chose aussi irresponsable. Sa fille, au seuil de sa vie, les mains vides et sans diplôme!

— Maman, tu sais bien que je n'avais jamais pensé tirer ma révérence comme ça.

— J'espère!

Élise se braqua devant la réaction de sa mère.

— Les enfants méritaient mieux et moi aussi, maman. Pourquoi est-ce que j'aurais accepté de me faire insulter?

— Parce que, au couvent, ce sont les religieuses qui mènent. Et puis les religieuses, elles n'ont plus besoin de recevoir leur diplôme.

— Si je suis assez vieille pour enseigner, je suis assez vieille pour être respectée.

Blanche s'agitait. Cette entorse à la bienséance était un geste isolé et les religieuses auraient dû faire preuve de compréhension. Élise avait été radieuse toute la semaine en lui racontant, ainsi qu'à Micheline, dans le menu détail, tout ce qu'elle avait fait en classe. Blanche reconnaissait chez sa fille beaucoup des traits de sa grand-mère, sous le couvert d'une timidité semblable à la sienne.

— Élise, dis-moi que tu n'as pas aimé ta semaine.

— Un peu plus et tu avais du crottin sur tes chaussures... puis on sentait le fumier dans la maison...!

Élise foudroya sa sœur du regard. Elle était désolée du désarroi de sa mère, mais ne regrettait aucunement d'être sortie ainsi du bureau de la directrice. Assise à la table de la cuisine, Blanche ferma les yeux quelques instants et Élise sut qu'elle demandait conseil à son père.

— Dérange pas papa pour ça, maman, on en a déjà discuté.

— Vraiment?

— Ma sœur, la sorcière, a fait parler la tablette oui-ja.

— Et que t'a-t-il dit?

— Qu'il était déçu d'apprendre que je ne voulais pas enseigner.

— Tu ne veux pas enseigner?

— Pas plus que toi, maman.

Blanche était assommée. Que s'était-il passé dans la tête de sa fille pour expliquer un tel changement de cap?

— Mais ton plaisir?

— Mon plaisir dans la vie, maman, ça ne sera jamais avec un patron qui veut me *bosser*. Tu comprends ça?

— Non.

— Bien oui, maman, tu comprends, intervint Micheline. C'est ça que tu nous racontes quand tu dis que tu étais toute seule en Abitibi, dans les bois, à décider de ce que tu voulais. Même pas un médecin pour te regarder faire une piqûre.

Pour une fois, Élise sut gré à sa sœur de se mêler à une conversation qui ne la regardait pas.

— Mais moi, Élise, j'avais terminé mes études et j'avais un diplôme.

— Moi aussi, maman, j'ai terminé mes études, et j'aurais dû avoir un diplôme.

— J'avais quand même plus d'expérience de la vie que toi.

Élise serra les mâchoires. Rares étaient les filles de son âge qui avaient recueilli les dernières paroles et le dernier souffle de leur père. Sous son air déterminé, elle était inquiète de la réaction qu'aurait sa mère quand elle lui révélerait ce dont elle avait vraiment envie. Encore une fois, Micheline vint à son secours.

— Dis-nous ce que le oui-ja Lauzé a dit.

— Il a dit que c'était une bonne idée.

— Ah bon! Il a dit ça? Mais quelle idée, Élise?

— Que je travaille au Jardin botanique ou chez un fleuriste, parce que, si vous vous rappelez bien, il voulait que je connaisse la terre et la campagne.

La mandibule de Blanche se décrocha, mais elle se ressaisit assez rapidement pour entendre Élise raconter sa passion des fleurs et de la terre.

— Je suis ta fille, maman. On travaille ensemble dans le jardin depuis que je suis haute comme trois pommes. Et puis papa me disait que lui et toi, vous aviez aimé changer la terre, et que s'il avait pu, il aurait habité la campagne.

— D'accord, je comprends... Mais dis-moi, Élise, il n'y a pas de patron au Jardin botanique ou chez un fleuriste?

* * *

Élise était incapable de dormir. Sa mère n'avait pas compris son nouveau projet et soupçonnait que son idée d'habiter une ferme fût celle de Côme Vandersmissen et non la sienne. Élise avait répondu : «Est-ce que ça ferait une grande différence?» C'était la première fois de sa vie qu'elle tenait tête à sa mère et elle en était très bouleversée. Depuis le décès de son père, elle avait vécu en symbiose avec sa mère et sa sœur, et elle ne voulait pas avoir le sentiment de trahir qui que ce soit en s'écartant du chemin qu'on lui croyait tracé.

Semblant s'infiltrer par les moustiquaires, une grande tension envahit la maison et Élise passa le plus clair de son temps à piocher dans le jardin. Elle taillait, binait, grattait. Elle savait Côme tout près d'elle, maintenant qu'il était rentré de Sainte-Anne-de-la-Pocatière pour l'été. Elle lui en voulait d'avoir mis leurs amours en veilleuse et languissait de voir poindre la fin du mois d'août, où elle irait le rejoindre.

Élise et sa mère avaient acheté des fraises au marché Jean-Talon et elles en firent une provision de confitures. Imitant Mme Vandersmissen, Élise ajouta de la rhubarbe à quelques pots.

— J'aimerais ça, travailler là.

— Où?

— Au marché Jean-Talon.

Sa mère haussa les épaules, souriant faiblement et se demandant si sa fille était sérieuse ou non.

Trouvant que ses vacances avaient assez duré, Élise alla postuler un emploi au Jardin botanique, où on lui demanda de revenir l'année suivante, les étudiants ayant déjà été embauchés et étant à l'œuvre depuis des semaines. Élise précisa qu'elle n'était plus une étudiante et qu'elle cherchait un travail à temps plein.

— Avez-vous fait des études?

— Oui. J'ai une scolarité de brevet B.

On la regarda d'un œil suspicieux. Il était rare qu'une jeune femme instruite veuille travailler au Jardin botanique.

— Que cherchez-vous comme emploi? Réceptionniste? Secrétaire?

— Jardinière.

— C'est un travail d'homme.

Élise n'en croyait pas ses oreilles. Elle partit en promettant de revenir l'année suivante et elle emporta un formulaire. En sortant du bureau, elle heurta presque Conrad Ballard, qui détourna le regard, feignant de ne pas l'avoir vue.

— Qu'est-ce que tu fais ici, Conrad Ballard?

— Je suis venu voir les fleurs. As-tu quelque chose contre ça?

Elle n'arrivait pas à s'habituer à la présence maladive de Conrad qui, tous les matins de l'année scolaire, l'avait suivie comme son ombre.

— Oui. Je veux que tu me laisses tranquille. Je serai jamais ta blonde, j'irai jamais voir un film avec toi...

— Aimerais-tu mieux qu'on aille au parc Belmont?

— Non! Mets-toi dans le coco que tu m'intéresses pas.

Ce jour-là, il s'assit en face d'elle dans l'autobus et, profitant du très petit nombre de passagers, il agita une main dans sa poche comme s'il comptait sa petite monnaie, tout en secouant une jambe comme il le faisait toujours. Sans bien comprendre ce qu'il faisait, Élise frissonna de dédain et changea de place.

Elle parvint à oublier cet énergumène en s'enfermant toute la soirée au sous-sol. Le temps était orageux et les fondations de la maison vibraient à chaque coup de tonnerre tandis qu'Élise s'affairait à terminer la peinture de deux maisonnettes, dont une gare, qu'elle collerait au décor du train électrique.

Depuis le fameux soir où elle avait annoncé ses intentions à sa mère, elles avaient toutes les deux décidé, sans se consulter, que le sous-sol deviendrait un terrain neutre. Blanche, Élise et Micheline n'y étaient plus mère et filles, mais des compagnes qui travaillaient à créer un environnement pour un modèle réduit de train, qu'elles avaient baptisé le train du Souvenir. Elles en profitaient pour parler de leurs souvenirs et la mère faisait parfois quelques confidences à ses filles. Celles-ci avaient eu l'idée de sortir de leur boîte les rares photographies que leur mère avait encore et de s'en servir comme modèles.

— La première fois que votre père m'a vue, à la gare, il a ri de moi.

— À cause de ton chapeau de paille en pleine tempête de neige?

— Je vous l'ai raconté?

— Toi, au moins cinquante fois, et papa, deux cents.

— Je vieillis...

Élise regarda sa mère, repensant au compliment de M. Vandersmissen quand il l'avait revue. Blanche était encore jolie avec son regard bleu sous ses magnifiques cheveux argentés. Mais ce qu'Élise préférait, c'était sa manie de se cacher la bouche comme une petite fille timide chaque fois qu'elle souriait ou qu'elle riait.

Blanche et Micheline allèrent se coucher et Élise demeura seule au sous-sol. Elle travailla encore pendant une bonne heure, penchée sur son décor et bercée par les coups de tonnerre. Elle aimait sursauter quand un éclair illuminait le ciel et que le tonnerre le suivait de près, faisant vibrer la maison. Elle aimait voir les arbres s'incliner devant cette force qui les assaillait de toutes parts. L'été n'avait cessé d'apporter des orages et Élise s'en était réjouie.

Le train pouvait maintenant rouler et elle le brancha. Regardant la locomotive passer sur un pont dont le recouvrement n'était pas achevé et dans un tunnel de bâtons de *popsicles* dont le papier mâché du revêtement n'était pas encore sec, elle sourit de voir en activité ce joli jouet pour veuve et orphelines. Il leur arrivait d'y passer tellement d'heures qu'elles se demandaient si ce n'était pas irresponsable d'utiliser ainsi leur temps.

Devant son désœuvrement, sa mère lui offrit d'aller en Abitibi, chez son oncle qu'elle connaissait à peine. Elle refusa, sachant que sa mère, malhabilement, voulait la distraire de son interminable et incompréhensible attente.

— Tu veux pas? Ce serait bien que tu voies tes cousins et leurs amis, que tu sortes un peu...

— Je veux pas prendre le train, maman.

— Il va bien falloir que tu le fasses un jour.

— Pas forcément. Il y a des autobus.

Élise se mordit les lèvres. Elle aurait évidemment accepté de faire une nouvelle tentative si cela avait été pour retourner chez les Vandersmissen. Côme ne lui avait pas donné signe de vie et, sournoisement, elle commençait à lui en tenir rigueur. C'est près de lui et de ses parents qu'elle voulait être, pour plaider sa cause en expliquant son amour et pour comprendre le silence qui l'enrobait. Malgré ses protestations, elle se retrouva au terminus Craig du boulevard Dorchester.

— Tu aurais été plus confortable en train. Douze heures de route, c'est long.

— Je suis mieux ici.

Élise venait de se faire extirper du rêve de sa vie. Toute l'année, elle avait attendu le retour de Côme et la récolte des pommes de terre. Au lieu de fouiller la terre pour en tirer les tubercules, c'est son âme qu'elle creusait pour y enfouir ses amours. Le visage inquiet de sa mère lui apparut de l'autre côté de la fenêtre. Pour la rassurer, Élise posa la main sur la vitre, et Blanche fit de même de l'extérieur. L'autobus commença à reculer. Élise, assise sur le bout des fesses, prête à bondir, fit un pâle sourire à sa mère tandis que celle-ci lui faisait au revoir de la main.

Blanche suivit des yeux le mastodonte jusqu'à ce qu'il s'enfonce dans la ville. Dans quatre heures, il serait dans le parc de La Vérendrye. Elle ne vit pas pleurer sa fille qui tenait contre sa bouche la carte de vœux de Côme, toujours protégée par son enveloppe. Elle ne vit pas l'autobus s'arrêter ni Élise en sortir. Pas plus qu'elle ne la vit revenir au terminus et prendre un autobus pour Drummondville.

— 10 —

— Mais enfin, Élise, vous n'êtes quand même pas partie sans en aviser votre mère?

Élise était confuse. Si les Vandersmissen furent étonnés de la voir arriver, ils furent davantage choqués d'apprendre qu'elle avait, en quelque sorte, fugué.

— C'est ici que je voulais être, pas en Abitibi.

Elle n'avait d'yeux que pour Côme, qui semblait aussi décontenancé que ses parents, d'autant plus qu'il n'y avait pas de place pour loger Élise puisqu'il avait accepté d'accueillir la cousine d'un de ses collègues.

— Françoise est venue pour la récolte de pommes de terre.

— J'aurais pu venir aussi.

Élise regarda les mains de Françoise, qui lui apparurent dangereusement propres.

— Vous allez quand même manger avec nous, mon petit.

Élise aurait pleuré. Elle n'était pas venue pour manger avec eux, mais pour la récolte. Elle était là pour les bras de Côme, qui ne cessait de la regarder d'un air incrédule, sans sourire. Quant à la cousine Françoise, elle ne cessait de se dandiner, ce qui énervait Élise.

Elle était là aussi pour demander conseil. Elle n'avait aucune envie de retourner aux études et elle voulait offrir ses services. Apparemment elle n'était pas autant la bienvenue qu'elle l'aurait souhaité.

— Je vais repartir. Pardonnez-moi de m'être imposée.

— Pas du tout, pas du tout, mon petit. C'est que...

Côme l'emmena dehors. À peine furent-ils éloignés qu'il lui mangea goulûment la moue.

— Mais qu'est-ce qui t'a pris? J'ai cru mourir quand je t'ai aperçue. Je me suis dit que tu venais m'annoncer que tu voulais rompre.

— Rompre?

— Je croyais qu'on avait dit qu'on se reverrait en mai soixante et un.

— Pas vraiment. Moi, Côme, je ne peux pas attendre aussi longtemps. Tu ne m'aimes visiblement pas autant que je t'aime.

— Je t'aime comme un fou, mais j'ai une famille à ne pas décevoir. Je t'aime tellement que si je te vois, je sais que je vais tout lâcher pour être avec toi.

— Et alors?

— Qu'est-ce que tu veux dire?

— Je te demande si ce serait grave.

— Élise! Ce serait une raison suffisante pour que je te quitte immédiatement.

Élise rebroussa chemin et, Côme à ses trousses, retrouva les Vandersmissen dans la cuisine.

— J'ai informé votre maman que vous étiez ici, Élise. Elle vous demande de rentrer le plus tôt possible.

— Je vais rentrer ce soir.

— Pas question que tu rentres ce soir, Élise. Tu vas dormir dans ma chambre et moi dans le salon.

— Côme a raison.

La nuit venue, Élise ne put fermer l'œil, tant elle regrettait son voyage impromptu. Sa mère devait fulminer, certes, mais elle devait davantage être déçue par ce qu'elle appellerait « la crise d'adolescence » tardive de son aînée. Non, sa mère ne pouvait comprendre la profondeur de ses amours. Il n'y avait que Shakespeare qui semblait y croire.

Les Vandersmissen étaient charmants, comme toujours. Seul Côme paraissait inquiet et tendu. Mais quel bonheur de constater qu'il l'aimait encore! C'est dans ses bras qu'elle aurait aimé passer la nuit et non dans ses draps.

Élise entendit descendre Françoise, puis le bruit de la chasse d'eau, puis plus rien... Françoise ne remontait pas. Fronçant les sourcils, Élise sortit de la chambre sur la pointe des pieds, descendit l'escalier et vit Françoise assise près de Côme qui lui tenait une épaule. La jeune fille pleurait.

Élise étouffa. Côme l'aperçut, repoussa Françoise et bondit de son lit improvisé. Élise se mit à trembler. Son cœur ratait des battements et elle était incapable de retrouver son souffle. Côme l'étreignit.

— Viens là, ma douce. Viens.

Il l'attira dans la cuisine et lui avoua que Françoise était là parce qu'elle avait une peine d'amour telle qu'elle pensait entrer au couvent.

— Elle n'a pas une tête de bonne sœur, Côme. Trop maquillée, talons trop hauts, jupe trop serrée. Crois-moi, elle n'a pas une tête de bonne sœur.

— On est du même avis. C'est justement ce que je lui disais.

Élise retourna au salon et tendit un kleenex à Françoise, qui le refusa et monta à sa chambre sans dire un mot. Élise détesta la beauté de son épaisse chevelure de jais. Elle la suivit et repoussa la main de Côme qui tentait de la retenir.

— Je ne sais pas ce qu'il faut que je digère, Côme, mais j'ai quelque chose de coincé ici.

Elle passa le reste de la nuit à la fenêtre. La campagne était plus noire encore, plus silencieuse, moins belle. Côme frappa discrètement à sa porte, mais elle ne répondit pas.

Au matin, M. Vandersmissen la trouva assise sur la galerie, sa valise à ses pieds.

— Les choses ne sont jamais comme on le croit, mon petit.

— Vous voulez me dire que Françoise est sa petite amie? J'ai longuement réfléchi, cette nuit, et c'est la conclusion à laquelle je suis arrivée.

— Mais non, mon petit!

Il avait éclaté d'un rire qui se voulait rassurant.

— Françoise aussi est une amie de la famille. Et notre famille ne compte que trois membres officiels et une petite fiancée non encore officielle.

Élise lui prit la main.

— Je suis bien ici, monsieur Vandersmissen. Côme dit qu'on va se retrouver le vingt-huit mai mille neuf cent soixante et un! J'ai du mal à croire ça... C'est trop loin, beaucoup trop loin pour moi. Il va me manquer énormément, mais il me dit que c'est le prix à payer pour qu'il puisse obtenir son diplôme.

— Rappelle-toi simplement qu'il faut cultiver les sentiments et les protéger du gel.

— C'est ce qui me fait peur. Est-ce que je vais être capable de protéger Côme du gel?

— Je suis d'accord avec toi; ce sera une longue attente.

Élise se leva, lui fit la bise et lui demanda de la conduire à la gare, où elle prendrait le train qui venait des Provinces maritimes. Côme arriva et s'empara de sa valise.

— C'est moi qui irai, Élise, quand même!

Elle haussa les épaules.

Durant tout le trajet, Côme lui raconta l'immense peine d'amour de Françoise, son courage et sa détermination.

— Je n'ai pas envie du tout d'entendre parler de son courage et de sa détermination. Ce n'est pas un peu ce que tu me demandes, courage et détermination?

— Justement, ma douce. Ce sont des qualités d'âme qui m'impressionnent. L'abnégation, aussi.

Élise lui jeta un regard de côté.

— J'ai du mal à te croire; tu parles trop bien, Côme.

— Je suis belge.

— Je ne parle pas de ton accent. Ce que tu dis, ça semble appris par cœur. Comme Onésime dans *La Famille Plouffe*. Ce que j'aurais eu envie d'entendre, moi, c'est simple.

— C'est...?

— C'est... quelque chose comme: «Élise, je t'aime et je souffre de d'attendre. Élise, il m'arrive de ne pas te retrouver dans mes rêves et je te cherche. Élise, je suis terrorisé à l'idée que tu rencontres quelqu'un d'autre et que tu cesses de m'aimer.»

Côme lui ouvrit la portière et l'étreignit.

— Cesse de me faire peur, Élise. Je suis terrorisé à l'idée que tu rencontres quelqu'un d'autre et que tu cesses de m'aimer.

Elle aurait voulu s'abandonner dans ses bras et le bécoter, l'embrasser, l'étreindre, l'embrasser encore. Mais elle avait peur du train.

Alors, elle se dirigea vers la voie, sentit ses jambes ramollir et tituba. Côme la soutint.

— Mais de quoi as-tu peur, Élise ?

— De la mort.

— Je te raccompagne à Montréal, ma douce. Je ne peux pas supporter de te voir comme ça.

— Pas question.

Devant Côme, étonné et gêné, et devant le personnel intrigué et les passagers indifférents, Élise serra les mâchoires au point de les faire craquer, ferma les poings et courut sur le quai en grognant de peur et de rage.

— Monte, niaiseuse, monte ! Courage et détermination ! Monte ! Courage et détermination !

Elle alla jusqu'à une extrémité du quai et en revint, grognant toujours. Heureusement pour elle, une trombe d'eau s'abattit, assourdissant son grommellement. Elle fit la navette trois fois, déterminée, le front baissé, le chapeau en gouttière. Lorsqu'elle entendit le conducteur appeler les passagers, elle s'immobilisa devant Côme, l'embrassa à la hâte, poussa un interminable soupir, puis l'écarta et sauta directement du marchepied à la plate-forme, où le porteur l'accueillit sans effort.

— Bonjour, mademoiselle Lauzé. Je suis content de te revoir.

Élise leva la tête et son regard bleu plongea dans d'énormes prunelles noires.

— Monsieur Philippe !

Courant sur le quai près du train, Côme s'égosillait.

— Bon voyage ! À trois heures, ma douce, à trois heures !

Élise lui fit un discret signe de la main en même temps qu'une grimace qui se voulait sourire.

— Mille neuf cent soixante et un ! Bye-bye !

M. Philippe l'installa près d'une fenêtre, enleva sa casquette et s'assit en face d'elle.

— Est-ce qu'il y a quelque chose qui ne va pas, mademoiselle Lauzé ?

Elle fit oui de la tête, son regard angoissé fixé à la fenêtre tandis que disparaissait le quai de la gare pour céder la place à l'immensité de la forêt et des terres colorées, prêtes à abandonner leurs fruits.

— Tu es venue en vacances ici ?

Elle fit signe que non, respirant encore péniblement. Quelqu'un fit claquer la porte à une extrémité du wagon et elle sursauta, le regard inquiet.

— C'est rien que la porte. Veux-tu, mademoiselle Élise, qu'on aille dans la salle à manger ?

Elle refusa. M. Philippe ne la quittait pas des yeux, souriant.

— C'est quand même une drôle de coïncidence de se revoir.

Elle fit signe que oui, demeurant attentive à tous les sons et mouvements du train. M. Philippe comprit.

— Je suis content. Savais-tu que c'est mes petites filles qui ont usé tes belles robes ?

Elle tourna la tête et digéra ce qu'elle venait d'entendre.

— Mes robes ?

— Et ta petite salopette qui tenait avec des oreilles de lapin.

— Ma petite salopette grise ?

— Ma Joséphine l'a beaucoup aimée, celle-là.

Ils se turent tous les deux. Élise tourna les yeux vers lui, qui souriait toujours.

— Est-ce que la robe corail avec des petites fleurs noires et blanches... ?

— La préférée de Jocelyne.

Élise était étourdie. Ses souvenirs venaient de prendre vie, ici, dans un train.

— J'avais un beau manteau d'hiver bleu marine, avec des boutons rouges, un capuchon doublé en rouge et une ceinture de laine rouge, puis un autre, quand j'étais bébé, qui était en loup-marin jaune. Est-ce que ça vous dit quelque chose ?

— Je pense bien... Whillelmine et moi, on riait, parce que nos filles, que les gens appelaient « les petites négresses de Saint-Henri », ont toujours été chic comme celles qui habitaient en haut de l'avenue Atwater.

Doucement Élise se calmait. Ses souvenirs d'enfance l'assaillaient en couleur.

— Mon père ?

— Ton père, mademoiselle Élise, laissait sa dignité à tout le monde.

Élise sourit et détourna la tête. M. Philippe continuait à la regarder, comprenant ce qu'elle-même n'avait peut-être pas compris. Il voyait se calmer ses mains, aussi agitées qu'elles l'avaient été aux côtés de son pauvre père quand il avait vu la mort attendre derrière la fenêtre de sa vie et l'avait laissée entrer. Élise reprit ses esprits et le regarda.

— C'est la première fois que je prends le train depuis que...

— Dis-le. T'es une petite sorcière, tu me l'as dit, alors crache le mal. Depuis que...

Elle le dévisagea, tétanisée. Que pouvait-elle dire ?

— Depuis que... ?

Élise écrasa une larme. Elle regarda d'abord dehors, puis s'arrêta aux visages des passagers qui revenaient du wagon-restaurant. Elle se racla la gorge et inspira profondément. C'était la deuxième fois, depuis le matin, qu'elle se sentait prisonnière, coincée comme dans un confessionnal.

— Je vais t'aider. Depuis que le train s'est brisé sur la voie et que...

— ... et que j'ai tué mon père.

M. Philippe sursauta, se pencha vers elle et joignit les mains sur les siennes.

— Tu t'es laissé pousser des verrues sur l'âme. Pour tuer ton père, il aurait fallu que tu sois la mâchoire du train.

Élise éclata en sanglots.

— C'est pas parce que t'es une sorcière que tu peux tout contrôler et te tenir responsable du hasard. Jamais.

Devant son sourire tout blanc et ses yeux doux et bruns, Élise sécha ses dernières larmes et ferma les yeux. Le visage sous un rayon de soleil échappé par une trouée dans les nuages, elle vit le sourire de son père et rêva de Côme.

— 11 —

1961

Emmitouflée, un chapeau calé jusqu'aux yeux, Élise conduisait sa carriole sur le mont Royal, sous une neige diaphane qui laissait deviner la lune. Son cheval expira bruyamment par les naseaux pour se moucher et ses clients rirent à tue-tête. Elle en profita pour laisser vagabonder son esprit comme elle le faisait fréquemment lorsqu'elle n'osait crier son bonheur.

Sa mère ne comprenait pas qu'elle ait balayé de la main les belles professions, d'autant plus que les religieuses lui avaient finalement posté son diplôme *bene probatus*. Élise avait tenu la tête de sa classe et elle aurait dû obtenir un *magna cum laude*. Elle avait cependant refusé d'aller contester sa note. Sa mère l'avait suppliée de le faire, lui offrant même de l'accompagner.

— Nous abaisser devant des bonnes femmes qui ont rien de plus que nous sauf une cornette? Jamais, maman!

Sa pauvre mère lui répétait encore qu'elle aurait souhaité que, à l'instar de sa grand-mère et d'elle-même, elle soit institutrice ou infirmière, ou même médecin... Élise avait cessé de compter le nombre de fois qu'elle avait entendu l'histoire de l'échec de son inscription en médecine.

— La seule différence entre le docteur Martel et moi, dans la colonie, mis à part ses revenus, c'était que je ne pouvais faire d'interventions chirurgicales.

— Tu en as fait une quand tu as amputé la jambe de ton frère Paul.

97

— Oui, mais c'était une question de vie ou de mort.

— Et s'il était mort ?

— Ma vie aurait été finie.

Élise n'eut aucune difficulté à le croire. Son père lui avait fréquemment raconté, jusque dans les heures qui avaient précédé l'accident, que sa mère n'avait jamais eu froid aux yeux et n'avait pas craint de s'expatrier au fin fond de la province. Il en avait toujours parlé avec une admiration sans bornes.

La mère qu'elle connaissait était une femme semblable à toutes les mères qu'elle voyait, à part ses convictions religieuses. Elle ne pouvait l'imaginer marchant dans la forêt, la nuit, une lampe à huile dans une main, une trousse médicale dans l'autre, offerte aux voyous ou aux animaux, sans personne pour la protéger à des milles à la ronde. Comment avait-elle été capable de chevaucher une monture à travers bois pour aller secourir un colon blessé par une scie ou une hache ? Élise ne pouvait concevoir que sa mère, si frêle et fragile, ait parcouru en hiver des milles et des milles, assise sur une luge tirée par un chien, pour aller soulager un patient fiévreux au teint hâve ou mettre au monde un enfant après avoir assisté la parturiente. Elle ne comprenait pas qu'une femme qui avait été si impétueuse, si aventurière dans sa jeunesse, craigne pour sa fille qui avait choisi de se promener en carriole ou en calèche pour gagner sa vie.

— Tu n'as pas honte de moi, maman ?

— Non, pas honte.

Élise savait que jamais sa mère n'avouerait être déçue. Heureusement que Micheline répondait à toutes ses attentes en songeant sérieusement au droit.

En cette nuit du nouvel an, Élise avait accepté de travailler pour permettre aux Avoine, ses patrons, d'assister à leur réveillon de famille, ce qu'ils n'avaient pu se permettre de faire depuis que M. Avoine travaillait sur le mont Royal.

— C'est bête à dire, mais c'est une nuit payante. Le monde se pointe un peu avant le réveillon, ils ont déjà calé pas mal de bière, de rye ou de gin, puis ils nous donnent des *tips* effrayants, soit parce qu'ils sont trop soûls pour compter, soit parce qu'ils ont quelque chose à se faire pardonner.

Pour ne pas blesser sa mère et sa sœur, auxquelles elle faisait faux bond pour le réveillon, elle leur avait promis d'être là pour le souper et d'avoir un appétit à dévorer seule toute la dinde. Sa mère avait hoché la tête et dit que ce serait très agréable d'être en compagnie de ses deux filles pour souhaiter la bienvenue à la nouvelle année.

Il y avait dans sa carriole un couple d'amoureux et le frère de la jeune femme, qui leur servait de chaperon, au grand étonnement d'Élise. Il lui demanda s'il pouvait s'asseoir près d'elle et elle accepta, non parce qu'elle avait envie de sa présence, mais elle n'avait su comment refuser. Ils étaient donc là, côte à côte, à renifler et à se moucher. Seuls quelques petits soupirs leur parvenaient de l'arrière.

— Si j'avais su que j'allais passer mon réveillon avec un cul de cheval qui ne cesse de me péter dans la face, je pense que je ne serais pas monté à Montréal.

Il souriait et Élise lui rendit son sourire.

— Vous n'êtes pas de Montréal?

— Oui, je suis de Montréal, mais j'étudie à Sainte-Anne-de-la-Pocatière.

Élise échappa presque les guides et sentit ses joues rougir et s'échauffer malgré le froid.

— Je suis venu voir mon père, qui a attrapé une angine couenneuse. Il est au lit depuis Noël, puis ma sœur, elle, a attrapé un fiancé. J'imagine qu'elle aussi aimerait être au lit. Oh! excusez-moi!

Élise ne l'écoutait plus. Se pouvait-il qu'il connaisse Côme? Curieusement, chaque fois qu'elle était dans sa carriole à offrir son nez au vent, ses joues à la neige, et à entendre péter le vieil Oscar, Côme disparaissait à des années-lumière. Et voici qu'en cette première nuit de la nouvelle année il venait de se glisser près d'elle.

— Mes premières vacances en ville depuis septembre...

— Vous étudiez en quoi?

— Je veux être prêtre.

Élise ne put cacher sa déception. Le jeune homme éclata de rire.

— Ça fait de l'effet! Êtes-vous déçue que je veuille devenir prêtre? Est-ce que vous vous êtes dit: «C'est donc dommage, un si beau jeune homme»?

Élise le regarda de nouveau. Il était vrai qu'il avait fière allure et un joli nez bien droit.

— Non. J'ai simplement pensé que je ne connaissais personne qui voulait être prêtre.

— Vous n'en connaissez pas non plus. J'étudie pour être agronome. Mon nom est Claude, et le vôtre ?

— Élise.

Il éclata de rire de nouveau. Encore une fois, Élise avala de travers.

— En dessous de votre peau d'ours, est-ce que vous êtes en jupe ou en pantalon ?

— Les deux. Pourquoi ?

— Parce qu'on pourrait peut-être aller danser dans un hôtel. Il paraît que dans les hôtels il y a des confettis, des serpentins, des orchestres, et de la nourriture à nous en écœurer. Il paraît que c'est autre chose que le violon et l'accordéon.

— Je ne connais pas ça, le violon et l'accordéon.

— Ah !

Élise se tourna pour voir ce qui se passait derrière et elle s'empressa de regarder devant. Le jeune homme avait suivi son regard.

— On pourrait les emmener à l'hôtel et je leur louerais une chambre, et nous, on pourrait danser. Ça vous tente ?

Élise fit non de la tête.

— O.K. J'ai une meilleure idée. Je vous paie pour trois heures et vous stationnez devant un hôtel...

— Il n'y a pas d'hôtels dans ce coin-ci de la ville. C'est bien gentil, mais je vous remercie. Je travaille, cette nuit.

Élise mourait d'envie de voir un réveillon d'hôtel. Elle aurait voulu être offusquée par les propositions du jeune homme, mais elle en était incapable. Claude était drôle et sympathique. La nuit était belle et la neige n'avait cessé de tomber. Elle se prit à espérer de ne plus avoir d'autres clients.

— D'abord, allez conduire le cheval à l'écurie, on le couche pour la nuit, puis on se sauve.

Il lui jeta un regard si suppliant qu'Élise accepta. Oh ! le plaisir qu'elle aurait à danser et à manger ! Et tant pis si elle avait ni paillettes ni fourreau, elle allait s'amuser et rire.

Ils couvrirent Oscar et sortirent en riant après avoir déposé trente dollars — Élise n'osait regarder les billets tant elle était gênée — dans l'enveloppe destinée à M. Avoine. Ils entrèrent à l'hôtel et furent immédiatement remarqués. La sœur de Claude, qui s'appelait Nicole, et son fiancé, Roger, tournèrent autour de la réception pendant une bonne heure avant d'oser louer une chambre. Élise en était mal à l'aise, mais Claude était si gentil qu'elle ne s'en formalisa pas. Ils dansèrent le rock-and-roll et elle vit qu'il était meilleur danseur qu'elle. En fait, il dansait si bien que toutes les filles, même celles qui étaient accompagnées, se trémoussaient pour qu'il les invite. Il fallut qu'Élise lui demande grâce et s'assoie quelques minutes pour qu'il se déchaîne avec une jeune fille en robe de shantung rouge vin. Élise colla ses genoux ensemble et rabattit sa jupe. Les autres danseurs s'étaient écartés pour leur laisser toute la piste et ils les encourageaient en criant et en chantant : « *We're gonna rock around the clock tonight!* » Le spectacle en valait la peine et Élise attendait Claude sagement quand il s'affala enfin près d'elle en soufflant comme un bœuf, la cravate à moitié arrachée, les cheveux en bataille et le visage radieux.

— Qu'est-ce que tu bois, Élise ?

— Un *Shirley Temple*.

Il commanda deux « rhum & Coke », trinqua et avala le sien comme une limonade. Il en demanda un deuxième tandis qu'Élise trempait encore ses lèvres dans le sien. Quelques danseurs enivrés se dirigèrent en caracolant vers le buffet que les serveurs venaient de regarnir. Claude et Élise les imitèrent. Élise se goinfra, l'appétit creusé par le grand air, et Claude but plusieurs autres verres de rhum. Quant à Élise, elle en était encore à son troisième, plutôt ravie de ne ressentir aucun effet. Profitant d'une pause de l'orchestre, elle demanda à Claude ce qu'apprenait un futur agronome.

— J'ai pas vraiment envie de parler de ça, mais si ça t'intéresse... J'apprends la biologie, la chimie, la physique, la pédologie... Veux-tu en savoir plus ?

— Apprends-tu la terre et les fleurs ?

— Sûr ! La botanique, l'irrigation des sols... Pourquoi tu veux savoir ça ?

— Parce que mon... parce qu'un jour je vais vivre à la campagne.

Claude éclata d'un rire si communicatif qu'elle l'imita en se demandant ce qui le faisait rire.

— À la campagne! À la campagne! T'es pas une fille de la campagne qui travaille en ville?

— Non. Je suis d'Outremont.

— D'Outremont? Il rit encore plus fort. Et tu veux vivre à la campagne?

— Absolument! Je déteste la ville.

— En tout cas, t'as déjà le bon parfum!

Élise se figea. Emportée par l'idée du plaisir, elle n'avait pas pensé qu'elle allait traîner avec elle les effluves de l'écurie. Elle se leva, s'agrippa au dossier de sa chaise et cligna des yeux parce qu'elle voyait deux Claude. Elle inspira profondément et le salua d'un signe ridicule.

— *So long, buster!*

Elle alla directement au vestiaire et vit qu'on avait suspendu son manteau dans un coin, seul. Elle franchissait la porte lorsque Claude la rejoignit en titubant.

— Monte pas sur tes grands chevaux!

Il s'esclaffa de nouveau tandis qu'elle tentait d'accélérer le pas, mais ses pieds étaient si lourds qu'elle vérifia si les bottes qu'elle portait étaient bien les siennes. Claude lui saisit le bras et elle s'en détacha si rapidement qu'il tomba à la renverse.

— Je veux pas te tenir, je veux que tu me tiennes. Je pense que je suis complètement paf.

Elle ne se sentait guère mieux que lui, néanmoins elle l'aida à se remettre sur pied et lui dit au revoir.

— O.K. Au revoir, mais quand?

Un taxi passa miraculeusement dans la rue. Claude le héla et ils y montèrent tous les deux. En fermant la portière, le jeune homme s'abandonna la tête sur la banquette et s'endormit instantanément.

— Où on va?

Élise le secoua. Il grogna sans s'éveiller.

— Villeneuve et Drolet.

Arrivé à cette intersection, le chauffeur arrêta sa voiture, et Élise, d'une voix un peu pâteuse, lui demanda de l'aider à transporter Claude jusqu'à la porte de l'écurie. Il accepta gentiment, et il appuya Claude contre le mur pendant qu'Élise récupérait l'enveloppe pour le payer. Claude glissa et tomba sur le sol sans s'éveiller. Considérant qu'il en avait assez fait, le chauffeur remercia Élise et disparut. En chancelant, elle tira Claude jusqu'à une litière de foin. Elle l'y installa tant bien que mal et le couvrit avec une des couvertures d'Oscar, celle qui sentait le plus fort. Ivre et heureuse, elle rentra chez elle à pied.

— 12 —

Élise brossait avec douceur le dernier arrivé des chevaux. C'était un magnifique animal à la robe noire, hybride canadien depuis l'ancêtre normand, capable de marcher près de soixante milles par jour sous le soleil ou la neige, et exceptionnel à atteler. Lorsque M. Avoine en avait pris possession, il n'avait pu s'empêcher de tenir la grosse tête entre ses mains.

— Ça, ma fille, c'est une bonne bête. Ses pattes, c'est pas du cristal qui casse de rien, puis ces sabots-là, c'est pas des sabots dondaine de Lorraine. Non, ma fille. Du solide. Ils acceptent les clous sans craquer, les gardent bien plantés, puis attrapent pas de champignons.

Il avait demandé à Élise de s'en occuper, l'animal paraissant sensible à sa voix, évidemment plus chantante que la sienne. Le cheval était arrivé pour Pâques et les Avoine avaient demandé à leur employée si elle avait un nom à leur proposer.

— Poussin.

— C'est pas grave s'il avait un nom avant. J'ai pas connu un seul cheval qui reconnaissait son nom. C'est comme pour le chien de RCA Victor, c'est la voix de son maître qui compte !

Élise avait tout de suite adopté Poussin, qui, étonnamment, se nichait le museau dans son cou lorsqu'elle entrait au travail, avant même de se précipiter sur la moulée. Il le faisait aussi lorsqu'elle l'attelait pour une sortie, et aussi au retour, comme s'il voulait la remercier. Poussin était un ami fidèle qu'elle adorait.

Les journées d'Élise étaient si longues et si agréables qu'elle devait se faire violence si elle voulait lire un journal ou aller au cinéma. Pour avoir une ou deux choses à dire à son Côme, elle avait conservé dans un cahier quelques coupures de journaux décrivant la victoire du cycliste belge Cerami, qui avait remporté le Paris-Roubaix — elle avait appris à trouver les villes en un clin d'œil sur la carte — ou l'ouverture de la bibliothèque Albert-Ier à Bruxelles. Elle avait aussi su que le Congo belge avait fêté son indépendance et que le roi s'y était rendu. Elle avait conservé un reportage de *Paris-Match* sur le mariage du roi Beaudoin et de la reine Fabiola, dont la traîne était si longue qu'il lui avait fallu trois petites filles pour la tenir. Quelques semaines avant l'arrivée de Poussin, un avion de la Sabena s'était écrasé près de Bruxelles, tuant ses soixante-douze passagers et un fermier qui labourait son champ. Pauvre fermier qui travaillait la terre sans s'imaginer qu'elle allait l'engloutir en moins de deux! Les morts absurdes chagrinaient Élise profondément.

— Heureusement, mon Poussin, qu'en Belgique on laboure avec des tracteurs et pas avec des chevaux.

Élise n'avait pas été touchée par la défaite électorale provinciale des conservateurs aux mains des libéraux ni par le retour de Jean Drapeau à l'Hôtel de Ville de Montréal. Avec Micheline, elle était allée voir *Psycho*, le film à suspense d'Alfred Hitchcock, et elles en avaient fait des insomnies pendant trois jours. Mais ce qu'elle aimait par-dessus tout, plus même que de s'amuser avec le train du sous-sol, c'était de s'évader, les jours de pluie, de sauter dans un autobus et d'aller à l'île Sainte-Hélène. Assise sur la berge derrière le restaurant *Hélène de Champlain*, elle regardait les cheminées des bateaux qui empruntaient le plus grand boulevard de l'Amérique, le chenal de la Voie maritime du Saint-Laurent.

Sa vie était en attente et elle avait commencé à parler de Côme plus fréquemment. Chaque fois, sa sœur baissait les yeux ou s'éloignait. Micheline ne semblait pas lui avoir pardonné ses amours pastorales.

Le mois de mai envahit le jardin de ses tulipes, de ses jonquilles et de ses narcisses. Micheline décida de délaisser ses dévotions à la Vierge.

— Depuis ma belle journée chez les Vandersmissen, je trouve que les petits becs de mes amies sont puérils.

— «Puérils», c'est un nouveau mot, ça?

— Oui. Ça vient du latin *puer*, qui veut dire « enfant » et non « poire », si tu vois ce que je veux dire...

Alors que le printemps remplissait le jardin de promesses, Élise préparait son cœur pour le retour de Côme. Depuis le premier mai, elle avait fait plusieurs voyages sur la montagne, s'attachant les guides derrière le cou et se fiant entièrement à Poussin, trop occupée à rêvasser.

— Comment, Élise ? Tu penses toujours autant à lui ?

Élise fut désarçonnée par cette remarque. Sa mère n'avait-elle pas compris que Côme était l'homme de sa vie ? Qu'il serait le père de ses enfants, de ses petits-enfants à elle ?

— Je n'ai jamais cessé d'y penser. Je vis avec lui dans ma tête, jour et nuit. Et je te le dis, il sera ici le vingt-huit.

— Le vingt-huit ?

— Oui. À trois heures. Il me l'a promis.

Élise ignorait qu'elle avait ouvert une boîte de douloureux souvenirs chez sa mère qui, durant toute son enfance, avait attendu un père qu'elle avait rarement vu. Blanche l'abandonna à ses pensées et s'isola dans sa chambre. Élise eût-elle été oiseau, elle l'aurait vue plantée devant la photographie d'Émilie, les bras croisés, la bouche amère, l'œil révolté.

— Alors, maman, où est-ce qu'elle s'en va, ta petite-fille ? Elle a horreur de Montréal, de la foule, de la grisaille. Elle déteste les autobus et les trains. Si elle tolère la ville, c'est parce qu'elle y niche au sommet, entourée d'arbres, et s'y promène en calèche ou en traîneau. Je savais pas qu'on avait des gènes de sabots dans la famille. Ton père et ses chevaux, toi et ta jument, la Tite, moi dans la colonie, et maintenant c'est ma fille, maman, qui empeste le fumier, en pleine ville, et qui part jamais sans emporter des carottes pour son Poussin.

» On a été si pauvres, maman, à la campagne, tu te souviens ? On a eu froid, on a eu faim, on a chiqué de la guenille, et c'est ta fierté et ton courage qui ont empêché les paroissiens de nous apporter les poches de jute de la guignolée. Micheline est différente. On dirait qu'elle accepte de récolter ce qu'on a semé. Elle a choisi de faire un baccalauréat ès arts, le même diplôme que Clovis. Elle fait du grec et du latin. Je pense même qu'elle va parler anglais. Élise aussi, remarque. Micheline va avoir dix-huit ans cet été et elle veut continuer d'étudier. Pour Élise, je te dis pas, maman, parce que tu te retournerais dans ta tombe. Oh ! et puis oui, je vais te le chuchoter : elle veut rien de plus que ce que toi tu voulais, puis que toutes les filles voulaient. Mais Duplessis est mort, et avec lui des idées à faire frissonner. On a un Premier ministre qui t'aurait plu parce qu'il parle beaucoup d'instruction. Il y a des gens qui disent que les collèges de garçons vont être ouverts aux filles. Mais on dirait que les filles, maman, savent se rendre à la rivière, mais qu'elles veulent pas la traverser, même s'il y a un pont. Elles préfèrent marcher le long de la rive, rêvasser en attendant le prince charmant, lancer des cailloux dans l'eau et voir dans les cercles les alliances qu'elles enfileront à leurs annulaires. C'est vrai que c'est ce que j'ai fait, moi aussi.

» Le pire est à venir, maman. Mon Élise s'est amourachée d'un agronome, un bon parti, c'est vrai, qui va l'installer sur une terre. En ce moment, elle l'attend. Si j'ai bien compris, ils se sont imposé un purgatoire de trois ans, le temps qu'il termine ses études. Mais, pour elle, c'est trois ans dans la prison de l'absence et de l'attente. Tu comprends ça, toi, la prison de l'absence et de l'attente. Moi aussi, un peu, mais j'ai pas été capable d'attendre trop longtemps. Le temps de faire des économies pour payer ma dot... c'est pas un reproche, maman... mais le temps de payer ma dot et j'étais sur le parvis de l'église. Mais j'avais travaillé pendant près de quinze ans. Je connaissais beaucoup mieux la vie que l'intérieur d'une maison.

» Élise est tellement jeune et tellement belle, tu en serais fière. Elle a les cheveux de la même couleur que les tiens, mais ses yeux sont comme les miens. Qu'est-ce que je vais lui dire si son Côme ne vient pas ? Remarque que je ne sais pas plus ce que je vais dire s'il vient. J'ai cinquante-trois ans, maman, puis je vais conduire mon aînée au pied de l'autel. Que la vie va être longue !

Le vingt-huit mai arriva enfin. Micheline étudiait, enfermée dans sa chambre. Blanche avait décidé de rester à la maison et de jardiner, au cas où Côme Vandersmissen viendrait les visiter. Quant à Élise, elle ne savait où donner de la tête ni du cœur, Côme n'ayant pas donné signe de vie. Elle revint de la messe et ne se changea pas, préférant garder sa robe de lin grise, fuseau, avec un joli col blanc empesé et un beau nœud qui s'harmonisait avec ses *pumps* rouges.

Elle avait poussé la coquetterie jusqu'à se faire une queue de cheval, tournant une mèche autour de l'élastique pour le cacher.

À midi, elles s'attablèrent toutes les trois et, telles des nonnes, mangèrent en silence jusqu'à ce que Micheline soit exaspérée.

— Pourquoi tu me regardes comme ça, Micheline?

— Pour rien. C'est ça, le problème, Élise: rien. Rien depuis trois ans sauf une carte de politesse et ta visite d'une nuit. Et rien depuis ce matin non plus. Je peux pas croire que ma sœur est si attardée. Attendre un gars si longtemps. Peut-être même que tu le connais plus.

Élise fit d'énormes efforts pour retenir ses larmes et avoir l'air détendue alors qu'elle chipotait dans son assiette, l'estomac trop noué pour manger.

Micheline retourna à ses livres. Blanche décida de mettre à jour sa comptabilité. Élise se mit à faire la navette entre sa chambre et la fenêtre du salon, à l'avant de la maison. Lorsqu'elle entrait dans le salon, elle le faisait sur la pointe des pieds pour conjurer le sort qui aurait pu détecter chez elle un début de déception. Vers les cinq heures, n'en pouvant plus, elle descendit au sous-sol pour terminer la peinture de la petite école de campagne que sa mère s'était amusée à construire. Blanche avait tracé une petite route, y avait collé de la terre et l'avait baptisée le Bourdais. À partir de vieilles photos, elle avait aussi créé une reproduction de son dispensaire d'Abitibi. Toute cette maquette construite par la mère et ses deux filles leur apprenait les événements importants de la vie de leur famille. Elles avaient fait le lac à la Tortue, les villages de Saint-Tite, de Saint-Stanislas et de Villebois. Elles avaient brûlé le couvent où Blanche avait été pensionnaire, le collège de Saint-Boniface, au Manitoba, alma mater de leur père, et le premier dispensaire de Blanche en Abitibi. Chaque fois qu'elles s'y arrêtaient, elles ajoutaient un petit quelque chose, comme la résidence des infirmières de l'hôpital Notre-Dame ou le terrain de jeu où Élise et Micheline s'étaient amusées quand elles étaient toutes petites.

Élise avait pris l'initiative d'ajouter la maison des Vandersmissen. Elle tenait donc la petite maison fleurie dans ses mains, l'embrassant, la posant sur son lopin de terre, la reprenant et la plaçant sur une table, à côté de la maquette.

À six heures, elle remonta et vit dans le regard de sa mère un reflet de sa propre déception. Elle passa à sa chambre, enfila ses vêtements de travail et sortit de la cuisine par la porte arrière, pour ne pas avoir à affronter sa sœur une seconde fois. « Il fallait me croire, Élise. Un gars qui te respecte pas puis qui connaît l'intérieur de tes fesses avant de connaître celui de ton cœur... »

Élise lui avait fermé la porte au nez en lui disant qu'elle détestait les sermons vulgaires et qu'elle-même, sa propre sœur, ne connaissait pas tellement son cœur non plus.

Ce fut Poussin qui reçut la pluie de chagrin, sans cesser de mâcher alors qu'Élise sanglotait, l'âme fendue. M. Avoine revint de sa journée de travail et, apercevant Élise, comprit le drame, celle-ci lui ayant parlé de l'importance de ce jour pour elle.

— Viens, je te gâte. C'est toi, la princesse. Assis-toi, apporte la boîte de kleenex si tu veux. On reviendra quand tu me diras de rentrer ou quand Oscar le demandera.

Élise sourit en sanglotant. Ils remontèrent sur la montagne pour n'en revenir que lorsque les ombres eurent commencé à s'allonger, alanguies par le couchant. M. Avoine brossa Oscar et Élise rentra chez elle d'un pas lourd sous un ciel dont le bleu rosissait.

Sa mère lui offrit un café qu'elle refusa, lui préférant une petite assiette de cacahuètes. Elle s'assit à la table de la cuisine — elle n'avait pas la permission d'aller au salon en vêtements de travail — et soupira. Pour la première fois depuis trois ans, elle se demanda ce qu'elle allait devenir.

Micheline sortit de sa chambre, adjacente à la cuisine.

— Est-ce qu'on veille avec le fantôme de Côme Vandersmissen?

Les regards des deux sœurs se soudèrent pendant près d'une minute. Élise baissa enfin les yeux, hocha la tête, haussa les épaules et sourit.

— O.K., Micheline, un à zéro pour toi. Mais tu dois avouer qu'il était beau.

— C'est vrai. D'en avant comme d'en arrière. Mais en dedans...

Le carillon de la porte d'entrée retentit. Micheline s'interrompit et fronça les sourcils. Élise se laissa tomber la tête sur la table en disant « non, non, non », tandis que Blanche se levait, défroissait sa jupe et se dirigeait vers le salon. Elle se précipita à la fenêtre, puis appela Élise.

— C'est pour toi, Élise !

Élise marcha lentement, telle une condamnée, ouvrit la porte et fut accueillie par Côme qui tenait un magnifique arrangement de fleurs printanières et de pousses de légumes. Incapable de rester sur ses jambes, elle se laissa choir sur la première marche, riant et pleurant à la fois, et fut rejointe par sa mère et sa sœur. Blanche s'assit près d'elle et posa la main sur sa cuisse tandis que Micheline restait debout, appuyée contre la porte, avec un air bravache.

— 13 —

Depuis que l'été avait pris la ville d'assaut, et depuis surtout que Côme lui avait embrasé le cœur, Élise était méconnaissable. Elle riait souvent, marchait la tête haute, faisait trotter Poussin lorsque la calèche était vide. Elle avait d'ailleurs eu maille à partir avec un policier à cheval du mont Royal, qui l'avait rejointe au galop et forcée à s'immobiliser.

— On est à Montréal, *icite*, pas à Calgary. Je veux pas être obligé de donner un ticket de vitesse !

— À mon cheval ?

Elle avait éclaté de rire, contrairement au policier, qui sortit son carnet de contraventions.

— Je blaguais.

— C'est toujours des blagues. Quand on me traite de chien ou de poulet, c'est une blague. Les blagueurs les plus épais, c'est les chasseurs qui me demandent si je suis un des chiens qui défilent pour la messe de la Saint-Hubert ou juste un poulet du *Saint-Hubert BBQ*.

Élise pencha la tête à droite et prit un air contrit.

— C'est comme lui. C'est un cheval, mais on l'appelle Poussin.

Elle éclata encore de rire, mais cette fois le policier l'imita.

— Poussin ?

Elle fit oui de la tête et tendit la main, résignée à recevoir une contravention. Le policier haussa les épaules et remit le carnet dans sa poche avant de frotter la crinière de sa bête.

— Je pense qu'il a aimé sa course.

— Je le pense aussi.

Il lui fit un salut militaire et changea de direction. Élise rentra à l'écurie, le cœur épinglé sur le calendrier de septembre, sous le neuf.

Maintenant satisfaite sur le plan du rêve, Élise prit panique, ne sachant où situer Côme en regard de ses espérances. Elle avait tant de fois tourné et retourné ses souvenirs qu'ils s'étaient édulcorés. Elle avait oublié la rondeur de sa voix, foncé la couleur de ses cheveux. Elle l'avait imaginé très grand alors qu'il était de taille moyenne. Elle lui avait donné un accent fortement européen et pourtant sa langue était d'ici, quoique châtiée. Seuls ses yeux, son regard et ses sourcils n'avaient pas été déformés par son imagination. La jeune amoureuse devrait s'habituer à ses espoirs maintenant de chair et d'os, et parfumés.

Le soir de son retour, Côme lui avait offert cette bague dont elle avait rêvée, mais auparavant il avait invité sa mère à faire une longue promenade dont elle avait eu peu d'échos. Blanche était rentrée souriante, certes, mais Élise avait aperçu une ombre passer furtivement devant le bleu de ses yeux.

— Qu'est-ce que tu as, maman? Il y a quelque chose de pas correct?

— Mais non. Je vous fais un café?

— Non, merci.

Côme lui avait délicatement tenu la main, qu'il avait portée à ses lèvres. Elle ne reconnut pas la peau douce des doigts qui caressaient les siens. Puis Côme plongea son regard dans le sien sans cesser de lui caresser nerveusement la main.

— Si tu le veux, elle m'appartient. Ta mère me l'a donnée, ce soir.

Élise crut mourir. Elle pleurait, riait et criait son bonheur intérieurement, mais aucun pleur ni rire ni cri ne parvint à sortir de sa bouche.

— As-tu l'impression qu'on se connaît assez?

— Ta mère m'a posé la même question. Je lui ai dit que je voulais justement être près de toi le plus rapidement possible pour qu'on se connaisse plus.

— Mais...

— D'ici le jour du mariage, Élise, je viendrai ici tous les dimanches, et puis, si tu veux, tu pourras venir à la maison.

— Je préfère rester ici. Toutes les trois, on est tricotées serré, et je ne voudrais pas échapper une maille.

Côme fut défiguré par une peur immense. Élise, tout excitée qu'elle fût, était terrorisée à l'idée de partir de la maison, de quitter sa mère. Paniquée surtout à la pensée de ne plus vivre parmi les souvenirs de son père. Elle vénérait comme des reliques tous les objets qui lui avaient appartenu.

— Je comprends.

Il ne pouvait comprendre.

— Et pendant combien de temps encore dois-je t'attendre?

— Neuf septembre?

— Neuf septembre! Tu veux qu'on se marie cette année, comme ça! On a deux ans à rattraper, puis tu veux qu'on le fasse en quoi, douze ou treize fins de semaine?

— Bien oui. Ta mère vient de me dire qu'elle et ton père s'étaient vus à peu près dix fois avant de se marier. On a fait mieux... On s'est attendus pendant tant de temps que...

— Que?

— Que moi, je meurs. Je veux dormir avec toi...

Il se pencha pour lui chuchoter à l'oreille:

— Je veux retrouver tes cuisses et farfouiller sous ton soutien-gorge. Sentir se cambrer tes reins, recevoir dans les oreilles ton essoufflement et tes petits cris affamés. Je t'aime tellement, Élise, que je pourrais plonger dans le bleu de tes yeux et me noyer dans tes larmes. Ça fait deux ans que je te rêve et t'espère. Pas toi?

Élise lui fit le plus magnifique des sourires.

— Voilà ce que je voulais entendre. Rien d'autre.

Élise eut le vertige devant la profondeur de l'amour que Côme lui offrait. C'était au-delà de toutes ses espérances. Elle inclina la tête, puis leva finalement ses yeux remplis d'eau. Elle ne lui demanda pas les raisons du séjour qu'il lui avait fait faire au purgatoire, où elle avait souffert chaque matin en ouvrant les yeux et chaque soir avant de les refermer. Elle espérait simplement que leurs amours ne soient pas à l'image de cette douleur.

Elle prit l'écrin que Côme lui offrait et il lui enfila la bague. Lui tendant alors la main, elle dit:

— Je te la donne.

* * *

Un dimanche de la mi-juillet, alors qu'Élise nettoyait les plates-bandes en compagnie de sa mère et de sa sœur, Côme arriva, un colis sous le bras, le sourire aux lèvres.

— Belle jardinière de mes amours, j'ai là le hors-d'œuvre du plus beau jour de notre vie !

Ils s'assirent tous les quatre sous les arbres et Côme supplia Élise de déballer le paquet.

— Allez, ne me fais pas languir...

— Tu languis pour deux minutes et tu chiales. Moi, tu m'as fait languir pendant plus de deux ans et il ne fallait pas que je me plaigne. Si je le pouvais, Côme Vandersmissen, je l'ouvrirais dans cinq ans, ton paquet !

Elle enleva les languettes de scotch une à une, déplia lentement le papier kraft et resta bouche bée devant la merveilleuse robe et le voile de mariée de Mme Vandersmissen. Blanche tiqua. Apparemment, la vie la privait du plaisir de gâter sa fille, si cela était possible. Élise lui remit une enveloppe qui lui était adressée.

Chère madame Lauzé,

Il n'est pas de tradition d'habiller la mariée lorsqu'on est la belle-mère. Puisque le ciel ne m'a pas gratifiée d'une fille et que je ne sais si j'aurai une petite-fille à laquelle offrir le souvenir d'Europe qui m'est le plus cher, nous serions honorés qu'Élise, fille de ce cher monsieur Lauzé et de vous-même, dont mon mari et moi sommes entichés, porte cette robe si elle le souhaite.

Si cet envoi vous blesse, je vous en demande pardon et vous prie de le rendre à Côme. À bientôt, au neuf septembre ou plus tôt.

Amélie Vandersmissen.

P.-S. Suis-je bête ! Ma petite-fille sera aussi la vôtre.

Blanche relut la lettre à deux reprises et la rangea dans sa chambre sans la montrer à Élise. Il aurait été injuste de refuser à sa fille une si magnifique robe. Mais ce n'est qu'à la seconde lecture qu'elle faillit échapper la lettre. Sa fille allait épouser Côme soixante ans jour pour jour après le mariage de ses grands-parents Bordeleau-Pronovost! Comment Blanche avait-elle pu oublier la date du 9 septembre? Et la mère de Côme qui s'appelait Amélie, un prénom si apparenté à celui d'Émilie... Blanche, qui avait toujours tenu les superstitions pour des inepties, fut prise d'un tremblement en souhaitant que sa fille ne connaisse jamais un mariage semblable à celui de ses grands-parents.

L'été fila rapidement. Côme et Élise durent prendre quelques cours de préparation au mariage ce qui leur fit le plus grand bien puisqu'ils y étaient ensemble à parler d'amour, d'amour et d'amour... Plus Élise redécouvrait son fiancé, plus elle voyait renaître sa folle passion pour tout ce qui venait de lui. Soupirait-il qu'elle lui posait une main dans le dos. Fermait-il les yeux qu'elle lui tenait les doigts pour tenter de le rejoindre dans ses pensées. Ouvrait-il la bouche qu'elle avait envie de lui mordre les lèvres. Tout ce qu'ils apprirent à ce cours était que leur amour avait vaincu l'épreuve de la séparation, que ni l'un ni l'autre n'avait vraiment envisagée ni choisie. Ils y apprirent aussi qu'ils souhaitaient le meilleur, mais que si c'était le pire qui se présentait, ils auraient la force de lui fermer la porte de leurs sentiments.

La cérémonie fut planifiée par eux deux et c'est le vicaire de la paroisse qui bénirait leur union. Élise et Côme demandèrent à Blanche de déplacer toute la noce à la campagne, ce que Blanche refusa, intraitable.

— La ferme est tellement plus grande que notre petite cour de rien du tout.

— Notre petite cour de rien du tout, Élise, c'est notre cour. Tu es ma fille, et une fille se marie dans sa famille. Laisse-moi faire ma part, Élise.

— Maman, je peux pas croire que tu dises ça. C'est tellement croulant.

— C'est comme ça, ma fille. La noce se fera ici et c'est d'ici que tu vas partir pour commencer ta vie avec Côme.

Élise cessa de discuter. Sa mère avait accepté sans sourciller qu'elle porte la robe de Mme Vandersmissen et voilà qu'elle tentait de lui arracher un autre plaisir. Élise s'en voulut.

— Quand je vais enlever ma robe blanche, maman, me permettras-tu de porter ta robe de mariage en velours bleu marine ?

— Elle est si démodée que la seule fois que tu l'as mise c'était pour un *party* d'Halloween... !

Blanche éclata de rire pour camoufler son émoi, puis se dirigea vers son placard, d'où elle sortit la robe. Élise la suivit, prit la robe que sa mère lui tendait, la huma et la mit devant elle.

— C'est vrai que c'est passé de mode, mais la robe de mariage aussi.

Blanche, un tendre sourire aux lèvres, regarda Élise l'enfiler.

— Comment papa était habillé, maman ?

— Il avait un habit gris, avec une fine rayure et un revers au pantalon. Des bretelles, des boutons de manchette...

Blanche alla les chercher dans son chevet, puis, d'un tiroir de sa commode, sortit un paquet qu'elle déballa.

— Avec cette chemise, la veste, la cravate, l'épinglette et le mouchoir dans sa poche. Les cols étaient hauts, tu trouves pas ? En tout cas, ce matin-là, ton père était un vrai dandy.

Élise regardait sa mère, transfigurée. Elle haletait, comme si elle voulait tout dire à la fois.

— Qu'est-ce que vous faites ici ?

Micheline rentrait du terrain de jeu, où elle avait décroché un emploi d'été comme monitrice. Elle portait une jupe vert pâle, un chemisier blanc à manches courtes et un petit foulard vert au cou, retenu par une espèce de bijou qui ressemblait à deux anneaux soudés en un seul point.

— J'ai une énorme nouvelle pour vous deux.

Elle vit la robe et la chemise posées sur le lit.

— Il y a un bal masqué ? Où ?

— Non, gougoune. C'est pour le mariage.

— On se déguise pour le mariage ?

Élise regarda sa mère et haussa les épaules.

— Personne veut entendre ma grande nouvelle ? Bon.

Micheline se planta devant la fenêtre tandis qu'Élise cherchait une solution en cas de pluie.

— Votre Honneur, chers membres du jury, j'ai le plaisir de vous annoncer que Me Micheline Lauzé terminera son barreau à l'été 1967!

Élise était agacée par l'intrusion de sa sœur.

— Micheline, on a le temps d'y penser. La noce, c'est dans moins de deux mois. On pourrait peut-être en reparler plus tard...

Du regard, elle supplia sa mère de continuer leurs préparatifs, mais Blanche était déjà rendue près de Micheline et l'enlaçait. Tandis que Micheline racontait sa folle envie d'être plaideuse, Blanche rangea machinalement les accessoires qu'elle venait de présenter à son aînée. Élise prit la robe de velours, alla la porter sur son lit et se réfugia au sous-sol.

— Mesdames et messieurs du jury, monsieur le juge, ayez l'amabilité de dire à Me Lauzé qu'elle est hors d'ordre et qu'elle vient de tuer une grande joie.

En quelques instants, Élise s'était sentie dépossédée de son bonheur, et, même si elle se réjouissait que sa sœur fût talentueuse et ambitieuse, elle ne savait comment concilier leurs divergences de plus en plus apparentes.

— 14 —

Le mois d'août s'était évaporé dans le tulle et les perles, le carton et le verre. Élise et sa mère avaient ajusté ses deux robes. La blanche était un vrai chef-d'œuvre de broderie et de patience, et la future belle-mère avait rapidement ravalé sa fierté quand elle avait vu sa fille rayonner de bonheur en se regardant dans le miroir. Quant à la robe de velours marine, elle faisait d'Élise une mariée coquine, buste ajusté, jupe souple et légère qui laissait deviner sa cuisse lorsqu'elle marchait.

Elles avaient choisi à trois les cartons d'invitation, que les Vandersmissen avaient trouvés jolis, et elles avaient calligraphié à l'encre verte sur les enveloppes les noms des invités. Dans chacune d'elles, Élise avait glissé un pétale séché, arraché au bouquet offert par Côme le 28 mai.

La maison s'était métamorphosée en ruche. Blanche cuisinait, cousait et courait au centre-ville, tantôt avec Élise pour préparer la noce, tantôt avec Micheline pour compléter le trousseau de son aînée ou choisir leurs propres toilettes.

Élise allait fréquemment à L'Avenir pour peindre et aménager le petit logement qu'elle habiterait avec Côme. Elle s'y rendait toujours à contrecœur, triste de s'éloigner de chez elle, mais, dès qu'elle se trouvait près de ses amours, Montréal reculait au-delà du fleuve.

Côme et ses parents avaient eu une discussion assez vive, ces derniers insistant pour que le jeune couple emménage avec eux. Lorsque Côme avait fait part à Élise de leur offre ou de leur souhait — il n'avait su comment nommer la chose —, Élise avait dit non si brusquement qu'il en était resté bouche bée.

— C'est toi que j'ai choisi, Côme. Je suis incapable de m'imaginer prenant mon café tous les matins avec tes parents. Quant aux nuits, je n'ai pas envie de les vivre en silence, parce que j'imagine qu'on va sortir du monastère à un moment donné...

Curieusement, c'était Côme qui n'osait aborder ce sujet. Depuis son retour de Sainte-Anne-de-la-Pocatière, il gardait ses distances, même qu'il s'éloignait souvent d'elle lorsqu'il avait du mal à résister à ses magnifiques attraits féminins. Tous les deux passaient des nuits chastes, l'œil insomniaque et le corps en attente.

Leur petit appartement était situé au village, tout près de l'église et à un jet de pierre du bureau de poste. Il comportait un salon, une cuisine avec dans un coin deux banquettes et une table rappelant les restaurants, une chambre à coucher, et une toute petite pièce qui servait de débarras pour l'instant et dans laquelle Élise avait l'intention d'installer un canapé-lit pour le confort de sa mère et de sa sœur quand elles viendraient la visiter.

Ils avaient peint le salon en coquille d'œuf, l'appellation à la mode pour décrire une espèce de beige pâle, et leur chambre à coucher en vert pomme, après un long débat.

— Mais je vais avoir l'impression de dormir dans un pommier !

— Justement ! N'est-ce pas extraordinaire comme couleur ?

— Pour une fille de la ville, peut-être, mais un gars de la campagne passe toute la journée dans le vert...

— Côme...

Quand Élise disait « Côme », avec un voile sur les cordes vocales et les yeux braqués sur les siens, Côme faiblissait, l'embrassait et disait oui à tout ce qu'elle lui demandait. Elle avait ainsi obtenu la promesse qu'il porterait les boutons de manchette de son père; qu'il ne parlerait plus jamais d'habiter chez ses parents; qu'il ne s'éloignerait pas trop souvent de la maison pour le travail. Il lui avait fait cette dernière promesse avant même qu'elle ne le lui demande, avide qu'il était de l'avoir près de lui.

Ensemble, ils avaient regardé les informations et s'étaient désolés de voir la ville de Berlin coupée en deux par un mur de parpaings et de barbelés.

— Tu te rends compte, Côme, qu'il y a peut-être des familles qui vont être séparées pour le reste de leur vie ?

— Mais non, Élise, c'est un coup de tête. Ce n'est pas sérieux. Le prochain gouvernement va tout foutre en l'air.

Une semaine avant le mariage, Blanche demanda à Élise qui elle voulait pour lui servir de père.

— Ton parrain habite au Manitoba et je ne pense pas qu'il puisse se déplacer. C'est lui qui aurait pu te servir de père.

— Je n'en veux pas. Je veux descendre l'allée avec toi pour père et mère et avec Micheline.

— C'est pas coutumier. Un de mes frères peut-être?

Élise esquissa un sourire las et sa mère n'insista plus. Elle sortit et prit la direction de l'écurie, où elle brossa Poussin et deux autres chevaux pendant des heures. Sa sœur vint la retrouver.

— Micheline!

Sans dire un mot, Micheline s'appuya contre la porte de la stalle et l'observa, la tête penchée.

— Je comprends pas ça que t'aimes les chevaux. C'est même pas intelligent!

— Je sais. Mais un cheval veut toujours que son maître soit fier. C'est comme un chien. Quand il fait quelque chose de pas correct, il le sait et il est malheureux. Qu'est-ce qui t'amène ici? C'est pas dans tes habitudes.

— Je suis pas encore assez vieille pour avoir des habitudes. J'aurai ça à vingt ans, dans deux ans.

Élise rangea la brosse et se lava les mains avec un savon énorme. Elle s'assura que toutes les portes des stalles étaient bien fermées, puis sortit de l'écurie, sa sœur sur les talons.

— Es-tu choquée contre moi, Élise?

— Moi? Pourquoi?

— Parce que je veux aller à l'université, puis que je vais être plus instruite que toi.

— Non. Si j'avais à être choquée, ce serait parce que tu n'as pas encore commencé à sourire à Côme...

— Je lui souris!

— O.K. Tu ne me dis pas que tu l'aimes...

Micheline pinça les lèvres et regarda droit devant elle.

— Tu peux pas me forcer, Élise. C'est pas mon genre, je te l'ai déjà dit. J'espère juste qu'il t'aime.

Élise s'immobilisa. Quel dommage d'avoir fait de Micheline la complice d'un délicieux égarement amoureux !

— Es-tu venue pour me dire ça ?

— Non.

Micheline éclata soudain en sanglots et se réfugia dans les bras de sa sœur.

— Comment je vais vivre, moi, toute seule ? Dans une maison vide ?

Élise n'ayant jamais supporté de voir pleurer sa sœur, elle se mit aussi à sangloter.

— La maison sera pas vide. Maman va être là.

— C'est pas pareil. Pars pas, Élise.

Élise et Micheline resserrèrent leur étreinte et ne bougèrent plus pendant ce qui sembla une éternité aux gens qui attendaient l'autobus tout près du boulevard Saint-Laurent.

* * *

L'église Saint-Viateur était un étonnant édifice. Élise avait craint d'y être happée par le lugubre de ses pierres grises, qui lui rappelaient les funérailles de son père. Mais elle avait remarqué que cette église pouvait être d'une extrême beauté et que ses pierres pouvaient pâlir lorsque tintaient les clochettes d'un baptême. Mieux, si une mariée en robe blanche, comme elle en ce moment, montait les marches menant au parvis, cette église était spectaculaire et devenait une caisse de résonance son seulement pour l'orgue, mais aussi pour les soupirs d'amour et les promesses d'éternité qui se réverbéraient sur ses murs.

Avec Blanche du côté de son cœur et Micheline à sa droite, Élise fit son entrée dans l'église. Les grandes orgues résonnèrent et elle se figea. À l'autre bout d'une allée sans fin se tenait Côme, si beau qu'elle ferma les yeux, éblouie. Ses genoux plièrent et elle sentit la main de sa mère la pincer légèrement pour l'encourager. Elle aperçut presque aussitôt deux immenses sourires blancs et se dirigea vers M. Philippe et son fils Wilson, qu'elle avait sottement négligé d'inviter.

— On a vu dans le journal que tu te mariais, mademoiselle Lauzé. Tu reconnais Wilson ?

— Oui ! Bonjour, Wilson. Il faut m'excuser, je n'ai pas le temps de vous parler, je me marie dans deux minutes. Mais...

Tout en parlant, Élise se demandait comment elle avait pu oublier de les inviter, eux et leur famille.

— On le sait. On est venus te porter un petit quelque chose, mademoiselle.

Wilson remit à Élise une magnifique photographie de son père sur un quai de gare, un pied posé sur le marchepied d'une locomotive, la main sur le garde-corps. Ils avaient eu la délicatesse de la placer dans un cadre argenté. Élise éclata en sanglots, embrassa le cadre, puis les Philippe. Elle chuchota à l'oreille de Wilson :

— Merci, Wilson. Je suis certaine que c'est ton idée. Je penserai à toi chaque fois que je le regarderai. C'est à toi qu'il a offert son dernier souffle.

— Et il m'a aussi demandé de t'avoir à l'œil.

Elle le remercia encore, posa une dernière bise dans son cou, presque sur le lobe, puis retourna auprès de sa mère et sa sœur, toutes deux aussi chamboulées qu'elle. Elles parvinrent enfin à l'avant de l'église après une marche qui leur avait semblé éternelle. Élise tenait la photo de son père sur son cœur et l'avait tournée pour que Côme voie la bonne mine et le sourire du père qui allait lui confier sa fille.

Des vœux qui furent prononcés, Élise ne se souvint de rien. Elle reprit conscience lorsque Côme et elle, tremblants tous deux, redescendirent l'allée, qui avait raccourci pendant la cérémonie, entre les nombreux visages souriants de dames chic et d'hommes cravatés. Quelle ne fut pas sa surprise de voir dans la rue, l'attendant sagement, un Poussin fleuri aux mêmes couleurs que la calèche blanche, celle qu'elle n'avait jamais conduite, et un M. Avoine chapeauté de blanc et vêtu d'une queue-de-pie blanche ! Le photographe s'agitait, ravi de croquer un aussi joli couple. Il demanda à Élise la permission de faire quelques clichés d'elle dans cette robe d'un genre qu'il n'avait jamais vu. Élise se plia à son désir et lui proposa de venir à la maison, dans le jardin, ce qu'il accepta.

Les Vandersmissen pleuraient tous les deux, elle parce que la robe ne l'habillait plus, lui parce qu'il trouvait sa femme aussi jolie qu'au jour de leurs noces.

— Mais non, Mimine, tu n'as pas vieilli. Tu es toujours aussi belle.

— Mais regarde-la. C'est une véritable apparition. Pense aux doigts de toutes les femmes de la famille, mortes pour la plupart, qui ont fait cette robe. Toutes ces tantes et mes grands-mères qui ont travaillé pour une petite Canadienne dont elles n'ont jamais soupçonné l'existence.

Côme, tout aussi ému que ses parents, les consola. Micheline fit deux pas pour s'éloigner d'eux, puis revint.

— C'est la plus belle robe de mariée que j'aie jamais vue. Mais il faudrait pas oublier que les doigts de ma mère ont travaillé fort aussi. Il y a pas une perle qu'elle a pas recousue, parce que tout s'effilochait.

Micheline alla rejoindre sa mère sans attendre.

— Ta belle-sœur est encore aussi à pic que lorsque Élise était venue pour la récolte.

Mme Vandersmissen se tamponnait encore les yeux quand les mariés montèrent dans la calèche. Le cortège des invités traversa la rue à pied et se dirigea vers la maison, presque visible du parvis.

Élise chercha les Philippe des yeux, mais ils s'étaient volatilisés. Côme la tenait serrée contre lui et elle le fit rire aux éclats en lui expliquant que c'était à cause de son cœur gonflé d'amour que le pauvre Poussin avait du mal à tirer sa calèche. Côme lui bécota les paupières, qu'elle gardait fermées, trop heureuse de pouvoir enfin respirer.

— J'ai du mal à croire que ma mère a porté cette si belle robe. Crois-tu que mon père, comme moi aujourd'hui avec toi, se croyait l'homme le plus heureux de la terre en l'apercevant?

— Penses-tu qu'il savait que son Amélie était la mariée la plus chanceuse de toute la Belgique?

— Mais toi, Élise, tu es plus belle que toutes ses reines et ses princesses.

— Et toi, Côme, le plus bel oiseau que ton pays ait laissé s'envoler.

Là-dessus, leurs lèvres se soudèrent, au point que ce fut le raclement de gorge de M. Avoine qui les fit retomber de leur nuage. Il tendit la main à la mariée, qui descendit sous l'œil avide du photographe déjà à l'œuvre. Rassemblés dans la ruelle, les invités les applaudirent tandis qu'ils se dirigeaient vers la cour dont tous les arbres étaient ornés d'immenses fleurs blanches de papier crêpé faites par Élise et Micheline. Une table y était dressée et les convives s'y servirent un délicieux punch à base de mousseux et de fruits des arbres des Vandersmissen.

Élise et Côme se tinrent à proximité de l'entrée du jardin pour recevoir les félicitations de leurs amis. Personne de la parenté des Vandersmissen n'était présent et personne de la famille Lauzé n'avait pu venir du Manitoba. Toutefois, un des frères de Clovis, qui travaillait à la station radiophonique CKSB, avait fait parvenir à Élise les vœux de sa famille, étrangère et éloignée, sur ruban magnétique. Clément, le plus mystérieux des frères de Blanche, se présenta avec une barbe à la Castro, une cravate lustrée, un pantalon froissé et un sourire timide. Son oncle Oscar arriva dans une Cadillac aussi blanche que ses cheveux, accompagné de sa minuscule Juliette.

— C'est lui Oscar, maman ? Le vrai Oscar ? L'ancêtre du cheval des Avoine ?

— Oui, Micheline. Mon oncle Oscar.

Blanche jeta à sa fille un regard qui la priait de s'éloigner si elle voulait rire de lui. Cécile, la sœur cadette de Juliette, les escortait, tout comme elle les avait chaperonnés dans leur jeunesse. Et, surprise des surprises, Paul, le cher Paul, s'extirpa de la voiture en dernier. Blanche ne savait plus où donner du cœur. Si elle avait à peine reconnu Clément, elle se précipita dans les bras de Paul, qui faillit perdre l'équilibre, à cause de sa prothèse.

— Doucement... Oublie pas que tu m'as fait flamant et que je me tiens sur une seule patte. La deuxième, je l'ai achetée du guenilloux...

Côme éclata de rire et s'empara de la main de Paul.

— Monsieur Pronovost ! Il faudra voir si nous n'aurions pas un lien de parenté. Moi aussi, vous savez, je suis un Flamand !

Ce fut magique. Paul adopta Côme, qui adopta Paul. Puis arrivèrent les collègues de Côme à la queue leu leu, qui l'étreignirent et embrassèrent goulûment la mariée. Élise se figea. Devant elle, aussi bien mis qu'au réveillon du jour de l'An, se tenait Claude, qui lui tendit la main en la félicitant et en omettant volontairement de l'embrasser.

— J'ai mis du temps à te reconnaître. Il aurait fallu que je te voie dans la calèche...

— Il est vrai que nous avons tous deux changé de parfum...

— Le jour et la nuit avec la jeune demoiselle que j'ai rencontrée.

— Bien dit : le jour du mariage et la nuit du réveillon !

— Et aujourd'hui, est-ce un bon jour pour le pardon ?

— Tu me présentes, Élise ?

Micheline venait de se placer carrément devant Claude, un pied légèrement avancé pour montrer sa cheville et son genou. Élise présenta sa jeune sœur à Claude avec toute sa fierté d'aînée. Micheline avait pris son air coquin et Élise savait que Claude devrait user de beaucoup d'imagination s'il voulait lui échapper.

— Ce jardin regorge de fleurs, toutes plus belles les unes que les autres.

Élise rit en laissant tomber sa tête en arrière tandis que Micheline étouffait devant le baisemain que venait de lui faire Claude.

— Tu t'occupes de Claude, Micheline ?

— Absolument ! Puis-je t'offrir un punch, Claude ?

Il la prit par le bras et la suivit jusqu'à la table, où étaient alignés verres, bouteilles et punch. Micheline marchait en regardant droit devant elle, sans remarquer les Vandersmissen qui la saluaient, ni sa mère qui l'invitait à discuter un peu avec son oncle Clément, ni Côme et son oncle Paul qui entrechoquaient leurs verres, ni sa grand-tante, la menue Juliette, qui lui disait qu'elle était bien belle dans sa robe de taffetas.

D'une voix forte, Paul demanda le silence. Il invita alors Élise à s'approcher de son mari, ce qu'elle fit sous l'œil attendri de ses beaux-parents et de sa mère qui ne cessait de lui faire des clins-d'œil et des sourires.

— Je voudrais porter un toast à la plus belle des mariées que j'aie vues, devant laquelle pâliraient certainement Jacqueline Kennedy et Grace Kelly, et à son bel oiseau, le Flamand.

Les invités crièrent « à la santé des nouveaux mariés ! », « chin-chin ! » et « à votre bonheur ! ». Les bras entrecroisés, Côme et Élise prirent une gorgée en s'avalant des yeux. Personne n'entendit s'entrechoquer les verres de Claude et de Micheline.

— À la santé des amoureux!

Micheline rougit et baissa la tête. Élise fila avec Blanche et revint quelques minutes plus tard, portant avec fierté et beaucoup d'émotion la robe de mariée de sa mère. Un silence respectueux envahit le jardin. Le souvenir de Clovis accompagnait la mariée. Paul essuya une larme qui lui chatouillait le coin de l'œil, imité par Blanche qui en comprenait la raison.

— C'est difficile à croire, mais j'ai l'impression de faire un voyage dans le temps. La dernière fois que j'ai vu cette robe-là, c'était au mariage de tes parents. Tu me rajeunis pas, ma belle.

Les invités applaudirent la mariée, que Côme venait d'étreindre.

— Hé! que t'as des vieux souvenirs pour un jeune homme, Paul!

L'oncle Oscar était enchanté de sa réplique, qui avait amusé M. Vandersmissen, son compagnon pour la journée.

— Comme ça, en Belgique, la bière est bonne? Santé!

— Santé! Oui, monsieur. La bière du Canada, c'est de la petite bière. La bière de Belgique, on peut la déguster.

— Même notre Dow n'est pas aussi bonne?

— Non. Même la Dow, n'est-ce pas, Mimine?

— Je n'ai jamais bu de bière de ma vie, comment saurais-je?

— Avez-vous ça, dans les vieux pays, des ligues de tempérance? Santé!

— Santé! À mon souvenir, non. Que des ligues de foot.

M. Vandersmissen remplit son verre de bière, se leva à son tour et porta un toast.

— Je vais essayer de parler plus fort que cette musique sortie directement des fenêtres de l'enfer et souhaiter la bienvenue à la magnifique épouse de notre fils, la jeune Mme Vandersmissen. Il n'y a pas une autre mariée au monde qui soit aussi aimée que toi, Élise. Par ton mari, par mon Amélie et par moi! Santé!

L'après-midi fila au rythme du rock-and-roll et Claude fut la coqueluche des danseurs comme il l'avait été neuf mois plus tôt dans une certaine salle d'hôtel de Montréal. Côme fut plus que surpris d'apprendre qu'Élise et lui se connaissaient, mais ni l'un ni l'autre n'entra dans les détails de leur rencontre au-delà de la balade en montagne. Élise cligna lentement des paupières pour en remercier Claude.

Élise fit la tournée des invités, puis, accompagnée de Côme, alla enfiler son tailleur de voyage tandis qu'il mettait un pantalon sport et un col roulé. Ils revinrent bientôt, Côme portant leur valise, et Élise, un minuscule sac de voyage. Le silence se fit quand le taxi klaxonna et Blanche eut toute la difficulté du monde à conserver son sourire. Le moment tant appréhendé était arrivé, où sa fille passerait officiellement de sa maison à son autre foyer.

Élise s'approcha de sa mère, l'enlaça en refoulant ses larmes, puis lui chuchota à l'oreille qu'elle avait peur de ce qui l'attendait, mais qu'elle se savait dans le jardin du bonheur.

— Tu viens à la gare, maman?

— Oui, absolument...

Élise chercha sa sœur des yeux et, ne la voyant pas, demanda à Côme de l'attendre. Elle entra dans la maison à toute vitesse. Micheline n'était nulle part. Soudain, entendant rouler le train au sous-sol, Élise passa à travers le placard en tassant les vêtements des invités et descendit l'escalier. Claude et Micheline se trouvaient devant la maquette, que Micheline décrivait. Le train avançait à vive allure, les maisonnettes étaient éclairées, et Claude, souriant comme un enfant, avait posé sa main sur l'épaule de Micheline.

— Je te cherche depuis cinq minutes, Micheline.

Micheline sursauta, rougit et bafouilla tandis que Claude lui frottait l'épaule pour en faire tomber une mousse invisible avant de mettre les mains dans ses poches.

— Tu t'en vas où?

— À Niagara. Voir les chutes.

— Ah! C'est vrai.

— Tu me souhaites pas bon voyage?

— Quel voyage?

— Micheline, mon voyage de noces!

Micheline saisit sa sœur par le cou, l'attira à l'autre extrémité de la pièce et lui demanda à voix basse de l'excuser, lui expliquant que Claude était le plus beau gars qu'elle ait jamais rencontré dans sa vie.

— Il a vingt-quatre ans...

— ... et un diplôme, et il danse mieux que Fred Nestor.

— Astaire, Micheline, Fred Astaire.

— C'est pas ce que j'ai dit? En tout cas, je me suis bien occupée de lui, comme tu me l'as demandé. Pars l'esprit en paix, je vais continuer d'être une bonne hôtesse.

Tout en souhaitant que Claude soit un gentleman, Élise embrassa sa sœur une dernière fois et monta l'escalier de sa vie à la hâte.

— 15 —

En moins de vingt-quatre heures, Élise devint une mordue du train. Côme et elle étaient montés dans un wagon à la gare Centrale, où les avaient accompagnés leurs parents respectifs. Blanche, qui avait confié la noce à Micheline pour une petite heure, tenait Élise par le bras pendant que Côme enregistrait leur bagage. Mme Vandersmissen, qui avait oublié comment cesser de pleurer, était accrochée au bras de son mari, qui n'avait plus de mots pour la consoler.

— C'est à se demander, Mimine, si tu ne regrettes pas le bonheur de notre fils...

— Non, non! Mais tous nos espoirs sont maintenant à terme, tu te rends compte?

— C'est bien. Nous venons de récolter la plus merveilleuse des brus. Mimine, cesse de pleurnicher et souris à ton fils.

Blanche et Élise s'étaient éloignées, pour ne pas épier leur conversation. Seule Élise avait hésité, se demandant si elle devait aller vers sa belle-famille ou rester auprès de sa mère le plus longtemps possible. Côme les rejoignit enfin, la prit par la main et, contre son gré, s'approcha de sa mère.

— Ma petite maman, maman, enfin... Papa, dis quelque chose!

— Je ne sais plus que dire.

Blanche sourit tristement à son aînée, puis se ressaisit au moment où les nouveaux mariés embrassaient les Vandersmissen. Élise et Come s'approchèrent ensuite d'elle et l'étreignirent tour à tour, puis ils descendirent l'escalier en sautillant, s'arrêtant au palier pour faire un dernier au revoir. Rendus sur le quai, ils coururent jusqu'à leur wagon, comme s'ils avaient eu peur d'être rejoints par une mauvaise nouvelle.

— Côme, arrête !

— Non ! J'ai trop peur de m'éveiller et de me retrouver à Sainte-Anne-de-la-Pocatière en cinquante-huit, avec devant moi trois ans à t'attendre en écoutant Gilbert Bécaud chanter :

> *Mes mains*
> *Dessinent dans le soir*
> *La forme d'un espoir*
> *Qui ressemble à ton corps*
>
> *Mes mains*
> *Quand elles tremblent de fièvre*
> *C'est de nos amours brèves*
> *Qu'elles se souviennent encore*

Côme avait commencé en récitant les paroles, puis il les avait chantées doucement, les lèvres collées sur son oreille. Élise soupira, la poitrine gonflée de joie. Côme était le plus romantique des garçons et cette façon d'être qui était la sienne la comblait. Elle avait eu raison de l'attendre pendant ces trois interminables années, de mettre son corps au repos et son âme dans un froid caveau. Elle avait eu raison de respirer l'air du mont Royal et d'y regarder les saisons faire le compte à rebours en jouant à saute-mouton sur le temps. Elle avait eu raison de fixer l'avenir sans se retourner, sans autre regret que celui de n'avoir jamais pu présenter le gendre au beau-père.

Pour le voyage en train, Côme avait réservé une chambrette meublée d'un seul fauteuil. Ils ne s'en formalisèrent pas, préférant de toute façon se retrouver dans l'*observation car* ou dans le *dining car*. Ils fermèrent néanmoins la porte de leur chambrette, et c'est assise sur les genoux de son mari qu'Élise regarda disparaître les parents. Puis ce fut toute l'île de Montréal qui s'effaça tandis que Côme lui mordillait encore les oreilles.

— C'est pour m'aider à patienter jusqu'au souper...

Dès qu'ils eurent passé le pont, Élise ferma les yeux et fit ses adieux à la ville, heureuse d'enfin tourner cette page.

Lorsqu'ils revinrent du souper, un merveilleux rôti de bœuf arrosé d'un vin rouge si foncé qu'il en était opaque, le rideau avait été tiré devant leur porte, et le lit, ouvert et fait. Après avoir déposé leurs chaussures dans le petit réduit qui donnait sur le couloir, pour que le porteur les cire, ils entrèrent dans leur chambrette, qui n'était plus qu'un lit, et s'y laissèrent tomber en ricanant. Couchés sur le dos, contraints à une merveilleuse exiguïté, ils regardèrent défiler les rares reflets des réverbères qui longeaient les quais des gares de plus en plus perdues. Le train hurlait aux croisements et ils entendaient parfois tinter les cloches de quelque guérite.

Plusieurs raisons empêchèrent Élise de dormir. D'abord, elle tenait à rester éveillée pour sentir le train la bercer comme son père l'avait fait si souvent lorsqu'elle était petite. Ensuite, Côme lové dans ses bras, elle ne cessait de larmoyer de joie en soufflant légèrement sur son visage endormi et souriant. Elle avait tant langui de le tenir ainsi, sans heurt ni hâte ; de l'embrasser en public si elle le désirait, son alliance légitimant toutes ses envies ; de se presser contre lui en lui écrasant la poitrine, uniquement pour sentir le battement lourd et sourd de son cœur. Elle avait tant langui dans l'attente de son avenir qu'elle était presque passée à côté de son présent, préférant le silence de Poussin aux amitiés qu'elle avait trop négligées. Maintenant, elle avait près d'elle son meilleur ami, son mari, son amant. Ils étaient seuls avec leur rêve et il lui tardait de le meubler d'enfants.

Les jeunes mariés trouvèrent la ville de Toronto bruyante et sale, mais regrettèrent tous deux que la ville de Montréal ait sacrifié ses voies de tramway au bitume et offert ses wagons aux musées ou à la casse. Ils marchèrent le long du lac Ontario pour observer les oiseaux, préférant la promenade au bateau-mouche pour regarder les navires dont les silhouettes striaient les eaux calmes de l'immense nappe d'eau. Élise jura en reconnaître certains qu'elle avait vus s'engager dans la Voie maritime, près de l'île Sainte-Hélène. Elle traîna Côme au cinéma pour voir *The Misfits*, le dernier film dans lequel avait joué Clark Gable avant sa mort.

— Moi, je regarderai les chevaux et Gable, et toi tu pourras reluquer Marilyn Monroe.

L'hôtel York était presque aussi beau que le Château Frontenac — le père d'Élise l'y avait emmenée une fois avec Micheline —, avec son escalier magistral, ses murs de bois franc et ses plafonds à caissons. Ils y louèrent une minuscule chambre avec vue sur les équipements de chauffage et se contentèrent d'un sandwich pour le souper, inquiets de voir fondre leurs économies. Ils mangèrent dans leur chambre, où ils se firent aussi apporter leur petit déjeuner. Ni lui ni elle ne pouvait se résoudre à s'extirper de la langueur des premières heures de leur vie à deux.

Ils se rendirent aux chutes du Niagara en autobus et Élise tut sa déception en pénétrant dans la ville. Toute la beauté de la nature y avait été pavée et les réverbères avaient fait place à des néons criards. Heureusement, les chutes étaient magnifiques. Leur bruit assourdissant les empêcha d'entendre les confidences des autres nouveaux mariés qui, agglutinés tout comme eux contre les garde-fous, ne se quittaient pas des yeux. Les nouveaux époux embrassaient leur dulcinée à pleine bouche ou la bécotaient timidement. Côme, lui, lécha délicatement la bruine sur les joues d'Élise, qui, ravie, fut probablement la seule à fermer les yeux pour entendre gronder la vie autour d'elle.

Ils quittèrent les chutes pour parcourir la vallée du Niagara et Côme entraîna Élise dans son univers d'agronome. Ils visitèrent des vignobles et il manifesta beaucoup de scepticisme quant au climat, qu'il estimait trop froid. Il lui parla des vendanges tardives et du vin de Sauternes, dans la Gironde, en France. Élise l'écoutait avec beaucoup d'intérêt, crachant un à un les pépins des raisins qu'elle arrachait aux vignes. Côme la regardait faire avec amusement.

— Tu viens peut-être de semer un pied de vigne dont on fera le grand cru de *Ma Douce*...

Ils se dirigèrent ensuite vers St. Catharines, où Côme amena sa douce dans les vergers de pêchers. Ils pique-niquèrent en regardant les travailleurs venus pour la cueillaison. Élise insista pour rapporter une immense caisse pesant plus de vingt kilos afin d'en offrir les fruits à leurs mères et Côme s'inclina. Indifférents aux sourires narquois qui saluaient leur passage, ils la portèrent à deux en ahanant, changeant de côté toutes les cinq minutes pour soulager leurs bras ankylosés et leurs doigts meurtris.

Ils se retrouvèrent enfin sur le quai de la gare à attendre le train qui les ramènerait à Montréal. Élise trépignait d'impatience. Vivement qu'ils entrent dans leur maison pour apprivoiser ensemble le quotidien de leur vie qu'il lui tardait de débusquer !

*   *   *

Blanche et Micheline les accueillirent à la gare et Micheline éclata de rire en les voyant transporter leur caisse de pêches.

— Avez-vous l'intention d'approvisionner les Italiens du marché Jean-Talon?

— Non. C'est pour maman!

— Pour moi? Mais que veux-tu que je fasse avec autant de pêches?

Élise fut chagrinée de voir que le cadeau si original pouvait encombrer.

— Tu m'as mal comprise, maman. Je vais faire les confitures et t'apporter les pots pour que tu t'en régales.

Son ton manquait sans doute de conviction puisque Blanche comprit qu'elle avait heurté sa fille et s'en mordit les lèvres.

— C'est très gentil à vous d'avoir transporté ces pêches jus-qu'ici pour nous faire un cadeau sucré!

— Mais tout le plaisir a été pour nous, belle-maman.

— Je parie que vous avez porté la caisse pour vous faire des muscles à la Brando!

— Mon Côme a déjà des muscles plus beaux que ceux-là, Micheline. Des muscles qui ont poussé dans les champs.

Élise fit un air coquin à son mari, qui alla récupérer leur valise tandis qu'elle décrivait la splendeur des chutes. Elle omit toutefois de raconter l'expérience qu'elle avait vécue dans une espèce de cylindre métallique derrière un épais rideau d'eau, à entendre le hurlement des chutes. Elle y avait écouté la colère de l'eau, se demandant si la mort était aussi déchaînée lorsqu'elle engouffrait une âme.

Ils sortaient de la gare lorsque Élise aperçut M. Philippe. Elle lui fit aussitôt un signe de reconnaissance et il se dirigea vers eux en sautillant.

— Vous rentrez de voyage de noces en train?

Élise n'avait certes pas oublié le réconfort que lui avait prodigué M. Philippe lors de son retour de Drummondville.

— Oui, en train, en digne héritière Lauzé.

Elle s'approcha de son oreille.

— Je n'ai plus de verrues sur l'âme.

M. Philippe lui fit un sourire complice que ne comprirent ni Blanche ni Micheline, auxquelles elle avait caché sa mésaventure pour ne pas les accabler davantage.

— Oh! les belles pêches! Mme Philippe nous en ferait une de ces confitures avec juste un peu de muscade et une tête de clou pour nous planter le goût dans la langue!

— Ma sœur, elle ferait ça pour me clouer le bec!

— Je n'y aurais pas pensé, Micheline, mais maintenant que tu me le dis... Monsieur Philippe, ça me ferait plaisir d'offrir des pêches à votre dame. Avez-vous un sac?

— Mon vieux sac à lunch.

Il sortit le sac de papier kraft froissé comme un pomme de décembre oubliée sur une branche. Avec l'aide de Côme, Élise mit délicatement les fruits dans le sac, qu'elle remplit à ras bord sous l'œil triste de Blanche qui souhaitait que sa fille lui pardonne sa réaction trop vive.

— Vous savez qu'on vous a attendus à la noce, vous et votre fils.

— C'est gentil, mais ce n'était pas notre place.

Élise s'en voulut de ne pas avoir pensé à le prendre pour père.

— Un ami de papa sera toujours à sa place dans notre famille.

M. Philippe eut la délicatesse de ne pas répondre. Il continuait de sourire, soucieux de ne pas porter ombrage au bonheur d'Élise.

— Tu sais, ma belle mademoiselle, pardon, ma belle madame Élise, notre Wilson va se fiancer avec une oiselle venue directement des Caraïbes. Quand elle marche, elle sautille comme si elle était sur du sable trop chaud.

— Je leur souhaite un bonheur semblable au nôtre et beaucoup d'enfants.

M. Philippe s'éloigna en faisant songer lui aussi à un oiseau sur le sable chaud. Il se retourna et, tout en tapotant son sac de pêches, leur fit au revoir de la main. Élise fit de même en y mettant tout son cœur, puis saisit un côté de la caisse de pêches maintenant allégée. Côme se penchait pour soulever le sien quand Micheline le prit de vitesse. Élise la regarda, étonnée.

— C'est pas possible, Élise. Ça fait deux semaines que t'es partie, puis je sais plus quoi dire à maman. On a fait le tour de tous les sujets, je te jure. Je peux quand même pas lui parler de Claude...

— Qu'est-ce qu'il a, Claude?

— Il a moi.

— 16 —

Chaque fois qu'Élise s'apercevait que la lune épiait par la fenêtre leurs ébats amoureux, elle imaginait les traits de l'enfant qu'ils concevraient. Tantôt il était beau comme son père, tantôt il ressemblait à sa mère. Tantôt c'était un garçon, tantôt une fille.

Noël approchait et Élise craignait l'arrivée de ses règles, qui, pour la première fois depuis son mariage, avaient trois jours de retard. Elle aurait tout juste le temps d'avoir une certitude qu'elle pourrait offrir en cadeau à son mari et à ses familles. Si sa mère s'était faite discrète sur l'arrivée d'un héritier, Mme Vandersmissen avait compati avec sa belle-fille, pour finalement cesser de l'interroger, craignant de lui porter malheur.

— Notre Côme est arrivé si rapidement.

— Il a mis huit petits mois... et c'est bien parce que j'ai fait des voyages express en France pour m'acheter des capotes anglaises. J'avais ta réputation à cœur, Mimine. Laisse-les tranquilles.

Pendant dix jours, Élise n'osa s'assoupir, trop excitée, bien sûr, mais aussi parce qu'elle craignait d'endormir la vigilance constante qu'elle exerçait sur son ventre. Elle était à l'affût du moindre pincement près du nombril, du plus petit mouvement au sommet du mont de Vénus, de la plus infime saute d'humeur. Elle montait ou descendait l'escalier moins rapidement, au cas où, et prenait maintenant un jus d'agrumes tous les matins. Côme, n'ayant pas remarqué ces légers changements à la routine, continuait à la labourer d'amour toutes les nuits, ce dont elle ne se plaignait pas, toujours aussi affamée de lui. Pour son premier Noël, Élise avait insisté pour recevoir sa famille au réveillon, au grand désespoir de sa belle-mère, qui se demandait où logeraient leurs invités.

— Nous ne serons pas très nombreux. Seulement six personnes, peut-être sept si mon oncle Paul accepte notre invitation. De toute façon, j'y tiens !

Elles avaient fini par s'entendre. Blanche et Micheline dormiraient à l'appartement des nouveaux mariés, qui, avec l'oncle Paul, s'installeraient dans la maison paternelle.

Le temps des fêtes arriva enfin pour donner un sens à la neige qui avait envahi depuis des semaines les terres noires et glacées ainsi que les routes de terre. À l'insu de Côme, Élise alla porter son urine au pharmacien, en suppliant ce dernier de n'en rien dire.

— C'est quand même triste de penser qu'il y a vingt ans on aurait peut-être sacrifié une pauvre petite lapine à cause de moi.

Lorsque Élise sortit de l'officine, la caissière, qu'elle trouvait fort gentille et dont elle souhaitait se faire une amie, lui souhaita bonne chance.

— Merci. Je devrai patienter. Heureusement que j'ai des tonnes de choses à faire avant Noël, à commencer par le sapin que Côme et moi on va aller choisir dans le bois cet après-midi.

— Qu'est-ce que vous allez prendre ? Un sapin ? Une épinette ? Une pruche ? Un pin ?

Élise ne s'était jamais posé cette question, un sapin de Noël ayant toujours été pour elle un simple sapin qu'elle allait choisir avec sa mère au coin de la rue, chez un marchand de sapins.

— Il y a une différence ?

— Dans la forme des aiguilles plus que dans la couleur. As-tu beaucoup de décorations ?

— Non, justement. C'est ce que je fais en ce moment.

— Choisis un pin. Ça prend presque rien pour être beau. Deux circuits de lumières, une douzaine de boules...

— J'ai pas de boules.

— Ah ! c'est vrai que t'as pas grand-chose.

Élise éclata de rire. Elle savait déjà qu'elle fixerait aux branches de son arbre les belles fleurs blanches de papier crêpé qu'elle et Micheline avaient confectionnées pour la noce. Elle s'était promis de les conserver toute sa vie puisqu'elle avait rendu la jolie robe blanche à Mme Vandersmissen et la bleue à sa mère pour que sa sœur puisse la porter à son tour si elle le désirait. En revanche, elle n'avait pas voulu d'un gâteau aux fruits qu'elle aurait pu conserver une éternité dans du papier d'aluminium, lui préférant un gâteau blanc et moelleux avec un glaçage au beurre.

— D'habitude, Élise, pour un mariage...

— J'ai pas l'habitude de me marier, maman, et j'aime pas le gâteau aux fruits. Mais, si tu veux, on peut mettre une belle bougie blanche dessus, avec des fleurs.

— De quelle couleur veux-tu tes fleurs de sucre ?

— Des vraies fleurs, maman. En fait, j'aimerais retrouver sur le gâteau les mêmes fleurs que dans mon bouquet de mariage.

— Les mêmes...

Et sa mère avait fait faire le gâteau selon ses spécifications. Le pâtissier avait eu beau protester, Blanche n'avait pas cédé.

— Non, monsieur. Nous ne voulons pas non plus d'un petit couple de plâtre sous une arche. Nous voulons une bougie blanche et des roses roses et blanches.

— Piquées comme ça dans le gâteau ?

— Piquées ou couchées, à votre guise. C'est vous l'artiste.

* * *

Le soleil était froid. Chaussés de leurs raquettes, Élise et Côme marchaient dans les bois au rythme du craquement des arbres et du frottement des branches énervées par le vent. Côme portait la hache et Élise tirait l'égoïne sur une traîne sauvage, tous deux prêts à travailler fort pour égayer leur Noël. Ils trouvèrent un pin de quatre pieds, rond comme un œuf, avec une tige maîtresse sur laquelle accrocher l'étoile qu'Élise avait fabriquée avec du tulle blanc et du fil de fer. Ils firent « oh ! » et « enfin ! », lui coupèrent le pied et le couchèrent sur le toboggan.

Ils rentrèrent en reniflant, les joues rouges, les yeux humides, heureux de leur butin. Côme installa le pin dans son support, qu'Élise emplit d'eau. Ils firent un semblant de sieste et Élise eut du mal à taire son secret, car, aussitôt qu'elle fut collée contre son homme, son silence lui sembla trahison.

Mon bel amour,

Ce Noël est le dernier que nous verrons seuls. L'an prochain, nous aurons un nouveau-né à coucher dans la crèche. Ta semence a fait son œuvre et le moment de notre première récolte

141

est arrivé. Petit garçon ou petite fille, puisqu'il est de nous, cet enfant fleurira notre bonheur, si cela est possible. Je t'aime, nous t'aimons.

Moi et nous... χ χ

Élise posa l'enveloppe sur une branche, puis, se ravisant, la plaça au fond de la crèche.

Le 24 décembre apporta une nouvelle neige et de fortes rafales. Élise craignit que sa famille ne puisse se déplacer, mais ce fut Côme qui eut un mal de chien à voyager entre la maison et la gare de Drummondville. Élise avait suspendu une couronne dans la fenêtre de la porte et elle resta en haut de l'escalier, prête à ouvrir dès qu'elle les verrait arriver.

Son oncle Paul avait accepté l'invitation avec autant de bonheur que si on lui avait offert de rencontrer la reine d'Angleterre ou le bon pape Jean XXIII. Les jeunes mariés se faisaient une joie de le recevoir dans leur minuscule nid, d'autant plus que, prétextant sa timidité, il avait refusé de dormir chez les Vandersmissen, optant pour leur canapé-lit.

Après une longue attente qu'elle avait terminée assise sur la dernière marche de l'escalier, Élise vit la porte s'ouvrir pour laisser entrer Micheline qui, poussée par le vent, faillit échapper les cadeaux dont elle avait les bras remplis. Elle était suivie de Blanche, qui riait en faisant tomber la neige de sa petite chaîne de visons. Mme Vandersmissen apparut en s'excusant d'arriver si tôt.

— Il me tardait de rejoindre toute notre famille.

Elle alla déposer ses présents sous l'arbre.

— Oh! mais c'est un Noël fleuri que nous avons ici! Quelle merveilleuse idée, Élise!

Paul monta lentement. M. Vandersmissen, qui les avait rejoints, s'ébaudit devant le pin.

— Vous avez bien choisi. Votre appartement a déjà l'air d'une maison!

Blanche passa à la cuisine pour regarder ce que sa fille avait préparé.

— Attends le réveillon, maman...

— Permets-moi d'être curieuse... J'ai tellement hâte!

— O.K.

Blanche découvrit des tourtières, des pots de chutney aux fruits, des cretons, des sablés décorés de cerises confites, rouges ou vertes.

— Quelle merveille! J'ai l'impression d'avoir cinq ans et de fouiller dans les provisions de ma mère!

— Et moi, j'ai l'impression que dans cinq minutes je vais te demander d'aller jouer au salon avec ton frère. Puis, si ça t'intéresse, pour le souper, j'ai un poulet au four.

Micheline entra dans la cuisine et, sans gêne aucune, ouvrit la porte du réfrigérateur.

— Oh! la belle salade de fruits!

— C'est pour cette nuit.

— Aurais-tu un beigne? Juste un. J'ai ma fringale de quatre heures.

— Comment? Il est déjà quatre heures?

Élise avait froncé les sourcils. Non seulement Côme n'était pas arrivé, mais elle n'avait pas eu de nouvelles de la pharmacie, qui allait fermer dans quelques minutes. Abandonnant sa mère et sa sœur, elle se dirigea d'un pas décidé vers le vestiaire et y décrocha son manteau.

— Voyons! Où vas-tu?

Côme entrait à l'instant, les joues rouges de froid. Elle l'embrassa rapidement et s'excusa.

— Un oubli! Je reviens.

La neige l'assaillit et lui fit perdre l'équilibre. Elle reprit son souffle, croisa les bras et fonça vers la pharmacie, dont elle ne pouvait distinguer les néons, tant la tempête était forte. Elle ne savait si elle devait s'en réjouir ou non. Un Noël sous la neige était toujours plus agréable qu'un Noël sous la pluie, mais un Noël qui empêchait les gens de sortir, voire d'aller à la messe de minuit, risquait d'être un Noël sans souvenirs. Cette réflexion fut pourtant fugace comparativement à l'autre qui l'obsédait. Vivement une réponse!

Voyant qu'on éteignait les lumières de la vitrine de la pharmacie, elle se mit à courir. Pourquoi ne l'avait-on pas appelée? Elle distingua une silhouette qui sortait par l'avant et elle accéléra encore le pas. Elle reconnut la caissière, qui poussa un petit cri en la voyant.

— Ah! Élise, j'allais justement chez toi.

Élise ferma les yeux.

— Puis?

— C'est négatif.

Élise fut assommée. Elle s'accroupit et se tint les genoux en disant que ce n'était pas possible; que jamais de sa vie elle n'avait accusé un retard de plus de deux jours; qu'elle était régulière comme un métronome, et qu'elle et son mari faisaient tout, tout, tout pour qu'elle soit enceinte. Elle se releva et mit une main sur l'épaule de Jacqueline, qui ne savait que faire devant son désarroi.

— Est-ce que c'est possible que le test soit pas bon?

— Ça peut arriver, mais c'est quand même pas dramatique.

— C'est que je veux être enceinte! Ça fait trois mois que... et j'ai attendu Côme pendant presque trois ans. Et lui et moi, on veut une douzaine d'enfants, et en plus...

Elle retenait ses sanglots avec tant d'efforts que Jacqueline en fut touchée.

— C'était mon cadeau de Noël. La promesse de l'arrivée imminente d'un bébé. Qu'est-ce que je vais dire?

— T'as rien à dire. Tu rentres, puis tu fais comme d'habitude.

Élise pensa à la lettre qu'elle avait mise au fond de la crèche.

— Il faut que j'y aille, Jacqueline. Qu'est-ce que tu fais, ce soir?

— Rien. Peut-être la messe de minuit, si je m'endors pas avant.

— Avec ta famille?

— J'ai pas de famille, Élise.

— Pas d'amoureux non plus?

— Plus d'amoureux. On a rompu.

— Pas de réveillon?

— Non.

— T'en as un! Je t'emmène à la maison!

Élise la prit par le bras et l'entraîna. Jacqueline eut beau lui dire en riant qu'elle portait son uniforme blanc, Élise ne voulut rien entendre. Lorsqu'elles furent enfin devant la porte, Élise prit Jacqueline par le bras.

— Élise, tu viens de me faire la plus inattendue des surprises de Noël, mais j'arrive les mains vides.

— On est deux.

Les deux jeunes femmes n'avaient pas encore atteint l'étage qu'une belle amitié venait de naître. Jacqueline fut la bienvenue et Élise expliqua qu'à cause de la violence de la tempête elle avait préféré aller la chercher immédiatement.

— Je suis désolée, mais je n'ai pas eu le temps de me changer.

— Pas grave. J'ai mon petit foulard à la Patti Page, rouge avec des pois blancs. Ça va être parfait avec ton ensemble.

Micheline le lui noua autour du cou pendant qu'Élise, feignant d'arranger les cadeaux sous le sapin, reprenait sa carte et allait l'enfouir dans son chevet. Au retour de la messe de minuit, au moment de déballer les cadeaux, Élise mentit sans vergogne. Elle expliqua à Micheline qu'elle lui avait commandé une boîte de jolis mouchoirs et que la livraison avait du retard.

— C'est pas grave. Il y a rien qui me fait pleurer, ces temps-ci.

À ses beaux-parents, elle dit qu'elle offrirait son cadeau uniquement au printemps, puisqu'elle avait l'intention de planter dans leur potager trois nouvelles variétés de tomates dont Côme lui avait parlé.

— Est-ce que tu as l'intention d'y suspendre quelques fleurs de papier crêpé?

— Évidemment! Pour qu'on puisse les reconnaître!

À sa mère, elle remit une boîte de métal contenant deux douzaines de beignes, autour de laquelle elle avait noué à la hâte un ruban rouge. Jacqueline lui faisait de petits signes d'assentiment, impressionnée par l'apparition presque spontanée des cadeaux. À Paul, Élise proposa un abonnement d'un an au journal *Le Devoir*, mais Paul refusa, y étant déjà abonné.

— Je sais qu'il est pas épais, mais c'est pas une raison pour en lire deux. Déjà que je le lis deux fois...

— Quant à toi, Côme, je n'ai pas eu le temps de finir de te tricoter des chaussettes. Tu les auras plus tard. Tu ne m'en veux pas?

M. Vandersmissen porta un toast à sa belle-fille...

— ... qui sait faire la fête comme une véritable petite Belge.

Élise porta son verre à ses lèvres et ravala son chagrin, le temps d'une interminable et triste nuit.

— 17 —

1962

Élise ne savait plus comment regarder Côme, qui fut la délicatesse même. Mois après mois, elle avait le sentiment d'être d'une
incompétence cruelle. Il ne lui posa pas de questions de tout le temps
des fêtes, même si elle savait qu'il trouvait étrange son comportement. Il n'en posa pas non plus lorsque le printemps prit la terre d'assaut et que son père et lui commencèrent à sélectionner leurs
semences. Côme était maintenant le fils qui, pour le père, possédait la
compétence d'un agronome. Sa crédibilité s'en trouvait décuplée.
Élise, dans le potager avec sa belle-mère, rappela à celle-ci qu'il fallait laisser de la place pour les nouvelles variétés de tomates promises
à Noël.

Côme ne posa pas de questions non plus lorsque Élise éclata en
sanglots sans autre raison que d'avoir taché un drap ou, pire, le
matelas, comme ce fut le cas le matin où, profitant du congé de la
Saint-Jean-Baptiste, ils devaient partir pour un voyage de deux jours
à Québec afin d'aller y retrouver quelques collègues de Côme. Ils
avaient déjà prévu d'aller danser au Château Frontenac pour jouer les
big shots et, le lendemain, d'aller voir la chute Montmorency. Élise
refusa de faire le voyage, prétextant qu'elle avait mal au ventre et
qu'elle n'aurait donc aucun plaisir. Inquiet, Côme sortit de la maison
sans dire un mot et alla à la pharmacie pour inviter Jacqueline à les
accompagner. Cette dernière en fut si excitée qu'elle osa demander
congé à son patron, qui le lui accorda. Élise boucla donc sa valise.

Côme ne posa pas de questions non plus lorsque Élise voulut
partir à Montréal pour quelques jours, en plein mois de juillet, après
la récolte des fraises.

147

— J'ai envie de redevenir la fille de ma mère et la sœur de ma sœur pendant trois jours.

— Tu ne fais pas ça parce que c'est trop lourd d'être ma femme ou trop ennuyeux d'être fermière, n'est-ce pas ?

— Mais non, mon amour... Être ta femme est la chose la plus merveilleuse du monde, et être fermière, c'est quasiment exotique...

Côme n'osa pas lui demander comment il devait comprendre ces nuits où elle le suppliait de l'aimer encore et encore et ces autres nuits d'insomnies et de reniflements où elle lui tournait presque le dos.

Élise prit donc le train, seule, et regarda défiler champs et forêts, le visage rivé à la fenêtre. Elle écrasa une larme en reconnaissant l'arbre sous lequel elle et son père avaient pris leur dernier repas ensemble. Mois après mois, elle avait échoué à lui offrir l'éternité par la venue d'un héritier ou d'un héritière.

Elle regarda les montagnes et retint son souffle lorsque, à Beloeil, le train franchit très lentement le pont enjambant le Richelieu. Arrivée enfin à Montréal, elle sortit précipitamment du train lorsque celui-ci s'immobilisa à la gare Centrale et elle sauta aussitôt dans l'autobus. Elle sonna avant d'entrer chez sa mère.

Micheline trépigna en l'accueillant et se lécha les babines lorsque Élise posa sur le comptoir de la cuisine deux pots de confitures de pêches, trois pots de confitures de fraises et un pot de ratatouille.

— C'est une recette de ma belle-mère. C'est fait avec des courges et des aubergines.

— Ça promet ! On connaît même pas ça !

— Mais tu connais les oignons, les tomates et les piments verts.

— Ça oui !

Élise avait aussi apporté un sac plein de pâte à pain, qui menaçait d'éclater, et elle promit de la mettre au four dès qu'elle l'aurait assommée d'un coup de poing et fait regonfler.

La jeune mariée ne fit rien de spécial à Montréal, mais fut catastrophée d'apprendre que Micheline et Claude se fréquentaient toujours.

— C'est pas sérieux, Micheline. T'as pas encore vingt et un ans.

— Et alors?

— « Ça sent la chair fraîche et il y a quelque chose que je n'entends pas. »

— Parle donc pour que je te comprenne...

— C'est justement pas moi qui parle. C'est l'ogre du *Petit Poucet*. T'as oublié? « Ça sent la chair fraîche... »

Micheline sourit, répondit que oui et confia à sa sœur, en chuchotant, qu'elle était amoureuse vingt-quatre heures par jour, sept jours par semaine, et ce depuis son mariage.

— Mais ça va faire un an! C'est pas un peu irresponsable de sa part? Si sa blonde l'apprend, ça peut être très laid. Résonne, tambour! Tu es quand même mineure, Micheline...

Élise n'osa pas demander si cet amour était réciproque. Elle reconnaissait dans l'éclat des yeux de Micheline quelque chose qui lui était familier depuis des années et qu'elle appelait le bonheur quand elle le voyait dans ses yeux à elle.

— Et maman?

— Je ne lui en ai jamais parlé.

Micheline haussa les épaules et se ferma comme une huître. Élise fut outrée, mais, se souvenant de son merveilleux premier été d'amours, elle se tut.

Elle s'affaira avec sa mère dans le jardin, à planter quelques fleurs tardives, jusqu'à ce que les nuages éclatent. Elles descendirent alors toutes les trois au sous-sol, pour mettre à jour la maquette et entendre ronronner le train électrique. Élise y ajouta une reproduction de sa maison de L'Avenir tandis que Micheline mettait la dernière main à celle de l'université de Montréal, qui lui porterait chance, leur confia-t-elle. Blanche invita enfin ses filles à aller manger au restaurant *Hélène de Champlain*.

* * *

Inquiète, Blanche retrouva Élise dans sa chambre pour lui demander ce qui n'allait pas.

— Mon ventre, maman.

— Patience! Souviens-toi que j'en ai perdu deux avant que tu arrives. Il y a rien de magique dans la maternité. C'est un processus biologique sophistiqué.

De retour à L'Avenir, Élise alla au bout de ses frayeurs en demandant à Côme s'il se lasserait d'elle si elle ne lui donnait pas d'enfant. Il en fut catastrophé et comprit que l'acharnement qu'elle mettait à le séduire soir et matin n'était peut-être pas dû à l'amour qu'elle éprouvait pour lui, mais à la crainte de le perdre. S'il en fut attristé, il fut davantage déçu de lui-même de n'avoir rien vu, rien compris.

— Mon pauvre amour, ce n'est pas grave. On prendra les enfants quand ils arriveront.

— Et s'il n'en arrive jamais ? On est mariés depuis presque un an...

— Et alors ? Si on n'a pas d'enfants, on n'aura pas d'enfants. Je t'aimerai toujours.

Pour clore la discussion, il la prit dans ses bras et lui chanta une berceuse. Encore une fois, Élise ravala son chagrin.

L'été fut très exigeant pour Côme, qui avait maintenant une clientèle ayant recours à ses compétences professionnelles, soit pour un meilleur drainage, ou pour un engrais, ou pour des conseils quant au choix d'une culture. Côme trouvait aussi que son père faisait pitié, seul dans les champs, seul sur le tracteur à se regarder vieillir. Cet homme aurait bientôt cinquante ans et Côme pensait qu'il avait atteint l'âge du repos.

— Papa, ne te fatigue pas trop. À ton âge...

— Laisse mon âge tranquille. Charlie Chaplin est beaucoup plus vieux que moi et il fait toujours des enfants.

Côme avait du mal à voir encore quelque signe de jeunesse chez un homme aux cheveux grisonnants et à la taille épaissie. Faisant fi des propos rassurants de son père, il venait l'aider le plus souvent possible. Ces jours-là, tous les deux se levaient à l'aube et ils voyaient poindre l'aurore depuis la selle du tracteur. Puis, quand le soleil chatouillait le clocher de l'église, qui pointait vers le ciel à l'est, Côme se hâtait de se doucher, pour ensuite manger avec Élise et la reconduire à la ferme, sauf les jours de pluie. Ils s'embrassaient toujours avant de se quitter, et Élise, en souriant, se plaignait de rester sur sa faim.

— Si ça continue, je vais avoir hâte que l'hiver revienne... Tu te rends compte ? On ne sera pas obligés d'être debout avant sept heures. Grand luxe !

Côme ne relevait jamais ces propos, espérant simplement qu'ils étaient vrais. Il souhaitait aussi qu'Élise dise vrai lorsqu'elle affirmait adorer la campagne, même si elle semblait supporter plutôt mal l'absence de sa famille et celle de Poussin.

Côme ne posa pas de questions lorsqu'ils virent arriver l'oncle Paul, claudiquant dans le potager, une main sur le front pour se protéger les yeux des rayons aveuglants du soleil couchant.

— Je me suis dit, comme ça, que c'était le temps de la récolte des tomates. J'ai un talent extraordinaire pour les équeuter et les blanchir.

Côme et les deux dames Vandersmissen allèrent à sa rencontre, ravis. Paul étreignit le mari de sa nièce en lui tapotant le dos.

— Et puis il faut bien avouer que j'avais envie de voir mon Flamand !

— Et je suis heureux d'accueillir le mien !

Paul demeura avec eux pendant près de trois semaines, le temps de cueillir toutes les tomates, des rouges trop mûres aux vertes, et d'en faire des pots et des pots qu'ils rangèrent dans la chambre froide de la cave, posés en rangs bien droits.

— À les voir comme ça, on dirait la parade des tuniques rouges de la Gendarmerie royale !

Élise jeta un regard attendri à son oncle. Depuis son arrivée, elle avait le sentiment d'être retenue à un tuteur qui l'empêchait de plier ou de casser. Tout étranger qu'il fût, il était le frère préféré de sa mère et son fidèle complice depuis toujours. Lorsqu'ils se retrouvaient tous les trois, le soir, rompus de fatigue, le dos noué, les mains noires et les doigts raides, Élise s'agitait dans la cuisine tandis que Paul racontait ses souvenirs à Côme.

— Une sainte chance que j'ai une jambe en moins ! Ça fait ça de moins à masser...

Il éclata de rire, malgré la mine déconfite de Côme et celle d'Élise qui les avait rejoints. Paul riait trop de son malheur.

— J'aime pas ça, mon oncle, quand tu parles comme ça.

— Heureusement que j'ai des projets moins fatigants ! Je m'intéresse à l'héraldique.

— Ah !

— Je dessine des armoiries. Je me cherche des clients. Et puis je me débrouille aussi en caricature, mais c'est plus difficile. J'essaie de vendre un peu de rêve par-ci, un peu de *bullshit* par-là, puis je trouverai bien quelqu'un qui va croire à l'un ou à l'autre...

— Il me semblait que tu avais une machine à tricoter, que c'est comme ça que tu gagnais ta vie...

— T'as raison. C'est comme ça que je gagne ma vie quand j'ai des contrats. Ça me permet d'accrocher des brins de laine sur mes rêves, mais j'aurais préféré être professeur de latin. T'en connais des jeunes, toi, qui aimeraient apprendre le latin? *Veritas odium parit.* Ça, ça veut dire que la vérité choque ou qu'on peut la détester.

Ce disant, il avait frappé sa jambe de bois en souriant, peut-être tristement, pensait Élise. Sur ce geste de défi, elle alla se coucher, laissant les hommes à leur monde.

Côme vint la retrouver en marchant sur la pointe des pieds.

— Je pensais que tu dormais, ma douce.

— Non. Je rêvassais en regardant par la fenêtre, comme je fais toujours. La lune me calme.

— Ton oncle est couché. Je ne sais jamais où regarder quand il enlève sa jambe de bois et qu'il sautille sur une seule jambe. Ça me fait mal au cœur.

— Contente-toi de lui dire qu'il fait un beau flamant, prêt à s'endormir.

— Je veux bien blaguer, mais ça me fait quand même mal au cœur. Comme ça me fait mal au cœur quand il se donne des piqûres d'insuline. Je te dis que la vie n'a pas été trop trop généreuse pour lui.

— Je pense que la vie n'est pas d'une nature généreuse, point.

Côme fronça les sourcils et regarda son Élise, allongée sur le ventre, la tête tournée du côté du mur. Lorsqu'elle prenait cette position, il savait qu'elle avait besoin de le savoir près d'elle. Il savait qu'elle n'avait envie que de sentir son doigt lui caresser la racine des cheveux sur le front et dessiner le contour de ses lèvres. Sans poser de questions, il s'approcha pour lui parler tout doucement afin de ne pas être entendu de l'oncle Paul.

— Bonne nuit, ma douce, ma femme.

— Bonne nuit, mon amour.

— Parlant de femme, j'ai oublié de te dire que Claude va se fiancer à Noël et se marier le printemps prochain.

— 18 —

1963

Élise était plus qu'embarrassée. Elle ne dit pas un seul mot en voyant la clôture métallique s'ouvrir sur une allée bordée d'arbres squelettiques et ridicules, pensa-t-elle, par comparaison aux résineux dont les branches ployaient sous des guirlandes de lumières.

La maison des Delambre était immense, perdue sur le versant du mont Royal du très anglais Westmount, tandis que les Canadiens français d'Outremont avaient choisi l'autre flanc de la montagne, meublé d'aussi jolies propriétés, peut-être un tantinet moins cossues, mais aussi immenses et arrogantes. L'Outremont de la famille d'Élise avait toujours été l'Outremont d'en bas, plus modeste avec ses cottages discrets, ses maisons à revenus, ses commerces et ses terrains moins vastes, moins arborés et moins fleuris. Apparemment, les Delambre avaient réussi à franchir cette frontière invisible, vestige séculaire des querelles entre les Anglais et les Français.

Depuis qu'ils avaient quitté la maison de sa mère, où ils avaient pris le souper du 24 décembre, Élise se demandait si elle devait rire ou pleurer. Sa sœur Micheline, après avoir mis un grain de poudre sur son nez et deux taches de rouge, bien inutiles, sur ses lèvres déjà pulpeuses et luisantes, avait enfilé son manteau au moment de leur départ et s'était faufilée derrière eux. Lorsque sa mère lui avait demandé où elle allait, elle avait répondu qu'elle ne voulait pas manquer les fiançailles de Claude Delambre.

— J'imagine que personne n'y verra d'objection, puisque tu t'es si bien occupée de lui au mariage de ta sœur. Mais est-ce que...?

Micheline était déjà dehors lorsque Côme et Élise s'étaient regardés. Ni l'un ni l'autre n'avait osé lui demander si elle avait été invitée.

Élise connaissait depuis septembre les problèmes et le chagrin qu'aurait sa sœur, mais elle n'avait pas réussi une seule fois à s'en ouvrir, ce qui la désolait. Elle espérait que Claude avait été correct avec elle et l'avait ménagée en l'informant qu'ils devaient rompre. Chaque fois qu'elle avait parlé à sa mère au téléphone, celle-ci n'avait jamais mentionné un quelconque changement dans le comportement de Micheline, ce qui était rassurant quant à l'attitude de Claude. Ce fut Côme qui lui administra une douche froide en émettant l'hypothèse qu'il ne lui en avait peut-être pas parlé.

Élise s'en était ouverte à Jacqueline, ne cessant de hocher la tête en lançant à son amie des regards suppliants.

— Je ne sais pas quoi faire pour la protéger. Elle va se faire blesser. Qu'est-ce que tu dirais si je l'invitais à venir vivre ici un bout de temps après les fêtes?

— Pour quelle raison?

— Ça empêcherait Claude de la voir.

— Voyons, Élise!

— Tu te rends pas compte, Jacqueline. Ma sœur a dix-neuf ans. Son amoureux, pour ne pas dire son amant, se fiance!

— J'ai déjà connu ça, un homme à femmes multiples.

— Si je demandais à Côme de le raisonner? Peut-être qu'entre hommes...

— Mêle pas tout le monde aux affaires de ta sœur.

— J'ai jamais pensé qu'elle était sérieuse quand elle m'a dit, avec une assurance à me rendre malade: «Il m'a, moi.»

— Je peux rien te dire, Élise, j'ai pas de sœur.

— Tu peux quand même me donner un conseil d'amie... Je t'en voudrai pas si je suis pas d'accord.

— O.K. Mêle-toi de tes affaires. Tes bébelles, puis dans ta cour, Élise.

Élise lui avait souri de ce sourire qui aurait pu faire fondre toute la neige dont un hiver hâtif avait déjà saupoudré les champs, mais le sourire que Jacqueline avait vu était lui-même de glace.

Côme et Élise avaient donc été invités aux fiançailles de Claude, qui auraient lieu dans la maison de son père. Aussi avaient-ils reporté les célébrations de famille au jour de l'An 1963, célébrations qu'avait déjà préparées « Mme Mère », ainsi que M. Vandersmissen, Côme et Élise avaient rebaptisé Mme Vandersmissen. Donc cet hiver avait été trop hâtif au goût de Côme, qui n'avait pas terminé ses contrats, et trop hâtif au goût d'Élise aussi, puisqu'il lui rappelait que leur crèche demeurait vide. Si Noël était le jour de la nativité, il devenait pour Élise le rappel de son absence de maternité. La seule discussion qu'elle avait eue avec Côme au sujet d'un enfant durant l'année avait porté sur une petite fille belge née sans bras et que sa mère avait euthanasiée par une mixture mortelle versée dans son biberon. La vraie coupable avait été la thalidomide, et la mère avait été acquittée. Élise s'était tordue de douleur alors que Côme avait secoué la tête en ne cessant de répéter que lui-même n'aurait su que faire dans une telle situation.

— Si ça avait été notre enfant, tu n'aurais pas su quoi faire ?

— Mais non, Élise ! Si j'avais été juré, je n'aurais su que faire.

L'invitation les avait obligés à parler des fiançailles de Claude, ce qu'Élise avait fait de façon purement factuelle, pour ne pas éveiller de soupçons chez sa mère. Micheline elle-même n'avait pas réagi. Élise en avait été soulagée. Mais voilà qu'elle était maintenant assise sur la banquette arrière, et trop silencieuse à son goût.

— Je peux fumer ?

— Si tu ouvres la fenêtre.

— C'est que j'ai pas de cigarettes.

— Alors, tu peux pas fumer.

Micheline ne parla plus. Ils arrivèrent à la maison des Delambre et un majordome embauché pour la soirée vint les accueillir à la porte. Élise voulut mourir en voyant la classe des invités de Claude. Celui-ci arriva enfin et Élise pinça le bras de Côme.

— Aïe !

— C'est parce que c'est tellement beau, ici, que je me demandais si je ne rêvais pas...

— La prochaine fois, ma douce, pince-toi toi-même !

Élise riait encore lorsque Claude vint enfin à leur rencontre, les bras ouverts, le sourire éclatant. Quand il vit Micheline, Élise aurait pu jurer qu'il avait tiqué — le temps d'un battement de paupières, il est vrai, mais tiqué tout de même.

— Mes amis, bonsoir! Merci d'être venus! Et quelle bonne idée d'avoir amené ta belle-sœur!

Micheline éclata de rire, au grand étonnement d'Élise, et le remercia du compliment.

— Quel compliment?

— Ne viens-tu pas de dire que je suis belle?

— Je ne parlais pas à Élise, mais à Côme...

Élise se demanda où sa jeune sœur allait chercher son aplomb.

— As-tu caché ta fiancée dans une petite pièce fermée à clef?

Côme avait souri en posant sa question. Claude s'excusa et alla chercher sa fiancée. Élise vit Micheline se passer la langue sur les lèvres, puis inspirer profondément avant d'expirer sèchement par la bouche.

— Françoise...

Élise resta bouche bée. La Françoise qu'elle avait déjà vue chez Côme! Quand elle l'avait rencontrée — son chagrin d'amour l'avait-il rendue méconnaissable? —, Élise n'avait pas remarqué qu'elle était une vraie « beauté de Hollywood ». Elle aurait tout donné pour connaître les pensées de sa sœur. Il était impossible que Micheline puisse conserver son calme devant une si belle femme, un spécimen du genre de celles qui avaient toujours mis Élise mal à l'aise, tant ces belles fonçaient dans la vie la tête la première, sachant que c'était là leur meilleur atout. Micheline avança légèrement le front et complimenta Françoise sur sa robe.

— On a juste à voir ta robe pour savoir que t'as du goût. Une fille a du goût ou pas de goût. Du goût pour les robes, puis du goût pour les hommes. Félicitations!

Elle jeta un regard criminel à Claude, qui leva son verre de champagne pour porter un toast.

— À la jolie robe de ma fiancée et à la jolie robe de la belle-sœur!

Élise crut mourir. Sa sœur, elle n'en doutait plus, tenait Claude sous son charme. Elle leva son verre à la robe de Micheline avant d'observer le comportement de celle-ci et d'en tirer malgré elle un sentiment de fierté. Sa sœur était étonnante et, la regardant comme si elle la voyait pour la première fois, elle la trouva encore plus belle que la fiancée, avec ses jambes droites, sa robe ajustée et sa frange de cheveux lui entourant le visage, le reste de sa chevelure tirée à l'arrière à la Audrey Hepburn et retenue en chignon. Elle regarda ensuite Claude, qui souriait à sa promise, et elle le méprisa. Cet homme allait faire souffrir sa sœur.

Ils passèrent au salon, où Élise remarqua la sœur de Claude et son mari. Comme cette dernière avait le ventre rond comme une pleine lune, Élise fit mine de ne pas l'avoir reconnue et elle se dirigea vers le père de Claude, qui, assis dans un fauteuil de velours bordeaux, tétait un bout de cigare dont il enfumait toute la pièce. Micheline lui emboîta le pas et alla se présenter, faisant sa courbette de jeune couventine sous l'œil inquiet de Claude qui, un bref instant, sembla affolé. Élise savoura la contenance de sa sœur et tendit la main à son tour, imitée par Côme.

— Mon ami et collègue, Côme Vandersmissen, papa. Je vous ai parlé de lui à plusieurs reprises.

M. Delambre fit : « Comment ça va, très bien, très bien », avant de reporter son regard sur les deux sœurs.

— Lauzé. Vous ne seriez pas, par hasard, les filles de Clovis Lauzé, des Chemins de fer nationaux ?

Élise et Micheline dirent oui en même temps.

— Mais je ne pense pas que ce soit un hasard...

Élise réussit à ne pas rire de l'effronterie de sa sœur. Elles étaient prêtes toutes deux à entendre ce qu'allait dire M. Delambre.

— Apparemment, vous avez hérité de son sens de la répartie. C'était un bon ami à moi.

Elles se regardèrent en cherchant le nom de Delambre dans leurs souvenirs. Ne le trouvant nulle part, elles optèrent pour un air entendu.

— Un bon homme. On a passé des heures et des heures à inventer des manières de trouver de l'argent pour soutenir trois grosses colonies de vacances où allaient des petits enfants de la ville, qu'on pourrait appeler des petits pauvres. J'imagine que vous avez vendu des boîtes de savon ?

— Seigneur ! Oui, chaque année.

— C'était son idée, de vendre du savon. Moi, j'avais pensé à des stylos, puis à des plumes. J'avais même pensé à des cigares. Un bon homme, votre père. Quel dommage !

M. Delambre leur fit un petit signe de tête, un sourire craquant sous sa moustache taillée et cirée, puis il tapota la main d'Élise et ensuite celle de Micheline.

— Vous serez toujours les bienvenues ici.

— Merci, monsieur Delambre. Notre père aurait été ravi de voir combien votre fils va faire un bon mariage.

Élise donna un coup de coude à Micheline et chercha Côme du regard. Elle le vit s'approcher de la sœur de Claude, qui, si son souvenir était bon, se nommait Nicole, et son mari, Roger. Elle alla le rejoindre à contrecœur, ne pouvant plus éviter la présence de Nicole, à la rondeur si déprimante. Il lui arrivait encore de placer un vêtement ou un coussin dans sa culotte de pyjama, juste pour voir... Serait-elle jolie enceinte? Porterait-elle son bébé sous les seins, collé sur le nombril ou allongé au niveau du bassin? Elle attendait toujours la réponse à ces questions...

— Nicole, tu reconnais Élise, notre caléchier du temps des fêtes?

Nicole la toisa en cherchant dans sa mémoire, mais Élise voyait bien que si elle se souvenait d'elle, elle préférait feindre le contraire, ne fût-ce que pour éviter de parler de la chambre d'hôtel que Roger et elle avaient préférée à la piste de danse. De toute façon, Élise ne voulait pas qu'elle en parle.

— Félicitations! C'est pour quand?

— La semaine dernière.

Toutes les personnes de leur petit groupe firent: «Oh non! c'est pas un modèle de ponctualité! Il est comme son père... Tu dois être fatiguée de porter ça...»

— Je ne porte rien, je le suis.

— Ça doit être extraordinaire d'avoir la chance de le garder au chaud plus longtemps!

— Qu'est-ce que tu veux dire, Élise?

— Eh bien, chaque petite bouchée est pour lui, chaque gorgée de lait est pour lui. Et puis, s'il est lourd à porter, c'est quand même plus facile comme ça que d'être obligé de lui enfiler un habit de neige, un chapeau, des mitaines, avant de l'emmitoufler dans une petite couverture de laine...

Élise avait ralenti son débit devant le regard mortifié de Côme, l'air étonné de Claude, la mine découragée de Françoise et l'expression agacée de Nicole.

— La vérité, Lise...

— Élise...

— La vérité, Élise, c'est que j'ai mal partout, que je ne dors plus, que j'étouffe, que je suis enflée comme une *baloune*, puis que j'ai hâte qu'il sorte. Avant, je pensais la même chose que toi, mais maintenant je trouve que c'est un vrai martyre. Je ne suis plus certaine d'en vouloir un deuxième. En plus, je trouve que j'ai l'air d'une grosse vache.

— Je suis certaine que ma sœur trouve ça beau, une vache.

Micheline avait dit cela avec une telle candeur que personne ne pouvait savoir si elle était sérieuse ou moqueuse. Élise, pas dupe, attrapa la balle au vol.

— Ça, c'est vrai... De toute ma vie, je n'ai rien vu de plus touchant que l'arrivée des petits sabots gluants du veau quand la vache met bas.

Roger avait l'air vexé. Claude prit Françoise par le bras et l'entraîna dans la pièce voisine, vidée de son mobilier et de ses tapis pour servir de salle de danse.

— « Je n'ai rien vu de plus touchant que l'arrivée des petits sabots gluants... » Élise! La fille est énorme... Un peu plus, tu lui demandais comment allait son veau...

— Tu crois que c'est ce qu'elle a pensé?

Élise pinça les lèvres pour camoufler son sourire et se dirigea vers l'orchestre, qui soufflait de plaisir dans ses instruments à vent. Côme l'embrassa sur la nuque

— Ce n'est pas nécessaire, ma douce, d'en vouloir à toutes les mères de la terre.

— Pourquoi pas? Ça ne fait de mal à personne.

— Mais oui, ma douce : à nous deux.

Élise se retira à la salle des dames pour s'y poudrer le nez. Tout clochait dans cette maison qui était trop grande, trop belle, trop riche, trop insouciante et trop inconsciente de son bonheur.

Des fiançailles, une naissance, c'était trop! La seule ombre à ce tableau était la présence de sa sœur, qui l'avait suivie et se lavait les mains en même temps qu'elle.

— Si elle voulait pas ressembler à une vache, elle avait juste à pas se mettre un ensemble blanc à pois noirs!

159

Prise d'un fou rire incontrôlable, Élise imprima involontairement sa main mouillée dans le dos de la robe de sa sœur, puis elle s'en excusa en riant encore plus fort. Micheline fut happée par ce vent d'hilarité, et les deux sœurs, sortant des toilettes, ne purent faire mieux que de s'asseoir sur la première marche de l'escalier, incapables de reprendre leur sérieux. Elles riaient tant qu'elles n'entendirent pas l'orchestre cesser de jouer. Leur rire enterra même les conversations, devenues un bruit de fond continu sostenuto. Lorsque Claude apparut au pied de l'escalier et leva les bras, Micheline se demanda s'il les invitait à descendre ou à se taire, ou s'il affichait simplement son impuissance.

— On arrive, on arrive !

— C'est qu'on a passé la demie.

Rappelées à l'ordre, elles descendirent docilement et enfilèrent leur manteau, aidées par Côme, puis se joignirent aux autres invités, qui se dirigeaient vers l'église pour la messe de minuit.

Le retour de la cérémonie fut moins drôle. Micheline avait une mine renfrognée et elle demanda s'ils allaient bientôt partir ou s'ils étaient obligés d'assister au réveillon. Côme répondit un oui sans équivoque. Elles rentrèrent donc avec les autres, supportant courageusement les regards suspicieux ou amusés de certains des invités. Françoise et Côme les accueillirent comme de véritables mariés, et Françoise montrait à tous sa bague de fiançailles, glissée à l'annulaire d'une main douce aux ongles manucurés et nacrés. Les fiancés furent félicités, et lorsque vint le tour de Micheline, qui suivait Élise, cette dernière se retourna et vit que sa sœur avait un sourire crispé. Claude lui mit délicatement la main sur la taille en l'embrassant, alors qu'il avait simplement touché le bras des autres femmes. Élise sentit son cœur devenir exsangue et jeta un regard à sa sœur pour la rassurer. Micheline reprit rapidement le contrôle de ses sens en la rejoignant d'un pas alerte.

Claude suscita évidemment l'admiration de tous dès qu'il fut sur la piste de danse. Françoise arrivant à peine à le suivre, elle lui accorda la permission de prendre d'autres partenaires. Élise détourna rapidement le regard pour ne pas qu'il l'invite et Micheline fit de même. Ce n'est qu'à la quatrième danse que Claude prit Micheline par la main, et Élise entraîna aussitôt Côme à leur suite. Dans le froufrou de ses bas de nylon, les pas de danse de Micheline étaient parfaitement synchronisés avec ceux de Claude et presque aussi spectaculaires. Élise se dit qu'ils avaient dû danser ensemble très souvent pour posséder une telle harmonie et elle épia donc Françoise, qui avait les sourcils froncés au-dessus d'un nez plissé et d'une bouche souriante.

— Penses-tu qu'on est les seuls à comprendre ?

Côme avait posé la question en lui chuchotant à l'oreille, dont le lobe était rouge, écrasé par des boucles qu'elle abhorrait.

— Et qu'est-ce que tu comprends, Côme ?

Il se contenta de hausser les épaules. Puis ce fut M. Delambre qui décida de prendre place sur la piste. Il tapota l'épaule de son fils, qui lui céda sa partenaire. Élise retint son souffle, espérant qu'il n'y avait là aucun message de père à fils. Les invités n'y virent que du feu et ils applaudirent à tout rompre lorsque le père, âgé d'au moins cinquante-cinq ans, entraîna Micheline sur les airs du pot-pourri que jouait l'orchestre, passant du charleston au fox-trot, de la valse à la samba et au tango. Côme et Élise admirèrent Micheline, qui, Élise le comprenait, dansait avec le maître de son danseur étoile.

Il se passa alors une chose tellement inusitée qu'Élise ne sut comment la comprendre. Françoise étant retournée à sa place, le père et le fils, dans une véritable corrida de danse, se lancèrent des défis avec les jambes et les pieds, prenant tour à tour Micheline comme partenaire. Elle virevoltait des bras de l'un aux bras de l'autre en une véritable chorégraphie endiablée. Dès qu'elle changeait de partenaire, l'orchestre changeait de danse sans perdre un seul battement. Les invités les encourageaient en criant et en riant, les hommes tapant du pied et les femmes battant des mains. Françoise s'était réfugiée près de ses parents, également impressionnés. Élise fut la seule à voir partir Nicole et Roger, ce dernier, agité, cachant tant bien que mal une tache huileuse sur les fesses de la robe à pois noirs.

S'essuyant le front, M. Delambre retourna finalement à son fauteuil en riant de bonheur et prit une gorgée de cognac. Il porta un toast à Claude — « À la jeunesse ! » — et à Micheline — « À la beauté ! » —, négligeant complètement de remercier sa future bru. Élise vit celle-ci faire la moue et pensa méchamment que, pour devenir la maîtresse de ces lieux où ils se trouvaient et pour avoir pour mari un homme aussi beau et aussi bien nanti que Claude, elle devait déjà puiser le courage dans son sac à concessions.

Ils se retrouvèrent dans la voiture aux aurores et Micheline sembla s'assoupir sur la banquette arrière. M. Delambre les avait toutes deux embrassées, leur demandant de présenter ses hommages à leur mère et félicitant encore Micheline d'avoir été une si souple partenaire. Lorsqu'il lui demanda où elle avait appris toutes ces danses, elle répondit : « Dans un livre », ce qui le fit de nouveau éclater de rire. Élise avait paniqué, et Côme, encore une fois, haussa les épaules quand Micheline expliqua qu'elle posait sur le sol de grandes pages sur lesquelles des pas de danse étaient dessinés.

— En fait, j'ai appris à écraser des pieds !

Le silence régnait dans l'automobile, dont le capot arborait les couleurs du soleil levant. Élise se détendit. Les Delambre les avaient reçus comme savaient le faire les gens de la haute société, et cela pendant plus de douze heures. Soudain elle entendit renifler Micheline. Elle se tourna et vit que sa sœur, quoique toujours immobile et les yeux fermés, n'était pas parvenue à retenir deux larmes.

— Arrête-toi au belvédère, Côme.

Le ton d'Élise ne laissant place à aucune résistance, Côme immobilisa presque aussitôt le véhicule. Élise sortit et alla s'asseoir sur la banquette arrière, prenant sa sœur dans ses bras. Et tandis que Côme fumait une cigarette en regardant s'élever la boule de feu au-delà des Montérégiennes, Micheline sanglotait sur l'épaule de sa sœur.

— Ah ! Élise, ma vie va être tellement longue et tellement difficile…

— T'as le temps de la changer, voyons !

— Mais je veux pas, Élise. Je vais étudier pendant encore quatre ans. Je peux pas, puis je veux pas avoir de cavalier.

— Tu t'es enfin décidée à laisser Claude à sa fiancée ?

— Non. J'ai accepté de le partager.

Élise était sans voix. De quelle famille venait donc sa sœur ? Était-elle une tête de linotte ou, comme le disait la religieuse française du couvent, une pétasse ? Elle se sentit l'aînée, la grande sœur, celle qui devait tout savoir et tout dire. Mais elle ne pouvait comprendre sa jeune sœur. Elle fut secouée d'un sanglot et elle resserra son étreinte en replaçant les cheveux de Micheline sur son front.

— T'en fais pas... Tout va bien aller, crois-moi.

— 19 —

L'année 1963, péniblement commencée, fut la première des années difficiles pour Élise. Côme s'étant découvert un intérêt particulier pour la planification de l'installation de systèmes de drainage, il s'en fit une spécialité et il commença à s'absenter fréquemment de la maison, tantôt pour la Mauricie, tantôt pour la Gaspésie, quand ce n'était pas pour la frontière des États-Unis, au sud de Napierville. Élise aurait voulu se réjouir avec lui chaque fois que retentissait la sonnerie du téléphone, mais elle en était incapable. Jamais ils n'avaient pensé qu'il devrait s'éloigner aussi fréquemment de la maison si tôt après leur mariage.

— Tu me manques autant que pendant mes années d'études, ma douce. Quelle vie ! Heureusement, il n'en sera ainsi que le temps d'établir ma clientèle.

— C'est difficile, Côme.

— Je sais, ma douce.

— Je t'ai cru quand tu m'as promis la lune.

Ces soirs-là, alors que son corps affamé se collait à celui de son mari, Élise tournait la tête pour ne pas voir la valise qui semblait la narguer. Elle aimait alors Côme avec désespérance.

— Quelle amante tu fais, ma douce ! Tu me tortures à chacun de mes départs. Je suis le plus chanceux des hommes...

— Alors, reste ici avec ta famille, avec moi.

— C'est impossible, Élise.

— Et si je te disais que je veux la lune ?

— Je suis prêt à partir avec les cosmonautes, si c'est ce qu'il faut à ton bonheur...

Les matins de départ, que ce fût pour trois jours ou pour plus d'une semaine, Élise demeurait tapie derrière la fenêtre et, dès qu'elle perdait de vue les phares arrière de la voiture, elle s'empressait de faire le tour du logement pour retrouver la présence de Côme, d'abord dans la salle de bains avec le parfum de ses ablutions, puis dans la cuisine où il avait abandonné sa tasse de café près de l'évier, puis dans la chambre à coucher en étreignant son pyjama lancé négligemment sur le couvre-lit. Elle fermait alors le bouchon de l'after-shave, rinçait la tasse avant de laver la vaisselle, pliait le pyjama et l'enfouissait sous son propre oreiller pour y coller ses rêves.

Quand Côme n'était pas là, elle attendait son beau-père devant la maison. Il venait la chercher à la même heure tous les matins, aussi ponctuel que le facteur. Poussin lui manquait.

L'été fut aussi occupé que le précédent, à trois plants de tomates près, et, aux dires de Mme Mère, aussi occupé que tous les étés depuis leur arrivée au pays. Mais il manquait Côme.

Élise aimait greffer la routine de sa vie à celle des saisons, d'abord, puis à celle des semaines, et enfin à celle des jours, qui étaient sans fin durant les absences de Côme. Jacqueline se joignait alors à elle pour le souper et elles trompaient leur ennui en évoquant les jours où l'ennui était absent.

Quand elles ne parlaient pas de la mort récente du pape Jean XXIII et de l'arrivée de Paul VI, elles causaient du scandale Profumo, qui avait ébranlé les fondations du Parlement britannique, ou du courage de Valentine Terechkova, la première femme cosmonaute.

— Comment on peut trouver intéressant son lopin de terre quand on a vu toute la planète ?

Profitant de l'affaire Profumo, Jacqueline raconta ses fiançailles et ses amours, en lesquelles elle avait eu foi et espérance. Elle parla de la beauté sans nom de son fiancé, plus séduisant que Gérard Philipe, James Dean et Pierre Lalonde réunis. Ce soir-là, elle avait des trémolos dans la voix en révélant à Élise qu'elles avaient été trois fiancées à trouver leur promis plus beau que tous les Brummell réunis. Trois fiancées à attendre, la robe blanche sous la housse, l'une le mois de mai, l'autre le mois de juin et la dernière le mois de juillet, pour unir leur destinée à un homme trois fois menteur.

— Ah! Élise, je te dis que j'en ai versé, des larmes! À en gaspiller deux coussins du salon de mes parents. Tu te rends compte? Il avait trois fiancées et je ne me suis aperçue de rien.

— Comment il faisait?

— Il était voyageur de commerce. En tout cas, c'est ce qu'il disait.

— Tout un commerce...

Ces soirs-là, Élise se pinçait pour croire à son bonheur.

L'automne apporta d'innombrables bouquets mortuaires. Les mots de Jean Cocteau et la voix d'Édith Piaf se heurtèrent en plein paradis le 11 octobre. Côme affirma qu'ils avaient probablement préparé à deux le requiem chanté aux funérailles du président Kennedy, assassiné quelques semaines plus tard, à quarante-six ans. Élise et lui pleurèrent tous les deux en regardant à la télévision cette cérémonie et le salut du petit John John.

Cette nuit-là, Élise s'éveilla en sueur et Côme l'enlaça pour la rassurer, mais il relâcha son étreinte trop rapidement. Elle se leva pour regarder la lune, indifférente aux ombres qu'elle créait derrière le rideau. Il y avait quelque chose de changé chez son Côme. L'avait-il repoussée?

— 20 —

1966

Élise regarda Côme, assoupi devant le téléviseur. Quand elle vit les images de la ville de Winnipeg complètement ensevelie sous une tardive tempête de mars, elle tenta de l'éveiller, mais n'y parvint qu'au moment où se terminait le reportage. Côme grommela quelque chose qu'elle ne comprit pas, aussi répondit-elle au hasard.

— Des vents de soixante-dix milles à l'heure, douze pouces de neige, des gens prisonniers de leur maison ou forcés de passer la nuit chez Eaton. Il y en a même qui ont dormi dans les lits des vitrines !

Côme, apparemment, n'entendit que le mot « lit »… Il s'extirpa du fauteuil, embrassa distraitement Élise et passa à la salle de bains.

— Penses-tu que je devrais téléphoner chez mes cousins pour voir s'ils sont en sécurité ?

— Tu ne les connais pas, ma douce. De toute façon, qu'est-ce que ça changerait ? Bonne nuit !

Élise continua de parler seule, le regard absent. Depuis trois ans maintenant que Côme planifiait l'installation de systèmes de drainage dans les fermes, elle s'était heurtée au mur de l'inconcevable. Les absences de son mari se faisaient de plus en plus fréquentes et elle croyait parfois qu'il ne savait plus quoi inventer pour quitter la maison en hiver.

— Je te jure, ma douce, que je souffre autant que toi. Mais nous avons des rêves…

— Lesquels ?

— C'est à toi de me le dire, ma douce. Nous avons des rêves, et si nous voulons les réaliser…

Tantôt il devait absolument aller à Toronto pour voir de nouveaux modèles de tuyauterie, tantôt il avait envie de vérifier si l'abattage des arbres se faisait en respectant la forêt.

— Je ne vois pas en quoi les forêts te concernent.

— Tu m'inquiètes, Élise. Je ne sais plus quoi te dire. Tu sembles t'ennuyer mortellement et j'ai le sentiment d'être surveillé, épié. On dirait que tu ne me fais plus confiance. Je n'en dors plus.

Élise se réfugiait davantage dans son quotidien, qu'elle avait recommencé à meubler de rêves. Elle avait cessé de parler d'enfant et Côme n'en avait plus parlé non plus. Elle avait rejeté l'adoption, d'autant plus qu'elle avait déjà soulevé la question avec sa belle-mère.

— Aimer un enfant qui n'a pas une goutte de Belgique dans les veines? Il me semble que ça me serait difficile, mon petit.

— Moi, je n'en ai pas...

Mme Mère avait fait la lippe. Élise avait alors éclaté de rire.

— Mais j'y travaille, je vous le jure! Je mange des frites, des frites, du yogourt, du yogourt... Je dis: *lumiére, houit, nonante, septante, une fois...*

— Ce n'est pas très élogieux.

Les paroles de Mme Mère sur le sujet n'étaient jamais méchantes, mais elles étaient quand même trop fréquentes pour le confort du ventre d'Élise, désespérément vide, et de ses seins, toujours secs. Ce n'était pas méchamment qu'elle lui disait qu'il n'y avait pas un seul couple sans enfants dans leurs familles.

— Ni dans ma famille ni dans celle de Marcel.

— On ne peut pas vraiment savoir ça. À ma connaissance, dans les miennes non plus. Mais pourquoi avez-vous cessé après un? Par choix ou par hasard?

Ce n'était pas méchamment qu'elle demandait qui allait prendre la relève sur la ferme.

— Si vous n'avez pas peur, ce sera moi. Dans tous les cas, je peux le faire. Tandis que Côme vaquerait à ses drains français et à ses terres à défricher, je serais dans les champs à conduire le tracteur, j'achèterais les semences que Côme recommanderait, je m'occuperais des poules...

— Vaquerait...

C'est sans perfidie qu'elle avait cherché à comprendre les raisons des fréquentes absences de son fils.

— Vous pourriez lui dire, mon petit, que son père a maintenant cinquante-quatre ans.

— C'est ce que je fais. Il me répond toujours que son père est fait de la même étoffe que Charlie Chaplin.

Mme Mère avait émis un petit ricanement qu'elle voulait complice. Elle avait fait : «Pfiou! On aura tout entendu! Chaplin fait encore des enfants...» Élise avait avalé ce semblant de confidence avec un total embarras. Les vieilles personnes ne devraient jamais faire des aveux aussi intimes. Les vieilles personnes devraient peut-être abandonner les nuits blanches aux jeunes amours.

Élise aimait ses beaux-parents avec tout le respect qui leur était dû et elle se savait aimée d'eux en retour, mais elle ne parvenait pas à combler le vide que creusaient de plus en plus en elle les absences de son mari. Son beau-père l'avait prise sous son aile affectueuse et elle lui en savait gré, mais jamais elle ne trouva son aisselle aussi confortable que l'avait été celle de son père. Il était vrai qu'elle n'avait plus sa tête d'enfant à y enfouir.

Depuis juin, les semis étaient terminés, et Côme avait aidé son père comme il le faisait chaque année. Cette année toutefois, ce dernier s'était senti bousculé, son fils travaillant à la vitesse de l'éclair.

— À ton avis, mon petit, c'est moi qui ralentis ou c'est lui qui accélère?

* * *

Élise reçut la visite réconfortante de sa mère et de son oncle Paul, et tous les trois s'amusèrent comme des enfants en colonie de vacances, jusqu'à ce que Paul se fasse indiscret.

— Ton homme est déjà reparti?

— Pas pour longtemps. Une semaine.

— Combien de fois est-ce qu'il part pas longtemps, ton Flamand? Une petite semaine sur deux, ça fait six mois par année.

— Ça, mon oncle, je dirais que ça nous regarde. On a des rêves à réaliser, et des rêves, ça se paie.

— Des rêves, des rêves... Quel genre de rêves? Des tomates carrées? Du maïs à grains bleus et blancs?

La suspicion et l'ironie qu'elle lisait dans le regard de son oncle troubla Élise.

— Non. Des serres de légumes, des serres de fleurs. Essayer de partir nos propres plants de tomates. Peut-être même commencer la culture des chicons...

— Des quoi?

— Des endives.

Élise n'avait pas cessé de sourire, mais elle supplia tacitement sa mère d'intervenir.

— Ne m'as-tu pas dit, Élise, que Côme voulait t'emmener en Belgique?

— Il me l'a promis cent fois. On en rêve sans arrêt. J'ai très hâte de rencontrer sa famille, et on pense même aller au Manitoba pour rencontrer la mienne.

Heureusement pour Élise, Paul, sensible à ses humeurs, cessa ses allusions embarrassantes, mais Élise, elle, structura ses rêves.

Lorsque Micheline, amaigrie, les traits tirés, vint les retrouver pour la fin de semaine, Paul changea de cible.

— Heureusement que tu as fini ta licence en droit! Deux autres années et tu disparaissais!

— Sinon de maigreur, assassinée par mes confrères!

— Oh! des meurtriers en toge...

— C'est difficile d'être où je suis. Ça manque de jupes.

— Ça, ma pauvre fille, c'était un peu prévisible.

— Quand je dis ça, maman, il y a toujours un farceur qui répond: « Ça manque peut-être de jupes, mais pas de robes! »

— Les temps changent, mais parfois c'est la tortue qui mène le bal...

Ils se retrouvèrent tous les quatre à sarcler dans le potager, qu'Élise et Mme Mère avaient agrandi. Il faisait maintenant deux arpents carrés et nécessitait un entretien quotidien. Tandis que Paul maniait la binette et Blanche le sarcloir, Élise et Micheline s'étaient éloignées un peu et elles arrachaient les mauvaises herbes oubliées, débarrassaient la terre des cailloux qui ne cessaient d'apparaître, et récoltaient les haricots et les radis qu'ils mangeraient plus tard.

— Et tes amours, Micheline?

— Quelles amours? Et les tiennes, Élise?

— Je m'interroge.

Micheline avait accusé le coup. Elle ne pouvait tolérer que sa sœur fût triste et elle en voulait à Côme de la délaisser trop souvent.

— Tu l'aimes encore ?

— À m'en rendre malade. J'ai sincèrement cru que le mariage ressemblait à la folie des soupirs, aux nuits blanches, aux rigolades...

— Parce que c'est pas ça ?

Élise éclata de rire, étonnant sa sœur.

— En fait, oui. J'ai soupiré pendant les trois ans que j'ai attendu Côme. Je ris de moi et des rêves auxquels je fais semblant de croire. Et si je soupire, c'est parce que je m'ennuie en l'attendant. Je l'aime, tellement, Micheline.

— Et lui ?

— À sa façon, mais il lui arrive d'être... réactionnaire. Par exemple, il comprend pas que tu veuilles être avocate. Ça fait trois ans qu'il radote là-dessus. Il est convaincu que c'est un prétexte pour trouver un mari riche. Comme pour les infirmières qui veulent épouser un médecin. J'ai beau lui dire que papa ne l'était pas, il dit que c'est l'exception qui confirme la règle.

— Beaucoup de mes professeurs, même de mes collègues, pensent la même chose. Ah ! Élise, la terre et ses habitants m'étourdissent...

Les deux sœurs se turent. Micheline ne parla pas de Claude Delambre, même si Élise savait qu'il était toujours présent dans sa vie. Élise lui en sut gré, car elle était encore mal à l'aise avec ce statut de maîtresse que semblait avoir choisi sa sœur. La seule fois qu'elles en avait parlé avait été lorsque Françoise, son épouse, avait eu un bébé.

— Tu penses pas qu'il est temps de laisser Claude à sa famille, Micheline ?

— Je fais rien que ça, Élise. Moi, c'est à ses clients ou à ses restaurateurs que je l'enlève, jamais à sa famille.

Élise aurait voulu confier ses angoisses à sa sœur, mais elle ne le put. Comment comprendrait-elle qu'elle redoutait l'existence d'une maîtresse dans la vie de Côme ; qu'elle ne se sentait pas de taille à engager un duel ; que Côme était certes un bon mari, mais un amoureux de moins en moins attentif ? Micheline se serait moquée d'elle si elle lui avait révélé son désir qu'il la fasse monter derrière lui sur le tracteur et la conduise près d'un tas de pierres dans les champs, ou qu'il lui suce les doigts pour les nettoyer comme il l'avait fait déjà. Maintenant, il se contentait de lui faire remarquer qu'elle avait les ongles sales. C'était un bon mari, tout le monde le lui répétait, et elle concluait donc parfois qu'elle était difficile et exigeante. Mais si elle avait vraiment pu s'ouvrir à sa sœur, elle aurait avoué qu'elle avait de plus en plus de mal à être une bru, une enfant adoptée, un greffon dans la famille, une fille de la ville en perpétuel apprentissage à la campagne même si elle pouvait déjà en montrer à plusieurs. Elle n'en pouvait plus d'attendre que la vie lui propose un divertissement. Elle avait envie de crier qu'elle était trop sage et qu'elle ne savait pas comment cesser de l'être.

— Savais-tu, Élise, que seul un prêtre peut biner et biner ?

Son oncle l'avait ramenée dans le champ, une pierre dans la main, une autre dans la poitrine.

— Je n'essaie même pas de répondre, parce que je sais que la réponse est prête.

— C'est vrai... Je viens de biner dans le champ, et j'aurais pu biner aussi si j'étais resté dans les ordres, parce que biner, ça veut dire aussi célébrer deux messes dans la même journée. Ah !

— Ça fait combien d'années que t'as quitté les ordres ?

— Plus de trente.

Paul perdit son sourire et les deux sœurs virent son moral s'affaisser. Elles s'empressèrent de le consoler, une main sur l'épaule.

— Attention ! Vous risquez de me faire tomber encore plus bas...

Il essaya vainement de les faire sourire. Blanche les regarda, se demandant ce qui venait de se passer, tout comme elle se demandait ce qui pressait M. Vandersmissen qui courait vers eux, rouge, en nage, tantôt agitant les bras au-dessus de sa tête, tantôt se tenant la poitrine.

— Mimine ! Mimine !

Lorsque Blanche entendit : « Au secours ! Mimine ! », elle laissa tomber le sarcloir et courut à la rencontre de M. Vandersmissen, sous le regard étonné de son frère et de ses deux filles. Marcel, voyant qu'il avait été entendu, rebroussa chemin en direction de la maison. Tout le temps qu'elle courut, Blanche se dit que ses jambes n'étaient plus ce qu'elles avaient été, sans se demander pour quelle raison elle courait ainsi. Mme Vandersmissen s'était certainement blessée. Heureusement qu'elle était là, infirmière aussi rouillée que ses jambes, certes, mais infirmière tout de même.

Elle entra dans la maison deux minutes après M. Vandersmissen, suivie d'Élise. Micheline tardait, tenant son oncle par le bras. Amélie était allongée sur le plancher de la cuisine, son mari tremblant à ses côtés, lui secouant une main entre deux gifles.

— Mimine! Parle-moi! Je ne sais pas ce qu'elle a, madame Lauzé.

Blanche s'agenouilla et s'empressa de prendre le pouls d'Amélie. Elle leva ensuite une paupière et posa ses doigts sur la carotide. Élise l'entendit murmurer : « Voyons ! » tandis qu'elle-même appelait une ambulance. Sa mère posa une oreille sur la poitrine et grimaça avant de diriger son regard vers M. Vandersmissen. Élise ferma les yeux. Elle venait de reconnaître le silence et la couleur de la mort. Elle posa le combiné et marcha vers son beau-père, qu'elle enlaça avant même que sa mère ne lui ait dit que sa femme était décédée. Paul, essoufflé, s'avança vers le corps, auquel il fit un signe de croix sur le front tandis que Marcel le suppliait de cesser ses simagrées et ses incantations.

Le cadavre d'Amélie fut conduit à la morgue et y demeura pendant quatre jours, Élise ne parvenant pas à joindre Côme.

— 21 —

Élise aurait mieux supporté la mort de Mme Mère si Marcel n'avait pas répété sans cesse qu'elle était morte, «la pauvre, sans avoir eu le temps de voir vivre sa vie». Élise avait compris que «vie» signifiait «descendance» et elle en avait été mortifiée. Sa famille ne l'avait pas quittée; Micheline était simplement allée à Montréal pour en rapporter des vêtements convenables pour le salon funéraire et les funérailles. Pendant quatre longues journées, ils firent la navette entre la cuisine, la fenêtre, la route et les champs. À sa façon, le temps était mort, lui aussi.

Côme rentra de voyage à l'heure du souper, comme d'habitude. Il posa sa valise et se précipita vers la cuisine, où l'attendait un message laconique d'Élise: «Suis chez ton père.»

Il alla la rejoindre en sifflant et se heurta à un mur de lamentations. À peine avait-il mis le pied dans la cuisine qu'il vit son père marcher vers lui, les yeux bouffis et larmoyants, la bouche tordue d'amertume. Marcel l'attrapa par le col de sa chemise et le força à sortir. Élise voulut les suivre, mais Paul la retint. Ils entendirent éclater la colère du père comme un orage.

— Où étais-tu? Où étais-tu quand ton père a eu besoin de toi?

— Mais enfin, papa, laisse-moi! Je n'ai plus dix ans...

— Ta mère est sur les dalles depuis quatre jours, sans funérailles, sans requiem, parce que son fils est introuvable!

— Maman... quoi...?

— Allongée à la morgue! Dans le frigo, son pauvre corps, et non au chaud sous une couverture de terre. Où cavalais-tu? Dans quel lit étais-tu, Côme Vandersmissen?

— À l'hôtel de...

Élise ferma les yeux et laissa couler ses larmes quand retentit une gifle fracassante, suivie d'un bruit de course. Côme venait d'être traité comme l'enfant d'école qu'il disait ne plus être. L'agronome sérieux devait être humilié. Micheline hocha la tête de dépit tandis que Blanche enlaçait son aînée. Quant à Paul, il alla retrouver le père, écrasé sur une chaise du jardin, l'œil haineux, incapable de retenir ses larmes.

— J'ai honte que mon fils fasse souffrir la fille de l'homme qui nous a permis de prendre racine ici. Heureusement que sa mère n'a jamais su que nous avions engendré un menteur, un lâche, un couard, un...

— À votre place, monsieur Vandersmissen, je me permettrais de penser tout ce que je veux, mais j'attendrais avant de laisser ma pensée prendre le chemin de la parole...

M. Vandersmissen le regarda, lui tapota la cuisse en acquiesçant et partit pleurer dans les champs.

Élise abandonna sa famille à la ferme et rentra chez elle. Chemin faisant, elle aperçut la voiture de Côme parquée devant la taverne. Elle monta l'escalier, s'arrêtant à chaque marche pour reprendre son souffle et son courage, puis entra dans l'établissement.

— Hé! C'est une taverne, *icite*. Pas de femmes!

Elle ignora le propriétaire, tout comme les clients qui la sommaient de partir.

— Hé! le Français, sors ta femme d'*icite*.

Côme leva la tête et vit qu'Élise se tenait devant lui.

— Je te jure, Élise, que mon père est tombé sur la tête. Il est maladivement jaloux de ma réussite.

Il avait un air si misérable qu'Élise lui posa une main sur l'épaule.

— Raconte-moi ce qui est arrivé à maman.

Élise allait s'asseoir lorsque le propriétaire lui enjoignit de ne pas le faire. Côme haussa le ton à son tour.

— Ma femme est ici pour me raconter la mort de ma mère. Est-ce que vous le saviez, que ma mère est morte?

— Pour le savoir, on le sait, rétorqua un client. Tu le sais b'en que mon père c'est l'entrepreneur qui la garde au frais pour l'empêcher d'empester.

En moins de deux, Côme se jeta sur le client pour le tabasser. Élise et le propriétaire les séparèrent. Elle prit alors son mari par la main, puis le laissa aussitôt et sortit à toute vitesse. Lorsque Côme rentra chez lui, sa valise avait été déplacée et posée au pied de l'escalier.

Il erra toute la soirée et toute la nuit avant de se résigner à rentrer sous le toit paternel. Son père était assis sur les marches extérieures, regardant le lever du soleil.

— C'est presque une torture de voir que la vie continue, indifférente au départ de ta mère.

— De quoi est-elle morte?

— Probablement d'une thrombose. En tout cas, le docteur dit qu'elle n'a pas souffert. J'ai pris ça sur mes épaules, la souffrance.

— J'ai pensé venir te tenir compagnie. Je ne voudrais pas que tu sois seul.

— Tu peux t'installer ici jusqu'à l'enterrement. Après ça, on verra.

— Après, je rentre à la maison, papa. Les visiteurs seront partis. Je ne sais ce qu'Élise s'invente.

— Tu le fais exprès, Côme, ou t'es un parfait innocent?

Ne sachant comment interpréter le mot «innocent», Côme préféra ne pas répondre. Il porta sa valise dans sa chambre, puis entra dans celle de ses parents. La présence et le parfum de sa mère flottaient encore dans l'air et il se permit de pleurer, silencieusement.

* * *

Jamais Élise n'avait pensé qu'elle pourrait vivre une pareille situation. Un mari qui lui mentait alors qu'il disait l'aimer. Heureusement, personne ne l'accabla. Le temps pressant, le corps d'Amélie Vandersmissen ne fut exposé qu'un seul jour et les funérailles furent chantées par la chorale du village, qui avait plus de cœur au ventre que de cordes dans le larynx. Élise s'était assise entre son beau-père et sa mère, laissant Côme de l'autre côté de la nef, avec Paul et Micheline. Après l'enterrement, M. Vandersmissen, l'air toujours aussi lugubre, invita une trentaine de personnes à prendre une bouchée à la maison.

— Amélie nous a fait de la bonne ratatouille la semaine dernière et j'ai décidé de sortir ses derniers pâtés du congélateur pour les partager avec vous.

Personne n'osant refuser, ils se dirigèrent tous vers la ferme, Élise et sa mère dans la voiture du veuf, Paul et Micheline dans celle de Côme. À la surprise générale, Côme repartit aussitôt après les avoir déposés, ce qui eut l'effet d'un vent glacial. Élise rejoignit Jacqueline.

— Mon pardon vient de se noyer. Je le quitte, Jacqueline.

— On ne quitte pas un homme parce qu'il a fait une erreur.

— Non... mais je le quitte parce que moi, j'ai fait une erreur.

— Quelle erreur? C'est un homme extraordinaire: travailleur, fiable, généreux... Qu'est-ce que tu voudrais de plus?

Dans la maison, la famille combla le vide par d'innombrables attentions et les invités mirent l'absence des jeunes sur le compte du chagrin.

— Tu vas pas partir comme ça, Élise?

— Pourquoi pas? S'il y en a une qui devrait me comprendre, c'est bien toi...

— C'est certain, mais laisse-lui le temps de s'expliquer.

Élise lui jeta un regard plus froid qu'elle n'aurait voulu.

— Mais, Jacqueline, il y a rien à expliquer. C'est moi qui ai les cornes, pas mon mari...

En disant cela, elle fut prise d'un fou rire nerveux.

— Ça m'apprendra, aussi, à vivre à la campagne...

Elle continua de rire jusqu'à ce que son rire se change en pleurs. Un à un, les gens partirent, avec un air lugubre de circonstance. Marcel fut ébranlé lorsque Élise revint le saluer en lui annonçant qu'elle allait passer quelque temps à Montréal.

— Non, mon petit... Pas deux deuils, pas deux départs... Enfin...

— Il faut que j'aille comprendre...

— Le con! L'imbécile! Nous faire un affront pareil, à sa mère et...

Marcel ne termina pas sa phrase. Il étreignit Élise en la suppliant de revenir le plus rapidement possible.

— Tu vas revenir, n'est-ce pas?

— Je devrais, oui.

Elle rejoignit sa famille à la gare. Lorsque le train glissa lourdement sur les rails, elle se précipita vers les toilettes pour ne pas voir Côme, au cas où il se serait trouvé sur le quai. Assise sur la cuvette, elle se berça pour engourdir sa douleur.

Le retour fut alourdi par le silence. Le train prit du retard, mais ne s'immobilisa jamais, au grand soulagement d'Élise, qui n'aurait pu supporter un arrêt en pleine campagne. À un moment, elle prit la main de sa mère en disant doucement: «Ici.» Blanche comprit et baissa le front. Les quatre voyageurs restèrent plongés dans leurs pensées durant presque tout le trajet. Blanche ne savait ce qui allait advenir de son aînée, tandis que Micheline refusait de croire que Françoise Delambre puisse souffrir autant que sa sœur souffrait en ce moment.

Tandis que le train s'éloignait de Drummondville, Élise cherchait à reconstituer le quotidien de sa vie de citadine, mais sans y parvenir. Elle n'avait d'heures que pour le potager et les fleurs, les poules et les veaux. Elle n'avait de nuits que pour Côme, et il venait de l'en sevrer. Elle avait mal à la légèreté de sa vie.

Paul avait les yeux braqués sur le paysage, les lèvres soudées par l'amertume.

— Rayon de lune!

Blanche sursauta et regarda son frère avec reproche.

— C'est pas le moment, Paul.

— C'est le moment...

— Qu'est-ce que tu veux nous dire, mon oncle?

— Qu'un jour, dans le village de Saint-Tite, il y a eu une rumeur. Notre père, disait la rumeur, avait essayé de se remarier, au point de publier les bans. Loin de la paroisse.

— C'est dégueulasse!

— Bien non, Micheline. C'était une rumeur. Mais notre mère est partie pour vérifier.

— Paul!

— Elle est allée le chercher. Elle l'a retrouvé. Il vivait dans une cabane, dans les bois, avec, paraît-il, le plus beau brin de fille aux yeux noirs et ronds comme des billes. Un teint mat, des cheveux longs jusqu'aux fesses.

181

— Paul !

Élise et Micheline se regardèrent, assommées.

— Son nom, c'était Rayon de lune, mais c'était pas celui de son baptistaire.

Paul retint un rire amer.

— Eh ! Depuis que le monde est monde, pourquoi est-ce qu'il faut que chaque personne se brûle pour apprendre ce que ça veut dire, « chaud » ?

— Et puis ? Qu'est-ce qu'elle a fait, votre mère ?

— Paul !

— Ma pauvre Micheline, rien.

— Rien ?

— Rien. Elle est revenue au village, la tête haute, et est rentrée à la maison pour s'occuper de nous. Peut-être qu'elle lui a pardonné, on saura jamais. Une sainte, que je vous dis.

Élise se leva de la banquette, troublée.

— En tout cas, moi, j'ai pas de talent pour être une sainte.

— Toi, pas de talent ? Tu veux rire, ma sœur ?

Au grand désespoir d'Élise, Côme l'attendait sur le quai de la gare, à Montréal.

— Ça n'a pas de bon sens, Élise. On ne peut pas briser une alliance comme ça !

— Ah ! tu commences à y penser !

— Je te ramène. Ne prends même pas la peine de défaire ta valise.

— Trop tard !

— Si tu ne veux pas le faire pour moi, fais-le pour mon père. Il ne peut quand même pas perdre sa femme et sa belle-fille dans la même semaine.

— Il a peut-être perdu un fils, aussi.

Élise détourna le regard. Côme faisait tout pour lui enfiler son tablier de femme aimante, douce et serviable, mais elle résistait de toutes les fibres de son corps.

— Vois-tu, Côme, je suis incapable de vivre avec l'idée que tu as porté du beau linge propre, lavé puis repassé par moi, puis que c'est une autre femme qui t'a déshabillé. Tu te rends compte ?

Comment est-ce que tu t'es senti quand elle a passé sa main sous ta chemise que moi j'avais repassée? Et quand elle t'a arraché ton boxer-short? As-tu pensé à moi, Côme, l'épaisse qui t'attendait?

— Ç'est toi qui le dis, Élise. Tu présumes.

— C'est toi qui le fais, Côme. Je suppose.

Côme ouvrit les bras d'impuissance.

— Je n'ai rien fait de pire que ta sœur, Élise.

— Côme Vandersmissen, va paître!

— 22 —

M. et Mme Avoine faillirent tomber à la renverse lorsqu'ils virent Élise dans la stalle de Poussin. Elle n'avait pas laissé passer plus d'une journée avant de s'y rendre. Elle brossait le cheval, terminant chaque coup de brosse par une petite tape affectueuse. On aurait juré que la bête la reconnaissait.

— Madame Vanderchose! En personne!

Élise éclata de rire. Elle avait oublié qu'ils connaissaient le surnom qu'elle avait longtemps donné à sa belle-famille. Puis son rire se brisa. Elle avait fait défection. Les Avoine n'eurent pas besoin d'explications pour comprendre qu'il y avait un malaise chez leur jeune amie.

— Fais-tu une petite allergie à la campagne? Un petit rhume des foins qui te fait pleurer?

Élise eut envie de leur répondre qu'effectivement son mari avait fait du foin, mais elle se tut. Elle n'avait pas envie de parler de Côme. En une nuit, il l'avait propulsée dans l'humiliation. Elle avait bien fait de partir, même si l'horizon de L'Avenir lui manquait déjà, avec le potager rempli de légumes attendant d'être cueillis.

M. Avoine posa le mors et la bride de Poussin à côté d'elle, puis ressortit avec son épouse. Elle aurait voulu les remercier, leur sourire, mais elle en était incapable. La colère grondait dans sa poitrine, entre le cœur et le nombril, et elle avait envie de se frapper le thorax pour exorciser son mal. Elle attela Poussin, qui demeura indifférent au manque de douceur de ses gestes et partit en trottant — tant pis pour les policiers! — dans la rue Villeneuve. Rendue sur la montagne, Élise attacha le cheval à un arbre, remonta dans la voiture, s'allongea sur la banquette et laissa enfin sortir le venin qui l'empoisonnait.

Elle pleura seule, cachée derrière un bosquet, à l'abri des regards indiscrets. Elle pleura la mort de sa belle-mère, qu'elle avait toujours aimée malgré ses remarques au sujet de l'absence d'héritier. Cette femme avait connu et aimé son père, et peu de gens pouvaient lui en parler avec autant de sensibilité.

Elle versa aussi des larmes d'impuissance en pensant à son beau-père. Elle supportait mal le sentiment de l'avoir abandonné. Côme la connaissait assez bien pour savoir que c'était sur ce point délicat de son cœur qu'il lui faudrait appuyer.

Poussin éternua et Élise leva la tête pour voir si tout allait bien. Elle se moucha avant de s'allonger de nouveau. Continuant à penser à son beau-père, elle se demanda s'il pardonnerait à Côme. En fait, elle souhaitait qu'il lui fasse des misères, qu'il lui répète *ad nauseam* qu'il était un beau salaud. Elle lui savait gré de l'avoir défendue, d'avoir songé davantage à l'affront qu'elle avait subi qu'au chagrin de son fils qui apprenait qu'il était orphelin. Et elle avait laissé le pauvre homme seul devant les tiroirs remplis de son Amélie; seul devant le placard qui contenait encore toute sa coquetterie du dimanche et la sueur de ses semaines. Était-elle une ingrate insensible?

— Hé! Est-ce que je peux monter?

Élise crut rêver. Relevant la tête, elle aperçut Jacqueline. Elle eut la force de dire «Hein? Jacqueline!» et de se redresser avant d'éclater de nouveau en sanglots. Jacqueline grimpa à ses côtés et la berça sans dire un mot. Les deux amies restèrent enlacées un bon moment, l'une tentant de soulager la souffrance et le mal de l'autre. Puis, le vent s'étant levé, elles retournèrent enfin à l'écurie, saisies par le froid de la montagne. Élise apprit alors que Côme était allé trouver Jacqueline pour lui demander d'intercéder pour lui. Il admettait qu'il avait été irresponsable... Il promettait que désormais... Il avouait qu'il avait fait une erreur... Il désirait un pardon...

— Arrête, Jacqueline. Je n'en crois pas un mot et toi non plus.

— Je ne sais pas. Il avait l'air absolument sincère.

Élise secoua la tête.

— Non. C'est pas une erreur. À mon avis, c'est presque trois ans d'erreurs.

— Avec qui?

— Je veux pas le savoir.

— T'es bizarre... Moi, j'ai voulu rencontrer les deux autres fiancées. Pour pas perdre la face. Pour voir si elles étaient mieux ou moins bien que moi.

— Qu'est-ce que ça t'a donné? Ça t'a consolée?

— Non, Élise. Sauf que j'ai été capable de me regarder dans le miroir en me disant que c'était pas parce que j'étais laide ou insignifiante.

— Je suis pas intéressée, d'autant plus qu'on va se séparer.

— C'est effrayant, Élise... Les protestants se séparent, puis divorcent. Pas les catholiques!

— Tu sauras que j'ai ça dans le sang... Ma grand-mère a quitté mon grand-père, avec huit enfants sur les bras.

Jacqueline resta bouche bée.

— Ta grand-mère!

— Oui. Elle a préféré la fierté à la misère.

— Est-ce qu'elle a eu des funérailles à l'église? Est-ce qu'elle a été enterrée dans un cimetière catholique?

— Veux-tu bien me dire, Jacqueline, ce que tu racontes? Est-ce que tu crois vraiment à ce que tu dis?

Vexée, Jacqueline se tut. Élise lui caressa le bras et la pria de l'excuser, puis la remercia d'être venue aussi vite.

— J'ai pas de mérite. J'ai eu un *lift* avec un bon chauffeur.

Élise ne put éviter Côme, qui l'attendait au salon, la tête entre les épaules comme un évêque croupissant sous le poids de sa tiare. Elle ferma les yeux pour oublier sa beauté et cessa de respirer pour ne pas sentir son parfum, qui l'avait toujours enivrée. Ce fut Côme qui rompit le silence, disant qu'il y avait erreur; qu'il avait tout simplement donné le mauvais nom d'hôtel; qu'il était déjà catastrophé par la mort de sa mère et que son brusque départ, davantage un jugement sans appel qu'un comportement d'épouse aimante, le tuait; qu'il ne savait s'il aurait la force d'accepter d'avoir perdu le même jour les deux personnes les plus importantes de sa vie et que ce sentiment était semblable chez son père.

Et voilà! Il avait sorti sa dernière arme: la rendre responsable du chagrin de son beau-père. Élise ne broncha pas et elle se demanda comment il se faisait que ses yeux demeuraient secs. Le plaidoyer lui aurait arraché le cœur si Côme lui avait seulement demandé pardon. À une novice, l'erreur du nom de l'hôtel. À une autre innocente, un silence de quatre jours. Côme disait l'aimer, mais elle se sentait plutôt méprisée. Aussi ressortit-elle du salon sans proférer une seule parole. Quand elle l'entendit lui demander si elle allait chercher sa valise, elle ne lui répondit pas, priant plutôt sa mère de l'excuser parce qu'elle irait manger seule au restaurant. Elle sortit par la porte arrière et courut presque, sans se retourner, jusqu'à ce qu'elle fût assise, un menu dans les mains. Elle écrasa une larme uniquement lorsqu'elle pensa à Jacqueline, qui était seule dans la voiture à attendre Côme et qu'elle n'avait ni remercié ni saluée. «Ô Côme, je peux te pardonner, réapprendre à t'aimer, redécouvrir la confiance, mais la seule chose que tu me demandes, c'est d'être aveugle.»

— 23 —
1967

Élise apprit à taire sa souffrance. Côme avait tenté un rapprochement et elle lui avait fermé toutes les portes, allant même jusqu'à refuser de le regarder à travers le judas. Elle se demandait comment elle pouvait l'aimer autant et le faire souffrir. Car il souffrait, elle en avait la certitude. Quant à sa douleur à elle, il semblait l'avoir occultée. À l'entendre, elle était responsable de tout: ses insomnies, l'inconsolable chagrin de son père, les problèmes de récolte — dus autant au décès de sa mère qu'à sa désertion à elle. Élise l'avait prié de ne pas parler de fuite, son départ constituant davantage une retraite fermée pour cause d'immense malaise. Si elle attendait encore qu'il lui demande son pardon, elle espérait aussi des propositions de vie concrètes.

Elle s'était retenue de préparer le réveillon pour son beau-père, auquel elle avait écrit une longue lettre demeurée sans réponse, ce qui l'avait autant attristée qu'inquiétée. Si elle habitait de nouveau la maison de sa mère, rien de sa chambre de jeune fille ne la réjouissait. Elle avait évacué sa vie d'adolescente, sauf lorsqu'elle se lovait dans le fauteuil de son père pour y chercher un réconfort. Côme lui manquait autant le jour que la nuit et elle mordait son oreiller pour étouffer son désir, sa peine et sa rage.

Côme comprendrait-il que jamais elle n'accepterait de le partager avec une autre et qu'il lui avait giflé l'âme? Comprendrait-il qu'elle était sur le seuil de sa vie et qu'il n'avait qu'à trouver les bonnes paroles pour qu'elle franchisse la porte? Qu'elle était sa femme et ne souhaitait pas autre chose qu'un repentir? Hélas, plus les mois passaient, plus elle voyait diminuer les possibilités de réintégrer son petit appartement. Elle attendait une « lettre d'avocat », comme le lui avait expliqué Micheline, l'informant que Côme demandait le divorce. Mais aucune lettre n'arriva.

* * *

La ville de Montréal avait l'air d'une mariée parée de ses plus beaux atours, prête à accueillir le monde entier en avril, et Élise, par suite d'un heureux concours de circonstances dû en partie à la pénurie de jeunes jardiniers, décrocha un emploi dans l'équipe chargée de fleurir et d'entretenir les jardins du site de l'Exposition universelle. Elle trouvait ironique de travailler dans les hectares de la pépinière du Jardin botanique. Aussitôt les menaces de gel disparues, elle fut affectée à la plantation et à l'entretien des parterres, les arbustes ayant, pour la plupart, été mis en terre l'automne précédent. Elle faisait donc partie de l'armée des jardiniers, dont les armes étaient la bêche, la binette, le sarcloir, la tondeuse et tout l'attirail des pesticides, herbicides et engrais. Contrairement à ses collègues, presque tous masculins, elle s'était créé une espèce d'uniforme avec son ancien sarrau de laboratoire, qu'elle avait teint en marine. Elle portait évidemment son éternel chapeau de paille, ses bottes de caoutchouc rapportées de L'Avenir, et, en guise de collier, son laissez-passer qui l'autorisait à franchir les tourniquets aux aurores pour bêcher les plates-bandes et arroser les fleurs. Il lui arrivait parfois de contempler les silhouettes de ses collègues dans les premières lueurs du jour et de regretter que personne ne songe à photographier cette armée secrète et besogneuse.

Quant à Micheline, elle décrocha un poste d'hôtesse sur les bateaux-mouches qui faisaient la navette entre la rive sud et la marina de la Ronde. Exceptionnellement, elle avait pu terminer sa cléricature un peu plus tôt et se présenter aux examens du barreau, la patrie ayant besoin de ses enfants pour sourire au monde. Fringante sur la ligne de départ de sa vie d'avocate, elle avait longuement hésité entre chercher un emploi dans un cabinet ou profiter plutôt de ce tour du monde exceptionnel. Élise la convainquit que le monde frapperait moins souvent à sa porte que les gens en difficulté et lui promit qu'elle et sa mère l'emmèneraient dans un restaurant de son choix, qu'il fût français, iranien ou anglais, selon ses désirs, pour porter un toast à l'obtention de sa licence en droit.

Micheline fut donc attifée d'un tailleur bleu de prusse avec une jupe à peine plus longue que les minijupes à la mode, d'un chemisier blanc et d'une espèce de képi qu'elle se posait de travers sur la tête. Quand le soleil ne dardait pas trop, le gant blanc était requis.

Blanche ne savait que penser de cet été d'Expo 67. Son aînée, apparemment maumariée, menait presque une vie de nonne, partant de la maison pour être dans le premier métro et quittant le site pour s'engouffrer dans les serres. Si Élise acceptait parfois de prendre les appels téléphoniques de son mari, il lui était coutumier aussi de faire dire qu'elle était absente. Cette situation était malheureusement trop familière à Blanche et puait à plein nez le marasme de son enfance. Elle remerciait le ciel que sa fille n'ait pas eu d'enfant. Un enfant aurait peut-être toutefois sauvé ce mariage ou à tout le moins donné le sourire à sa fille, qui avait l'air d'un éternel bourgeon incapable d'éclore. Blanche en voulait à Côme de n'avoir pas su se comporter en homme de principes. Que deviendrait cette génération qui, elle en avait entendu parler, consommait de la drogue et montait aux barricades pour un oui ou pour un non, comme elle l'avait fait lors d'une récente visite de la reine Élisabeth II à Québec? Blanche n'avait pas dit un mot lorsqu'elle avait appris que Micheline s'était inscrite au R.I.N.[1], sachant pourtant qu'être membre d'un parti politique pourrait éventuellement nuire à la carrière d'avocate de sa fille. Micheline avait aussi entraîné sa sœur devant l'hôtel de ville lorsque le général de Gaulle, en visite au Canada, avait crié, à la fin d'un discours qui se voulait innocent et poli: « Vive le Québec libre! » Blanche était restée bouche bée quand elle avait aperçu ses deux filles aux nouvelles télévisées de Radio-Canada. Micheline, ayant enlevé son soutien-gorge, sautillait et criait dans la rue, les bras en l'air, tandis qu'Élise, se frottant le front pour ne pas être reconnue, tentait vainement de contenir sa sœur. Le bulletin de nouvelles n'était pas encore terminé que M. Vandersmissen avait téléphoné pour lui dire qu'il était outré de l'ingérence de la France dans les affaires d'un pays si accueillant et que, s'il ne tenait qu'à lui, il escorterait le général à

---

1.   Rassemblement pour l'indépendance nationale.

l'aéroport, au pas de charge s'il le fallait. Blanche, soulagée de n'entendre aucun commentaire sur le comportement inconvenant de sa puînée, avait répondu qu'elle ne comprenait rien à la politique, que c'était plutôt son mari qui s'y intéressait, et que si M. de Gaulle avait cru bon de dire cela, c'est qu'il devait avoir ses raisons.

— Mais non, ma bonne madame Lauzé. Il se prend pour un empereur et notre Premier ministre l'a flatté dans le sens du poil en lui balisant la route du chemin du Roy ! Mais je crois savoir de source sûre que les gens qui l'acclamaient avaient été sollicités pour le faire et que certains avaient même été payés !

— Vous croyez ?

— Oui, je le crois. En plus, il n'a fait que répéter les propos qu'il avait tenus en Algérie. Vous vous souvenez ? Comme si, nous aussi, nous étions les bougnouls de la France !

Un long silence avait suivi avant qu'il ne change de ton pour dire qu'il trouvait Élise amaigrie et qu'il s'inquiétait d'elle tous les jours.

— J'espère que mon fils fera amende honorable. Élise nous manque terriblement et Côme est méconnaissable. J'ai hâte qu'il nous la ramène. Des tourterelles, ça vole à deux.

Blanche n'avait rien répondu, se contentant de mettre la main sur le combiné pour qu'il ne l'entende pas étouffer ses sanglots et ses soupirs.

— En son nom, madame Lauzé, je vous demande pardon.

Deux jours plus tard, alors que Blanche n'avait pas encore fini de réprimander ses filles pour leur mauvaise tenue devant les caméras de la télévision d'État, M. Vandersmissen avait rappelé en riant de plaisir devant le départ précipité de De Gaulle.

— Il était temps, madame Lauzé, que nos hommes portent leur culotte. Si j'avais su, j'aurais fait un voyage spécial uniquement pour voir décoller son avion.

— Quel dommage qu'Élise ne soit pas ici ! Je suis certaine qu'elle aurait aimé vous parler.

M. Vandersmissen n'avait rien ajouté.

* * *

Le mois de septembre pâlissait les pelouses et avait déjà séché quelques feuilles des jardins de l'Expo. Si Élise s'en attristait, elle s'inquiétait davantage des récoltes, qui lui manquaient encore, se demandant si les parasites avaient finalement quitté le champ de pommes de terre, si son beau-père s'était fait un devoir de remplir et de replacer les dizaines de pots de fleurs sur la galerie et autour, dans le parterre, et si Côme était demeuré un agronome absent ou un fils présent et compatissant à la solitude de son père.

Plusieurs étudiants quittèrent l'équipe des jardiniers pour retourner qui à l'université, qui au collège, mais Élise ne s'en plaignit pas. Lorsqu'elle rentrait chez sa mère, le soir, épuisée, elle faisait souvent un crochet par l'écurie pour voir si Poussin avait, lui aussi, terminé sa journée éreintante. Il lui arrivait de lui servir sa moulée et de le brosser, lui grattant le toupet, le chanfrein ou le bout du nez. Parfois, lorsque sa sœur n'était pas trop fatiguée, elles se changeaient et allaient passer la soirée au pavillon de la Jeunesse, où les chansonniers ouvraient la voie aux jeunes chanteurs et où les happenings créaient des soirées mémorables pour Micheline, affolantes pour Élise. L'absence des étudiants rendait l'atmosphère de la salle plus supportable, ce qui ne déplaisait pas à Élise, qui s'était privée de nombreux spectacles, par intolérance des foules. Par ailleurs, les réflexions de Marshall McLuhan sur la communication l'avaient confortée dans sa perception du monde, toute fragmentée qu'elle fût depuis son jardin et les horizons lointains de son ciel campagnard.

Les matins étaient déjà beaucoup plus tardifs et elle se demandait de quoi serait fait son automne à Montréal, tout comme Micheline qui commençait à s'inquiéter du nombre de refus qu'elle essuyait dans ses recherches d'emploi.

— Ils me félicitent tous, en me disant qu'ils m'offriraient peut-être un poste d'assistante si je les contactais après les fêtes. As-tu déjà vu une histoire pareille ? Mes amis se sont tous trouvé du travail : l'un au ministère de l'Immigration, trois autres dans de gros cabinets, et une collègue au Palais de Justice. À elle seulement, on a dit que, si elle faisait ses preuves, elle pourrait peut-être devenir avocate de la Couronne. Ça m'écœure ! Les gars ont pas de preuves à faire, eux. On les embauche, un point c'est tout.

— En tout cas, maman, j'aimerais bien qu'on me les montre, les changements. Tu sais, les filles aux mêmes collèges que les garçons, avec les mêmes diplômes, ça donne quoi ?

Blanche regarda tristement ses filles, se contentant de dire que plus ça changeait, plus c'était pareil, mais qu'il fallait laisser le temps au temps.

Un soir qu'Élise avait accepté de dépanner M. Avoine en reprenant son poste de caléchier, elle fit monter un groupe de beaux jeunes marins norvégiens, étudiants en médecine effectuant leur service militaire et dont le navire était amarré dans le port. Tous plus séduisants les uns que les autres avec leurs cheveux blonds proprement taillés — peut-être un peu trop pour ceux qui aimaient les tignasses à la Beatles —, ils avaient les yeux dans la gamme du bleu et les dents resplendissantes. Grands, bien bâtis, ils étaient élégants dans leur uniforme de la marine, avec le pantalon large, apparenté aux pattes d'éléphant des jeunes, et la chemise qui permettait de voir la toison plus ou moins fournie de leurs jeunes torses.

Élise tenta de répondre à leurs questions du mieux qu'elle put, mesurant son impardonnable ignorance de l'histoire de son pays. Aussi se félicita-t-elle de leur avoir proposé d'inviter sa jeune sœur avocate à se joindre à eux. Micheline était tellement moins sérieuse, moins ennuyeuse qu'elle-même.

Ils se rencontrèrent à la *Crêpe bretonne* de la rue de la Montagne et, comme Élise l'avait prévu, les marins s'émerveillèrent devant Micheline. Rarement avaient-ils vu une chevelure aussi longue, aussi lustrée et aussi foncée. Et ces yeux marron ! Quelle joie pour un regard d'homme sans doute las des déesses blondes aux yeux bleus !

Élise s'étonnait encore de la coquetterie et du charme de sa sœur, qui brillait sous le regard quasi lubrique des marins qui buvaient chacune de ses paroles, riant lorsqu'elle riait, se levant lorsqu'elle allait aux toilettes, se relevant pour l'accueillir lorsqu'elle en revenait, se chamaillant presque pour replacer la chaise sous ses fesses. Thor, en revanche, n'avait d'yeux que pour elle, et elle tentait d'être insensible à la jolie forme de sa bouche, à l'éclat de ses dents, au velours doré de la repousse de sa barbe et à ses cheveux en brosse si épais qu'ils cachaient le rose de son cuir chevelu.

Élise prit deux chopes de bière, Micheline plus, et Thor ne cessa de l'interroger sur sa vie, dont elle ne révéla rien sauf qu'elle était fermière — Thor soupira de bonheur, étant lui-même fils de fermier —

et qu'elle travaillait comme jardinière pour l'Expo — Thor s'extasia, sa famille étant reconnue pour ses talents d'horticulteurs. Il lui parla de médecine, elle, de son diplôme de pédagogie. Il n'en revenait pas... car il se destinait à la pédiatrie.

Élise se sentait le cœur piqué par le bout de la fourche de son petit démon, se demandant si la salive de Thor goûtait uniquement la bière où si on pouvait y reconnaître un goût de Norvège ; si elle pouvait distinguer d'un léger coup de langue la différence entre un enfant belge et un enfant d'Oslo. De penser à Côme la blessa, certes, mais ne l'empêcha pas de fantasmer sur le parfait Viking qui se trouvait devant elle.

Puis les choses se précipitèrent. Ils se retrouvèrent à quatre sur le mont Royal, Micheline et le jeune Thorson, Élise et Thor. La nuit de septembre étant exceptionnellement douce, Élise se permit d'abandonner sa tête contre l'épaule de Thor, qui, sans dire un mot, posa la main autour de sa taille en l'attirant vers lui. Ils déambulèrent lentement. Lorsqu'elle perdit sa sœur de vue, elle ne résista pas à la main de Thor, qui, maintenant assis par terre, l'invitait à le rejoindre. Rapidement happée par un tourbillon de bras, de lèvres, de mains et de cuisses, elle eut le souffle coupé par la faim qu'elle avait de Thor et par la petite fourche qui lui piquait maintenant la gorge. Un angelot s'immisça alors dans ses pensées, lui faisant comparer Thor à Côme. Thor avait de plus belles épaules. Thor avait un ventre un peu moins musclé. Thor avait une étreinte pleine de douceur, mais celle de Côme était — avait été? — pleine d'amour. Thor sentait la mer, Côme sentait la terre. Et elle commençait à se sentir mal. En moins d'une minute, elle se dégagea et fit non de la tête. Thor dit « non? » et retira la main qui s'apprêtait à explorer son nid. Elle s'assit et mit sa jupe sur ses genoux.

— Je suis mariée, Thor.

Thor baissa le front et pinça les lèvres.

— Moi aussi.

Il l'étreignit. En sanglotant, elle parvint à balbutier qu'elle ne savait que faire d'une situation à laquelle elle ne comprenait rien. Thor la consola comme il put, allant jusqu'à la remercier de l'avoir freiné, la fidélité faisant partie des promesses qu'il avait faites à sa femme.

— Pas facile à tenir pendant mon service militaire, comme tu peux voir...

Elle ne lui avoua pas que son mari avait maintes fois trahi un vœu similaire. Thor lui promit de lui écrire et elle fit de même. Alors, elle lui dit au revoir, le corps collé au sien par le désir. Thor lui dit au revoir aussi, mais il ne bougea pas non plus. Elle le salua encore, sans se décider à s'éloigner. Il lui passa une main sur la joue.

— Tu seras le plus beau de mes souvenirs de Montréal.

Elle ne bougeait toujours pas, se contentant de lui ouvrir la paume de la main pour en embrasser la ligne de cœur et chacune des phalanges. Il détourna son regard.

— Au revoir !

Micheline et son marin arrivèrent sur ces entrefaites, les forçant à s'éloigner comme deux aimants mal polarisés. Élise ne voulut pas savoir ce que sa sœur avait fait dans les sous-bois, autant à cause de son désaccord avec les folâtreries de sa sœur — elle ne pouvait quand même pas lui reprocher d'avoir trompé Claude — que de sa crainte d'en ressentir quelque envie.

Lorsqu'elle entra dans sa chambre, elle jeta le papier portant l'adresse de Thor et laboura son oreiller pour exorciser son mal. Les joues rougies par la barbe de Thor et le cou empreint de son parfum, elle espérait avoir encore quelques gouttelettes de sa salive dans la bouche. Elle passa donc lentement la langue sur chacune de ses dents, sur ses gencives, sur son palais et sur l'intérieur de ses joues. Son corps ne savait comment refouler le désir qui assaillait encore son mont de Vénus. Elle se coucha à plat ventre et, amère, elle en voulut à Côme de ne pas l'avoir aimée autant qu'elle l'avait aimé ce soir.

— 24 —

À peine avait-on plié et rangé les drapeaux des différents pays, endormi les wagons de l'Expo-Express sur les voies d'évitement, fait taire les hymnes nationaux et fait décoller les avions transportant les derniers visiteurs, que les disc-jockeys troquèrent *Je t'aime, yes I love you* contre *Penny Lane* et remplacèrent *Un jour, un jour* par *Winchester's Cathedral*. Aussitôt arrachées les dernières fleurs, Élise perdit son emploi et Micheline fut embauchée dans un cabinet qui désirait investir dans l'avenir : le droit familial.

L'automne était laid, les Montréalais étaient tristes de retrouver leur vie d'avant, et les employés du ministère de l'Immigration s'occupaient d'aiguiller les étrangers qui, tombés amoureux de la métropole, avaient décidé d'y planter leur avenir. Et pourtant cette ville s'était refermée sur elle-même, caressant ses souvenirs au superlatif — « Je n'ai jamais rien vu d'aussi beau, je n'ai jamais été aussi heureux, aussi fier, je n'ai jamais vu d'aussi près des étrangers que je ne comprenais même pas » — ou pansant ses plaies — « Quand je pense qu'il y a eu des visiteurs logés dans des motels de carton avec les pieds dans l'eau, une vraie honte ! Qu'est-ce qu'on va dire de Montréal ? ».

Montréal recommença pourtant à respirer le jour où son maire lui confirma officiellement qu'il garderait ouvert le site de l'Exposition, nommé d'après le thème de celle-ci : *Terre des Hommes*. On promit à Élise de la réembaucher si elle le désirait. Quant à Micheline, elle aurait préféré s'attaquer aux bâtisseurs de motels de carton plutôt qu'au crêpage de chignon des familles en désespérance.

Élise se retrouva dans sa petite chambre, véritable cellule de nonne dont les murs, au fil des jours de plus en plus ennuyeux, l'étouffaient davantage.

De voir partir Micheline tous les matins, coiffée, manucurée, vêtue d'un tailleur gris pâle et d'un trench-coat *Aquascutum*, et tenant une serviette de cuir noir — cadeau de sa mère, qui y avait fait graver, à l'encre dorée: «Mᶜ M. L.» —, lui vissait son malaise quotidien en plein plexus solaire. Elle enfilait alors une robe de velours côtelé fleurie et retenait sa chevelure sous un bandeau qu'elle portait à l'indienne comme Janis Joplin. La tristesse de novembre lui déteignait sur l'âme et elle envisageait de rentrer au bercail.

Elle reçut une lettre enflammée de Thor, qui lui avouait avoir été capable de regarder son épouse dans les yeux même s'il rêvait de Montréal — surtout des Montréalaises — la nuit et enrageait dès qu'il s'éveillait, triste de se retrouver à Oslo. Son service militaire terminé, il avait réintégré l'école de médecine pour y commencer sa spécialisation en pédiatrie. Il racontait ses souvenirs du mont Royal, parlant beaucoup des parfums de la ville, étonnant Élise qui n'aurait jamais cru qu'un homme puisse être aussi sensible à ce qui l'entourait. Elle ne comprit pas que c'était sa présence qui avait parfumé et coloré les souvenirs de Thor. Elle passa la nuit dans les bras de ce dernier, regrettant parfois ses scrupules, et s'éveilla au petit matin en se disant que si elle avait résisté à un désir aussi fort, c'est que son amour pour Côme était immense. Elle annonça donc qu'elle rentrait à L'Avenir. Micheline eut beau protester, elle n'en démordit pas.

— Chaque fois que je reçois une lettre de Thor, je suis bouleversée.

— Parce que tu as couché avec lui... Je le savais.

— Non, justement. En tout cas, je rentre. Et si je dérange, je prendrai mes cliques et mes claques et je chercherai quelque chose ailleurs.

— On pourrait peut-être habiter ensemble?

— C'est pas possible. Toi, tu es bien quand quelqu'un t'écrase un pied en plein centre-ville, et moi je suis mal si je marche sur une fourmi en pleine campagne.

Devant la mine déconfite de sa sœur, qui ne pouvait concevoir qu'elle quitte Montréal et encore moins qu'elle retourne à ce Côme pour lequel elle n'avait plus de respect, Élise se contenta de hausser les épaules.

— O.K. Tu l'aimes, mais lui?

— Il s'aime aussi.

— C'est vache, ce que tu viens de dire.

— Qu'est-ce que tu veux que je te dise, Micheline ? J'ai dit oui.

— C'est pas une raison.

— C'était oui pour passer toute ma vie avec lui.

— On vit pas dans le même siècle, toi et moi.

— Peut-être.

Blanche fut tiraillée entre ses principes et la peur viscérale de voir souffrir son aînée. Elle aussi avait cessé de respecter Côme Vandersmissen et elle n'en voulait plus pour gendre, mais jamais elle n'aurait osé faire un tel aveu. Elle accompagna donc sa fille à la gare, traînant le sac contenant ses bottes de caoutchouc, et elle s'assit près d'elle en attendant le train.

— Qu'est-ce que tu aurais fait à ma place, maman ?

— Je n'y suis pas.

Blanche tapota la main d'Élise, sans rien dire d'autre.

— Eh bien, moi, maman, si j'étais à ta place, je dirais à ma fille que j'aurais jamais épousé un homme comme Côme Vandersmissen. Je dirais à ma fille d'être prudente et de pas se jeter dans la gueule du loup. Je lui dirais de le laisser mariner. Je lui dirais aussi que je regrette qu'elle n'ait pas rencontré un homme aussi charmant que son père. Ah ! et puis non, maman, je dirais pas ça à ma fille, parce que je serais certaine que ma fille ne cesse de se demander comment elle a pu choisir un homme si différent. Mais surtout je dirais à ma fille que je lui en veux pas.

Blanche, étonnée, regarda Élise en se demandant si elle devait comprendre qu'elle avait failli à sa tâche de mère. Mais, devant la détermination qu'elle vit dans le regard d'Élise, elle lui sut gré de s'ouvrir ainsi à elle. Cette fois, elle lui caressa la joue et écrasa la larme accrochée à ses cernes.

— Et si ça fonctionne pas ? Si Côme veut pas te recevoir ?

— Maman, je rentre et je fais tout pour que ça fonctionne, ou je suis pas une Lauzé...

* * *

M. Vandersmissen fut renversé lorsqu'il vit la porte s'ouvrir et Élise poser ses valises. Voyant qu'il était seul dans la cuisine, sa bru fronça les sourcils.

— Côme n'est pas là, mon petit. En fait, je le croyais avec toi.

— Avec moi ?

— J'avais cru comprendre que son intention était d'aller te chercher.

— C'était peut-être son intention, mais il n'en a rien fait.

— Bienvenue à la maison, mon petit.

Cachant sa déception, Élise monta à l'étage et s'installa dans la chambre qu'elle avait occupée l'été de ses dix-huit ans. Elle rangea ses vêtements au même endroit, s'assit sur le lit, toujours aussi grinçant, puis redescendit.

— J'ai l'impression que la maison a bien besoin de moi. Et vous ?

M. Vandersmissen fit un large sourire et déclara que la maison venait de changer de couleur.

— Jamais vu un mois de novembre émerger du noir...

Il ouvrit les bras pour y accueillir sa bru, qui fut presque heureuse de le voir pleurer. Ils demeurèrent enlacés comme deux pantins aimantés tandis qu'il lui murmurait que son arrivée ressemblait à une résurrection et qu'elle lui avouait qu'elle n'en pouvait plus d'être loin d'eux dans une ville dont le cœur s'était arrêté.

Le lendemain matin, Côme entra dans la chambre, s'assit sur le bord du lit et lui lissa les cheveux, épars sur l'oreiller.

— Dors-tu, ma douce ? M'aurais-tu rencontré à trois heures ?

Élise ne bougea pas. Il ressortit à pas feutrés, et, dès qu'il eut refermé la porte, elle ouvrit les yeux et sourit avant de se retourner. « Trois semaines comme ça, mon Élise. Oublie qu'il est beau. Jusqu'à preuve du contraire, ce n'est qu'un beau salaud. »

Après deux jours, son beau-père, inquiet, lui demanda si elle aimait encore son fils, ce à quoi elle répondit :

— Le bon Dieu le sait et le diable s'en doute.

— Espérons donc que ton père et Mimine ont de bons contacts...

— Avec lequel des deux ?

Il éclata de rire et elle l'imita. Il lui demanda alors de l'appeler Marcel, ce qu'elle refusa, s'en disant incapable.

— Alors, tu dis « Marcel » et « vous ». J'y tiens.

Ce soir-là, Côme arriva au moment où ils passaient à table et il regarda Élise d'un air incrédule lorsqu'elle offrit à « Marcel » de lui regarnir l'assiette d'une tranche de jambon.

— Ça ne se fait pas, Élise. Dans les familles belges, on voussoie les aînés. N'est-ce pas, papa ?

— Il y a belle lurette que nous ne sommes plus une famille belge, mon cher fils.

Côme sortit sans s'être attablé — Élise avait sciemment négligé de dresser un troisième couvert —, saisit une pelle et nettoya l'escalier que décembre avait enduit d'une neige collante. Élise demeura impassible, sous l'œil interrogateur de Marcel.

Côme passa presque toute la soirée au salon, à lire des articles sur les nouvelles tendances des jeunes agriculteurs ignares qui achetaient de bonnes terres agricoles.

— Tu te rends compte, papa, qu'ils lotissent ces terres ? Où allons-nous ?

— Vers la civilisation des loisirs.

— C'est toi qui dis ça ?

— Non. Les savants.

À chaque réplique des conversations qu'il avait avec son père, Côme regardait Élise pour deviner ce qu'elle pensait du propos. Élise ne pensait rien, apparemment sourde. Elle préférait s'affairer dans la cuisine, récurant les casseroles et les chaudrons noircis par le veuvage. La maison était triste comme l'était Marcel, et Élise fut désolée d'apprendre qu'il n'avait pas fleuri les balcons et le terrain.

Le troisième jour après son arrivée, elle demanda à son beau-père si elle pouvait peindre sa chambre. Étonné, Marcel accepta, conscient que, à part de soigner les animaux, il n'y avait pas beaucoup d'occupations sur une ferme en hiver pour une belle jeune femme de vingt-sept ans. Ils se procurèrent donc le matériel nécessaire et ils travaillèrent ensemble. En deux jours, la chambre reprit un air joyeux sous le jaune pâle des murs. Alors que la peinture séchait, viciant l'air et les forçant à dormir avec les fenêtres ouvertes, Élise se réfugia dans la chambre de jeune homme de Côme. Elle eut beaucoup de difficulté à y trouver le sommeil, et elle entendait que Marcel ne dormait pas non plus. Elle savait que le travail de peinture, facile en apparence, lui était pénible, l'obligeant à ouvrir les armoires scellées par son chagrin. Elle y avait longuement réfléchi et elle était certaine, forte de l'expérience du départ de son père, qu'il n'était pas mauvais d'effacer la présence de la disparue pour en chérir le souvenir, tout en conservant quelques objets qui lui avaient été chers, tels ses fuseaux, ses nappes brodées ou sa robe de mariée. Marcel se reposa sur elle pour ces décisions et elle lui en fut reconnaissante. C'était sa façon de lui faire comprendre qu'elle lui avait manqué, et pour Élise, l'occasion de réintégrer sa place.

Le travail terminé, les meubles disposés différemment, les voilages lavés et séchés à l'air propre et froid de la campagne, plusieurs cartons remplis des vestiges du passage sur terre d'Amélie Vandersmissen furent portés au presbytère. Élise proposa ensuite de refaire la chambre de Côme. Marcel, qui avait encore des gouttelettes de peinture jaune collées aux cheveux, accepta sans trop de résistance, ne voyant rien de plus intéressant à offrir à sa bru.

— Mais enfin, papa, on ne fait pas de peinture en hiver ! L'odeur est écœurante !

— Mais, mon fils, je ne peux la faire au printemps pendant les semis, encore moins durant l'été. Quant à l'automne...

— Mais Élise aurait pu le faire !

Élise le regarda droit dans les yeux et le pria de ne jamais considérer comme acquis qu'elle serait là pour longtemps.

— À la bonne heure ! Tu rentres à la maison bientôt ?

— De quelle maison parles-tu ?

Élise et Marcel mirent trois bonnes semaines à rafraîchir la maison, se confiant l'un à l'autre de plus en plus souvent. Au fil des jours, Marcel raconta ses amours avec Amélie, et Élise, ses affreuses années de couvent.

Lorsqu'ils nettoyèrent les pinceaux et les rouleaux pour la dernière fois, les imbibant de térébenthine et les secouant dehors dans la neige, Côme fit une colère. Non seulement avaient-ils peint la cuisine en des tons de turquoise sans lui en avoir parlé, mais ils n'avaient jamais accepté son offre de leur venir en aide. Montrant Élise du doigt, il la somma de rentrer à la maison. Élise ferma les yeux. Le moment était venu. Il lui devait excuses et repentir, sans quoi elle se trouverait un appartement, ne pouvant plus habiter impunément chez son beau-père.

— Et je vous épargne les rumeurs...

Marcel regarda Élise, ayant immédiatement compris ce que les gens pouvaient raconter. En moins de deux secondes, ils souriaient tous les deux.

— Ça te fait une belle jambe, mon fils, qu'on puisse penser que ton père te cocufie !

Côme demeura muet alors qu'il mourait d'envie de demander des propos rassurants. Jamais Élise n'avait été aussi belle et jamais il n'avait vu son père aussi coquet et coquin. Il aurait voulu arrêter le temps et faire marche arrière ; se retrouver dans les bras de sa femme sans craindre d'y mêler les parfums d'une autre ; l'entendre sangloter chaque mois quand elle constatait que son nid était vide et la consoler en lui promettant l'arrivée d'un héritier. Il l'avait cherchée du regard tous les jours de l'été passé, souhaitant la voir penchée dans les champs avec son affreux chapeau de paille et ses vieilles bottes de caoutchouc noires aux semelles rouges. Tout l'été, il avait espéré la voir apparaître comme par magie. La mort de sa mère et le départ de sa douce l'avaient assommé et il n'arrivait toujours pas à s'en remettre. Et voilà que maintenant les gens jasaient... Il voulait cautériser ses cornes avant qu'elles ne poussent. Tout le choquait, absolument tout, à commencer par son incapacité à reconquérir Élise. Alors, sans comprendre ce qui lui arrivait, il éclata en sanglots comme un enfant privé de dessert.

— Voyons, Côme, sois un homme ! Ressaisis-toi !

— Oh ! Côme...

Tandis qu'il se dirigeait vers l'étreinte de son père, Côme changea de direction et se réfugia dans les bras d'Élise, dont le cœur tomba à la renverse. Marcel aurait voulu crier de joie, mais il se retint et enfila son manteau.

— Élise, oh ! Élise, je ne sais plus que faire... Je suis terriblement, terriblement désolé... Je suis terriblement, terriblement seul...

Élise ne répondit rien. Côme implorait-il son pardon en se disant désolé ? Elle était si bouleversée qu'elle ne savait que comprendre. Elle n'avait qu'une envie, effacer leur différend et être près de lui. Rentrer chez elle. Côme continuant de pleurer et de renifler, elle rompit l'étreinte pour sortir des kleenex de sa poche. Penaud, il se moucha, et elle l'empêcha de s'essuyer les yeux, préférant lécher les larmes qui lui coulaient sur les joues et aspirer les gouttelettes accrochées à ses cils. Il sanglota encore plus fort.

— Tu es tellement, tellement bonne.

Élise poussa presque un cri de joie lorsqu'il lui demanda ce qu'il lui fallait faire pour qu'elle lui pardonne. Affolée, elle allait répondre « rien », mais elle se retint juste à temps.

Pour la deuxième fois de sa vie, Élise franchit le seuil de sa maison dans les bras de son mari, dont l'haleine goûtait le givre. Ils conjurèrent le froid de la nuit en se serrant l'un contre l'autre, enchevêtrant leurs membres au point de renoncer à les démêler, et ils s'endormirent en entendant le chasse-neige pousser la neige sur leur balcon.

Le jour était déjà bien entamé lorsqu'ils allèrent chercher M. Vandersmissen. C'est à trois et dans l'hilarité la plus juvénile qu'ils remirent les fleurs blanches dans le sapin.

— Il y a déjà deux ans que nous l'attendions, ce Noël. N'est-ce pas, mon fils?

Le 14 décembre, la maison était remplie de vie et d'espoir, et Élise téléphona chez sa mère pour inviter sa famille au réveillon. Son bonheur fut sourd à la méfiance perceptible dans le ton de Blanche et à la déception discernable dans celui de Micheline. Malgré leurs doutes, ils vinrent tous, le sourire aux lèvres et les vœux à la bouche. Même Paul porta trois toasts au bonheur retrouvé. Blanche ne leva son verre qu'une fois.

Élise demanda le silence pour offrir un cadeau à son beau-père. Il fit « À moi ? » lorsqu'elle lui présenta une immense boîte plate. Il déchira le papier timidement, regarda à l'intérieur, puis éclata en sanglots. Élise avait fait encadrer les fuseaux d'Amélie sur une serviette de table brodée par cette dernière. L'effet était des plus romantiques.

— Mais je me suis permis de garder quelques fuseaux.

— Ils sont à toi.

Puis ce fut au tour de M. Vandersmissen de demander le silence. Il offrit alors à Côme et à Élise une toute petite boîte. Ce fut Élise qui l'ouvrit, et elle secoua la tête en la refermant aussitôt.

— Non, je refuse. Nous refusons, Marcel. C'est insensé...

— Quoi? Qu'est-ce qu'on refuse?

Élise tendit la boîte à Côme, qui l'ouvrit craintivement.

— Une clé !

— La clé de la maison. Il est temps que je vous la cède, et j'aime bien ce petit appartement. À mon âge canonique — n'est-ce pas, Côme ? —, je serai mieux au village.

— Non, Marcel.

— Tssst ! À la condition que je puisse continuer de vous donner un coup de main.

Blanche secoua la tête. Elle aurait voulu se réjouir, mais elle en était incapable. Paul regretta de ne pas avoir de champagne à sabler, mais il porta un toast à la maison et à la famille qui allait y vivre.

— En souhaitant que la cigogne soit attirée par les nouvelles couleurs !

Micheline s'excusa et s'isola dans les toilettes, dont elle ne ressortit que cinq minutes plus tard, empestant la cigarette. Seuls Marcel et Côme éclataient de bonheur. En moins d'une heure, ils furent tous deux ivres, pleurant le départ d'Amélie et le retour d'Élise, qui en fut attendrie, tandis que Paul avait retrouvé sa vocation de confesseur, écoutant tour à tour les confidences du père et du fils. Blanche et Micheline ne cessaient de regarder leur montre, la même grimace d'inquiétude au visage.

— Souhaitons que ton père leur tienne la main...

— J'aimerais mieux qu'il lui tienne la braguette, à lui.

— Micheline !

— Maman, je sais de quoi je parle, quand même ! Je les connais très, très bien, les hommes comme mon beau-frère.

Élise n'avait entendu que la fin de la phrase et elle leva la tête en direction des siens. Elle fronça les sourcils et s'approcha de sa sœur.

— Et qu'est-ce qu'ils ont, les hommes comme ça ?

— La braguette en yoyo.

— Tu parles quand même de mon mari, Micheline.

Blanche aurait voulu couper le regard haineux qu'Élise avait eu pour sa sœur, mais elle n'avait trouvé aucun mot pour désamorcer ce qu'elle avait redouté. Quant à Élise, elle aurait voulu ajouter que Côme avait changé, qu'il lui avait juré que ses escapades étaient terminées, et qu'il n'avait agi de la sorte que pour se convaincre qu'il avait encore du succès auprès de la gent féminine, « une folie, ma douce, probablement en réaction au poids de mon alliance » ; qu'il avait eu une peur panique du mariage, mais qu'il était maintenant d'avis que le célibat n'avait rien d'intéressant en comparaison du sourire qui l'attendait à la maison. Élise aurait pu ajouter également que jamais son mari n'avait été aussi tendre et que jamais non plus elle n'avait pu respirer aussi aisément. Mais sa sœur — le savait-elle ? — venait de la blesser au plus profond de sa chair. Elle fit un sourire qu'elle cassa aussitôt.

— C'est extraordinaire ! Quand tu parles comme ça, Micheline, toute la maison se refroidit !

— 25 —

1968

Élise aurait voulu voler au-dessus de tous les nuages de l'année. Mais les cumulus appétissants et bouffons s'étaient faits rares, supplantés par des formations orageuses. Puisque décembre ne lui avait pas promis de petit messie et que les rois de janvier avaient passé tout droit devant sa porte, elle s'était décidée, à l'insu de Côme, à confier au médecin ses difficultés à concevoir.

— La science travaille à ce problème et d'ici cinq ans je suis à peu près certain qu'on pourra agir. Vous avez...

Il consulta son dossier.

— ... bientôt vingt-huit ans. Si vous voulez, je peux quand même vérifier si vos trompes ne sont pas bouchées, et les déboucher, le cas échéant.

Était-ce la nervosité, la timidité ou la fatigue ? Élise éclata de rire. En entendant le mot « trompe », elle s'imagina musicienne ou éléphante...

— Excusez-moi.

— Y-a-t-il autre chose ?

Autre chose ? Toute sa vie et tous ses espoirs se trouvaient peut-être coincés dans une trompe et il lui demandait s'il y avait autre chose ! « Oui, il y a autre chose, pensa-t-elle. Je ne veux pas échapper à la maternité. Je veux plein de petits Cômes dans ma maison. Je veux faire aimer la vie. Mais, d'abord et avant tout, je veux l'aimer moi-même et me la rendre éternelle. »

— Rien. J'y réfléchis, pour les trompes.

Elle éclata encore de rire.

— Si j'ai bien compris, les trompes des femmes sont en quelque sorte des trompe-la-mort...

Le médecin ne fronça même pas les sourcils. Plaçant son dossier sur le coin du bureau, il la pria de sortir.

— Revenez me voir quand vous aurez réfléchi.

Élise se sentit vexée.

* * *

Le 5 février, Micheline téléphona. Croyant que sa sœur voulait lui rappeler le jour de l'anniversaire de leur père, Élise, dès qu'elle reconnut sa voix, s'empressa d'ajouter : « Je sais. »

Il y eut un interminable silence au bout du fil.

— Comment ça, tu sais ?

Micheline avait sa voix des catastrophes. La voix qu'elle avait eue au décès de leur père.

— J'ai besoin de toi.

— J'arrive.

Élise ne posa pas de questions et elle se retrouva au terminus à temps pour prendre un autobus. En arrivant à Montréal, elle eut un choc en voyant Micheline, qui l'attendait. Sa sœur était cernée, émaciée, l'ombre d'elle-même. Si, la veille, Élise avait encore sur le cœur les propos qu'avait tenus Micheline le jour de Noël, de la voir subitement si fragile la bouleversa. Micheline se précipita dans ses bras et éclata en sanglots. Élise, toujours incapable de voir pleurer sa sœur, l'imita.

— Voyons, qu'est-ce qui se passe ? C'est Claude ? Tu as perdu ton emploi ? Rassure-moi ! Dis-moi que ce n'est pas maman...

À chaque question, Micheline hochait la tête. Elles mirent longtemps avant de trouver un endroit où s'isoler. Elles marchèrent sur le boulevard Dorchester et s'engouffrèrent finalement dans la cathédrale Marie-Reine-du-Monde. Élise tint sa sœur par l'épaule. Micheline n'arrêtait pas de sangloter.

— Je suis enceinte, Élise.

Élise eut l'impression de recevoir une décharge électrique d'une violence inouïe. Où trouva-t-elle, dans ce sanctuaire de paix, la force de faire une colère ? Elle écrasa ses mots entre ses dents.

— T'es enceinte! À presque vingt-cinq ans, tu connais pas les capotes ni la pilule? On est en mille neuf cent soixante-huit, Micheline! Il y a pas de raison de se retrouver enceinte! De qui?

— Qu'est-ce que ça change?

— Parce que si c'est pas de Claude, t'es une belle salope!

— Alors je suis une belle salope...

Déchirée, Élise ne l'écoutait plus.

— C'est un *one-night stand*, Élise.

— Un *one-night stand* et tu te retrouves enceinte! T'as couché un soir avec un bonhomme et t'es enceinte? C'est écœurant!

— Qu'est-ce qui est écœurant? Que j'aie couché avec un bonhomme ou que je me retrouve enceinte?

Élise baissa le front et réfléchit à la question.

— Les deux, Micheline! Les deux! Non... Que t'aies couché avec un bonhomme, comme ça, un soir, ça me déçoit. Mais que tu sois enceinte, tu peux pas imaginer combien ça m'écœure. En fait, j'en mourrais!

Élise se leva.

— Il faut que je marche. En ce moment, je pense que je te déteste... ou que je suis jalouse. Je vais marcher. Ça m'est arrivé avec Côme aussi, de détester la personne que j'aime le plus au monde.

— Tu me détestes?

— Il faut que je marche.

Élise descendit l'escalier du parvis et s'immobilisa. Elle s'assit sur la dernière marche, offerte à la neige lourde et mouillée.

— Je l'adopte.

Micheline lança à sa sœur un regard désespéré.

— Tu comprends rien, Élise. Il est pas question que je sois enceinte... Il est pas question que je me promène avec une bedaine!

— Tu habiteras chez nous, c'est tout. Pour les quatre derniers mois. Tu te diras malade, puis...

— Cesse, Élise. Il est pas question que je rende cet enfant à terme.

— Tu peux pas faire ça! Il est attendu, cet enfant-là. Peut-être pas par toi, mais par moi, par nous. Avec un peu de chance, il va te ressembler et avoir un air de famille avec Côme et moi...

— L'embêtant avec toi, Élise, c'est que je peux pas te demander ce que tu ferais à ma place.

— Je serai jamais à ta place. Change de point de vue, Micheline. La famille a un bébé! Une toute petite chose qui tient à un nombril...

— La famille a pas un bébé! C'est moi qui suis enceinte, pas la famille!

Assommée, Élise ne savait plus réfléchir. Sa sœur, enceinte! Sa sœur qui lui parlait alors que son corps travaillait à fabriquer une vie.

— Penses-y.

— Élise, non seulement je veux pas de cet enfant, mais je voudrais jamais d'un homme, encore moins d'un père.

Elles quittèrent la cathédrale. Plantées sur le trottoir comme des borne-fontaines, elles se réfugièrent toutes deux dans le silence. Pour l'une comme pour l'autre, ce silence était trop lourd à porter. Amère, Élise repensa à sa visite chez le médecin.

— As-tu vu un médecin?

— J'en vois un demain soir, chez une amie.

— Pour?

— Pour...

Élise eut le tournis. Il y avait tout près d'elle un brin d'enfant qui ne serait plus là dans deux jours...

— Donne-moi le temps d'en parler à Côme.

— Mon rendez-vous est pour demain soir et ça peut plus tarder, Élise. J'ai un chronomètre dans le ventre qui me fait mal, tu peux pas savoir à quel point. J'ai besoin que tu viennes avec moi.

Élise était bouche bée. Jamais on ne lui avait fait une requête aussi cruelle. Elle s'essuya les yeux du revers de sa mitaine, puis posa ses mains sur les joues de sa sœur.

— Jamais je pourrai, même si tu me disais que le père est un arriéré mental, ce dont je doute. Te rends-tu compte que tu me demandes d'accepter d'être torturée? Parce que c'est une torture!

— Je te ferai remarquer que c'est moi qui aurai les jambes en l'air pour le curetage. Quant à ta torture, je vois pas autre chose qu'une torture dans la tête.

Élise jeta un regard désolé à sa sœur.

— Pas dans la tête. Dans le cœur et dans le ventre. C'est là que moi je vais avoir le curetage.

Élise aurait vomi, ici dans cette neige grise et collante. Comment pourrait-elle ébranler sa sœur ?

— Tu peux pas te donner un peu plus de temps ?

— Je viens de t'expliquer que non. Le risque serait trop grand.

— Si seulement je pouvais parler à Côme...

Micheline éclata de nouveau en sanglots. Devant l'air souffrant quoique déterminé de sa sœur, Élise se moucha de nouveau dans son kleenex, qui n'était plus qu'une petite boule de papier détrempé.

— J'ai l'impression que tu me demandes d'assister à une mise à mort.

— Pourquoi faut-il que tu en fasses ton problème, Élise ?

— Parce que c'est toi qui en as fait mon problème.

Sans au revoir, sans même regarder sa sœur, Élise repartit en direction du terminus d'autobus, les épaules voûtées tel un pèlerin en quête d'un refuge.

* * *

Les cauchemars furent si effrayants qu'Élise appréhenda le sommeil. Elle se leva pour la seconde moitié de sa nuit, d'autant plus troublée que Côme n'était pas tellement emballé par son idée.

— Je ne te demande rien, Côme, je te supplie. Si tu veux que je me mette à genoux, je le ferai.

Côme la regarda d'un air presque aussi souffrant que le sien. Il la prit dans ses bras en tentant d'apaiser les sanglots qui la secouaient.

— Je t'aime tellement, Côme.

— Je sais, je sais. Mais es-tu certaine, Élise, que toi et moi on n'aura pas d'enfant ?

— Je ne suis certaine de rien, Côme. Pensons-y. Mais il y a un tout petit bébé qui est nourri par ma sœur...

Côme l'étreignit, lui passant délicatement les doigts à la ligne des cheveux. Il l'embrassa, la ramena dans le lit et l'aida à s'allonger.

— Si c'est ce qu'il faut pour ton bonheur, alors c'est ce qu'on fera.

— Pour *notre* bonheur.

— Ton bonheur fera toujours le mien.

Élise ne put se rendormir. Chaque fois qu'elle se tournait vers Côme, elle voyait luire ses yeux dans le noir.

— Tu ne dors pas, Côme ?

— Non. J'ai beaucoup à penser.

— Moi aussi. Je vais aller rejoindre ma sœur au bureau et lui dire qu'on va l'aider.

— Je crains que ce ne soit pas l'aide qu'elle recherche.

— Il y va presque de l'éternité de nos parents.

— Tu compliques trop les choses. Il y va de la vie de ta sœur et de ce qu'elle veut en faire.

— De sa vie et de l'autre... Veux-tu qu'on parte pour Montréal, Côme ?

Côme se leva en grognant, enfila son pantalon par-dessus des sous-vêtements longs qu'il trouvait ridicules et, en moins de deux, se retrouva au volant, une Élise fébrile à ses côtés.

— Je ne t'ai jamais vue comme ça.

— C'est que ma sœur doit souffrir énormément. Et si ça se passait mal ? Et si elle faisait une hémorragie ? Et s'il fallait l'hospitaliser de toute urgence ?

— Tu parles comme si tu ne croyais plus pouvoir la convaincre.

Élise accusa le coup.

— Peut-être. J'ai beau être profondément choquée et blessée, ma petite sœur a un problème.

Il n'était pas encore neuf heures du matin lorsqu'ils arrivèrent au parc de stationnement du bureau de Micheline.

— Mais qu'est-ce que tu vas faire de ta journée, Élise ?

— Essayer de la vivre.

Élise entra dans le chic bureau d'avocats. La réceptionniste toisa son manteau afghan et son chapeau de lynx, ses bottes de cuir lacées et son éternel sac en bandoulière.

— Vous avez rendez-vous ?

— Je suis la sœur de Micheline Lauzé.

Micheline vint la rejoindre aussitôt et l'invita professionnellement à passer à son bureau. Élise était impressionnée par le calme de

212

sa sœur. Personne n'aurait pu se douter qu'elle couvait un bébé et un indicible tourment.

— Merci d'être là... Tu me fais peur, Élise. J'ai eu l'impression que tu me poussais en bas d'une montagne.

— Est-ce que je peux encore te parler?

— Si c'est pour me dire de reculer, non. Si c'est pour me dire que tu viens avec moi ce soir, oui.

Élise enleva son chapeau et se passa la main dans les cheveux.

— Te dire que Côme est d'accord pour adopter le bébé, ça va dans la colonne de l'interdit?

Micheline fit signe que oui.

— Ça nous serait tellement facile d'être les plus heureux des parents, Micheline.

— Sauf que pendant ce temps-là, moi, je serais la plus malheureuse.

— On a encore quelques heures, non?

— Non.

Élise n'insista plus et partit se promener dans les rues de Montréal malgré la neige folle qui tombait encore. Elles s'étaient donné rendez-vous devant le bureau pour le lunch et Micheline vint la retrouver, toujours aussi belle malgré sa maigreur et sa pâleur.

— J'ai pris mon après-midi.

Le bureau de Micheline était situé dans le Vieux-Montréal, à l'angle des rues Saint-Pierre et Saint-Paul, à proximité de la caserne de pompiers de la place d'Youville. Elles marchèrent jusqu'au boulevard Saint-Laurent et, de là, jusqu'à la rue Bonsecours, où elles entrèrent dans le restaurant *Les Filles du roy*. Micheline avait une envie terrible de manger un ragoût de boulettes, un plat qu'elle n'aimait habituellement que pendant la période des fêtes. Élise fut attendrie par l'appétit vorace de sa sœur et se demanda si elle aussi, un jour, mangerait comme une ogresse. Elles parlèrent de tout et de rien, du docteur Christian Barnard et de sa deuxième transplantation cardiaque, du film *Bonnie and Clyde* que Micheline avait aimé.

— Je n'aurais quand même pas voulu défendre des bandits pareils... Le cinéma a le don de vouloir nous faire coucher avec des truands!

— C'est pas des truands, c'est des acteurs.

— C'est vrai. As-tu remarqué le nombre de filles qui portent un béret comme elle, dans le film ?

— Non.

Micheline parla ensuite de la mort de Che Guevara, survenue en Bolivie.

— Il est mort, le beau docteur ?

— Voyons, Élise... Il est mort en octobre dernier. On dirait que tu vis plus sur la planète...

— Je vis plus sur la planète depuis que je suis retournée à la maison... Je pense être sur celle du Petit Prince. La rose, c'est moi...

Micheline tiqua avant d'enchaîner, mal à l'aise :

— Je pensais à lui à cause du béret.

Elles parlèrent ensuite de leur mère qui ne rajeunissait pas, accusant allègrement ses soixante ans.

— Il faudrait qu'on la fête.

Élise vit s'ouvrir toute grande une porte et s'y faufila, armée de courage.

— Et si, pour cadeau, on lui annonçait qu'elle va être grand-mère ?

Micheline cessa de sourire, blessée. Élise s'enhardit, refusant de baisser les bras.

— Dis-moi simplement que t'as pas pris ta décision à la légère. Convaincs-moi que ce que Côme et moi on t'offre est pas intéressant.

— Élise, je sais que tu meurs d'envie d'avoir un enfant. Moi, j'en veux pas maintenant et j'en voudrai jamais.

Élise tourna les yeux vers la fenêtre et y regarda fuir le temps.

*　*　*

Le sous-sol était sombre, quoique joliment décoré. L'amie de Micheline lui en avait confié la clef. Élise et sa sœur allumèrent les lampes, pour tenter de s'y sentir à l'aise.

— J'aime pas les sous-sols, Micheline. Ça fait caveau.

— Je n'ai pas le choix.

— On attend un médecin ?

— Qui a parlé de médecin ?

— Toi.

Micheline hocha la tête et Élise s'affola. Sa sœur dans les mains d'une tricoteuse! D'une faiseuse d'anges! Une femme édentée à tignasse grise.

— Je comprends pas... Tu es avocate, Micheline. Il faudrait pas te retrouver dans un hôpital montréalais, en hémorragie...

— Tu me fais peur, Élise.

Voyant se décomposer le visage de sa sœur, Élise sut qu'elle avait enfin touché une corde sensible. Elle ne put toutefois continuer, le son lugubre d'un carillon venant de retentir. Elle pensa au glas.

Micheline ouvrit tandis qu'Élise passait dans la pièce voisine. Par l'entrebâillement de la porte, elle aperçut avec soulagement une femme dans la cinquantaine, sympathique, propre et bien mise. La dame tenait une trousse médicale qui ressemblait davantage à une serviette d'avocat qu'à la vieille trousse de leur mère avec laquelle elles avaient joué pendant toute leur enfance. Élise perçut de l'inquiétude dans la voix de sa sœur. Elle entendit des bribes de conversation et crut comprendre que Micheline était enceinte depuis octobre. Elle compta sur ses doigts et tiqua. Apparemment, la femme fit de même, puisqu'elle reprocha à Micheline d'avoir attendu trop longtemps. Élise sentit de l'hésitation dans la voix de la femme, dont le ton changea.

— T'es à risque. Je sais pas si c'est une bonne idée de faire ça ici.

— Où d'abord, si c'est pas ici?

— Toi, dans un hôpital. Moi, nulle part.

— Un hôpital...

Élise se tenait le ventre. Moins de six mois à faire. Trois mois... et rien ne paraissait encore. Un bébé qui arriverait en même temps que les fraises. Les fraises, c'était demain. N'écoutant que ses craintes, elle entra dans la pièce pour raisonner sa sœur. La femme la regarda, les yeux exorbités, et ramassa sa serviette.

— Tu veux me faire mettre en prison? J'avais dit: pas de témoins!

— C'est pas un témoin, c'est ma sœur.

— Et elle s'appelle Helen Keller, sourde, muette et aveugle?

Sans proférer une seule parole de plus, la femme disparut en claquant la porte. Les deux sœurs se regardèrent en silence. Élise voyait la colère sur le visage de Micheline, mais elle décida de lui tenir tête.

— Regarde-moi pas comme ça. Je viens peut-être de te sauver la vie. Change d'idée, Micheline. Il est presque à moitié fait, ce bébé-là.

— C'est à toi de changer d'idée, Élise.

À partir de ce moment, Élise fut entraînée littéralement dans un film d'horreur. Les deux sœurs se retrouvèrent à la gare, en route pour New York. Élise faisait déjà la queue devant la barrière d'embarquement lorsqu'elle aperçut Micheline se dirigeant vers le restaurant où Côme payait l'addition de leur repas. Elle souhaita que Côme trouve les ultimes arguments, mais il échoua. Il les accompagna sur le quai et les installa confortablement dans le train. Élise aurait souri devant l'attention qu'il portait à sa sœur enceinte si la situation n'avait pas été aussi dramatique. Oh! quel bon père il ferait! Elle trouva Micheline encore plus pâlotte que la veille et espéra que sa détermination avait fondu.

Le train quitta Montréal lourdement et sembla incapable de prendre de la vitesse, crut Élise. Quant à Micheline, elle trouvait qu'il allait trop vite et qu'il était très instable, aussi se précipita-t-elle aux toilettes à trois reprises. Élise fut presque jalouse de ces nausées, tout en ayant du mal à oublier qu'elles étaient provoquées par ce tout petit être qui se croyait en sécurité.

Elles lurent, jouèrent aux cartes, firent des mots croisés, mais évitèrent toutes deux de parler de l'objet du voyage.

— Et maman?

— Elle me croit dans les Laurentides, chez des amis.

— Tu es certaine que ton médecin peut te recevoir un samedi soir?

Chaque heure du trajet amincissait la couche de neige.

— J'ai tellement mal au ventre... Je vais essayer de dormir.

Élise eut envie de pleurer. Sa sœur était une femme en gestation. Ce bébé ressemblait-il à sa mère? Avait-il les yeux de son grand-père Lauzé ou ceux de sa grand-mère, bleu ciel? Micheline y pensait-elle avec révolte ou avec tendresse? Élise s'attarda au beau visage de sa sœur et fut troublée d'y voir deux rides d'inquiétude vis-à-vis des sourcils. Sous son air bravache, sa sœur était ébranlée,

216

elle en avait la certitude. Et les cernes qui lui creusaient les joues étaient si sombres qu'ils ressemblaient à s'y méprendre à une ligne de khôl qui aurait coulé. La vie était difficile pour tout le monde...

Lorsque Élise aperçut l'Empire State Building, qui semblait retenir les nuages avec son antenne, elle eut un pincement au cœur. Elle vit alors Micheline grimacer et respirer profondément.

— On peut rester à la gare et rentrer, si tu veux.

Micheline fit non de la tête et ferma les yeux. Élise comprit qu'elle venait aussi de se boucher les oreilles.

— J'ai mal au ventre, Élise.

Élise lui tint la main tandis que le train d'Amtrak glissait lentement dans Pennsylvania Station, pour finalement s'immobiliser. Le porteur arriva près d'elles.

— *New York, ladies. Let me carry your bags.*

Sans répondre, elles prirent chacune leur sac et le suivirent. Le froid était piquant, certes, mais beaucoup moins qu'à Montréal. Elles voyaient fondre les amas de glace sous les wagons. Elles eurent cependant un choc terrible en sortant de la gare. Non seulement la ville était-elle déjà dans la pénombre d'après le couchant, mais elle croulait sous les immondices. Certains voyageurs se révoltèrent.

— *What the hell is going on?*

— *Hell is the word. This is disgusting!*

— Ne regarde pas, Micheline, il y a un rat!

— *What do you mean, a strike? New York has to pick its garbage.*

— Heureusement que les éboueurs ont fait la grève en hiver! Tu imagines les odeurs si on avait été en pleine canicule?

— Je trouve que c'est assez écœurant, merci!

Micheline vomit le plus discrètement possible sur un tas d'ordures. Élise la plaignit, puis l'attendit tandis qu'elle était retournée dans les toilettes de la gare pour se rafraîchir. Elles hélèrent un Yellow Cab qui les conduisit dans un quartier aux trottoirs encombrés et aux portes à peine visibles derrière les cartons et les poubelles aux couvercles inutiles.

Elles se retrouvèrent devant une clinique et Micheline hésita.

— Tu peux quand même pas jeter ton bébé sur un tas d'ordures...

— *Shit!* Élise.

— On rentre? Je veux dire qu'on peut rentrer à la maison...

Micheline hésita encore, puis sonna.

— Je serais sa mère. Toi, sa tante préférée. Côme et moi, on va l'aimer comme s'il était de nous.

Micheline la regarda et cligna des yeux pour en faire tomber les larmes qui lui brouillaient la vue.

— J'ai tellement mal au ventre, Élise.

Micheline pâlissait à vue d'œil. Elles se figèrent toutes deux lorsqu'une infirmière, portant un uniforme d'un blanc immaculé qui contrastait avec la dégoûtante grisaille de la ville, vint leur ouvrir.

— *Hi! You must be Louise.*

— *Yes.*

— S'il te plaît, Micheline, partons!

Micheline fit non de la tête, et Élise, désemparée, vit sa sœur disparaître.

— *Please wait in this room. It won't be long. Did you have a nice trip, Louise? Is it cold in Montreal?*

Élise colla son oreille à la porte et, sans en avoir conscience, elle se mit à chuchoter:

— Tu peux encore changer d'idée. Tant et aussi longtemps que le médecin te touche pas, tu peux changer d'idée. Côme me disait que tu préférerais peut-être le mettre en adoption, pour pas le voir. Si c'est ce que tu veux, c'est ce qu'on fera. Côme et moi, on attendra, c'est tout.

Elle entendit soudain une voix d'homme.

— *What is this, oh dear God! Are you in pain?*

— *Yes, all night, all day. Acute.*

— *You are having a miscarriage. At this precise moment, you are having a miscarriage. You are a nervous and tense little lady. Thank God you're here. I'll do the curettage right now.*

De son côté de la porte, Élise était en état de choc. Une fausse couche, comme leur mère avait fait à deux reprises. Venir jusqu'à New York pour faire une fausse couche... La pomme ne tombait jamais loin de l'arbre.

Le médecin interdit à Micheline de sortir avant le dimanche, la forçant à passer la nuit à la clinique. Le lendemain, elle avait meilleure mine. Les deux sœurs se retrouvèrent dans le cloaque de la ville, même si le conflit était réglé depuis la veille. Les éboueurs en auraient pour des jours à dégager les trottoirs. Elles hélèrent un taxi, qui dérapa dans les immondices et enfonça une poubelle avant de s'immobiliser non loin d'elles. Élise tenait sa sœur par la main.

— Qu'est-ce que t'aurais fait, Micheline, si t'avais pas fait cette fausse couche ?

Micheline ne répondit rien. Alors Élise lui enjoignit de ne jamais, jamais reparler de ce jour maudit.

— 26 —

Élise se consola rapidement de son aventure new-yorkaise, d'autant plus que Côme avait posé sur son chevet un calendrier pour y noter les jours favorables à une grossesse. Non seulement s'y référait-il religieusement, mais il y notait tous les jours où ils avaient frayé avec l'impudeur et le plaisir.

Avril commençait à peine à décongeler les terres qu'Élise se mit à attendre d'y voir poindre des brindilles de foin et apparaître les extrémités des feuilles de pommes de terre. Une autre mauvaise nouvelle vint toutefois la faire chuter de son petit cumulus de bonheur reconquis. Un illuminé qui n'aimait pas le rêve de Martin Luther King avait assassiné ce dernier en pleine ville de Memphis, là où l'autre King, celui du rock-and-roll, avait lui aussi secoué les gens. Élise se retrouva rivée au petit écran plus noir que blanc, à regarder les manifestations de colère et de révolte soulever les États-Unis. Tant de morts et tant de blessés... Comme elle étouffait aussi d'impuissance, elle profita d'un voyage de Côme pour l'accompagner à Montréal.

— À Montréal ?

— Voir maman, me promener. Peut-être voir Micheline. Il paraît que l'exposition de Pâques au Jardin botanique est magnifique.

— Tu veux en faire, des choses, dans une même journée ! Tu n'as rien à faire à la maison ?

— Parle-moi jamais sur ce ton-là, Côme Vandersmissen ! J'ai pas de comptes à te rendre !

Ils voyagèrent en silence et, lorsqu'ils furent rendus à Montréal, elle sortit de la voiture sans le remercier. Côme, insulté à son tour, démarra rapidement.

Élise marcha jusqu'au Forum, trouva un fleuriste à l'intérieur du Montreal Children's Hospital et se dirigea vers le quartier Saint-Henri. Elle se planta non loin de la maison des Philippe, pour l'observer sans être vue, puis, trop timide pour frapper à la porte, elle alla poser les fleurs sur le seuil.

À mes amis qui viennent de voir s'envoler un rêve, toutes mes condoléances.

Élise L. Vandersmissen

— Mademoiselle Élise! Que nous vaut ta belle visite?

Élise sursauta. Wilson était derrière elle.

— Ce n'est pas une visite. Je suis simplement venue porter des fleurs.

Wilson fut étonné, bien sûr, mais davantage touché.

— Oh! quelle belle personne tu es de penser à la tristesse de l'Amérique noire!

— L'Amérique noire, je ne sais pas, mais j'ai pensé à vous.

Wilson demeura silencieux un moment avant de la remercier de cette délicatesse.

— Nous sommes tous attristés. Mais s'il a fallu un tel malheur pour te voir, mademoiselle Élise, c'est presque consolant.

— Oh! excuse-moi d'avoir attendu une catastrophe pour le faire, mais la vie nous offre rarement l'occasion de...

— La nôtre aussi est très prenante. Je ne te donne pas de nouvelles non plus.

Élise ne savait plus quoi faire, se trouvant ridicule d'être là comme une pleureuse. Il ne lui manquait qu'une mantille noire...

— Tu sens bon.

Elle fut saisie.

— Pourtant, je ne me parfume pas.

— Justement. Tu sens la terre qui est pleine de promesses. Tu sens la vie. Tu peux me croire, parce qu'à l'hôpital je sens trop souvent la mort. Beaucoup trop souvent.

— Ah! pauvre toi! Il faut que je parte.

— Entre voir ma mère.

— Non, merci. Je vais au Jardin botanique, puis chez maman.

— Et si je te proposais qu'on aille manger au restaurant, puis qu'on aille au cinéma ou sur la montagne, après quoi je te reconduirais chez ta mère?

Élise accepta avec plaisir, en se demandant comment elle avait pu mentir à Côme.

Ils passèrent finalement l'après-midi dans un petit restaurant de la rue Atwater, à parler de la vie et de leurs amours, apparemment radieuses celles de Wilson, dont la femme était peut-être enceinte, et resplendissantes celles d'Élise.

— J'ai laissé mon mari pendant un an. Maintenant, ça va très bien.

— Où étais-tu?

— Ici, à Montréal.

— Et tu ne m'as jamais téléphoné...

— C'est que je ne voudrais pas uniquement t'appeler au secours, Wilson.

Élise était fascinée par la blancheur de ses dents et par l'habitude qu'il avait de se taper la cuisse quand il éclatait de son rire fort et rauque. Elle lui enviait sa façon d'exprimer sa joie.

Ils traversèrent le marché Atwater et elle regarda les fleurs et les semences. Wilson lui offrit un plant de dahlia, qu'elle ne songea même pas à refuser, et, au moment de passer à la caisse, il courut chercher deux petits pots de pensées, qu'elle accepta également.

— En tout cas, chaque fois que je regarderai mes fleurs...

— ... tu penseras à moi.

Elle fit oui de la tête, puis lui posa la main sur la joue.

— Tu m'as fait le plus beau des compliments, tout à l'heure, en disant que je sentais la terre. Ça veut dire que je sens l'ozone et la chlorophylle. Peut-être que moi je sens la terre, mais toi, Wilson, tu es de la couleur d'une belle... terre... riche.

Wilson avait entendu son hésitation, et si Élise avait pu, elle aurait vu qu'il avait rougi.

Il la raccompagna chez sa mère dans une jolie voiture rouge toute neuve.

— Ça fait chic, une belle automobile comme ça!

— C'est une Ford. C'est mon épouse qui l'a choisie.

— Elle a beaucoup de goût.

Élise pensa à Micheline qui avait dit à Françoise, aux fiançailles de Claude, qu'elle avait beaucoup de goût pour les robes et pour les hommes.

Côme l'attendait assis dans les marches, en fumant une cigarette. Il fut étonné de la voir descendre d'une Mustang rutilante. Un Noir d'une apparence encore plus soignée que celle de Sydney Poitier, mais en qui il reconnut bientôt le fils Philippe, lui avait ouvert la portière et lui serrait maintenant la main. L'homme sortit ensuite de la voiture un petit dahlia et deux pots de pensées. Ahuri, Côme vit Élise l'embrasser sur une joue, comme une vraie péronnelle. À l'église, le jour du mariage, il avait compris, mais dans la rue, ici, au vu et au su de tous, il ne savait trop.

— Ta mère n'est pas là. Qu'est-ce que tu faisais avec l'ex-employé de ton père?

Élise fut piquée à vif. De quel droit se permettait-il une telle question? Côme vint la rejoindre à la voiture et ils repartirent immédiatement pour la campagne. Pour la première fois depuis des années, elle lui parla sans retenue.

— Ce sont de bons amis de la famille, pas des ex-employés de mon père! Dans ma famille, on n'a ni roi ni reine, et on n'a pas tendance à voir les gens comme des sujets. Ça, c'est l'Europe, Côme, pas le pays d'ici. Je l'ai tout simplement croisé dans la rue Atwater quand je suis allée fouiner au marché. Ça te dérange?

— Oui. Qui a payé tes fleurs?

Élise sursauta et regarda son mari comme si elle le voyait pour la première fois.

— C'est *cheap*, ce que tu viens de dire là, Côme. Très, très *cheap*.

Côme savait qu'elle vivait avec l'argent qu'il rapportait à la maison. Ils avaient choisi cette façon de faire afin qu'elle puisse aider son père aux champs. Il savait très bien qu'elle n'avait pas de salaire ni de revenus.

— Est-ce volontairement que tu essaies de me rendre malheureuse? Ce n'est pas réussi. Ce n'est tellement pas réussi que demain matin je cherche du travail.

224

Côme était abasourdi. Il croyait entendre Micheline alors que c'était Élise qui était là, à ses côtés, les yeux injectés et la bouche amère. Jamais ils n'avaient abordé la question financière, et il venait d'ouvrir la boîte de Pandore. Souvent il avait pensé remettre en question leur arrangement, d'autant plus que celui-ci avait été fait en fonction des enfants, qui n'étaient jamais venus. Il n'avait pas voulu le lui reprocher. Lorsqu'il l'avait vue s'ennuyer, parce que cela lui arrivait de s'ennuyer, il s'était dit qu'elle pourrait parfaitement enseigner durant l'année scolaire et travailler aux champs en été. La vérité, c'est qu'il n'avait jamais aimé l'avoir à sa charge, même s'il n'avait jamais perçu sa mère comme étant à la charge de son père. Sa mère avait été une immigrée courageuse, alors qu'il lui arrivait parfois de voir Élise comme une diplômée un peu paresseuse. Les temps changeaient et elle ne semblait pas l'avoir remarqué. Elle faisait partie du dernier bastion des femmes entretenues et elle aurait pu prendre exemple sur sa sœur. Elle le tuerait sûrement si elle pouvait l'entendre réfléchir. Mais quelle belle amante elle était, encore plus lorsque ses mains étaient rugueuses, ses ongles mal équarris, sa peau chaude de soleil et ses cheveux remplis de terre!

— Ce que tu es belle quand tu te choques!

Élise l'aurait griffé. Elle demeura sans voix. La voiture étant immobilisée à un feu rouge, elle prit ses fleurs et sortit précipitamment en claquant la porte.

— Élise! As-tu tes règles, pour être aussi déchaînée?

Elle ne voulait plus l'écouter. Elle s'engouffra dans une petite rue sous le pont Jacques-Cartier, tout en entendant les klaxons s'impatienter contre Côme.

Elle erra un peu dans la ville, qu'elle détestait toujours autant, puis elle prit le dernier autobus pour Drummondville, après avoir téléphoné à Marcel pour qu'il vienne la chercher au terminus et paye son passage. Il l'attendait sur le quai quand l'autobus, empestant l'essence, arriva en soufflant une fumée noire. Marcel l'accueillit en souriant, sans lui poser de questions.

— La dernière chose que je voulais faire, c'était de téléphoner à Côme. Il m'énerve.

Marcel fut déconcerté. Jamais Élise n'avait utilisé un langage aussi dur pour parler de son mari. Où étaient-ils, ces couples qui s'accommodaient du quotidien et des jours sans autres histoires que celles de l'épicier et du facteur ? Il comprit que sa bru était en colère et il la déposa simplement à la maison.

Élise ouvrit la lumière de la galerie et se fit une toute petite jardinière sur laquelle elle souffla son haleine chaude avant de la déposer sous la fenêtre de sa chambre. Elle se glissa ensuite dans un lit vide. « Mon maudit ! » pensa-t-elle avant de s'endormir, sans pleurs, sans reniflements, sans regrets. Dans la nuit presque noire de sa chambre, elle rêva à Wilson.

* * *

En mai, tandis qu'Élise et Marcel s'échinaient dans les champs, la France était mise à sac par ses étudiants, dont elle tentait de retenir l'énergie contestataire par des barricades. Marcel en était ulcéré et Élise le laissait parler, ne comprenant rien aux réclamations des étudiants français, auxquels ceux du Québec avaient emboîté le pas.

— Quand même, ils y vont fort ! Des grenades lacrymogènes contre des étudiants déjà braillards... M'est avis que Gay-Lussac n'est plus gai du tout !

Élise avait d'autres préoccupations, plus terre à terre. Elle voulait une belle récolte, avoir le temps de fleurir tous les pots qui se trouvaient devant la maison, et aussi de faire des confitures et de la ratatouille, sans négliger les belles heures de tendresse qu'elle et Côme, réconciliés, se réservaient maintenant qu'ils avaient, d'un commun accord, reporté en septembre son retour au travail. Elle s'était confondue en excuses, lesquelles avaient trouvé écho dans le repentir de Côme, qui avait roulé, roulé toute la nuit sur les chemins de campagne uniquement pour l'enquiquiner. Quant à elle, elle avait dormi sur ses deux oreilles en rêvant aux Philippe et à la dernière lettre de Thor, qui lui annonçait l'arrivée d'une magnifique petite Viking blonde et rebondie. Il lui annonçait aussi qu'il mettait fin à leur relation épistolaire, ce qui ne lui fit hausser qu'une seule épaule.

Marcel les avait sermonnés, les traitant d'adolescents immatures et leur disant que Mimine et Clovis faisaient bien leur travail en retardant la venue d'un héritier dont les parents étaient encore trop fous. La grossesse de Micheline avait toutefois redonné confiance à Élise, et Côme s'ingéniait jour après jour à lui faire plaisir. Tantôt il cueillait une fleur lors de leurs promenades — «c'est pas ton dahlia, mais c'est pas mal» —, tantôt il l'emmenait manger au restaurant. Toutefois, le jour où il l'avait surprise en l'emmenant à une réception amicale chez Claude Delambre, Élise avait passé une très mauvaise soirée. La femme de Claude, véritable lapine, était de nouveau sur le point d'accoucher. Les femmes du sérail de Claude auraient donc accouché à quelques semaines d'intervalle... Quelle ignominie!

À leur retour, Élise s'en était ouverte à Côme, le plus discrètement possible.

— Je ne sais jamais comment regarder Claude. C'est comme mon beau-frère, même si je trouve ça épouvantable.

— Il n'est pas ton beau-frère.

— Je sais, mais c'est l'amoureux de ma sœur.

— L'amant de ta sœur. Ce n'est pas pareil.

— C'est pire. Encore heureux que Micheline lui ait peut-être vissé des cornes! En tout cas, au moins une fois, d'après ce qu'elle dit.

— Elle t'a dit ça?

— Oui. Tu ne me croiras pas, Côme, mais il y a des jours où les vieux principes de mon enfance, qui interdisaient aux filles de téléphoner aux garçons et qui ordonnaient aux gens mariés de demeurer ensemble pour le meilleur ou pour le pire, me manquent.

— Tu es la seule fille que je connaisse qui pense cela.

Élise se tut quelques instants avant de demander doucement à son mari s'il connaissait beaucoup de filles. Pour toute réponse, Côme lui embrassa la main.

* * *

Profitant de l'absence de Côme et d'un peu de répit dans les champs, Élise fit la tournée du village, à la recherche de vieilles fenêtres et de vieux bois. Elle recueillit près de deux douzaines de fenêtres, qu'elle alla chercher en tracteur.

— Mais, mon petit, qu'est-ce que tu fais?

— Une serre, à temps perdu. En tout cas, j'essaie. J'ai trouvé des plans dans un magazine.

— Une serre! Mimine et moi y avions pensé, mais...

Élise et Marcel se mirent au travail, à temps perdu.

227

— Une serre ? Pour quoi faire, Élise ?

— Des essais. Des expériences. Voir s'il est vrai que la laitue Boston est facile à faire pousser.

— On n'en a rien à foutre, de la laitue !

— Côme Vandersmissen, on a décidé que je retournerais au travail après les récoltes. Peut-être que mon travail, ça pourrait être autre chose que l'enseignement.

— En tout cas, ma douce, je te regarde aller. Une serre...

Le 6 juin, un autre orage éclata au-dessus de l'Amérique et Bob Kennedy alla rejoindre son frère aîné et Martin Luther King. Élise fut de nouveau anéantie par cette violence. Pour la consoler, Côme l'emmena voir *2001 : A Space Odyssey*, et elle fut rivée à son fauteuil du début à la fin, où l'apparition d'un énorme et fragile fœtus la fit frissonner. Toute cette immensité pouvait-elle être son corps de femme ? Ce corps était désespérément affamé de survie.

Tout le monde parlait encore des chars d'assaut qui avaient envahi la ville de Prague tandis qu'Élise pleurait en regardant les enfants mourir de faim dans les camps de réfugiés du Biafra. Les garçonnets tenaient péniblement sur ce qui avait déjà été leurs jambes, le ventre comme un ballon prêt à éclater au-dessus d'une petite cédille fragilement offerte. Quand elle demanda à Marcel ce qu'ils devaient faire pour leur expédier les merveilleuses récoltes qu'ils possédaient, il la traita de naïve.

— Il ne faut jamais se mêler des problèmes de l'Afrique. Crois-en un Belge qui regarde ce qui se passe au Congo.

— Mais on parle d'enfants, Marcel !

— Non. On parle de guerre dont les enfants sont les victimes.

Élise arracha trois choux et les lança directement dans les ordures, sous le regard médusé de son beau-père.

— Il m'arrive de ne pas comprendre, Élise.

— J'ai fait ce qu'on fait dans ce pays-ci ! J'ai jeté mes choux gras !

Marcel fronça les sourcils. Il y avait quelque chose chez sa bru qui lui échappait de plus en plus fréquemment. Tous les deux continuèrent néanmoins de courir les décharges et de surveiller les ordures, en quête de vieilles fenêtres.

La même semaine, le bel oncle Paul enleva sa jambe de bois pour la dernière fois, forcé de s'allonger sur un lit d'hôpital dont il ne devait plus sortir, terrassé par le diabète. Élise s'apprêtait à partir pour Montréal afin de seconder sa mère durant cette épreuve lorsqu'on lui offrit de faire de la suppléance à l'école primaire de L'Avenir.

— Mais tu ne comprends pas, Jacqueline. J'aime tellement mon oncle qu'il me semble que je dois être près de lui. Il n'a pas d'épouse, pas d'enfants, plus de confrères...

— As-tu si peur de retourner travailler, Élise?

— 27 —

Élise croyait que son retour à l'école permettrait au soleil d'entrer en permanence dans sa vie. Elle renoua facilement avec le milieu, bien qu'elle fût parfois déconcertée par la présence des garçons dans la classe des filles.

— Tu veux dire : des filles dans la classe des garçons, ma douce.

— Non. Je suis une fille, et moi, quand j'allais au couvent, on n'avait même pas la permission de regarder les garçons... Tu te rends compte ?

Novembre entraînant sa morbidité traditionnelle, Élise fut demandée de plus en plus souvent pour des suppléances, parfois trois jours par semaine. Côme aimait la voir se hâter pour éviter aux enfants d'être seuls trop longtemps alors qu'elle aimait surtout le parfum des classes, qui sentaient le shampoing et l'haleine fraîche, l'encre et le papier. Ce parfum lui plaisait presque autant que celui des champs, qui sentaient l'ozone, la terre et la chlorophylle.

Novembre allait malheureusement aussi précipiter Paul dans son agonie. Élise décida donc de déménager ses pénates chez sa mère, torturée entre ce départ sans retour et l'appel des jeunes élèves. La famille avait besoin de se retrouver autour de Paul pour l'aider à « sautiller sous l'arche du paradis », comme il s'amusait encore à le dire. Côme, compatissant, se joignait aux autres dès qu'il le pouvait, mais, par prudence, il n'osait pas abandonner la maison aux intempéries.

— Mais ton père peut y voir, non ?

— Oui, c'est certain. Mais j'ai des dossiers à préparer pour le printemps. Avec un gouvernement essoufflé, les budgets ne sont plus les mêmes. Il faut tout réviser.

— À Montréal, il y a ta douce dans le lit...

— ... qu'il me tarde toujours de rejoindre...

Ils retrouvaient alors la volupté de leurs amours, exacerbée par l'absence d'Élise.

Celle-ci avait cru imminent le départ de son oncle, mais on eût dit que Paul, trop heureux de voir sa sœur et ses nièces à ses côtés, ne semblait plus vouloir quitter ce monde.

— Vous me donnez un avant-goût du paradis, mais je ne suis pas pressé de passer à table !

Élise demeurait à l'hôpital toute la nuit ; Blanche, tout le jour, et Micheline, toute la soirée. Les fins de semaine, elles se retrouvaient parfois deux, parfois trois.

Élise et Micheline s'asseyaient chacune d'un côté du lit, caressant les cheveux de Paul ou lui tenant la main.

— Si je pouvais, je vous emmènerais avec moi... On aurait un plaisir éternel !

Lorsque Paul parlait de sa mort et de l'éternité, Élise devait faire d'immenses efforts pour refouler la douleur de son deuil, qui s'était ravivée dès qu'elle avait vu le teint hâve de son oncle, si semblable à celui de son père, empalé par la souffrance. Parfois elle aurait voulu fuir en hurlant, mais personne n'aurait compris.

L'odeur de la chambre était nauséabonde, la gangrène continuant à ronger le pauvre corps de son oncle. Celui-ci les accueillait toujours avec un sourire aux lèvres, les bras ouverts tels ceux du Christ de Rio de Janeiro, comme il s'était plu à leur déclarer.

— Si j'avais eu les cheveux plus longs, comme c'est la mode aujourd'hui, je pense que le Christ et moi, on se serait ressemblé comme deux gouttes d'eau bénite !

Pour toute réponse, les deux sœurs lui avaient peigné les cheveux avec leurs doigts, en prenant garde de ne pas lui égratigner le cuir chevelu. Elles ne cessaient de lui sourire, attentives à tout ce qu'il racontait.

— Tu savais, Élise, que ta mère et moi on s'est retrouvés comme deux beaux colons en Abitibi, moi au magasin général et elle au dispensaire ?

— Oui.

— Tu savais, Micheline, que ça a été les plus belles années de ma vie, même si c'est là que j'ai enterré ma jambe ? Je lui chante un petit requiem de temps en temps.

— Je sais.

— Est-ce qu'il y a quelque chose de moi que vous ne savez pas ?

— On ne sait pas...

Élise lui épongeait le front et Micheline lui caressait la main lorsqu'il lui arrivait de se taire, de fermer les yeux et de sourire.

— J'aurais tellement voulu être prêtre. Pensez-vous que j'en aurais fait un bon ?

— Je pense, mon oncle, que t'aurais réussi là comme n'importe où ailleurs.

Micheline avait froncé les sourcils en entendant sa sœur. Ni elle ni Élise n'avaient jamais cru ce que cette dernière affirmait maintenant avec ferveur. Leur oncle leur avait toujours paru d'un incommensurable pathétique. Une vie avortée d'elle-même. Un rêve brisé qui lui avait apporté plus de sept ans de malheur. Une vie qu'il avait été condamné à vivre en sautillant, puisqu'elle avait poussé la méchanceté jusqu'à lui arracher une jambe et la santé. Micheline admirait la facilité de sa sœur à réciter à Paul un encourageant chapelet de mensonges pieux

— Sauf la politique.

— Ah bon ?

— Non. Il faut être fait fort pour mentir ; pour convaincre les gens que ce qu'on fait, c'est pour leur bien. Non. Le ministre Vautrin nous donnait des culottes dans la colonie et disait qu'avec ça on serait bien, ce qui a pas empêché les colons de mourir de froid et de faim. Duplessis vendait nos forêts en disant que c'était bien. Kennedy a failli faire sauter la planète au nom de la démocratie. C'est pas d'hier... Pilate...

Épuisé, Paul ne parvenait pas toujours à terminer ses phrases.

— Toi, Micheline, t'as choisi une profession qui est cousine de la politique.

— Pas tout à fait, mon oncle. Je veux aider les autres.

— Ah ! cousine des communautés religieuses, d'abord. On est tellement pareils, toi et moi.

Micheline hocha la tête, sous le regard ironique d'Élise.

— C'est dans cet hôpital que notre pauvre Ovila de père a rendu l'âme à son Créateur, qui la lui avait malheureusement prêtée sans intérêts. J'aurais aimé le connaître mieux, même s'il nous a fait manger pas mal plus de misère que de bœuf.

Élise et Micheline ne disaient rien, glanant dans les regrets de leur oncle les secrets de leur mère. Malgré la douleur, Paul souriait, satisfait.

— Qu'est-ce qui te fait sourire, mon oncle ?

— La fin de ma vie de flamant. J'espère que ma jambe m'attend au paradis.

Décembre apporta son cortège de flocons et Élise fut happée dans un tourbillon de tristesse sans fin. Elle n'en pouvait plus de voir le visage de la mort nuit après nuit et elle s'en voulait de parfois souhaiter que celle-ci prenne son oncle par la main pour l'emmener chevaucher le vent. Côme lui manquait, même s'il n'était pas très loin et venait le plus souvent possible. Marcel lui manquait aussi, avec ses réflexions sur la vie. Et Jacqueline lui manquait, et même l'école.

Paul s'était assoupi et, comme chaque fois, Élise se demanda s'il rouvrirait les yeux. Elle comptait alors ses respirations et en écoutait le bruit. Après avoir éteint, elle s'assit sur le fauteuil, et elle était sur le point de s'assoupir lorsqu'elle vit un uniforme blanc, sans tête, entrer dans la chambre. Puis elle aperçut le sourire de Wilson, petite ligne blanche dans le noir. Il se dirigea vers elle, les semelles chuintant sur le plancher. « Quel beau félin ! » pensa-t-elle avant de lui sourire en faisant un petit signe de la main. Une réelle apparition !

Wilson se pencha vers elle.

— Mademoiselle Élise, je viens d'apprendre que ton oncle... Je suis étonné de te voir. Je pensais plutôt saluer ta jolie maman.

— Il est préférable qu'elle dorme ses nuits. C'est gentil d'être venu. J'avais complètement oublié que tu travaillais ici.

— T'as pas pu oublier, mademoiselle Élise. On vient de me débaucher pour m'embaucher. Mais je recommence au pied de l'échelle, de garde de nuit.

— Je suis dans la même échelle que toi, ici toutes les nuits...

Ils sortirent sur la pointe des pieds après avoir jeté un coup d'œil sur Paul. Élise ajusta la couverture.

Le café était infect; la lumière, blafarde; le teint du personnel, verdâtre. Élise avait le sentiment d'être dans les limbes ou dans l'antichambre de la mort. Elle se savait fragile et s'abandonna dans l'enveloppe ouatée de la nuit.

— Avec ton beau sarrau blanc, Wilson, j'ai pensé pendant deux secondes qu'il y avait un ange qui m'apparaissait.

— Ou un bonhomme de neige!

— Ah non! Un ange. En fait, j'ai aussi pensé que c'était la mort qui entrait par la porte.

Elle détourna le regard, gênée de s'être confiée.

— Ça va, Élise?

— Non, Wilson. Je suis terrorisée. Je ne veux pas être là quand il va mourir. Et je ne peux en parler à personne.

— J'y serai, moi, si tu veux.

— Le problème, c'est qu'on ne peut pas prévoir...

Wilson lui dit que ça ne devrait pas tarder et s'en excusa.

— Je sais à quoi tu penses, mademoiselle Élise.

— Je ne cesse d'y penser, Wilson. Mon père est mort depuis près de quinze ans et je n'arrête pas d'y penser. Je n'ai rien fait de ce qu'il fallait. J'essayais de le retenir, mais il voulait partir. Je voulais qu'il me parle, mais il voulait se taire. Je croyais au cauchemar, mais il me forçait à garder les yeux ouverts. J'ai compliqué sa mort. Je la lui ai rendue difficile.

Élise avait d'énormes billes qui lui roulaient sur les joues. Elle confia aussi à Wilson qu'elle n'avait jamais réussi à donner à son père l'éternité.

— Je suis la fille la plus décevante du monde, Wilson. Et pour mon père et pour ma mère.

— Bêtises. Cesse de dire des bêtises. Ce n'est pas toi la mourante, mademoiselle Élise. Tu viens de le dire, tu es au pied de l'échelle.

— Parce que je descends toujours sur les serpents...

Ils remontèrent à la chambre et Élise se figea. Au chevet de Paul se trouvaient trois infirmières dont l'une lui posait de l'ouate sur les yeux.

— Oh non! Pauvre oncle Paul! Je l'ai laissé tomber... Il est mort abandonné...

— Mais non... Il n'a pas voulu te peiner. Rien n'est plus intime que mourir et il a voulu le faire seul. C'est bien.

— On dirait que je suis une espèce d'ange de la mort... Il y a eu mon père, puis Martin Luther King, puis mon oncle...

— Mais non... Un « petite mésange », peut-être, comme dans « mésaventure »...

Wilson lui prit la main et l'entraîna hors de la chambre, le temps que les infirmières s'occupent du défunt. Élise le suivit en reniflant et il lui prêta son mouchoir, où étaient brodées ses initiales. Elle s'épongea les yeux et le replia dans sa poche.

— 28 —

1970

Les fêtes terminées, le deuil à peine étanché, Élise retourna à l'école. À son grand étonnement, le directeur lui offrit une classe à temps plein, le professeur de cinquième ayant déclaré forfait. Elle mit tant d'énergie dans son travail que Côme, qui s'était d'abord réjoui, en prenait maintenant ombrage.

— Mais enfin, ma douce, on pourrait peut-être aller au cinéma, se payer un souper en tête à tête...

— Trop de corrections. Vas-y si tu veux. Moi, je pourrais y aller samedi soir. Pas aujourd'hui.

Dès qu'elle avait terminé ses corrections, Élise se réfugiait dans sa petite serre, asymétrique et bancale, pour voir les progrès des semis qu'elle avait faits dans de vieilles boîtes d'œufs. Elle notait tout, temps de croissance et rapidité, pour les fleurs autant que pour les légumes.

— Ma douce, crois-tu sincèrement découvrir quelque chose?

— Non, Côme. Je préfère apprendre en observant qu'en lisant.

Côme partait parfois pour quelques jours, le temps d'un contrat, et les départs étaient toujours déchirants, même si Élise savait qu'elle n'aurait pas du tout le temps de s'ennuyer et même si Côme savait qu'il avait une clientèle à satisfaire. Quand il n'avait pas de contrat, il restait assis devant le téléviseur, épiant le plaisir qu'elle prenait à sortir livres et cahiers de sa serviette. Un soir qu'il la regardait les humer, il ne put se taire.

— Ça pue?

— Mais non, Côme. Ça sent bon la classe !

Il avait cessé de l'écouter. Il pensait qu'elle se donnait tant à son travail qu'elle se couchait épuisée. Il parvenait de plus en plus rarement à l'éveiller, encore moins à la combler.

L'année 1970 était donc survenue comme en s'excusant d'être aussi tapageuse et joyeuse. Toute la journée, Élise entendait *Let the Sunshine In* et tous les autres succès de *Hair*.

— Elles sont chanceuses, les Françaises, d'avoir vu Julien Clerc tout nu sur la scène.

Côme l'avait regardée en fronçant les sourcils, se demandant si elle était sérieuse ou non.

Préférant être aveugle devant l'apparition d'un germe de ressentiment, Élise se laissait happer par sa douce routine, s'en ouvrant à sa mère qui venait la visiter fréquemment maintenant que le décès de son frère et le départ de Micheline en appartement avaient creusé le fossé de sa solitude.

— Tu le sais, Élise, lui avait confié Micheline, une femme comme moi, jeune, professionnelle, pas laide, vit des choses excitantes que notre mère ne peut comprendre.

— Notre mère est quand même pas née de la dernière pluie.

— Tu penses qu'elle verrait d'un bon œil que je concocte des petits mets comme des filets mignons entourés de bacon, que je mangerais en tête à tête avec un beau jeune homme ? Tu penses qu'elle verrait d'un bon œil qu'on mange une interminable fondue bourguignonne ?

— Pourquoi pas ?

— Parce que les petits soupers à la chandelle, Élise, ça se digère à l'horizontale.

— J'aurais dû y penser...

Élise adorait les soirées de fin de semaine, qui se terminaient au salon par de longues discussions sur les événements mondiaux. Ces soirs-là, Marcel et Jacqueline se joignaient à eux, et ils discouraient sur le célibat des prêtres ou sur les affaissements du sol survenus en Belgique et qui rappelaient ceux qui s'étaient produits à Nicolet, au Québec, une quinzaine d'années plus tôt. Le ton avait monté entre Jacqueline et Côme au sujet de la séparation des Beatles, Côme soutenant que c'était Yoko Ono qui en était responsable.

— Mais non !

— Il n'y a qu'une femme pour foutre un tel bordel et diviser des potes aussi géniaux !

— Trop flatteur pour elle !

Élise avait planté ses pousses dans un coin du jardin et Côme avait feint de ne pas s'y intéresser. Elle le voyait parfois tournoyer autour, se pencher et regarder la qualité de la terre qu'elle avait boulangé en y ajoutant quelques ingrédients, dont toutes ses feuilles de thé aux racines de fleurs.

Mai retrouva Blanche et les Vandersmissen dans les champs, au-dessus desquels passaient d'énormes Boeing 747. Marcel était fasciné.

— Retenez-moi, que je ne retourne en Belgique... Vous ne trouvez pas que les lignes qu'ils font dans le ciel ressemblent à de longues coutures qui rapprochent les côtes des continents ?

— Il y a plus de gens là-dedans que dans mon village de Villebois, en Abitibi !

— J'aimerais essayer, à la condition que Côme me tienne la main au décollage.

— Bébé *la-la* ! Ma femme est un bébé *la-la* !

En juin, les champs étaient recouverts d'un duvet vert qu'Élise admirait le matin, en route pour l'école. Non seulement traînait-elle les livres et les cahiers, mais elle apportait également les costumes et les accessoires pour le grand spectacle de fin d'année de l'école. Les enfants de sa classe avaient opté pour un cirque, ce qui ne l'avait pas étonnée. Elle en fut quitte pour vivre sept nuits d'agitation et deux d'insomnies. Côme ne pouvait plus la tolérer et c'était réciproque.

— Ce n'est qu'un spectacle de fin d'année sans importance de petits culs qui ont à peine douze ans !

— Non, Côme. C'est leur spectacle, et s'ils ont du succès, ça leur fera un souvenir qu'ils chériront toute leur vie.

— Mais, non, ma douce. Ils sont trop jeunes. Je ne me souviens même pas du nom de mon instit quand j'avais leur âge.

— C'est bien dommage pour lui.

— Mais on s'en fout !

Élise et les enfants montèrent un chapiteau dans le gymnase, au grand dam du professeur d'éducation physique, et y installèrent tout ce qu'ils avaient pu trouver de matelas et de coussins pour asseoir les spectateurs.

Le soir de la représentation, Élise, stressée par ce « spectacle de fin d'année sans importance », ouvrit les portes et les parents entrèrent sous le chapiteau. Ils y reconnurent nappes et draps blancs qu'ils avaient gentiment prêtés pour le décor. Ceux-ci tenaient à un cerceau en alternance avec du tulle rouge. Élise y avait fixé des ballons blancs et des ballons rouges. L'effet était réussi.

Les soixante spectateurs s'assirent en riant, avec un plaisir anticipé. En coulisse, Élise et les enfants mettaient la dernière main aux costumes. Les garçons, après d'interminables discussions, avaient accepté de porter collant et t-shirt noirs. En classe, on avait fabriqué pour eux des cravates, des nœuds papillons et des poignets de chemise retenus par d'énormes boutons de carton. Les filles avaient une fleur piquée à ce qui faisait office de boutonnière, et un chapeau garni de fleurs de papier crêpé. Tous les accessoires étaient rouges ou blancs.

Élise fit jouer de la musique de cirque tandis qu'on éteignait. Le murmure des parents s'éteignit aussi. Deux grands élèves du secondaire allumèrent alors l'éclairage du chapiteau, et les enfants apparurent enfin. D'abord Jules, le maître de cérémonie. Fils du croquemort, il portait un veston trop grand, des pantalons trop longs et un haut-de-forme retenu par ses oreilles.

— Oyez ! Oyez ! Les élèves de cinquième année vous invitent à leur m-m-m-m-merveilleux Circo-Cirque !

Les spectateurs eurent droit à tout : un homme fort, des acrobates, un magicien, un chien savant — un caniche qui fit pipi par terre tant il était nerveux —, une ballerine toute blanche qui se déplaçait dans un champ de fleurs projeté sur elle grâce à un rétroprojecteur, une joueuse de flûte qui tenta de faire sortir un serpent d'un panier, et, pour la grande finale, un poteau éclairé par un stroboscope et d'où pendaient des rubans rouges et blancs que les enfants agrippèrent, qui à gauche, qui à droite, qui passant dessous, qui levant les bras, pour faire un carrousel humain d'autant plus étonnant que la lumière découpait leurs mouvements en gestes saccadés tandis qu'Élise et deux autres professeurs lançaient des milliers de confettis fabriqués par les élèves avec du papier d'aluminium.

Finalement, la musique se tut et les lumières s'éteignirent. Les hourras fusèrent de partout et les enfants saluèrent en vrais professionnels, tous ensemble, tantôt sur une jambe, tantôt sur l'autre, tantôt de dos, tantôt de face. Même le caniche, qui n'arrêtait pas de japper, eut droit à des applaudissements.

Côme se précipita pour soulever Élise de terre et la faire tournoyer.

— Bravo, madame! Une chorégraphie digne de Béjart!

Les gens partirent en se souhaitant bonnes vacances. Ne restèrent que la famille d'Élise et Jacqueline, les chaussures enfouies sous les confettis. Marcel commençait à nettoyer la place quand il en fut empêché par le concierge, apparu avec un immense aspirateur et son chariot de matériel d'entretien.

— Non, non, monsieur. Vous faites ça, puis vous vous retrouvez avec un grief syndical de la C.E.Q. sur le coco. C'est mon job, puis j'en ai pas pour longtemps.

Rendue à la maison, Élise, évanouie de fatigue après avoir installé sa mère et sa sœur, s'écroula littéralement dans son lit. Côme l'imita et se lova tout près d'elle.

— Les enfants n'ont pas lâché. C'est quand même six mois de travail, de bricolage, de répétitions.

Pendant qu'elle parlait, Côme la déshabillait tout en lui assaillant le cou, les joues, le front, les mamelons, sans cesser de lui caresser le ventre.

— O.K., O.K., ma douce. Les enfants vont avoir un souvenir de toutes les couleurs...

— Ils sont tellement talentueux, tellement intéressés, tellement... ment...

Les lèvres de Côme l'avaient bâillonnée. Les oreilles remplies de bravos et de bonheur, Élise ne se défendit pas, trop heureuse d'avoir enfin le temps de reprendre ses amours là où elle avait été contrainte de les laisser, quelque part entre l'enterrement de Paul et le chapiteau de ce soir.

— 29 —

Élise se demandait si la chose était possible. Les récoltes de juillet avaient été d'une abondance sans précédent. Sa mère avait vécu chez elle durant tout le mois et ne parlait pas encore de rentrer à Montréal, trop heureuse de passer l'été à la campagne. Micheline y était venue aussi toutes les fins de semaine, aidant aux champs et à la cuisine.

— T'as pas de *chum* ces temps-ci, Micheline?

— Oui, rien qu'un et toujours le même. C'est pour ça que j'ai toutes mes fins de semaine.

Élise avait fait ses confitures de fraises, ses tartes, ses rillettes. Elle avait fait des cornichons et des petits oignons confits dans le vinaigre. Elle avait congelé des mannes d'asperges dans l'énorme congélateur offert par Marcel. Ils étaient allés porter à l'abattoir deux veaux, des poulets, des canards et trois cochonnets, que, dépecés, elle avait aussi empaquetés et congelés. Elle anticipait la récolte des framboises, des mûres et des cerises de terre. Elle ferait de la ratatouille dès que les aubergines seraient assez grosses et elle projetait également de faire son chutney aux fruits.

Blanche se régalait des levers et des couchers de soleil, et souvent elle allait faire une promenade avec Marcel, sous l'œil amusé de Micheline.

— Penses-tu que...?

— J'en sais rien. Mais si ma mère épousait mon beau-père, elle deviendrait ma belle-mère...

— Serais-tu d'accord?

— C'est trop farfelu.

Les deux sœurs s'en amusèrent, convaincues que la chose ne risquait pas de se produire puisque le souvenir de leur père était encore vif. Il manquait toujours terriblement à leur mère, qui ne se gênait plus pour verser une larme de temps à autre, quitte à se faire traiter de pleureuse, un titre qui, Élise l'admettait, ne lui convenait aucunement. Sa mère avait presque toujours eu le chagrin aigu et la larme discrète.

Août se pointa sous la haie céleste d'un arc-en-ciel qui suivit immédiatement un spectacle son et lumière de tonnerre et d'éclairs. Les deux sœurs ainsi que Marcel et Blanche, levés depuis les aurores, se réfugièrent dans la grange, rigolant et sautillant pour éviter les gouttes d'eau qui tombaient du plafond.

— Il faudrait que Côme se décide à réparer la toiture.

— Il faudrait que Côme se décide aussi à peindre l'extérieur de la maison. Toi et moi, Élise, on a fait du beau boulot à l'intérieur, mais l'extérieur est de plus en plus battu.

— Il faudrait que Côme fasse un vestiaire ici même, pour les imperméables et les parapluies.

Micheline cessa de rire et donna un coup de coude à Élise. Un filet de sang mêlé d'eau de pluie coulait dans sa botte.

— La Croix-Rouge... et j'ai rien apporté...

Élise la regarda en blêmissant. Sans dire un mot, elle sortit sous la pluie, qui avait chassé le prisme du ciel, et entra dans la maison. Micheline la suivit, sous l'œil étonné des parents.

— Je n'ai jamais rien compris à cette génération. Et vous, Blanche ?

— De moins en moins. À soixante-deux ans, je me dis que j'ai le droit de ne plus comprendre.

— Vous avez les plus beaux soixante-deux ans qu'il m'ait été donné de voir.

Blanche choisit de regarder tomber la pluie tandis qu'Élise, Micheline à ses côtés, était plantée devant le calendrier de la cuisine, comptant et recomptant les jours.

— Mais enfin, Élise, tu dois bien savoir à quand remontent tes dernières règles...

— Non, justement pas. J'ai cessé de compter le jour où la lapine a survécu à mon test de grossesse. Quand ça n'a plus d'importance...

— Tu veux rire?

— Rire? Rire de quoi au juste, Micheline?

Les deux sœurs étaient impossibles à calmer.

— Rappelle-toi. Quand tu répétais ton spectacle...

— Oui, c'est ça... Maintenant je m'en souviens, parce que j'ai taché ma jupe en pleine classe et j'ai pensé qu'il était heureux qu'elle soit noire. C'était...

Encore une fois, elle tripota le calendrier, comptant et recomptant les jours et les semaines.

— Quelque part par ici.

Elle avait désigné la semaine allant du 5 au 10 juin.

— Rien depuis?

— Ma foi, non. Enfin, je pense que non...

Élise désespéra. Elle ne cessait de fouiller sa mémoire, à la recherche d'un œuf rejeté et expulsé.

— Pas de nausées, pas de maux de ventre, pas de libido à n'en plus finir?

— Non, non, oui.

— T'es enceinte!

— C'est pas possible!

— Pourquoi pas?

— Parce que j'ai jamais été enceinte. Ah! Micheline...

Élise éclata en sanglots tandis que Micheline s'agitait.

— Allez, allez, pipi dans le pot! On n'a encore rien mangé.

Élise s'exécuta et confia son précieux pot à Micheline.

— Pas un mot, je suis trop superstitieuse.

— Juré, craché!

Micheline cracha dans l'évier et éclata de rire, puis elle enfila un imperméable.

— Dégueu...

Sautant dans sa voiture, elle fila vers le village, abandonnant Élise à ses espoirs et les parents dans la grange, prisonniers de l'orage qui avait doublé d'intensité. S'immobilisant devant la pharmacie encore fermée, elle regarda l'heure et soupira. Elle devrait attendre plus d'une demi-heure avant de confier son précieux colis à Jacqueline. Apercevant un restaurant, elle s'y précipita, impatiente de boire un café bien chaud, qui ne la calmerait pas, mais qui lui donnerait du courage. Jamais elle n'aurait cru qu'une grossesse chez sa sœur pût l'émouvoir autant. Tenir sa promesse de ne jamais reparler de New York, ni même de sa grossesse, la torturait. Elle aurait aimé raconter ses seins gonflés. Elle aurait aimé rire avec sa sœur de la fois où elle avait presque eu une nausée à table devant leur mère et qu'elle avait feint de s'étouffer avant de se précipiter vers l'évier. Si seulement elle avait encore eu une sœur pour parler de ces choses. Élise était partout dans sa vie sauf près de son utérus. Et elle ne voulait plus en entendre parler. Micheline ne pouvait l'en blâmer.

En entrant dans le restaurant, Micheline se figea. Côme était là, attablé devant une généreuse assiettée d'œufs brouillés et de bacon. En un éclair, elle se demanda ce qu'il faisait là, pour quelle raison il n'avait pas dormi à la maison, pourquoi il n'était pas en train de déjeuner avec son épouse. Si elle ne l'avait jamais tenu en haute estime, malgré quelques moments de faiblesse, elle fut profondément heurtée de le voir là alors que son avenir se jouait peut-être en ce moment même. Si elle ne sut comment aborder son beau-frère, celui-ci parut aussi embarrassé qu'elle.

— Ma belle-sœur préférée...

— Bonjour, Côme.

— Qu'est-ce que tu fais ici?

— Et toi?

— Je prends mon petit déjeuner avant de rencontrer mes clients.

— Si tu le dis...

— Je le dis parce que j'ai roulé toute la nuit.

— Pareil... J'ai roulé à gauche et j'ai roulé à droite sur mon matelas. Pas toi?

Côme ajouta du sucre dans son café en secouant la tête.

— Qu'est-ce qu'un gars doit faire pour qu'une femme oublie une erreur?

— Ne pas en faire d'autres.

Micheline se dirigea vers le comptoir, s'assit sur un tabouret et commanda un café noir bien chaud et bien fort. Voyant qu'on les regardait, Côme sourit à la ronde et la rejoignit pour la supplier, tout en continuant à sourire et en prenant un cure-dent, de se joindre à lui. Micheline le suivit à sa table et s'assit en souriant, elle aussi.

— Veux-tu bien me dire pourquoi on a l'air de deux beaux hypocrites?

— Parce que je ne suis pas ici ce matin.

— Ça, mon cher beau-frère, je l'avais compris. Et tu serais où?

— Ça, ma chère belle-sœur, ça ne te regarde pas. Et toi, qu'est-ce qui t'amène au village si tôt matin?

— Une urgence à la pharmacie.

— Qui s'est blessé?

Côme avait l'air franchement inquiet.

— Personne. Une urgence de fille, sans plus.

Là-dessus, Micheline se leva, agita les doigts et retourna attendre l'ouverture de la pharmacie. Puis elle changea d'idée, embraya et se dirigea vers le village voisin, distant d'à peine neuf milles. Elle y était moins connue, Élise aussi, et Jacqueline n'aurait pas l'odieux, le cas échéant, d'éteindre un nouvel espoir.

*   *   *

Élise et Micheline trompèrent leur attente en faisant des tartes au sucre, aux pacanes, du sucre à la crème et des biscuits aux pépites de chocolat.

— Voyons, les filles, qu'est-ce qui vous prend? On va transpirer le sucre!

— Micheline avait envie d'apporter une tarte au sucre et des morceaux de sucre à la crème au bureau.

— Pour l'anniversaire d'un collègue. Élise, elle, avait envie de manger des biscuits. Alors, tant qu'à avoir les mains dans la farine, on s'est lancées...

Micheline rentra à Montréal et promit de téléphoner le mercredi pour avoir les résultats.

— J'ai un bon feeling, Élise. Je sais pas pourquoi, mais je suis pas mal certaine.

— Je sais pas pourquoi non plus, Micheline, mais moi aussi. Même si ce matin j'avais l'impression que tout allait se déclencher.

— Parce que t'avais mal au ventre, un pincement à gauche, un tiraillement à droite, puis le sentiment que tu te liquéfiais...?

— Exactement, oui...

— Puis des seins qui voulaient faire éclater le soutien-gorge...?

— Je peux plus l'endurer.

— T'es enceinte.

Élise avait des sentiments contradictoires. Jamais sa sœur ne s'était réjouie ainsi quand elle-même avait été enceinte. Il est vrai que cette grossesse n'avait pas été joyeuse.

— Un jour, Micheline, il faudrait que...

Se retenant de lui poser des questions qui auraient effleuré son expérience de gestation, elle l'embrassa en lui recommandant de conduire prudemment. Micheline le lui promit, puis redemanda à sa mère si elle ne changeait pas d'idée pour profiter de la voiture.

— Non. Il y a encore beaucoup de récoltes à faire. Les concombres sont beaux et Élise va perdre beaucoup de tomates si on les cueille pas.

— Je la reconduirai moi-même.

— Oh! Marcel...

Élise et Micheline se jetèrent un regard complice. Après les avoir tous embrassés, Micheline sortit et leur fit au revoir de la main depuis l'automobile.

— Je me demande d'où elle vient...

— De toi et de papa. Elle a ton intelligence et la beauté de papa.

— Comment? N'a-t-elle pas l'intelligence et la beauté de sa mère, la bonté et la générosité de son père?

— Cessez vos balivernes... Élise, si on allait travailler?

Élise fit oui de la tête et sortit derrière sa mère, sans remarquer la voiture de Côme qui passait sur la route sans s'arrêter.

— 30 —

Il pleuvait encore et Élise n'avait absolument pas envie de se lever. Elle ne voulait pas afficher devant sa mère sa trop apparente nervosité quant au dénouement de ce jour. Côme avait dû partir à l'aube afin d'être à Montréal à huit heures pour assister à un colloque d'une journée portant sur l'utilisation des pesticides sur les récoltes, ainsi que sur les nouvelles approches dites biologiques, dont il ne savait encore que penser. Il avait entendu dire que des opposants aux monticules de fumier des éleveurs se présenteraient devant le complexe Desjardins, où se tenait la rencontre.

— Qu'est-ce que le fumier vient faire avec les pesticides ?

— Je pense que ce sont les nouveaux campagnards dérangés par les mouches.

— Parce que les citadins qui se veulent gentlemen-farmers en ont contre la campagne et ses mouches à merde !

— Je crois, oui.

Vingt fois Élise avait été tentée de lui parler du supplice de l'attente qu'elle vivait depuis bientôt cinq jours, mais elle avait résisté. Elle préférait un reproche à la déception, si elle n'était pas enceinte. Côme serait déçu, elle le savait. Si un homme aimait voir sa femme enceinte, c'était beaucoup pour confirmer sa virilité et obtenir une descendance, et elle avait hâte de le voir redresser les épaules en la tenant par le cou quand son ventre les précéderait de plusieurs pouces. Elle avait souvent aperçu des couples marchant côte à côte, sans se toucher, mais si la femme était enceinte, le mari s'y soudait, pour ne faire qu'un avec elle, bien sûr, mais aussi pour la protéger. Tendresse. Élise se demandait si le poids d'un bras posé sur l'épaule allégeait vraiment le fardeau du ventre. Maladresse.

Elle se tourna dans le lit, souriant des précieuses minutes qu'il lui restait avant de savoir. Couvait-elle son œuf? Trente ans, primipare. «Bonjour, je suis la maman de...» La maman de qui? Elle se mit en position fœtale pour se bercer elle-même, rejetant l'idée qu'elle était peut-être vide. Nid vide, cœur à l'abandon.

— Ça va pas, Élise?

— Oui, maman. J'écoute la pluie.

— Je prépare tes rôties?

— Non, merci, maman. Plus tard. Profites-en pour te recoucher. C'est si rare qu'on se gâte de sommeil...

— Hum!

Sa mère s'approcha d'elle et lui posa la main sur le front.

— Tu faisais ça quand j'étais petite et que je flânais au lit. Je fais pas de fièvre...

— Tant mieux!

Élise n'aurait su dire si elle s'était rendormie, mais le téléphone sonna si fort qu'il fit se soulever la toiture. Elle se précipita dans l'escalier et perdit l'équilibre quand sa pantoufle, celle qu'elle n'avait pas réussi à bien enfiler, lui sortit du pied. Elle cria «Maman!» en tombant à plat ventre jusque sur le plancher. Sa mère était déjà à ses côtés.

— Réveille-toi, Élise, tu fais un cauchemar!

Un cauchemar? Quel bonheur! Un cauchemar!

Elle se mit à rire.

— Voyons, Élise, qu'est-ce qui se passe?

— J'ai eu peur d'avoir déboulé l'escalier.

Au premier coup de sonnerie du téléphone, Élise cria: «J'y vais!», et elle se rua vers le salon, sous le regard suspicieux de sa mère. Elle décrocha le combiné. Blanche entendit un grand cri, puis un bruit mat. Elle se précipita auprès de sa fille, évanouie sur le plancher.

— Mais qu'est-ce qui se passe aujourd'hui?

Elle alla chercher une serviette mouillée et s'empressa de revenir auprès de sa fille, qui reprenait déjà ses esprits. Elle lui épongea le front et la nuque. Élise ouvrit les yeux et vit le regard inquiet de sa mère.

— Pas de quoi être inquiète, grand-maman...

Sur ces mots, elle s'évanouit de nouveau tandis que Blanche se laissait tomber dans le fauteuil.

* * *

Élise et Côme allèrent au cimetière de Notre-Dame-des-Neiges, à Montréal, et Élise enterra une enveloppe contenant une clef retenue à un ruban jaune. Sur l'enveloppe, elle avait écrit : « Pour papa, la clef de l'éternité. »

Blanche demeura à L'Avenir tout le mois d'août afin d'être auprès de sa fille, dont l'unique difficulté était de réaliser qu'elle était enceinte. Micheline venait toutes les fins de semaine, apportant tantôt les brochures des magasins de meubles, tantôt un vêtement pour bébé.

— Mais arrête, Micheline ! On ne sait pas encore si c'est un garçon ou une fille...

— C'est pour ça que j'ai acheté du jaune et du vert.

— Je pense qu'il serait plus prudent d'attendre qu'Élise ait complété ses trois premiers mois.

Ce fut comme si Blanche avait ouvert les vannes d'eau froide de la maison. Côme réagit le premier.

— Belle-maman, ma femme est en pétante forme, et le médecin dit que tout va bien pour elle et pour notre enfant.

Les deux sœurs se jetèrent un regard, triste celui d'Élise, entendu celui de Micheline, qui prit sa mère par le cou et lui caressa la joue.

— C'est pas parce que tu as fait une fausse couche, maman, qu'Élise va faire une fausse couche.

Élise se tenait le ventre comme si elle avait voulu le protéger du destin, tout en admirant la contenance de sa sœur, qui avait aussi fait une fausse couche. Elle refusait de penser que c'était ce qui l'attendait.

— J'en ai perdu deux, vous le savez.

Blanche grimaçait d'inquiétude en songeant à la maternité de ses filles. Micheline voyait bien qu'Élise était torturée, mais celle-ci se rassurait pourtant en se disant que sa sœur avait conçu dans les pires circonstances possibles, alors qu'elle-même couvait dans une béatitude éhontée. Aussi décida-t-elle de blaguer, autant pour exorciser ses craintes que pour consoler les deux « mères » sans enfant.

— De toute façon, maman, ceux qui me connaissent disent que tu as fait trois fausses couches et que tu en as eu une...

Côme renchérit en demandant si ce n'étaient pas plutôt ceux qui connaissaient Micheline. Celle-ci fit : « Ah ! ah ! très, très drôle ! », et monta à sa chambre, étonnant Marcel et Blanche, mais surtout Élise. La grossesse d'Élise avait apparemment mis à vif la sensibilité de Micheline, mais elle ne lui en parlerait pas, de crainte de voir sourdre sa douleur passée.

— Franchement, Côme ! De quel droit tu te moques de ma sœur ? Que je sache, elle ne t'a rien fait !

Heurté, Côme se drapa dans son arrogance, qu'Élise appelait son air de colonisateur.

*   *   *

Le caveau était bourré de légumes et la chambre froide, de conserves, quand Élise retrouva son statut de suppléante. Il ne restait que les choux et les citrouilles à cueillir. Le directeur la félicita à l'annonce de sa grossesse, la bouche en rictus davantage qu'en sourire.

— On peut vous téléphoner jusqu'à quand ?

— Jusqu'à la dernière minute, fin février.

Élise eut une journée éreintante. Les enfants étaient rentrés à reculons en ce début de semaine, déçus de l'absence de leur titulaire.

— Quand est-ce qu'elle va revenir ?

— Ma mère a dit qu'elle avait la maladie des becs.

Élise apprit ainsi de façon amusante que sa collègue était atteinte de la mononucléose et que, selon toute apparence, elle la remplacerait pour un bon moment. Prenant son mal en patience, elle endura ses petites bêtes venimeuses dans la classe, et elle ne fut donc pas étonnée quand le directeur lui proposa de rester jusqu'au retour de la titulaire. Son attente passerait plus rapidement ainsi.

Élise et Côme décapèrent le berceau du bébé en écoutant de la musique ainsi que Jacques Brel, qu'ils affectionnaient tous deux, et ils parlèrent du bébé, puis du bébé et encore du bébé.

— C'est une fille, j'en suis certaine.

— Je m'en fous. Pour autant que notre enfant te ressemble, je vais être comblé.

— Ah non ! Ce serait plus amusant, si on a une fille, qu'elle te ressemble, et si on a un garçon, qu'il me ressemble. Pour mêler les genres un peu... Tu sais, toi maquillé et moi avec une barbe... Ah ! Côme, je me sens forcée de tuer le temps.

— Pourquoi ?

— Pour que mars arrive plus rapidement. Je ne sais pas comment je vais faire... Cinq longs mois encore ! Et les pires de l'année !

— Pires ?

— Trois mois de trente et un jours.

— Février compensera.

Ils rangèrent pinceaux, torchons, petite brosse de soie et brosses à dents. Le berceau, dégoté dans le sous-sol de l'église, était fait de fil de métal ouvré rappelant la dentelle, et suspendu à la tête et au pied à un support métallique pareillement travaillé. Élise avait tenu mordicus à le décaper avant de le repeindre, pour s'assurer que la peinture ne contiendrait pas de plomb.

— Mais, Élise, il sera trop petit pour y mordre et s'empoisonner.

— Mais s'il naît avec une dent ?

— Pourquoi pas deux, puisque tu en parles ?

Ils s'apprêtaient à monter lorsqu'ils entendirent à la télévision un bulletin spécial annonçant l'enlèvement d'un diplomate britannique, un certain James Richard Cross, par des membres du Front de libération du Québec. En moins de trois minutes, Marcel était au téléphone, hurlant dans le combiné.

— C'est la faute à de Gaulle ! Il s'est permis de crier le slogan de ces soi-disant révolutionnaires du haut du balcon de l'hôtel de ville. Voilà ce que ça donne de ne pas voir plus loin que son nez, qu'il a pourtant long !

— Marcel, s'il vous plaît, je n'ai pas envie de parler de ça en ce moment. Je trouve que c'est bien triste, mais vous me pardonnerez, je m'en allais dormir.

— Zut ! Je n'ai jamais eu le sens du timing, n'est-ce pas ?

— Ce n'est pas vous, c'est le F.L.Q.

— Va te coucher, mon petit. Cette mauvaise nouvelle t'attendra. Et souhaite bonne nuit à mon petit-fils.

Côme et Élise écoutèrent les nouvelles en vêtements de nuit, prêts à aller s'assoupir. Élise tiqua en voyant la photo de la victime, un homme sérieux aux cheveux grisonnants, taillés avec une raie sur le côté.

— Exactement la tête d'un finissant d'Oxford ou de Cambridge. On n'a pas besoin de l'entendre parler pour savoir que c'est un Brit.

— Voyons donc, Côme. Il pourrait aussi bien venir de Mont-Royal ou de Westmount. J'en ai même vu des tonnes comme lui à Outremont.

— N'habitait-il pas Westmount?

— Ça n'a aucune espèce d'importance. Je déteste voir le regard des gens qui souffrent.

— Pourquoi dis-tu cela?

— Parce qu'il doit être mort de peur. C'est qui, ça, le F.L.Q.? Ça fait des années qu'ils font exploser des bombes.

— De gens qui en ont marre...

— Je vais me coucher. Viendrais-tu faire un massage de pieds ou de dos à une pauvre petite suppléante qui a été forcée d'attacher sa ceinture un trou plus loin aujourd'hui?

Lorsque Côme la rejoignit, à peine dix minutes plus tard, elle était profondément endormie, sa peluche de petite fille dans les bras.

Il ne fallut même pas douze heures pour que panique et rumeurs envahissent les couloirs de l'école. Le directeur convoqua tous les professeurs à une réunion ad hoc pour discuter de l'enlèvement. Demandant discrétion et prudence, il osa interroger son corps professoral pour savoir si quelqu'un était au courant de quelque chose.

— Au courant de quoi?

— De quelque chose. Une personne, par exemple, qui aurait parlé d'actions subversives dans une soirée ou une rencontre.

— Êtes-vous sérieux? Ce n'est pas le genre de monde qu'on connaît!

Élise était outrée et sa retenue s'était évanouie. Comment pouvait-on soupçonner des instituteurs d'actions aussi violentes?

— Peut-être plus qu'on ne le pense. Le Parti québécois a quand même fait élire sept députés en avril dernier.

— Et puis?

— Il y a peut-être un lien. Je vous demande de réfléchir.

— Parce que ceux qui ont voté pour le Parti québécois sont des gens qui peuvent être subversifs? Où est-ce que vous voulez nous emmener, Clément?

Élise se leva promptement.

— Vous m'excuserez, mais j'ai des animaux à nourrir et des corrections à faire.

Là-dessus, elle prit ses effets, et elle s'apprêtait à sortir lorsque Clément lui demanda de se rasseoir.

— Pas avant qu'on ait précisé notre ligne de conduite.

— Ma ligne de conduite, Clément, sera de me souvenir qu'on est dans une école primaire, ici. Pas en sciences politiques à l'université.

— Vous ne voulez pas qu'on en parle?

— Ce serait une autre affaire Lindbergh que j'en parlerais, parce que ça impliquerait un enfant et que c'est mon devoir d'enseigner la prudence. Là, je n'ai rien à dire. Je n'ai pas envie d'enseigner la délation, je n'ai pas envie de parler des bons et des méchants, parce que ce n'est pas mon métier de juger les gens. Ça appartient aux juges et à la justice.

Là-dessus, elle sortit. Jamais elle n'avait fait un tel esclandre. Les autres professeurs se levèrent aussi, comme si Élise avait sonné la fin de l'assemblée. Le directeur laissa tomber.

— Quand elle se décide, la belle Élise, elle se décide!

— Il faut du caractère pour être mariée avec un « importé »...

— Je peux pas savoir, mais il est tellement beau!

— Lui le sait!

— Être aussi belle qu'il est beau, je le saurais aussi!

— Mais quelle mouche l'a piquée?

— Ce doit être son état.

Clément avait trouvé une porte de sortie pour sauver la face et il venait d'y glisser le pied.

— Quel état? Elle serait...

255

— Après tant d'années de mariage! Pourquoi est-ce qu'elle ne nous l'a pas dit?

— Parce que c'est un secret.

— Hein? Clément, vous avez trahi son secret!

Et l'agaçante morosité de la fin de la réunion fit rapidement place à la joie et au plaisir. Les institutrices jetèrent toutefois un regard sombre à Clément; certaines venaient de le priver de leur confiance.

Ce soir-là, Élise reçut deux appels de félicitations pour avoir tenu tête au directeur, trois autres la congratulant pour sa grossesse, et un de Clément qui, confus et désolé, insistait pour se faire pardonner son indiscrétion.

Malgré la bonne volonté de tous, l'école vivait au rythme des bulletins de nouvelles. Les rumeurs de la journée changeaient au gré des heures. Tantôt on avait retrouvé le corps de James Richard Cross, tantôt on avait arrêté les ravisseurs. La pire journée fut cependant celle du 10 octobre, alors qu'Élise, revenant du village, apprit que le ministre du Travail, Pierre Laporte, avait été kidnappé devant sa propre maison. Le rapt avait été revendiqué par une autre cellule de terroristes, irrités par le refus du gouvernement de remettre en liberté vingt et un prisonniers politiques et de verser un demi-million de dollars pour la libération de M. Cross. Élise fit presque une embardée tant la nouvelle était invraisemblable. Elle immobilisa sa voiture sur l'accotement, chercha une station qui diffusait de la musique, et parla doucement à son bébé en chantonnant, la main sur le ventre.

Élise ne savait que penser. Au moment où Côme et elle désiraient savourer chaque seconde qui les séparait de la venue de leur enfant; au moment où elle avait plus de quatre mois de grossesse de faits et que son ventre commençait dangereusement à assaillir sa ceinture; au moment où son Côme avait réappris à la caresser et à lui chuchoter la vie dans les oreilles, tout le pays avait cessé de dormir. On découvrit le corps de Pierre Laporte dans le coffre d'une voiture, tandis que James Richard Cross demeurait toujours introuvable et que le Premier ministre du Canada, devant l'inexpérience de celui du Québec — trop jeune et trop bouleversé, supposait-on; véritable camouflet, murmurait-on aussi —, promulguait la Loi sur les mesures de guerre.

Le coup de canon se fit entendre jusque dans la quiétude de la petite chambre jaune pâle. Les policiers avaient perquisitionné chez Micheline et l'avaient conduite en prison. Elle, une avocate! Marcel fut assommé. Côme déclara qu'il était de moins en moins à l'aise dans ce pays et il laissa même entendre à Élise qu'ils pourraient éventuellement aller vivre en Belgique.

— Jamais, Côme. Tout va s'arranger, je m'en occupe.

Il ne put s'empêcher de rire devant sa détermination et son sang-froid.

— Et comment?

— J'irai à Montréal et je verrai.

Élise en informa son directeur, et Côme, inquiet, la reconduisit chez Blanche.

— Rassure-toi, mon amour, je vais parler doucement et penser le moins fort possible, pour éviter que bébé m'entende.

— Tu reviendras bientôt, non? On doit finir de décaper le lit à barreaux.

— Je sais tout ça. Profites-en pour me faire une surprise. Fais-le avec ton père. De toute façon, Côme, j'ai la tête ailleurs. Le ventre ici, mais la tête ailleurs.

* * *

Claude Delambre, sous-ministre de l'Agriculture, reçut Élise dans son bureau montréalais, satellite de celui de Québec. Il la félicita pour l'heureux événement prochain. Quand elle lui demanda d'aider Micheline à sortir de prison, il tomba assis sur sa chaise, en état de choc.

— Micheline est en prison?

— Tu ne le savais pas? Ça fait trois jours. Comme c'est la faute de ton gouvernement... Tu dois connaître le ministre de la Justice, non?

Claude secouait la tête d'étonnement autant que de dénégation.

— Oui, et alors? Penses-tu vraiment que je peux lui téléphoner comme ça et faire sortir ta sœur?

— Ta maîtresse, Claude.

— Mon ex-maîtresse. Et ne parle pas si fort.

Ce fut au tour d'Élise de s'asseoir.

— Ton ex?

Au grand désarroi d'Élise, Claude éclata en sanglots. Il lui confia que Micheline avait fait la rencontre d'un journaliste et qu'elle avait eu un coup de foudre terrible, qui l'avait évincé en une nuit.

— C'est peut-être un peu compréhensible...

— Après tant d'années, non.

Élise se releva péniblement. C'était la première fois qu'elle sentait son ventre lourd à porter. Elle se dirigea vers la porte, pressée d'aller demander conseil et assistance au cabinet de Micheline. À défaut d'un sous-ministre, un avocat pourrait être plus utile. Elle regarda Claude, dont le beau visage ravagé de chagrin lui faisait franchement pitié.

— Puis-je t'inviter à midi?

— Non, merci.

Au moment où elle allait sortir, il lui confia que Micheline avait toujours été la femme la plus intelligente, la plus imprévisible, la plus pétillante qu'il ait connue, et qu'il ne pouvait accepter de l'avoir perdue. Élise était mal à l'aise, ne voulant rien connaître de l'intimité de sa sœur. Aussi tenta-t-elle de le consoler, quoique bien maladroitement.

— Tu sais, Claude, je pense que si tu avais pu l'assumer, elle n'aurait jamais perdu son bébé. Je pense qu'il est mort parce qu'il savait qu'il serait un problème pour vous deux. Je n'ai jamais cru que ce n'était pas toi le père, mais Micheline t'a toujours protégé. Vous avez dû souffrir terriblement, et maintenant que je suis enceinte, je comprends davantage son regret devant l'inéluctable.

Claude la regarda comme si elle arrivait à l'instant de Mars ou de Jupiter.

— De quel bébé parles-tu?

Élise se couvrit la bouche et murmura des excuses tout en bredouillant qu'elle n'avait rien dit, puis elle sortit le plus rapidement qu'elle put. Claude claqua la porte, ce qui fit sursauter sa secrétaire, qui jeta un regard suspicieux à Élise.

* * *

Élise fut accueillie au cabinet de Micheline par des cris et des grognements. On s'était demandé pourquoi la jeune avocate s'était absentée sans en avoir avisé personne. Une collègue avait bien émis l'hypothèse qu'elle pouvait faire partie des personnes arrêtées, mais on avait balayé l'idée de la main sans même vérifier dans *Québec-Presse*.

— Micheline n'est membre d'aucun parti politique ni d'aucune organisation.

— Je pense que, il y a quelques années, elle était membre du Rassemblement pour l'indépendance nationale.

— Micheline au R.I.N.?

— Elle avait dû rencontrer un beau jeune homme qui en était membre...

Si Élise était étonnée de la familiarité des collègues de Micheline, elle l'était davantage du fait que Micheline ait raconté ses incartades amoureuses, dont, personnellement, elle n'aurait pas été fière.

— Je suis venue vous demander de la retrouver, de la défendre et de la faire sortir de prison. Je peux vous payer.

Après un lourd silence, on lui expliqua très calmement que Micheline n'avait plus de droits et qu'on ne pouvait rien faire d'autre que de s'élever publiquement contre la loi.

— Je voudrais aller la voir. M'assurer qu'elle est bien et qu'elle n'a besoin de rien. Peut-être lui porter des oranges.

— C'est impossible.

— Ça ne peut pas être impossible!

Élise repensa aux propos de Claude et osa leur demander si quelqu'un connaissait son amoureux. Pour toute réponse, on lui dit qu'il était marié et agronome, mais que personne ne l'avait rencontré.

— Micheline a quand même des principes solides. S'il est marié, elle n'ira jamais foutre le bordel dans son ménage.

Élise plissa le nez en pensant que les principes pouvaient varier même à l'intérieur d'une famille. Elle se dit que les amours de Micheline devaient être sérieuses si elle les avait tues. Sa sœur demeurait toujours une immense énigme.

Elle rentra chez sa mère, qui avait préparé un panier pour Micheline et qui fut catastrophée d'apprendre que celle-ci, comme les autres personnes conduites en prison, demeurerait *incommunicado*.

— Quoi?

— *Incommunicado*. C'est tout ce que j'ai retenu de mon premier cours de droit. On ne peut même pas communiquer avec elle.

Blanche et Élise se scandalisèrent, pestèrent, téléphonant à gauche et à droite à la recherche de renseignements ou d'encouragements. Écrasant son orgueil, Blanche téléphona au père de Claude Delambre, qui lui affirma ne rien pouvoir.

— Pouvoir ou vouloir?

— Pouvoir. C'est la loi qui est faite comme ça. On peut tout vouloir, mais ne rien pouvoir. Et puis je ne connais personne au gouvernement. Ce n'est plus de ma génération.

— Justement. Ne connaissez-vous pas le père du Premier ministre?

— Pas intimement.

— Et des journalistes?

— Pas intimement.

Blanche avala sa salive en jetant un regard inquiet en direction d'Élise qui, une main écrasée contre le microphone du combiné, ne manquait pas un mot de la conversation. Elle haussa les épaules, ne sachant plus quoi proposer.

— Si je ne vous connaissais pas aussi bien, monsieur Delambre, je penserais que vous n'êtes pas vraiment prêt à aider ma fille.

— Votre fille qui aurait pu être ma belle-fille. Voyez comme je vous connais bien, moi aussi. Y aurait-il autre chose que je pourrais faire pour vous agréer?

Élise grimaça et gesticula pour faire comprendre à sa mère qu'elle devait mettre fin à cette conversation.

— Je crois que non. De toute façon, je vous remercie.

— Pourquoi?

— D'avoir pris la peine d'entendre les récriminations inquiètes d'une mère.

— Le mot est un peu fort. Le «plaidoyer» d'une mère serait mieux. Au revoir, madame Lauzé, et au revoir, Élise, si c'est bien vous qui écoutez sur l'autre ligne. J'ai entendu dire que vous étiez enceinte. Je vous en félicite.

Blanche raccrocha, imitée par Élise, qui vit alors sa mère donner un coup de poing juste à côté de l'appareil téléphonique. Elle l'avait rarement vue s'emporter ainsi.

— Ton père le connaissait bien et le craignait, pour ne pas dire qu'il s'en méfiait. Maintenant, je comprends pourquoi. Dans quel bourbier Micheline est-elle allée s'enliser! Ça aurait été tellement plus simple si elle l'avait épousé au lieu d'être sa maîtresse. Voilà, je l'ai dit, mais ce mot, cette situation, me puent au nez.

Élise s'approcha de sa mère et la prit dans ses bras.

— Tu vas pouvoir respirer, maman. Micheline a quitté Claude.

— Qui t'a dit ça?

— Claude.

Blanche alla se verser un verre de gin mêlé de Seven-Up, qu'elle but d'une gorgée. Malgré son énervement et son angoisse, Élise éclata soudain de rire, ce qui fit sourire sa mère.

— Bon, assez ri. Qu'est-ce que tu proposes que nous fassions, Élise?

— Du piquetage devant la prison.

— C'est illégal, surtout sous la Loi sur les mesures de guerre.

— Je m'en fous, maman! Ils vont quand même pas tabasser une femme enceinte!

Le lendemain matin, aux aurores, habillées comme pour aller dans le Grand Nord, Blanche et Élise, tenant une timide pancarte sur laquelle étaient inscrits les mots «Nous sommes ici, Micheline!», défilèrent devant la prison Tanguay. Elles furent surprises d'y voir autant de gens, certains ayant veillé toute la nuit, d'autres arrivant, comme elles, par le métro. Elles voulurent cacher leur trop discrète pancarte, qui amusait plus qu'elle ne dérangeait, les autres étant libellées avec davantage de hargne: «Mort au gouvernement», «Fascistes», «Sort [sic] de notre pays, maudite armée» et «Bou-hou, Boubou, fais-toi donc des hot-dogs». Les manifestants furent dispersés sans trop de bousculade. Élise disparut la première, craignant d'être frappée. Sa mère se tenait d'ailleurs devant elle pour parer aux coups. Les protestataires se heurtèrent à des photographes et à des journalistes qui bravaient également la loi. L'un d'eux s'approcha d'Élise, dont le ventre et la beauté auraient arraché des larmes à n'importe qui sauf aux forces de l'ordre.

— Qui est cette Micheline?

— C'est ma sœur. On se demande ce qu'elle fait ici, car elle est avocate.

Le journaliste laissa tomber le crayon et regarda Élise, puis Blanche, puis de nouveau Élise. Un photographe eut le temps de faire des clichés d'une Élise emmitouflée qui exhalait une buée en dentelle.

— Je suis ravi de faire votre connaissance. Je suis Jean-Charles.

— Jean-Charles?

Élise comprit que ce charmant jeune homme était probablement le nouveau soupirant de Micheline, assez important pour qu'elle abandonne Claude à ses amours légitimes.

— Jean-Charles, je suis ravie de faire votre connaissance. Maman, c'est Jean-Charles, un ami de Micheline.

Jean-Charles lui jeta un furtif regard reconnaissant.

— Pourrait-on manger tous les trois, à midi?

Élise accepta avec plaisir tandis que Blanche cherchait à comprendre le lien qui existait entre ce jeune homme et Micheline. Il était poli et assez bien mis de sa personne si on aimait les habits de velours côtelé, impossible à presser, et les cols roulés. Ses cheveux se brisaient sur la nuque, mais ils avaient un lustre que même le froid soleil révélait. Sa barbe était bien taillée — pourquoi donc les jeunes hommes se donnaient-ils tant de mal à se raser sous le menton, dans le cou et sur une partie des joues pour prétendre avoir un air naturel? Blanche lui tendit donc la main avec son sourire le plus charmant — peut-être pourrait-il faire libérer Micheline? — et lui demanda s'il pensait que ces pertes de libertés civiles dureraient longtemps.

— C'est ça, le problème. C'est une loi énorme pour des terroristes dont on ignore le nombre.

— Ils sont au moins deux.

— C'est ce que je disais.

Jean-Charles alla parler à des gens, tandis qu'Élise et Blanche tournaient en rond avec les autres manifestants qui s'étaient retrouvés, scandant à haute voix ce qui était écrit sur leur pancarte, créant ainsi un canon de revendications et de doléances. Elles firent du piquetage jusqu'à ce qu'elles entendent les cloches de Montréal sonner midi, puis elles suivirent Jean-Charles.

Élise fut étonnée par l'aisance avec laquelle ils conversèrent tous les trois. À sa grande surprise, elle ne ressentait aucune timidité et elle se dit que son ventre lui servait de bouclier.

— Micheline m'a dit qu'elle se réjouissait à l'idée d'être tante.

— Toute la famille se réjouit.

— C'est pour quand ?

— Mars. Un printemps hâtif puisque ma petite fleur va ouvrir les yeux en même temps que les perce-neige.

— Joli langage fleuri ! Ma femme et moi en avons deux.

Élise étouffa sa déception. Micheline était incurable, se glissant d'une alliance à une autre. Jean-Charles portait effectivement un anneau à l'annulaire gauche. Mais il était charmant et elle ne pouvait qu'être sensible au choix de sa sœur, tout en la désapprouvant.

— C'est fou comme Micheline et toi vous ne vous ressemblez pas.

— Un peu, quand même...

— Permettez-moi de vous féliciter, madame Lauzé. Vous avez un grand talent. Vos filles pourraient toutes deux être l'avocate modèle et la fermière par excellence !

— Merci. Que proposez-vous que nous fassions pour Micheline ?

— Je n'en sais fichtrement rien. Écrire à votre député, des lettres ouvertes. Vous joindre aux groupes de pression. Je l'ignore. De toute façon, quoi que ce soit que vous déciderez, vous me le dites.

Élise était lasse d'entendre parler d'impuissance, de musellement, de soldats, d'otages, de prison. Elle ne voulait penser qu'à son ventre et à Côme, que l'imminence de la paternité avait, pour ainsi dire, ramené au bercail. Il avait négocié avec des collègues pour qu'ils le remplacent lorsqu'il lui fallait aller dans une ville éloignée. La grossesse d'Élise était devenue le mortier de son couple, comme le lui avait prédit sa belle-mère.

Soudain, elle n'eut plus envie d'être dans ce restaurant, à s'intéresser à un homme qui aimait sa sœur, certes, mais qui mentait à une autre femme. Elle voulait que Micheline sorte de prison. Elle voulait rentrer à L'Avenir et enfin dormir sous le toit qu'elle préférait, l'aisselle de Côme.

Élise et sa mère attendaient Micheline devant la porte de la prison Tanguay. Quand elle en vit sortir sa fille, Blanche retint un cri. Micheline était émaciée et visiblement encolérée. Elle se réfugia d'abord dans les bras de sa mère, puis étreignit Élise, qu'elle ne cessa d'observer.

— C'est que c'est vrai ! T'es enceinte jusqu'aux dents ! J'ai sincèrement eu peur de ne pas être sortie pour Noël. Tu parles d'un pays de fous ! En tout cas, ils vont avoir un chien de ma chienne !

— Qui ça ?

C'est Jean-Charles qui, derrière elles, le sourire hésitant, venait de parler. Il salua Blanche poliment et Élise d'une façon charmante. Micheline alla vers lui et, au grand étonnement de sa mère et d'Élise, lui tendit la main alors qu'il se préparait à l'embrasser.

— Pardonne-moi, Jean-Charles, mais je suis tellement fatiguée que la dernière chose que j'ai envie de voir aujourd'hui, c'est une barbe. Qui t'a dit que je sortais ce matin ?

— C'est moi, Micheline. Je lui ai laissé un message au journal.

— Tu prends tes messages avant même que le soleil soit levé ?

Jean-Charles était vexé. Il y avait quelque chose de suspicieux dans le propos de Micheline.

— Évidemment, Micheline. Ça brasse fort au Québec, puis ici encore plus. Peux-tu au moins me dire pourquoi ils t'ont embarquée ?

— C'est le journaliste qui veut le savoir ou mon *chum* ?

— Ton *chum* est journaliste.

— C'est ce que je me disais. Travailles-tu toujours au Palais de Justice ? Pour notre charmant ministre Choquette ?

— Non. J'ai demandé à être affecté ailleurs, parce que je ne veux pas être en conflit d'intérêts avec ma blonde.

Élise et Blanche virent le visage de Micheline perdre son arrogance et se défaire, laissant apparaître les stigmates des trois semaines d'enfer qu'elle venait de vivre.

— Tu as fait ça pour moi, Jean-Charles?

Jean-Charles se contenta de pincer les lèvres. Micheline lui sauta au cou et lui murmura que, dès qu'elle aurait réussi à dormir, elle serait ravie de voir un barbu dans son lit.

Ils allèrent tous chez Micheline, qui était un peu nerveuse en entrant chez elle. Élise et Jean-Charles lui tenaient la main tour à tour, jetant comme elle un rapide regard partout dans la pièce.

— Merci d'avoir fait le ménage, Élise.

— C'est pas moi.

— C'est moi.

Micheline sourit de plaisir. Jean-Charles était venu durant son absence. Il était bien le seul à pouvoir savoir comment étaient effectuées les descentes de police. Micheline hésita, puis les invita à s'asseoir. Cherchant à reconstituer la soirée de son emprisonnement, elle raconta, en pesant chacun de ses mots, qu'elle avait oublié le couvre-feu, à cause d'un dossier important, et qu'elle était descendue du métro à la station Sherbrooke.

— Comme tous les jours.

En se hâtant dans la rue Cherrier, elle avait aperçu l'obusier sur le terre-plein, tout près de la rue Saint-Denis, et n'avait pas résisté à l'envie d'aller vérifier s'il y avait quelque chose dans le canon, puisqu'on disait qu'il servait de boîte aux lettres secrète aux felquistes et à leurs sympathisants.

— Comment le savais-tu?

— Au Chat-Noir, Jean-Charles, on entend plein de choses. J'allais rentrer ici quand quelqu'un m'a mis une main sur l'épaule, et on est entrés à cinq.

— Cinq?

— Oui. Il y avait un militaire armé, de quoi me rendre malade, un policier municipal qui se prenait au sérieux en *tit-pépère*, un peu comme l'escouade anti-émeute à la manifestation devant l'université McGill...

— T'étais là, Micheline? Il me semble qu'une avocate...

— Maman, laisse-la parler.

— Un policier de la Sûreté du Québec et un agent de la Gendarmerie royale. Finalement, il y avait deux instances provinciales et deux instances fédérales. Ils ont fouillé l'appartement de fond en comble et ont saisi quelques-uns de mes livres... C'est tellement ridicule!

— Quels livres?

— De la poésie de Gaston Miron, de Gérald Godin, une pièce de Racine, un livre de sociologie sur les kibboutz en Israël, et, ce qui m'a achevée, mon beau poster de Che Guevara.

— T'avais un poster de Che Guevara?

— Oui, parce que je le trouve beau. En fait, je trouve que tu lui ressembles, Jean-Charles.

Blanche était mal à l'aise devant cette visible intimité, et Élise se frottait le ventre. Micheline raconta ensuite qu'ils l'avaient emmenée, qu'elle avait franchi la grille de la prison non pas comme avocate mais comme prisonnière, et qu'elle n'avait pu plaider sa cause ni celle des autres femmes, la Loi sur les mesures de guerre ayant rendu caducs leurs droits civils.

Chacun s'absorba dans ses réflexions. Élise languissait de retourner à la campagne pour y trouver la paix, la fameuse loi n'y étant pas aussi manifeste. Blanche remerciait le ciel et ses hôtes.

Micheline rompit soudain le silence par de profonds sanglots d'épuisement, d'impuissance et de soulagement.

— J'ai l'impression d'avoir été violée!

— Maudit Trudeau à la *marde*!

Elle se réfugia dans les bras de Jean-Charles tandis qu'Élise et Blanche lui préparaient un bain. Ils attendirent qu'elle en sorte avant de s'en aller. Sans parler, sans pleurer. Assommés.

Pendant ce temps, Marcel tournait en rond en se tapant dans les mains de plaisir. Sa seule déception était qu'il n'arrivait à joindre personne pour discuter de la grande délivrance de la France. Charles de Gaulle était mort et les pauvres Québécois n'avaient pas encore fini de ramasser les pots qu'il avait cassés.

— 32 —

Élise et Jacqueline s'affairaient dans la serre, une brouette de terre remplie à ras bords d'une belle terre riche qu'Élise avait préparée à l'automne, avant les événements d'Octobre. Si elle avait été bouleversée par ce qui s'était produit dans la province, elle l'avait été davantage par l'emprisonnement de sa sœur pour un insignifiant geste de curiosité.

Les fêtes avaient été un peu ternes malgré l'arrogance du ventre d'Élise, qui poussait sur la vie, tandis que Micheline, forcée de vivre en apnée pendant plusieurs semaines, avait fait bonne figure, sans plus. Elle n'avait pas voulu passer sa semaine de congé à la campagne, préférant rester chez elle.

— Il faut que je me refasse une santé entre les deux oreilles, Élise.

— Justement ! Tu ne serais pas mieux à la campagne ?

— Non. Je serai très bien chez moi, dans mon fauteuil, à lire Gaston Miron et Gérald Godin, dont j'ai racheté les livres. Je veux me rattraper au cinéma, voir *Easy Rider* et peut-être *Z*, si le sujet ne me rappelle pas trop le mois d'octobre.

— Sûre ?

— Sûre, et puis, aussi bien l'avouer, j'ai plus de chances de voir Jean-Charles à Montréal qu'ici.

Élise s'était troublée. Elle avait perçu dans la voix de sa sœur une fragilité que Micheline s'autorisait rarement.

— Tu l'aimes, celui-là, hein ?

— Je l'aime à ma façon, Élise, sur mon terrain, jamais sur le sien. Mais quand il est sur mon terrain, je laisse toujours mon visiteur l'emporter. Les jeux sont faits d'avance.

Dans la serre, Jacqueline et Élise remplissaient les petits pots et les barquettes de carton mâché collectionnés dès le mois de mai. Élise humait la terre et l'émiettait dans ses mains avant de la sasser entre ses doigts.

— Quelle merveille !

Elle ne sema que des laitues, «toutes sortes de laitues», des fines herbes, «toutes sortes de fines herbes, même celles que je ne connais pas», et des fleurs, «plein de fleurs», vivaces ou annuelles. Les deux amies travaillèrent pendant deux bonnes heures avant de rentrer pour regarder à la télévision, un peu inquiètes, l'alunissage du *LEM* de la capsule *Apollo XIV*.

— J'espère que ça va aller mieux que pour *Apollo XIII*.

Ce jour aurait été celui du soixante-septième anniversaire de Clovis et sa fille savait que jamais il n'aurait cru les hommes capables de faire une promenade sur la Lune.

— Je pense que sa plus grande prédiction aura été de me dire qu'il y aurait des avions immenses.

Élise ne savait plus dans quel monde naîtrait son enfant, mais elle faisait confiance à l'avenir. Elle avait tout ce qu'elle pouvait souhaiter, un ventre rempli de promesses, et un mari attentif, quoiqu'un peu girouette. Une sœur qui ne vivait pas tout à fait à la même époque qu'elle, mais qui, si elle se heurtait à une porte fermée, prenait son élan pour l'enfoncer, et une mère dont elle admirait tout : la classe, la discrétion et le savoir-faire.

— Comment trouves-tu ma mère, Jacqueline ?

— Belle, avec des beaux yeux. Mais, choque-toi pas, je la trouve triste. Tu sais ? On dirait parfois que son regard décroche du présent.

— Tu ne me choques pas, je le vois aussi. Elle va avoir soixante-trois ans cette année. Je me demande à quoi ça ressemble, l'avenir, quand on a cet âge-là.

Elles se turent et Élise pensa à Marcel, qui la bichonnait comme s'il l'avait choisie lui aussi et encore plus depuis qu'elle portait son héritier. Elle pensa aussi à la famille Philippe, qui lui avait fait parvenir un pyjama de bébé, jaune, sur lequel souriait une grenouille verte. Quant aux Avoine, ils avaient promis une surprise qui arriverait en même temps que le bébé.

L'astronaute sautillait sur le sol lunaire et Élise pensa à ses récoltes, qui avaient été bonnes, et à son pain, qui levait toujours bien. Ses fèves au lard n'étaient pas trop grasses et son caveau regorgeait de beaux légumes. Ses conserves étaient populaires, surtout son chutney aux fruits. Elle était heureuse de pouvoir se contenter d'un bonheur aussi simple, ce que la citadine Micheline ne pouvait absolument pas comprendre.

— Dis-moi que si tu avais trouvé une maison sans électricité, tu l'aurais fait brancher.

— Pas sûr! Ça aurait eu son charme...

— Tu me décourages! Quant à maman, on n'en parlera pas...

— Pourquoi pas?

— Je crois qu'elle trouve que tu as aiguillé ta vie à l'envers. Je dis bien «je crois». Elle ne m'en a jamais parlé.

Au village, on connaissait Élise et elle connaissait tout le monde. Elle aimait bien cette complicité de la promiscuité; sa sœur, elle, connaissait à peine ses voisins, et encore, uniquement de vue. Jamais elle n'aurait pu, à l'instar de Micheline, courir dans la ville, d'une rame de métro à une autre, faire la queue partout et tout le temps, être forcée de prendre l'autobus pour aller au marché Jean-Talon ou Atwater, ou rouler en ville et rager en cherchant du stationnement. Non. La vie était tellement plus agréable quand on se penchait pour cueillir son concombre ou sa tomate, quand la cuisine embaumait le pain, quand on permettait à son ventre d'enfanter au lieu de... Élise n'alla pas au bout de sa pensée. Elle s'entêtait à ne plus songer au New York ordurier qu'elle avait connu.

Elle et Jacqueline se voyaient moins fréquemment depuis que cette dernière avait un amoureux qui l'avait demandée en mariage. Jacqueline avait refusé net et pris ses jambes à son cou. Élise passait de nombreuses heures à l'écouter raconter ses craintes et la bigamie avortée de son ex-fiancé.

— Est-ce que je t'avais dit, Élise, qu'il s'appelait Henri?

— Qui?

— Mon ex-fiancé.

Élise avait éclaté de rire et avait chanté: *I'm Henry the eighth I am, Henry the eighth I am I am...*

— Au moins, il ne vous tuait pas ! Vous vous contentiez de l'attendre...

— On se contentait... Façon de parler ! On n'avait pas le choix...

— Tu l'as, maintenant. Ton Bernard n'est quand même pas un Barbe-Bleue...

— Je me méfierai toujours.

— Penses-tu ? Il est tellement amoureux !

— Mais il travaille à Drummondville et je n'ai pas envie d'attendre, comme tu le fais avec Côme.

— Alors, laisse-le sécher comme un pruneau, puis quand il va être assez sec, tu le prendras. Ça va te déconstiper !

— Je ne sais pas si c'est les hormones, mais je te dis que tu n'as plus la langue dans ta poche !

— De toute façon, ça n'a aucune espèce d'importance, parce que la seule poche que j'ai, c'est la poche de mon tablier, et elle n'est pas bien profonde...

Côme tentait de s'absenter le moins souvent possible. Il n'acceptait plus de contrats ailleurs qu'à Montréal ou à Québec. Il rentrait toujours pour dormir et Élise avait mis ses appréhensions en veilleuse. Il y avait longtemps qu'elle n'avait plus senti de parfum qui lui fût étranger. Elle n'en avait parlé à personne, mais, pendant longtemps, Côme avait fleuré le *Chanel n° 5*. Ces soirs-là, elle avait mis ses vêtements à tremper dans la machine à laver. Depuis que Côme passait ses nuits à la maison, elle avait manqué à sa parole et recommencé à laver ses sous-vêtements.

Le mois de février, qui n'avait que vingt-huit jours, fut interminable. Jamais les journées d'Élise n'avaient été aussi vides. Alors qu'elle n'avait jamais vu le temps passer depuis qu'elle habitait à L'Avenir, elle ne savait plus comment s'occuper. La chambre du bébé était prête, les tricots étaient bloqués, lavés et rangés, les autres vêtements aussi. Une voisine dont les yeux avaient quatre-vingt-quatre ans d'usure lui avait appris comment faire une courtepointe et elle avait tout juste eu le temps de la terminer. Elle avait peint des animaux, dont la petite grenouille du pyjama, sur les murs, et il lui tardait d'entendre la berceuse du mobile, jour après jour, soir après soir.

Dans deux semaines tout au plus, elle aurait accouché, et sa vie serait enfin enrichie, remplie de bonheur à ras bord. Cette maternité qu'elle attendait depuis si longtemps la comblerait. Elle imaginait déjà le bébé dans le traîneau, puis dans le landau qu'elle pousserait dans les champs. Son bébé entendrait le cricri des grillons et le meuglement des vaches. Son bébé verrait le soleil se lever derrière la grange et les aurores boréales éclairer la fenêtre de sa chambre. Son bébé se traînerait dans le jardin et goûterait certainement à la terre. Vivement qu'elle l'étreigne pour pouvoir le renifler!

— La nature est tellement bien faite, maman. Je me trouve affreuse, j'ai mal aux jambes, j'ai les pieds enflés, le souffle court et tout... Ce qui fait que, même si j'adore être enceinte, comme les autres, j'imagine, j'ai hâte d'accoucher. Tu viens toujours?

Blanche et Élise avaient convenu qu'elle arriverait durant la deuxième semaine de mars, l'accouchement étant attendu vers le 13. Côme en avait pris ombrage, voyant dans le souhait de sa femme un manque de confiance envers lui.

— J'ai tout chamboulé pour être ici à partir du 10. Je vais mettre les bouchées doubles pour ne pas entendre sonner le téléphone pendant au moins une semaine.

— Et moi j'ai besoin de ma mère.

— Pour faire quoi? On a suivi nos cours prénatals, j'ai appris à te masser les reins...

— Je veux que ma mère voie immédiatement son petit-enfant.

Côme savait inutile toute discussion. Depuis qu'Élise avait la certitude qu'elle serait mère, elle avait discrètement pris les commandes non seulement de la ferme et de la maison, mais aussi de la comptabilité. Elle jetait même parfois un regard sur la planification de son mari.

— Pas touche, Élise! C'est mon travail.

— Mais je sais, mon amour. J'essaie simplement de voir comment on va s'organiser pour passer le plus de temps possible avec bébé.

Elle lui jetait alors un regard narquois, qui lui interdisait de dire tout haut qu'il ne tenait pas à passer autant de temps avec bébé et que les soirées et les fins de semaine seraient bien suffisantes à son apprentissage. Secrètement, elle se demandait comment il réagirait.

— Pardonne-moi, Côme, mais il m'arrive de me demander si tu vas aimer ça autant que moi.

— Pardonne-moi, Élise, mais je n'ai absolument pas l'intention de te laisser prendre toute la place, parce que je sais que c'est ce que tu projettes.

— Mais non ! Pas toute la place...

— Mais oui, toute la place !

— J'ai pas fait toute la chambre...

— Malhonnête ! C'est parce qu'il y a eu octobre...

Lorsque Blanche apprit qu'Élise avait eu « des petites contractions de rien du tout », elle avança la date de son arrivée, au grand plaisir d'Élise, qui n'avait jamais été aussi désœuvrée. Côme, qui allait à Québec pour deux ou trois jours, fut nonobstant ravi de la savoir là.

— On ne sait jamais... Mon père n'est pas à côté.

Il partit en embrassant Élise goulûment.

— J'aime avoir toujours plus de toi...

Il embrassa son énorme ventre et chuchota « À bientôt ! » avec tant de douceur qu'elle en eut les larmes aux yeux. Il partit à regret, après lui avoir posé une dernière fois la main sur la joue, puis le ventre.

Mère et fille s'installèrent rapidement dans une routine feutrée. Marcel vint passer la soirée avec elles, cherchant à savoir comment Blanche acceptait le fait de vieillir en se sentant poussée vers la sortie.

— Dans quelques minutes, nous allons être des aïeux !

— Parlez pour vous. Moi, je serai une mamie.

— Et dans « mamie », il y a « amie »...

Marcel l'avait regardée d'un œil allumé de douceur.

* * *

La neige tombait dru et Élise était désolée. Côme avait téléphoné pour lui dire qu'il serait retardé et que, si les routes étaient mal déneigées, il serait peut-être forcé de dormir à l'hôtel.

— Quel hôtel, Côme ?

Élise avait posé la question d'une voix douce et détachée, mais son cœur battait la chamade. Chaque fois que Côme parlait de dormir à l'hôtel, sa confiance fondait comme neige au soleil, sa mémoire n'ayant jamais réussi à oublier sa disparition lors du décès de sa mère.

— Je ne peux pas savoir. Peut-être vais-je arriver cette nuit. Je te tiens au courant.

— Quel hôtel, Côme ?

— Je ne peux pas savoir.

— Moi, je veux savoir.

— Je te tiens au courant. Va dormir, ma douce.

Élise s'endormit heureusement sans difficulté, après avoir suivi son rituel habituel. Elle allait dans la chambre jaune pour écouter la boîte musicale du mobile. Elle se plantait ensuite devant la fenêtre et décrivait tout ce qu'elle y voyait, après quoi elle retournait dans sa chambre et s'allongeait. Elle racontait alors sa journée au bébé, puis lui parlait du lendemain.

— Demain, le Premier ministre Trudeau se marie à Vancouver. Dommage ! À Montréal, il y aurait eu de la belle neige blanche sur les épaules de la mariée... Ta tante Micheline se dit sûrement que c'est tant pis pour lui. Ta tante Micheline le porte pas dans son cœur, parce que...

Élise était profondément endormie lorsqu'un heurtoir lui frappa le ventre. Elle s'éveilla en sursaut et se frotta autour du nombril. Encore une contraction, mais beaucoup plus forte. Elle alluma et regarda l'heure. Il restait beaucoup de nuit avant que le jour ne paraisse derrière le rideau. Inconfortable, elle se retourna.

Le heurtoir frappa de nouveau. Élise ouvrit grands les yeux et regarda son réveil. Cinq minutes seulement s'étaient écoulées. Si les coups n'avaient pas été aussi désagréables, elle aurait ri, mais elle préféra jouer à saute-mouton avec les contractions. Tantôt elles se produisaient aux cinq minutes, ou aux sept minutes, tantôt elles disparaissaient, ce qui la rassurait. Côme n'était pas encore arrivé. Elle regarda sa montre et vit qu'il était trois heures.

Il était impossible que ce fût déjà l'accouchement, mais la persistance des contractions la rendait perplexe. Elle eut envie de réveiller sa mère, mais elle n'en fit rien. Le silence de la nuit l'angoissa. Elle se leva et tira le rideau. Le ciel était si opaque que la lune avait disparu ainsi que les lumières des lampadaires. Côme ! Elle souhaita qu'il fût à l'abri et non enlisé dans l'épaisse neige qui ne cessait de tomber. Une crampe en plein ventre lui coupa soudain le souffle, suivi d'une seconde, aussi violent. Puis ce qu'elle redoutait se produisit. Elle perdit les eaux, là, sur le plancher, devant la fenêtre.

Marcel arriva à reculons au volant du tracteur, la souffleuse étant installée à l'arrière. Blanche émit un gémissement d'incrédulité.

— C'est pas vrai, Marcel... On peut pas se rendre à Drummondville à reculons... Il y a pas moyen d'installer le chasse-neige devant?

— Non. Je suis d'accord avec vous. Si on n'a pas de motoneige...

— Misère!

La tempête était diabolique. À toutes les minutes ou presque, on annonçait la quantité de neige tombée. Excités, les animateurs de radio rigolaient, et les météorologues appelés en renfort parlaient de blizzard.

— Il faut voir. C'est peut-être une tempête aussi importante que celle du quatre mars soixante-six à Winnipeg. Et peut-être même plus. En tout cas, pour une bordée, c'est toute une bordée!

Blanche réussit à joindre l'hôpital, où on était dépassé.

— Des accidents, des engelures. Mais il faut pas trop vous inquiéter, votre fille est une primipare.

— Je sais. Mais la poche des eaux a crevé et les contractions sont aux quatre minutes. Je sais pas à combien de centimètres elle est rendue, je l'ai pas examinée.

Blanche raccrocha, crispée et tendue.

— Marcel, allez frapper à toutes les portes et essayez de trouver une motoneige et un traîneau.

Élise ne reconnaissait pas la femme qui se trouvait devant elle, mais elle se sentait entre bonnes mains. Il y avait une infirmière à son chevet et cette infirmière aurait à se retrousser les manches.

— On n'a pas le temps, maman, de se rendre à Drummondville.

— Tu en as pour des heures, Élise. Tu permets que je t'examine?

Élise grimaça, ahana, puis fit un pâle sourire.

— C'est le plus beau jour de ma vie, maman... Mais je me demande comment ça va être quand vont arriver les grosses contractions...

— C'est pour ça que j'aimerais qu'on se rende à l'hôpital. Il y a aucune raison que tu souffres ici alors qu'à l'hôpital on te donnerait une péridurale.

Blanche alla à la salle de bains, se tailla les ongles et se frotta les mains pendant d'interminables minutes. Elle les passa ensuite à l'alcool à friction et revint auprès de sa fille.

— Seigneur! Élise, j'ai pas fait ça depuis trente-huit. Il me semble que j'ai tout oublié...

— Demande à papa de nous aider.

— Surtout pas à ton père! Il était beaucoup trop sensible quand il s'agissait de ses «fifilles». Je vais demander à ma mère. Elle, elle était expérimentée.

Élise regarda sa mère. C'était de cette femme que son père s'était épris, et elle le comprenait. Cette femme était très belle. Combien d'autres femmes avait-elle aidées à mettre un enfant au monde? Dix, vingt?

— Aïe! Et alors?

— Près de cinq centimètres. On n'a pas trop de temps devant nous. Souhaitons que Marcel ait pu trouver du secours.

Marcel avait trouvé. Élise souffrait ses contractions en faisant «houou», ce qui émut sa mère. Blanche aurait juré que sa fille faisait un duo avec le vent. Elle regarda néanmoins sa montre, l'air inquiet.

Ils partirent en caravane. Une motoneige devant pour ouvrir la piste, et la deuxième motoneige qui tirait Élise, allongée sur un matelas en mousse posé sur un traîneau et emmitouflée dans un sac de couchage recouvert d'une peau d'ours. Blanche, qui portait les plus chauds habits de Marcel, se trouvait dans la troisième motoneige, laquelle se tenait assez proche de la deuxième pour permettre à Blanche de distinguer les traits de sa fille, qui avait la consigne de lui signaler d'un signe de la main le début et la fin d'une contraction. Quant à Marcel, il resta à la maison pour attendre Côme.

Élise croyait halluciner. Ses douleurs étaient terribles, sans aucune pitié pour son corps offert aux éléments déchaînés. Elle leva la main. Jamais elle n'aurait pensé se retrouver ainsi, avec sa mère auprès d'elle, à grimacer sous des flocons si nombreux qu'elle en avait le visage couvert. Jamais non plus elle n'aurait cru qu'elle serait si seule et si souffrante en ce moment le plus important de sa vie. Elle leva encore la main. Le jour de ses noces, qu'elle avait chéri jusqu'aux aurores de ce 4 mars, lui paraissait maintenant sans importance. Ce qu'elle se remémorait auparavant en couleurs vives s'effaçait devant le douloureux et apaisant pastel qui sortirait bientôt de ses entrailles. Elle grimaça, « houou », et leva la main. Toute brave qu'elle fût, elle ne voulait pas que son enfant naisse dans un sac de couchage. Elle leva encore la main. Sans savoir si c'était son imagination ou la réalité, elle fut soudain entraînée dans un tournis de douleur si grande qu'elle entra en symbiose avec celle qu'avait ressentie son père sans cesser de sourire pour la rassurer alors qu'elle ne cessait de l'empêcher de mourir. Comment avait-il pu sourire ? « Houou... » Elle leva la main, puis tourna la tête pour regarder sa mère, qui avait les yeux rivés à sa montre. Un jour, elle lui raconterait le généreux départ de son père. Elle leva encore la main.

Ils avaient péniblement franchi quatre ou cinq milles lorsque la première motoneige se coinça un patin dans le pare-brise d'une voiture abandonnée sur la route et recouverte de neige, propulsant son chauffeur à cinq pieds devant.

Dans cet enfer blanc, Blanche était de plus en plus inquiète. Elle alla aussitôt rejoindre l'homme, qui, Dieu merci, n'avait aucun autre mal que des douleurs intercostales et l'os pubien sensible. Elle revint ensuite vers sa fille, qui se sortit la tête du sac de couchage, où elle s'était complètement glissée. Elle faisait pitié à voir, le visage mouillé de neige et de sueur, les yeux remplis de larmes.

— Houou ! Je pense que la tête...

— Ce serait exceptionnel, ma belle, un premier accouchement en moins de dix heures.

— La tête... Houou !...

— On rebrousse chemin. Combien de temps a-t-on mis pour se rendre ici ?

Ils revinrent aussi rapidement qu'ils le purent. Élise ne leva plus la main. La naissance était imminente, « houou », et elle le savait. Dans son ventre, dans son dos, elle le savait. Elle n'était plus que douleur, mais il y avait des douleurs prophétiques : sa propre naissance venait aussi de commencer. L'éternité de son père, « houou », était là, devant elle. Les flocons virevoltaient à chacune de ses expirations. Les contractions étaient maintenant devenues un exaspérant métronome qui battait la mesure entre l'instant présent et celui de sa maternité. Soudain, le moteur de la motoneige se tut, «houou», et elle ouvrit les yeux sur sa mère, penchée au-dessus d'elle.

— Tu ne peux plus te lever?

Élise fit signe que non. Alors sa mère murmura qu'elle ferait comme pour son frère. Elle demanda qu'on démonte une porte, et, en trois minutes, Élise fut hissée sur une civière improvisée et fut portée jusqu'à sa chambre par Marcel, affolé, et le chauffeur de la motoneige, toujours botté.

— Mon petit, quelle misérable façon d'accoucher!

Ce n'était pas un accouchement, c'était une torture. Tout en entendant sa mère donner des ordres, Élise fut installée, «houou», sur son lit dénudé et recouvert du rideau de douche. Marcel vint porter un plat d'eau et des ciseaux.

— Toutes les serviettes que vous trouverez, Marcel, et de la laine aussi.

Marcel obéit promptement, apportant les serviettes et la laine à repriser qu'Amélie avait toujours conservée dans un tiroir de la machine à coudre.

En grimaçant, Élise souda son regard implorant au bleu des yeux de sa mère.

— Je vais mourir... Houou...

— Non, non! Est-ce que ça pousse?

Élise fit signe que oui, sans quitter le regard de sa mère.

— Marcel, une chaise de cuisine, vite!

Blanche installa Élise le plus confortablement possible et s'assit sur la chaise posée au pied du lit, face à elle. Elle lui appuya les pieds contre ses épaules et lui demanda de pousser à chaque contraction, comme on lui avait appris à le faire.

— Houou... Côme... Houou...

Dans la cuisine, Marcel, attablé devant une bouteille de bière, suppliait Mimine d'arrêter la tempête. Élise entendit un cri et ouvrit les yeux.

— C'est moi? Houou...

— Le prochain cri sera peut-être celui du bébé.

Élise grimaça. Elle n'y croyait plus. Tout à coup, elle se sentit ouvrir comme une porte poussée par un terrible coup de vent, puis elle entendit vaguement sa mère lui dire que la tête était sortie.

— Ahaaaa...!

Dans sa confusion, elle se demanda s'il ne fallait pas la couvrir pour éviter au bébé de prendre froid.

— Pousse, Élise! Une dernière fois!

Élise poussa de toutes ses forces, le front penché vers l'avant, prête à affronter l'adversité.

— Ahaaagh...!

Lorsqu'elle ouvrit les yeux, elle vit s'agiter une petite chose gluante de la couleur d'un œuf fraîchement pondu. Blanche aspira de sa propre bouche les mucus de sa vie fœtale, puis elle cracha. Elle essuya ensuite le visage du bébé et coupa le cordon après l'avoir attaché avec un fil de laine jaune. Élise tendit les bras et sa mère posa sur elle la petite chose, qui poussa un vagissement discret, déjà calmée de sa souffrance de naître.

— C'est une fille, Élise.

— Je le savais, maman. Houou....

Blanche mit la main entre les cuisses d'Élise pour l'aider à expulser le placenta. Élise l'entendit se demander à voix haute ce qui se passait, avant de la voir se rasseoir sur sa chaise et poser encore ses pieds sur ses épaules.

— Ahaaaa...! Maman!

— Il y en a un autre, Élise. Pousse!

Élise éclata d'épuisement et de joie incrédule. Une deuxième petite chose gluante sortit comme une balle, que Blanche eut à peine le temps de saisir.

— Une autre fille!

— Tu as entendu, Violaine? Tu as une petite sœur!

On eût dit la puînée offusquée d'être arrivée seconde et d'avoir attendu, car elle poussa un cri plus affolé que celui de Violaine. Blanche coupa le cordon après avoir pris un fil de laine verte. Quant à Élise, noyée de bonheur, elle ne pouvait rien faire d'autre que rire et sangloter.

— Bienvenue, Viviane!

On parla de la tempête du siècle. Côme n'avait pas téléphoné. Blanche emmitoufla les bébés et les garda bien au chaud tout près du four allumé en permanence. Assis tout près, Marcel, ébranlé par la venue de ses héritières, priait en athée et promettait en ivrogne. La bière lui était montée à la tête, qu'il laissa tomber sur la table, épuisé.

Élise était descendue malgré les protestations de sa mère et elle s'approcha de la porte du four. Elle regarda ses bébés, craintive.

— Elles vont pas mourir, maman ?

— Non. Elles sont très petites, peut-être pas cinq livres, mais elles respirent bien. Je comprends pas que ton médecin ait rien entendu. Remarque que c'est possible si les cœurs étaient l'un par-dessus l'autre et battaient au même rythme.

— Il m'a demandé, une fois, de mettre mon bras contre mon corps et de lever la main. Tout ce qu'il a dit, c'est que les doigts ne dépassaient pas le ventre.

Blanche sourit. Le médecin avait pensé qu'elle pourrait avoir des jumeaux. Si les doigts avaient dépassé, il s'y serait préparé.

Pour la première fois de sa vie, Élise s'insurgea contre la neige qui ne cessait de tomber. Côme n'avait toujours pas téléphoné, mais elle ne voulait plus penser à ce silence. Elle avait la peur vissée au ventre pour ses bébés et elle remerciait le ciel pour la présence de sa mère, qui, comme si elle avait porté encore son uniforme blanc, se faisait attentive et rassurante. Élise ne pouvait quitter ses enfants des yeux, tenant la main de chacune et leur parlant sans arrêt.

— Vois-tu une différence entre elles, maman ?

— Oui. Le fil de laine. Toi ?

— Le fil de laine.

Quant à Marcel, il était convaincu que la présence des deux bébés n'était qu'une illusion due à l'ivresse.

La neige cessa enfin et Blanche, en communication avec l'hôpital, commanda deux ambulances, qui arriveraient, promit-on, dès que les chasse-neige auraient dégagé les routes. Élise et Blanche n'auraient jamais voulu transporter les bébés en motoneige.

En attendant, Élise les allaitait, l'œil émerveillé et le sein en tétine. La tétée terminée, Blanche langeait le bébé et le replaçait à la chaleur.

— Petites, mais très belles. Je serai complètement rassurée quand un pédiatre les aura examinées.

Blanche, sans stéthoscope, prenait leur pouls, les doigts sur la jugulaire, tandis qu'Élise s'émouvait d'une goutte de lait accrochée à une lèvre, d'une grimace, d'un soubresaut ou d'un soupir.

Les ambulances mirent plus d'une journée à arriver et Marcel était furieux de savoir son fils toujours absent. On installa Élise et Violaine dans le premier véhicule, et Blanche et Viviane, légèrement plus petite, dans le second. Élise tentait de sourire devant le sommeil de sa petite alors que Blanche se permettait enfin de laisser paraître son inquiétude.

Les dix-huit milles qui les séparaient de l'hôpital furent franchis en près d'une heure. Les routes étaient encombrées de véhicules abandonnés, et à la limite d'être rebouchées par la poudrerie. Élise regardait son bébé dans la couveuse. Si elle était montée dans l'ambulance en toute confiance, une mer déchaînée n'aurait pu maintenant l'affoler davantage. Elle avait peur que le véhicule ne dérape et ne capote. Elle avait peur qu'une panne de moteur ne les immobilise et que son bébé ne meure de froid. Elle avait peur qu'il n'étouffe, là, dans son incubateur, sans autre assistance que celle de l'ambulancier et sa propre impuissance. Elle ne pouvait voir la seconde ambulance et elle espérait qu'elle était bien là, derrière elle, et non dans un fossé. Mais elle ne disait rien, ravalant ses craintes au point de se sentir nauséeuse.

Les bébés étaient attendus. Les incubateurs furent portés rapidement aux soins intensifs de la pédiatrie. Deux équipes médicales s'affairèrent auprès des nouveau-nés, tandis qu'Élise, à qui on avait interdit l'entrée, tournait comme une lionne en cage. Blanche lui demanda de s'asseoir près d'elle.

— Ah! tant pis, Élise, je vais rompre une promesse faite à ma mère. Je veux te raconter une histoire.

Elle raconta alors le tourment de sa mère qui, sur le point de la mettre au monde, était partie chercher du secours, s'était égarée dans la tempête et avait été forcée d'accoucher dans la neige.

— Tu es née dehors, dans la neige?

— Oui, je suis née dehors, dans la neige, et laisse-moi te dire que de te voir souffrir seule sur ton traîneau m'a bouleversée. Je voyais ma fille aussi malchanceuse que ma mère, et je me disais que la nature ne vieillirait jamais et qu'elle pouvait encore nous gifler de toute sa force.

Élise ferma les yeux et imagina sa mère petite et fragile comme ses filles, avec une écharpe et la chaleur de sa grand-mère pour toute protection.

— C'est pour cette raison que maman a voulu que je porte le prénom de Blanche.

Blanche sourit.

— Un peu ridicule, non? Blanche-Neige! Mais toi, pourquoi Violaine et Viviane?

— Le V de la victoire, maman! Le V de la victoire!

Lorsque Côme arriva à l'hôpital avec Marcel, il trouva Blanche endormie près de la porte de l'unité des soins intensifs. Après lui avoir fourni les vêtements adéquats, on lui permit d'entrer. S'agenouillant près d'Élise, il lui embrassa les mains. Elle s'éveilla et, voyant son mari, pleura en silence.

— Pardonne-moi, mon amour, de t'avoir inquiétée.

Elle lui mit deux doigts sur la bouche.

— Les as-tu vues?

— Non.

Côme se leva et se pencha sur les couveuses.

— Elles sont absolument identiques. Comment va-t-on faire pour les distinguer?

— Violaine a la laine jaune et Viviane, la verte.

Élise abandonna sa tête sur l'épaule de Côme, qui pleurait en silence.

— Je suis au septième ciel, Élise, et je viens d'y voir ma mère.

*   *   *

Élise était épuisée. Elle veillait ses filles jour et nuit, s'assoupissant dans un fauteuil tout près d'elles, le sein prêt à les nourrir ou à les conforter. Elle avait le cœur écrasé chaque fois qu'elle regardait tomber le goutte-à-goutte dans leurs petits corps si délicats. Chaque matin, une infirmière venait leur piquer le talon et les petites grimaçaient en émettant un grognement si faible qu'Élise s'en émouvait, reconnaissant dans ces filets de gémissement la combativité de son père. On lui promit qu'elle pourrait les emmener à la maison dès qu'elles pèseraient cinq livres et demie, à la condition qu'elle ait du soutien. Blanche en fut offusquée.

— Comme si je pouvais laisser ma fille et ses bébés toutes seules !

Micheline prit la relève, permettant ainsi à sa mère d'aller dormir à la maison. Quant à Élise, elle ne voulut pas en entendre parler.

— Je n'ai pas envie de les priver de mon lait.

— Tu peux en faire des biberons.

— Pas question, Micheline. Ce sont mes filles, mes amours. C'est mon ventre, mes tétines.

Élise ayant regardé sa sœur avec une fierté quasi arrogante, Micheline sut qu'elle ne comprendrait jamais le bonheur de satisfaire des petites lèvres chaudes et affamées. Celui du ventre délesté. La naissance de ses nièces l'avait troublée plus qu'elle n'aurait pensé, ce qui ne l'avait pas empêchée de croire que jamais elle n'aurait pu porter l'enfant qui, finalement, l'avait refusée comme mère. C'est ce qu'elle s'était dit chaque fois qu'elle avait vu Côme et Élise ensemble. Elle refusa aussi de se demander si elle aurait fait un bébé aussi joli que ceux de sa sœur.

Viviane cessa de respirer ! Élise aussi. Le personnel infirmier accourut rapidement, et Élise et Micheline furent carrément repoussées à l'autre extrémité de la pièce. Élise exhortait Viviane à s'accrocher et à revenir à la vie tandis que Micheline tenait sa sœur dans ses bras pour l'empêcher de tomber. L'éternité dura deux minutes. Puis elles entendirent parler le personnel infirmier, soulagé. Élise revint à la hâte près de l'incubateur, où Viviane, allongée sur le dos, les bras en croix, était occupée à faire de petites bulles.

— Ne vous inquiétez pas, madame Lauzé. Ça arrive chez les prématurés.

Élise regarda l'infirmière et la détesta spontanément.

— Ne pas m'inquiéter ? Enfin, c'est peut-être de la routine pour vous, mais pour moi, c'est ma fille que vous venez d'empêcher de mourir. Ne pas m'inquiéter !

— Élise !

— Qu'est-ce que vous avez dans la tête, vous ? Des livres médicaux ? Qu'est-ce que vous avez dans le cœur, vous ? Sûrement pas de l'amour !

— Élise !

— Qu'est-ce que vous avez dans le ventre, vous ? En tout cas, vous n'avez certainement pas d'enfants !

— Calme-toi, Élise !

— Oui, madame. J'en ai trois.

— Qu'est-ce que vous faites ici, d'abord, vous, au lieu de vous en occuper ?

— Je m'occupe des vôtres, madame, pour nourrir les miens.

— Excusez-la, madame. Ma sœur est la personne la plus douce du monde, je vous le jure. Elle est en état de choc. Je ne la reconnais même pas.

— Je sais. Je le serais aussi.

Élise et Micheline pleurèrent pour exorciser leur peur, en silence pour ne pas éveiller les jumelles.

C'est de Côme que vint le problème, au grand désespoir de Marcel et d'Élise. Quant à Micheline et à Blanche, elles se demandèrent, sans le dire, d'où venaient ces fibres tricotées d'égoïsme.

— Tu ne vas quand même pas me laisser seul à la maison tout ce temps, Élise ! J'ai besoin d'aide pour réaménager la chambre, je ne sais pas si j'ai acheté tout ce qu'il fallait, et les petites ne voient pas la différence entre tes bras et ceux des autres.

— Oui, elles savent. En tout cas, moi, je sais. Et pour moi c'est important. Tant et aussi longtemps qu'elles seront hospitalisées, je resterai ici.

— On a la chance d'avoir quelques jours à nous seuls, les derniers, et tu les refuses ! Viviane va aussi bien que Violaine maintenant. Il n'y a plus de raisons de craindre quoi que ce soit.

Élise, incrédule, regarda Côme en hochant la tête.

— Mon pauvre Côme, nous ne sommes plus seuls. Depuis dix jours, nous sommes des parents, et nous devons être près de nos filles. Tu voudrais qu'on soit à la maison à réaménager leur chambre alors qu'elles se battent ici ? Explique-moi, comme tu dis.

Côme baissa les yeux et murmura qu'il avait peur de la perdre. Elle le prit alors dans ses bras pour le rassurer.

— Tu ne me perdras jamais, Côme. Je te suis déjà revenue.

— C'est vrai qu'avec des enfants c'est plus difficile de partir sur un coup de tête.

— Je ne suis pas partie sur un coup de tête, Côme. Tu me connais mal.

— Je connais surtout mal la mère que tu es devenue. Je vais apprendre à la connaître.

— Moi aussi, mais je l'aime, la mère que je suis devenue.

Côme regarda Élise dans les yeux. Pour la première fois de sa vie, il reconnaissait chez sa femme la détermination des Lauzé et l'entêtement des Pronovost.

— 33 —

La vie d'Élise avait changé de parfum. Des discrètes odeurs printanières à la touffeur de juin, elle avait d'abord respiré celui de ses filles, qu'elle ne cessait d'admirer. Son amour se déclinait à l'inconditionnel.

Elle le traînait maintenant dans les champs et, dès qu'elle faisait une pause, elle regardait ses filles assoupies dans leurs immenses paniers d'osier que Micheline avait trouvés chez des Italiens du boulevard Saint-Laurent. Même si elle n'avait jamais pensé pouvoir créer la perfection, ses filles étaient parfaites, avec leur visage poupin et leurs cheveux duveteux. Contrairement à d'autres mères qu'elle avait rencontrées, Élise avait toujours hâte à la tétée, pour sentir gigoter les jambes de Violaine ou les menottes de Viviane. Pour sentir aussi leurs lèvres affamées se coller à ses seins et les entendre pousser des soupirs de contentement.

Côme avait encore des contrats qui l'éloignaient. Il avait acheté un livre, *Le père et son enfant*, et il s'y référait à la moindre occasion. Apparemment, dans ce livre, il n'était pas question du bain ni des langes. Élise était un peu désolée de le voir s'impliquer si peu, mais elle n'en était pas étonnée.

— C'est quoi, l'idée, Côme, d'avoir une bibliographie pour élever tes enfants ?

— Pour me faire dire que je ne suis pas trop mal. Ça me rassure.

Marcel venait tous les jours voir les progrès des enfants, pour leur plus grand bonheur. Elles s'agitaient en souriant et en poussant de petits couinements de plaisir dès qu'elles entendaient sa voix. Élise s'en réjouissait et elle regrettait que son père n'ait jamais pu les bercer.

Juin s'achevait et les filles auraient quatre mois en juillet. Profitant du congé de la Saint-Jean-Baptiste, Blanche et Micheline vinrent à L'Avenir. Tous les prétextes étaient bons pour gâter les enfants et tenter d'alléger le fardeau d'Élise, qui, étonnamment, supportait les nuits blanches comme une chouette, avait le sein offert au moindre appel de tétée et, au surplus, désherbait son jardin dont les sillons étaient parfaitement droits. Dès que Bernard avait le dos tourné, Jacqueline arrivait chez Côme et Élise, trop heureuse de bercer les bébés. Elle apportait un repas tout préparé, prêt à faire chauffer. Les deux amies mangeaient alors dehors si les petites y étaient, ou à l'intérieur si celles-ci dormaient ou qu'il pleuvait. La seule ombre à leur amitié était leur perception du couple.

Micheline et Blanche arrivèrent donc les bras chargés de cadeaux et de provisions — tout le monde voulait nourrir Élise! —, et Micheline, dès qu'elle eut posé les paquets sur la table, se précipita vers sa sœur et son beau-frère.

— Quand faites-vous baptiser les petites?

— Je n'y tiens pas, Micheline.

Côme regarda Élise, étonné.

— Qu'est-ce que tu racontes?

— Que je n'y tiens pas.

— Vous vous embarquez dans des problèmes légaux sans fin...

Élise baigna les petites, les allaita et les coucha avant de reprendre la conversation qu'elle avait abandonnée sur le coin de la table à langer. La discussion reprit. Marcel s'échauffa et s'énerva tandis que Blanche tentait de l'apaiser.

— Il y a une fin au changement! On voit les filles au collège, la pilule, la morale disparue, les poitrines à l'air...

— C'est drôle, monsieur Vandersmissen, mais les seuls changements dont vous parlez sont ceux qui concernent les femmes. Quant à moi, je suis contente qu'il n'y ait pas de fin au changement.

— Vous, Micheline, avec votre toge et vos connaissances, avez-vous oublié que le paradis est toujours à la même adresse?

Élise leva la main pour empêcher sa sœur de plaider.

— La profession de ma sœur n'a rien à voir ici. On parle de baptême, Marcel, et je ne suis pas certaine de croire au paradis.

— D'après vous, mon petit, l'âme de votre père et celle de Mimine se promènent comme de la buée entre ciel et terre? Raisonnez un peu. Vous les avez vues quelque part, vous?

— Justement, papa. Maman, à notre avis, n'est nulle part.

— Dites quelque chose, Blanche. On ne peut pas laisser nos petites-filles se promener avec la tache originelle!

— Marcel, nos filles n'ont pas de tache originelle. Elles sont la pureté même.

— Pas selon les décrets de l'Église, Élise.

Au grand étonnement de tous, Élise continua de tenir tête à Marcel.

— Marcel, si nos filles veulent aller à l'église quand elles seront grandes, elles le feront.

— Alors, je les baptiserai moi-même, avec l'eau de notre puits. Au moins, elles éviteront les limbes.

— Les limbes peut-être, mais pas les problèmes juridiques. Il leur faut des papiers. Il leur faut une reconnaissance, sinon ce sera même compliqué de les inscrire à l'école.

— L'école, c'est pas avant six ans.

— Sur quelle planète est-ce que tu vis, toi? La loi dit que tu as quatre mois pour enregistrer la naissance de tes filles.

— Quatre mois? C'est dans moins de deux semaines...

Jacqueline alla feuilleter le calendrier.

— Il faudrait qu'on fasse ça dimanche, parce que dimanche prochain ce sera le quatre juillet.

— Je ne veux pas de baptême!

— Tu n'as pas le choix, Élise. Ou allez les enregistrer à l'hôtel de ville.

— Priver nos petites-filles d'un parrain et d'une marraine! Blanche, dites quelque chose!

Côme était visiblement mal à l'aise. Les relations avec son père n'étaient plus les mêmes depuis le décès de sa mère. Il alla se planter devant une fenêtre, puis se retourna, l'air penaud.

— Et si on faisait un petit baptême de rien du tout, Élise? Je n'ai pas envie de me battre contre un système. C'est une formalité à remplir, sans plus.

— Crois-en ton avocate de sœur, Côme a raison. C'est la paix que tu achètes là, pas une goutte d'eau et de l'onguent sur la tête des petites.

— De l'onguent! Ce n'est pas de l'onguent, c'est le saint chrême!

Élise regarda sa mère, qui approuva d'un hochement de tête. Jacqueline souriait, apparemment ravie. Élise grimaça. Encore une fois, elle se sentait impuissante. Si seulement elle avait été comme Micheline, déterminée et combative, ou comme sa mère, celle qui l'avait aidée à accoucher. Sans un mot, elle alla regarder ses filles qui dormaient paisiblement, les poings fermés sur leur confort.

— Tache originelle, mon œil, mes poulettes!

Elle revint vers le salon et, les bras croisés, le visage fermé au sourire, elle accepta le baptême à la condition que ce soit une journée de bienvenue. Côme respira de soulagement, en souriant à son père. Blanche acquiesça de la tête tandis que Micheline se réjouissait de sa plaidoirie.

— Une bonne affaire de faite! Maintenant, il faut choisir un parrain et une marraine.

— Ça se fait encore, ça?

— J'aimerais être la marraine, si tu veux, Élise.

— Bonne idée, Jacqueline! Je te l'aurais demandé...

Jacqueline était émue tandis que Micheline tentait de cacher sa déception.

— Mais uniquement pour Violaine, parce que j'aimerais que Micheline soit la marraine de Viviane, si Côme n'y voit pas d'objection. Après tout, Micheline a assisté à la renaissance de Viviane.

Côme céda de bon gré.

— Nous n'avons pas un grand bassin de famille pour pêcher...

Micheline feignait l'indifférence alors qu'Élise avait vu rougir son détachement.

— Et les parrains?

Ils se regardèrent tous. Les hommes, dans la vie d'Élise et de Côme, se faisaient rares. Élise s'agita, voulut parler, hésita, puis se décida.

— Si vous étiez d'accord, j'aimerais que ce soit Wilson Philippe et son père. Ils étaient là, près de papa, pour son départ, et ils pourraient donc être près de ses petites-filles pour leur arrivée. Papa les tenait en haute estime.

Blanche porta les mains tout près de son cœur en souriant.

— Quelle belle idée!

— D'autant plus que j'ai bêtement oublié de les inviter au mariage...

— Tu vois, mon petit, que, même presque laïc, un baptême a du bon!

— Bien dit, ça, un baptême laïc!

Côme s'approcha d'Élise en souriant et lui posa la main sur l'épaule. Élise se dégagea et monta à sa chambre.

*   *   *

— Élise, tu vas quand même pas faire baptiser tes filles dans de vieilles taies d'oreiller!

Élise, heurtée, regarda sa mère, dont la réaction était d'une violence qu'elle ne lui connaissait pas.

— Oui, maman. Je veux prendre ce tissu pour leur faire des petites robes. Ces taies ont été finement brodées de fil de satin par leur grand-mère Vandersmissen.

Blanche étouffait.

— Je préférerais que nous allions à Drummondville leur acheter deux jolies robes.

— N'en fais rien! Je les leur ferai pas porter, maman.

Blanche était démontée devant l'entêtement de son aînée.

— Je me suis juré de jamais plus transformer de vieilles guenilles. J'ai assez souffert de porter des manteaux taillés dans les couvertures de la Belgo que mon père allait repêcher dans la rivière Saint-Maurice, la nuit, pour cacher sa honte et notre misère. Je veux pas faire une robe de baptême dans une guenille!

— Maman, je sais que tu as détesté beaucoup de choses de ton enfance. Pardonne-moi, mais aujourd'hui je suis forcée de te dire: dommage, maman. Mes filles seront baptisées dans des robes à moitié belges, à moitié québécoises.

— Je te dis simplement de pas te donner tant de mal.

— Non, maman, c'est pas ce que tu me dis et tu le sais. Je fais baptiser mes filles contre mon gré et mes convictions. Laisse-moi donc au moins le faire comme il me plaît. Et ce sont pas des gue-nilles, elles ont jamais servi.

Ce fut au tour de Blanche d'être heurtée. Voyant Élise sortir un patron *Vogue* et commencer à tailler les taies, elle l'abandonna pour aller se promener dans le potager. Alors qu'elle cueillait quelques pointes d'asperges au passage, Marcel se joignit à elle. Blanche ne sut que dire, car elle ne savait toujours pas quoi penser.

— Votre Élise a un drôle de bonheur, vous ne trouvez pas, Blanche?

— Non. Mon Élise a toujours fait à sa tête, mais en douceur. Maintenant, j'imagine qu'elle n'a plus le temps d'être douce.

— Mais enfin, son mari est là, sa famille est là...

— Mais pas son père.

Marcel s'était un peu rapproché de Blanche, qui, surprise, s'éloigna doucement. Rien chez Marcel ne l'attirait, même si elle trouvait que c'était un bel homme, avec beaucoup de connaissances. Ses tocades l'énervaient et son humour pâlissait devant le souvenir de celui de Clovis.

— Vous ne voulez vraiment pas qu'elle fasse baptiser ses filles dans les taies faites par Mimine pour son trousseau?

— J'aurais voulu qu'elle les fasse baptiser dans du neuf. C'est tout.

— Mais la tradition veut que la robe de baptême se passe de génération en génération...

— Je n'ai pas de robe de baptême et mon mari n'avait pas la sienne non plus. J'aurais aimé, justement, qu'on commence la tradi-tion avec du neuf.

— Vous êtes de mauvaise foi, Blanche.

Blanche ne répondit rien, continuant sa promenade d'un pas accéléré.

— Vous souhaitez que je vous laisse seule?

— Je crois que c'est ce que je veux, Marcel.

Lorsqu'elle rentra dans la maison, Blanche monta à la salle de couture. Sa fille lui tournait le dos, assise devant la machine à coudre, tandis que les deux fillettes étaient posées par terre, chacune dans sa petite chaise. Élise cousait par à-coups en contrôlant la vitesse, au rythme de *Frère Jacques* qu'elle chantonnait. Les petites commencèrent à pousser des éclats de rire. Sans un mot, Blanche s'assit, mit ses lunettes, enfila une aiguille et prit la première robe pour en commencer la finition. Élise ne broncha pas.

* * *

— Tout est organisé, ma douce. Dimanche, deux heures.

— J'ai proposé au curé de faire ça ici, dehors, et il m'a demandé ce que j'avais contre la maison de Dieu... Voyant que Côme était un peu embêté, j'ai dit : «Rien du tout, mais Dieu n'aimerait-il pas cela...» — je faisais des efforts pour bien parler — «... une promenade à la campagne par un beau dimanche après-midi?» Il a répondu : «Le Seigneur aime accueillir ses enfants chez lui, dans la maison du Père.» J'ai rétorqué : «Mais Dieu sait-il servir les boissons, faire les sandwiches et le gâteau de baptême? Dieu a-t-il pensé aux dragées?»

— Alors là, le curé a regardé Micheline et lui a demandé, le plus sérieusement du monde, si elle croyait en Dieu.

Élise était amusée, Marcel était catastrophé, et Blanche, trop occupée à coudre une minuscule boutonnière pour réagir.

— Ne me dites pas que le curé ne voudra pas baptiser nos bébés?

— C'est là qu'on voit le grand talent de Micheline. Elle a dit, je vous le jure, qu'elle avait une terrible crise de foi et que si elle pouvait, comme Paul Claudel, aller à Notre-Dame de Paris, peut-être qu'elle y aurait une révélation.

— Vous n'avez pas osé, Micheline!

— Oui! Et le curé a répondu qu'il était prêt à m'y accompagner si c'était ce qu'il fallait pour ramener une brebis avec le troupeau!

— C'est pas vrai, Micheline! Le curé t'a quand même pas draguée!

— Je sais pas... Côme croit que oui, mais je pense qu'il voulait simplement répliquer du tac au tac.

Micheline s'approcha de sa sœur et lui chuchota à l'oreille que le curé n'aurait jamais pu être candidat, vu qu'elle préférait les hommes mariés. Élise se frappa la tempe de son index. Quant à Marcel, il était encore en état de choc.

— Un curé qui drague...

293

— C'est pas vous, Marcel qui disiez que les temps changeaient ?

— Ne détournez pas mes paroles, Micheline ! On aura tout entendu !

* * *

L'église, malgré les rayons de soleil qui en coloraient les murs en traversant les vitraux, était trop froide au goût d'Élise. Comme Micheline, elle aurait aimé que ses filles soient baptisées dehors, à la ferme. Celles-ci étaient magnifiques dans leurs petites robes de dentelle, comme l'avait finalement admis leur grand-mère. Marcel se tenait droit aux côtés de Blanche tandis que Côme se tenait près d'Élise. Les marraines portaient les bébés, et les parrains, radieux, avaient chacun une main posée sur la menotte de leur filleule. Élise était si émue qu'ils aient accepté qu'elle avait l'impression d'entendre son père souffler dans la soufflerie de l'orgue malgré le silence de celui-ci.

Le curé se faisant attendre, Côme passa à la sacristie pour voir ce qui le retardait. Il s'y heurta à un Père Blanc qui se hâtait d'enfiler une étole.

— Êtes-vous de la famille des petites jumelles ?

— Oui. Je suis leur père.

— J'arrive ! Monsieur le curé est indisposé et, comme j'étais de passage à Drummondville, on m'a demandé de le remplacer. Allons-y !

Côme, suivi du Père Blanc, retourna aux fonts baptismaux. Sans comprendre ce qui se passait, Marcel dut soutenir le bras de Blanche, que l'émotion avait apparemment affaiblie. Quant au père missionnaire, il se figea au moment où il terminait son exorcisme.

— *Vade retro...*

Les marraines s'agitèrent et les parrains suivirent le regard du prêtre. Tous les yeux se posèrent alors sur Blanche, qui gardait les siens baissés. La cérémonie continua, mais l'officiant bredouilla, bafouilla et termina en sueur. Micheline fut prise d'un fou rire tandis qu'Élise essayait de comprendre pourquoi sa mère ne levait pas les yeux. Puis ce fut la fin et toute la famille sortit sauf Blanche, qui demeura avec le prêtre. Élise et Micheline s'inquiétaient.

— Je parie que c'est un ami de l'oncle Paul.

Blanche sortit enfin de l'église en compagnie du Père Blanc.

— Il devait être beau quand il était jeune, lui !

— Ah ! Micheline, le monde est pas divisé entre les beaux et les laids !

— Moi, je pense que oui...

Blanche les rejoignit et leur présenta le missionnaire, qui rougissait comme un débutant.

— Je vous présente un ami d'enfance, Napoléon Frigon. Élise, puis-je te dire un mot ?

Voyant sa mère tendue comme une corde de violon, Élise accepta volontiers que le père Frigon se joigne à la fête. Elle était toutefois davantage enchantée par la beauté de ce jour et la présence réconfortante des Philippe.

La fête commença par un concert de pleurs qui furent rapidement séchés, les petites étant épuisées. Élise ouvrit alors les cadeaux qui leur étaient destinés. Des marraines, elles reçurent chacune une chaînette à laquelle pendait un minuscule cœur, de topaze pour Violaine et d'émeraude pour Viviane.

Leur mère ouvrit un des cadeaux des Philippe et déplia un pyjama vert à grenouille jaune.

— Oh ! que c'est drôle ! On avait déjà le jaune à grenouille verte. Je l'ai d'ailleurs peinte sur le mur de leur chambre.

Dans les autres paquets, elle découvrit, bien emballées, des reproductions de ses robes de petite fille, en deux exemplaires. Elle les prit lentement et les sentit.

— Ça sent mes souvenirs ! Maman, regarde !

Blanche ne réagissait pas.

— Regarde, maman !

— Oh ! tu as vu, Élise ? Ce sont des robes exactement comme les tiennes quand tu étais petite.

— Vraiment ?

Élise voyait bien que quelque chose clochait chez sa mère, mais elle n'avait pas encore compris que c'était la présence de cet ami de Paul qui la troublait. Elle essaya de n'y plus penser. Lorsqu'elle vit Wilson attacher la chaînette au cou de Violaine, elle fut littéralement subjuguée. Ses gestes étaient d'une telle douceur et il ne cessait de parler au bébé de sa voix remplie de soleil. Il lui caressait le cou comme si elle eût été une porcelaine fragile. Elle le regarda fermer le minuscule loquet avec une touchante attention. Violaine l'écoutait sans le quitter de ses grands yeux ronds. Quand Wilson lui croqua les joues, la petite éclata de rire comme elle le faisait souvent avec sa mère et son grand-père, mais rarement avec Côme. Wilson recommença son manège avec Viviane, qui fut aussi envoûtée que sa sœur.

— J'aurais aimé avoir aussi une petite fille. Je n'ai que mon petit bonhomme, Dany.

— Pourquoi ne l'as-tu pas amené?

— Parce que, ce week-end, il est avec sa maman.

— Ah! quel dommage!

Élise regarda autour d'elle. Seule Jacqueline était attentive à ce qui se passait et elle jeta un regard entendu à son amie, qui tenta de feindre l'indifférence, mais sans succès.

— Avec vos petits cœurs, mes belles poulettes, les amis ne seront plus obligés de nous demander laquelle est laquelle...

On eût dit que plusieurs petites fêtes se déroulaient au même moment. Marcel, renfrogné, regardait Blanche qui, l'air coquin, riait aux éclats en lançant sa tête en arrière, découvrant sa gorge qu'elle avait encore fort jolie malgré ses soixante-quatre ans. Il buvait une bière et voulut porter un toast, mais personne ne l'entendit. M. Philippe était venu avec son épouse, et Whillelmine répétait à qui voulait l'entendre combien Élise avait touché Wilson, la semaine du grand deuil, par sa visite impromptue et son bouquet de fleurs. Côme regarda Élise, l'œil interrogateur.

— Et, si mon souvenir est bon, Wilson l'a reconduite chez sa mère dans une belle voiture rouge.

Côme, les dents serrées, était trop poli, comme le remarqua Micheline, qui parlait de son père avec M. Philippe lorsque apparut une vieille automobile bringuebalante derrière laquelle était attachée une remorque à chevaux. Élise poussa un cri de joie en reconnaissant les Avoine.

— Je ne vous attendais plus! Côme, les Avoine sont enfin arrivés!

— On est en retard parce que nos chevaux-vapeur ont eu trop soif, les p'tits maudits!

— Va te promener un peu, ma belle Élise. On a un petit quelque chose pour toi.

— Me promener?

— Oui, oui. Va voir au bout de ta terre si je suis là!

Élise partit avec Jacqueline, chacune portant un bébé. Elles marchèrent un moment en silence.

— Je sais ce que tu penses, Élise.

— Tu sais ce que je pense? Et...?

— Je vais pas te le dire... mais toi, tu vas le faire.

— D'accord. Je pense que c'est triste que le petit Dany soit pas venu avec son père.

— Et...?

— Et rien.

— Menteuse, Élise...

— Je te jure, rien!

— Côme est jaloux.

— Jaloux? Côme? On aura tout entendu!

— Et Marcel est jaloux.

— Je vois pas pourquoi.

— Parce que ta mère regarde un peu trop le Père Blanc.

— Voyons donc! Qu'est-ce que tu vas inventer!

Jacqueline ricanait, ravie de voir tous ces jeux se dérouler devant elle.

— Sais-tu, Jacqueline, je pense que les Avoine m'ont amené Poussin... Je suis terriblement excitée à l'idée de l'avoir ici avec moi!

— Avec vous...

— Non. Avec moi. Côme s'en occupera jamais, c'est certain.

— Au moins, il s'occupe de ses filles.

— Énormément, dès qu'elles ont été baignées, que je les ai nourries et qu'elles ont été langées. Mais il les adore, je le sais.

— Heureusement!

— Pourquoi tu dis ça?

— Pour rien.

— Sais-tu quoi, Jacqueline? J'aimerais être un petit oiseau, pour voir Wilson avec ses patients. Il a été tellement doux, tellement attentif aux filles, que...

— Que... ?

— Que quoi... ?

Elles rebroussèrent chemin et Élise vit Poussin dans le champ, avec un poulain tout près de lui.

— Poussin !

Wilson lui prit Viviane des bras tandis qu'elle courait pour s'approcher du cheval. Côme la lui arracha.

— Qu'est-ce que tu fais ici, mon Poussin ?

Le cheval l'avait rejointe et il lui offrait sa tête à gratter.

— On a pensé qu'il méritait le bon air... Puis on a aussi pensé que son rejeton voudrait être avec lui...

— Son rejeton ?

— B'en *quiens* ! On l'a jamais fait couper. Poussin est vieux, mais toujours fringant !

— C'est le Charlie Chaplin du cheval canadien ?

— Vous êtes sérieux ? Vous voulez que je m'occupe de Poussin, ici ?

— Ça dépend de *toé*, Élise. Ton beau-père nous a dit que vous aviez de la place en masse. Tu peux les atteler ou les vendre. Ils sont à *toé* puis à tes petites.

— Vous saviez ça, Marcel ?

— Je le savais depuis la naissance du petit Poussin.

Élise jubilait. Avec Poussin près d'elle, elle était comblée. Seul Côme ne semblait pas se réjouir de l'arrivée des deux bêtes.

— Qu'est-ce que tu veux faire avec ta picouille, ma douce ?

— La regarder vivre. Peut-être même l'atteler ou y attacher une petite voiture pour les filles.

— Voyons, ma douce, ce que tu viens de dire est complètement con ! Tu travailles du matin au soir. Tu te promènerais la nuit, maintenant ?

Élise était irritée par le ton condescendant que venait d'utiliser son mari.

— Voyons, Côme, ce que tu viens de dire est complètement con ! Des fois, je trouve que tu ressembles à un vieux schnock.

Le soleil tardait à se coucher. Les invités étaient encore tous là, heureux et souriants. Les petites racoleuses, Violaine dans son pyjama jaune, les yeux caillés, et Viviane dans son pyjama vert, les yeux grands ouverts, avaient récolté des dizaines de bises.

— Ah! mes beautés! Attendez que votre parrain vous présente son Dany. Vous allez vouloir lui lécher les joues, parce que son père me dit qu'il est presque couleur miel.

Blanche s'approcha d'Élise pour lui dire qu'elle s'absenterait pour une petite heure, puis elle escorta le père Frigon jusqu'à sa voiture. Seul Marcel vit le prêtre passer une main sur la joue de Blanche sans qu'elle réagisse et sans même qu'elle recule d'un pas. Il se mordit les joues. Il vit ensuite le père Frigon ouvrir la portière et Blanche se glisser sur la banquette de la Renault rouillée, qui disparut bientôt en direction des rangs. Blanche le décevait presque. Elle ne lui avait même pas dit au revoir. Il passa au salon pour saluer les invités, rompu de fatigue et d'émotion, dit-il.

M. Philippe l'aurait bien imité si Wilson n'avait pas été en grande discussion avec Micheline. Élise, subitement tendue, accompagna Marcel à sa voiture.

— Avez-vous vu partir ma mère, Marcel?

— Par là-bas avec le Père Blanc. J'espère ne jamais regretter d'avoir insisté pour faire baptiser Violaine et Viviane. Bonne nuit, mon petit.

Élise rentra dans la maison. Les Avoine conversaient avec Whillelmine, tandis que Côme et M. Philippe étaient assis l'un près de l'autre, sans se parler. Tous deux dévisageaient Wilson et Micheline, dont la discussion tantôt s'échauffait, tantôt éclatait en rires sonores. Élise se dirigea vers eux et leur demanda s'ils avaient besoin de quelque chose.

— Non, rien. Avec un homme comme Wilson, on n'a besoin de rien...

Élise la foudroya du regard.

— Je crois, Wilson, que tes parents voudraient rentrer.

Wilson lui jeta un regard et répondit qu'ils partiraient dès que le soleil serait couché.

— J'en profite... Les jours sont presque à leur plus long.

Et il reporta toute son attention sur Micheline, qui éclata encore de rire.

Élise alla s'asseoir près de M. Philippe et lui prit la main.

— Vous allez être un parrain-grand-père pour Viviane.

— Attends, mademoiselle Élise... La prochaine fois, je viens la voir avec toute la famille ou je te l'emprunte...

— Pas tout de suite! Elle est trop petite! Je ne veux pas la prêter!

— Alors, je viendrai ici.

Il suivit le regard d'Élise et posa également le sien sur son fils.

— Wilson, je rentrerais. Si on partait, peut-être que ces gens-là voudraient se coucher.

Ils se levèrent tous, et Jacqueline, restée dans la cuisine pour ranger des choses, vint les retrouver. Les Avoine sortirent les premiers, pour jeter un coup d'œil à Poussin et à P'tit Poussin. M. et Mme Philippe se dirigèrent vers la voiture de Wilson, qui traînait derrière, toujours en discussion avec Micheline. Il salua finalement Côme, en lui écrasant la main, puis s'approcha d'Élise.

— Ta sœur, mademoiselle Élise, est formidable.

— C'est ce que m'a dit son amoureux.

— Ah! Alors, je ne t'apprends rien...

— Non. Merci, Wilson, d'avoir accepté d'être le parrain de Violaine, et merci d'être venu.

Wilson fronça les sourcils.

— Mais je n'avais pas le choix! C'était le baptême!

— Ah! c'est vrai! Où ai-je donc la tête?

Ils partirent tous enfin et Côme monta se coucher. Élise et Micheline restèrent seules un moment dans la balançoire, à attendre leur mère, silencieuses. Micheline souriait et parfois éclatait de rire, ce qui irritait Élise au dernier degré.

— Tu ris de moi, Micheline?

— Mais non! Je ris de la vie... Elle est tellement étonnante!

— Comment va Jean-Charles?

— Très bien.

— Et Claude?

— J'imagine qu'il va bien.

— Et toi, Micheline?

— Jamais été aussi bien de ma vie!

— Tant mieux!

Seules les cigales et les grillons comblaient le silence qui régnait dans la cour de la ferme.

— Je t'ai vue aller, Micheline. Wilson Philippe, pas touche! Il est marié.

— Justement, je peux toucher, puisqu'il est marié...

— J'ai dit: pas touche, Micheline!

Micheline regarda l'ovale sombre que formait le visage de sa sœur par cette nuit sans lune et vit que ses yeux étaient aussi éclatants que les lucioles qui avaient envahi le jardin. Elle ne sut s'ils reflétaient la colère ou la peur. Elle se leva et rentra tandis qu'Élise allait retrouver ses chevaux.

— Micheline, pas touche!

— 34 —

Napoléon avait enlevé sa soutane blanche et il portait une chemise bleue à manches courtes qu'il n'avait pas boutonnée jusqu'au
cou, un pantalon de velours côtelé très usé — « Tu n'as pas chaud
avec ça ? — Oui, mais je suis parti rapidement et je n'ai pas eu le
temps de me changer » — et des sandales visiblement neuves. Pour
la première fois en quinze ans, Blanche s'était permis de remplacer
son voile noir de nonne par un voile blanc de postulante. Elle avait
l'âme en émoi et elle put penser à Clovis sans qu'une larme appa-
raisse au coin de ses yeux. Comme elle, Napoléon avait vieilli, mais
son visage, celui qui l'avait séduite et non celui qui l'avait rebutée,
était aussi désirable. Ses cheveux, toujours aussi épais, avaient
changé de couleur aux tempes, mais il les portait encore avec autant
d'allure. Dans la nuit odorante, les deux anciens amoureux étaient
assis sur les rives de la rivière Saint-François.

— Saint François d'Assise... Fils d'un riche marchand, devenu
hippie... Un ermite qui s'est retrouvé à la tête d'une confrérie, qu'il a
abandonnée à cause de la gestion... Ça lui puait au nez... Il est rede-
venu ermite, est tombé malade et a même vu apparaître des stigmates
sur son corps... Il est mort à peu près à quarante-cinq ans. Un saint
homme !

— Une chance que mes filles ne t'entendent pas... Micheline
crierait : « Un malade à interner avec les fous ! »

— Elle aurait probablement raison. On s'interroge tous. As-tu
remarqué, Blanche, la quantité de prêtres qui ont pendu leur soutane ? L'Église va s'effondrer à cause de l'érosion de ses fondements.

Blanche cherchait à accrocher ses souvenirs à ces lèvres qui se
serraient et à cette langue qui les humectait. Il était toujours prêtre,

mais elle entendait le grondement de son tourment. Combien elle avait été immature pour lui tenir rigueur de la profondeur de son sentiment! Mais cette défection lui avait permis de rencontrer son Clovis et de plonger la tête la première dans le bonheur.

— Je n'ai pas été mariée longtemps. De trente-huit à cinquante-six. J'avais à peine eu le temps de m'être imprégnée de son odeur qu'on me l'enlevait et que j'étais veuve.

— En as-tu perdu la foi, Blanche?

Étonnée, elle fit une grimace.

— Je ne me suis jamais posé la question. Disons que j'ai la foi de la peur.

— C'est-à-dire...?

— Que j'ai peur du vide, du néant. J'ai peur de ne plus jamais revoir Clovis, comme j'ai peur de ne jamais revoir mes filles et maintenant mes petites-filles.

— Et c'est là ta foi?

— Bon, Napoléon, on n'est pas dans un confessionnal...

Napoléon éclata de rire, puis retrouva son sérieux.

— Tu m'as dit la même chose au parc Lafontaine. Tu t'en souviens? J'aurais quand même aimé être au confessionnal pour t'entendre me révéler tes faiblesses, Blanche...

— Mes faiblesses?

Napoléon la fixa dans les yeux et elle ne cligna pas. L'homme qui lui parlait l'aimait encore, elle l'aurait juré. Son cœur bondit et elle ne sut comment interpréter cet élan. Était-ce de la joie ou un sursaut d'émoi?

— Tu permets?

Napoléon lui prit la main et en toucha chacun des doigts, s'arrêtant longuement sur son alliance, qu'il tourna et retourna autour de l'annulaire. Blanche ne savait si elle devait retirer sa main ou la lui laisser.

— J'ai tant espéré que cette alliance soit la mienne.

Blanche vit des larmes s'agglutiner à ses cils.

— Si j'ai bon souvenir, Napoléon, je t'avais dit que ton col romain te tenait en laisse et que je respectais les maîtres.

— Oui, et j'ai répondu que tu serais la force de ma vocation. Où est ta dent en or?

Blanche éclata de rire, la main sur la bouche.

— Au même endroit que la tienne, je suppose.

— Dans le coffre à bijoux des madames dentistes...

Ils se turent et Blanche ferma les yeux. Elle ne se souvenait plus de son odeur ni du bruit de son souffle. Elle se souvenait cependant de son épaule et de sa nuque, mais les années les avaient un peu changées. Pas beaucoup, juste un peu.

— Tu as pas mal gardé ta taille de jeune homme, toi.

— De vingt-huit à trente-deux, mais je n'ai aucun mérite. J'ai vécu en Haïti, à la chaleur, depuis trente ans.

Blanche éclata de rire de nouveau.

— Parles-tu créole ?

— Évidemment !

— Les Philippe aussi. Comme c'est curieux ! Pourquoi tu ne leur as pas parlé ?

Napoléon hésita longuement avant de dire que c'était parce qu'il n'avait de voix que pour elle.

— *Yo rele sa vwoyage nan tan lontan e machin tan an toujou ap woule*. Ça s'appelle un voyage dans le temps, Blanche, et le temps ne s'arrête jamais. C'est la raison pour laquelle il ne pardonne pas.

— Tu crois ?

— 35 —

L'automne s'était installé et les petites filles venaient d'avoir sept mois. Un jour, Wilson arriva sans avoir prévenu, avec Dany sur ses épaules qui tenait un sac rempli de nanans exotiques. Élise enleva les mèches qui lui tombaient tout le temps sur les yeux.

— Bonjour, Wilson. Je t'ai un peu attendu, cet été. Tu n'as pas pu venir ? Quel merveilleux petit bonhomme !

Elle tendit les bras et Dany s'y laissa choir sans retenue.

— Oui, madame Élise, et non, madame Élise. J'ai changé d'hôpital, de maison et d'amours... En tout cas, je le crois...

— Ah !...

Élise se raidit. Elle savait qu'il parlait de Micheline. Chaque fois que celle-ci venait, elle lui disait avoir vu Wilson. Élise l'avait ignoré pendant l'été, puis avait cessé de rabâcher son inutile «Pas touche ! », d'autant plus qu'elle se demandait ce qui pouvait bien l'avoir poussée à cette mise en garde. Mais elle ne voulait surtout pas chercher trop loin ni trop profondément.

— Tes petites dorment ?

— Heureusement ! Mes nuits sont plutôt blanches, parce qu'elles percent des dents et m'appellent sans arrêt pour que je leur frotte les gencives.

— C'est un mauvais moment à passer. À Noël, vous aurez vos nuits, Côme et toi.

— Côme est rarement ici. C'est la saison. L'automne, il faut prévoir les engrais, planifier la rotation des champs et choisir les semences, sans parler de...

Élise se tut, son manque de conviction étant trop apparent. Côme avait repris ses contrats à l'extérieur et elle n'aurait jamais pu lui dire qu'elle lui en savait gré, mais son absence allégeait l'atmosphère de la maison. Dès qu'une des filles pleurait, il s'impatientait — «Mais qu'est-ce que je suis censé faire?» —, ce qui faisait pleurer l'autre, en plus de l'irriter, elle, profondément. Ses amours étaient en berne et elle se demandait si Côme avait dédain de son ventre encore gonflé et des traces blanches de sa maternité. De toute façon, elle préférait dormir, pour être de bonne humeur au réveil de ses filles. Celles-ci la comblaient et elle avait de plus en plus le sentiment qu'une mère comme elle était un éteignoir à concupiscence pour un père tel que Côme. Il lui avait dit comprendre qu'elle ait la libido noyée dans le lait, et que cela ne lui posait aucun problème. Mais elle ne savait plus. Elle aurait donné sa vie pour ses filles, mais elle se demandait si elle aurait été prête à le faire pour Côme. Les petites avaient besoin d'elle. Quant à lui, elle ne voulait pas vraiment le savoir.

Sa mère «fréquentait» le père Frigon depuis le baptême et Micheline l'avait exhortée à s'ouvrir les yeux. Élise refusait de le faire si c'était pour voir sa mère au bras d'un homme d'Église. «Il faudra bien que tu acceptes qu'elle ait une vie à elle», lui avait dit sa sœur. Élise avait été forcée d'admettre qu'elle était tout simplement mal à l'aise avec de possibles amours de sa mère. Elle avait toujours cru son père irremplaçable et voilà que sa mère s'apprêtait peut-être à effacer son souvenir. Elle disait «peut-être» parce qu'elle ne savait pas jusqu'où pouvaient s'étirer les principes de sa mère et ceux de ce père Frigon qu'elle refusait de trouver sympathique ou bel homme ou cultivé ou amusant, comme le décrivait Micheline. Elle était incapable de lui donner sa bénédiction. Pas encore. Micheline lui avait raconté que son professeur de philosophie, un religieux, s'était épris d'une de ses consœurs de collège «qui avait vingt ans alors que lui en avait au moins trente-cinq» et qu'ils avaient filé ensemble le parfait bonheur. Sa sœur en avait gloussé alors qu'elle en avait été traumatisée, non qu'elle fût pratiquante, mais elle croyait encore taboues certaines zones de l'existence. Et encore, elle n'en était plus toujours certaine.

Marcel parlait de faire un voyage en Belgique. Si, depuis le baptême, il était un grand-père comblé, le soupirant secret de

Blanche était attristé, éconduit avant même d'avoir révélé ses espoirs.

Élise passait donc ses journées en plein bonheur dès que ses filles étaient avec elle, mais elle se retrouvait en plein questionnement aussitôt qu'elle pensait à sa mère, et en pleine désillusion lorsque Côme rentrait à la maison.

— Élise!

Elle sursauta. Elle était à des années-lumière de Wilson, qui pourtant se trouvait là, en chair et en os, avec ce petit Dany, « la chair de sa chair». Elle frissonna. Cette expression — ô combien biblique! — lui donnait le vertige par sa profondeur.

— Où es-tu, Élise?

— Perdue, Wilson, dans le labyrinthe de plus en plus compliqué de la vie. Je suis comme un petit rat qui ne cesse de se frapper contre des murs.

— Mais qu'est-ce qui t'arrive? Tu nages en plein bonheur!

— Je suis lasse de nager à contre-courant.

— C'est ce qui fait ton charme, belle demoiselle Élise.

— Je viens d'avoir trente et un ans, Wilson, et je me cherche encore.

— Signe d'intelligence...

Élise alla voir ce qui retenait ses filles dans le sommeil, et elle redescendit sur la pointe des pieds.

— Dany, si ton papa est d'accord, toi et moi, on va aller voir un gros Poussin et un petit Poussin.

— Le parrain ne bougera pas.

— Pitpitpit?

— Peut-être, Dany, peut-être pas. Viens, allons-y!

Elle prit Dany par la main et elle ne cessa de la caresser. Le garçon poussa des cris d'excitation dès qu'il vit les chevaux. Poussin s'approcha de la clôture, P'tit Poussin collé à sa croupe. Élise leur parla longuement, puis elle entra dans l'enclos et prit Dany dans ses bras. Sans hésiter, elle lui fit enfourcher Poussin, qui ne broncha pas.

— Quel beau cavalier tu fais, Dany!

— Pitpitpit Dany!

En riant, Élise reprit l'enfant, qui obéit, docile. Elle l'emmena alors au poulailler, où il ramassa un œuf tout collant et plein de plumes.

— Moi, coco !

— C'est sûr que c'est à toi !

Elle l'emmena ensuite voir la dizaine de vrais poussins qui pépiaient dans leur couveuse improvisée, un bac de plastique au-dessus duquel pendait une ampoule.

— Oh ! beaux !

Elle en choisit un et le lui mit dans les mains.

— Pitpitpit !

— Doucement...

— Chut ! Dodo, pitpit !

Elle le laissa avec les poussins tandis qu'elle ramassait les œufs.

— Chut ! Dodo, pitpit, dodo !

Lorsqu'elle revint vers lui, elle poussa un tout petit cri d'étonnement.

— Chut ! Dodo, pitpit !

Elle prit un poussin, puis un deuxième. Dany les avait tous étranglés de son affection. Elle reprit l'enfant par la main et, portant le bac de l'autre, se dirigea vers le fumier.

— Quand tu aimes, Dany, tu aimes fort...

— Houi !

Elle mit les poussins sur le fumier, les recouvrit en utilisant la fourche et leur fit au revoir de la main, imitée par Dany.

— Au revoir... ! Bon voyage dans le train des poussins... ! Bon voyage... !

— 'Yage... ! Dodo... !

Pressant le pas, elle revint à la maison pour découvrir Wilson assis par terre dans le salon avec les filles, tous les trois très occupés par un jeu de cartes.

— Tiens ! votre maman est de retour avec votre prince charmant. Dites-lui que vous avez bien dormi et que je vous ai langées.

Élise regarda Wilson avec reconnaissance.

— Tu aurais peut-être dû faire la pédiatrie...

— Pas nécessaire, Élise. Je préfère la médecine générale. Je vois tout le monde, les hommes, les femmes, les enfants, et c'est pour cette raison que j'ai changé d'hôpital.

— Je sais. Tu es à Saint-Jean-sur-Richelieu. Micheline me l'a dit.

— Oui, et je fais, quand je le peux, des visites à domicile.

— Et la castonguette?

— On se débrouille.

— Dodo, pitpit, dodo!

En rigolant et en tenant toujours Dany dans ses bras, Élise raconta sa chevauchée et les funérailles des poussins.

— Qui trop embrasse mal étreint...

— Je ne suis absolument pas d'accord avec ce dicton. On peut mal aimer, mais mal étreindre quand on aime, j'en doute. Une simple étreinte, ça veut dire quelque chose, non?

Wilson ne répondit rien.

*   *   *

Si l'orage n'avait pas été si violent, le jeune médecin serait rentré à Montréal, mais les vents eurent raison de lui et il fut forcé de camper à L'Avenir avec Dany, déjà endormi sur le canapé du salon. Le souper avait été amusant, les petites ayant commencé à tenir chacune sa cuiller, et Dany avait eu la permission de leur faire avaler quelques bouchées. Élise offrit sa chambre à Wilson, expliquant qu'elle dormirait dans ce qui avait été sa chambre de jeune fille. La chambre de Côme avait été convertie en pouponnière. Wilson refusa net, mais lui demanda si elle ne voyait pas d'objection à installer le petit par terre, près d'elle.

— Mais pourquoi?

— J'irais dormir dans l'écurie.

Élise éclata de rire et fit non de la tête.

— Pour sentir le cheval et le fumier? Non, monsieur! C'est une odeur de travail pour le jour, pas pour la nuit. Tu vas dormir dans mon lit.

— Avec toi, Élise?

Elle fut tétanisée. Elle avait souhaité et appréhendé cet instant depuis le baptême. «Pratique, pratique, Élise, d'avoir choisi Wilson comme parrain... », lui avait lancé Micheline. « Qu'est-ce que tu veux dire ? » lui avait-elle demandé. « Rien ! » Et Élise avait mis ses fantasmes en veilleuse lorsque Micheline avait commencé à fréquenter Wilson.

Elle n'avait vu rien d'autre chez Wilson que la générosité et l'humour, ainsi que la générosité et l'amour. Elle se répétait. Mais Côme était celui qu'elle avait choisi pour la vie, et dans la vie, maintenant, il y avait Wilson. Curieux, les visages que pouvait prendre la vie... Curieux, les détours que lui avait fait prendre la vie lorsque son père en avait été expulsé pour la lancer dans les bras de Wilson. Y avait-il eu là un présage qu'elle n'avait pas su interpréter ? Maintenant sa perception de Wilson allait au-delà de sa générosité. Elle frôlait l'immoralité — mais était-ce bien le cas ? — et l'adultère.

— Est-ce qu'on parle d'adultère quand on est soi-même trompé, Wilson ?

— Je ne sais pas.

— Non, Wilson. Je souffre tellement lorsque mon mari me ment et qu'il empeste le parfum, que...

— Dommage...

— Oui, dommage, parce que maintenant c'est Micheline qui t'a enlevé.

Wilson se figea avant de comprendre le malentendu. Il s'approcha d'Élise et lui murmura que Micheline et lui se voyaient souvent parce qu'elle était son avocate et qu'elle le représentait pour son divorce.

Élise demeura bouche bée et remercia le ciel d'ouvrir une brèche dans son labyrinthe. Elle avait tellement envie de cet homme d'ébène qu'elle ne pouvait même plus retenir ses pensées, lesquelles se précipitaient non pas dans sa tête mais directement dans son corps.

— J'ai souvenir encore des muscles de tes bras, Wilson. J'ai souvenir encore de ton étreinte. Tu m'avais dit d'aller chercher la sagesse de l'arbre. J'ai tout fait pour être sage et raisonnable, mais j'étouffe, Wilson. Malgré tout, je ne saurais manquer à ma parole. Pas encore. J'ai tant voulu être parfaite pour que mon père soit fier de moi...

— Mais ton père t'a quittée, Élise. Contre son gré, oui, mais il a quitté ce monde...

— Il m'a abandonnée et il n'est jamais mort. Il est encore jeune et souriant dans mon souvenir. Il n'est pas mort encore.

Élise tourna le dos à Wilson et s'appuya contre le cadre de la porte de la chambre. Alors il vint la protéger comme il l'avait fait dans le champ, au vu et au su de tous les passagers du train.

— 36 —
1972

Le jour de l'An ressembla à des funérailles. Heureusement que Violaine et Viviane y mirent de leur joie et de leur insouciance, car Élise se serait enfermée dans sa chambre pour n'en sortir que le lendemain. Le sapin, encore décoré de ses éternelles fleurs blanches, avait perdu de son éclat, d'autant plus que trois des circuits de lumières s'étaient éteints sur le coup de minuit.

Micheline arriva pour le réveillon avec Jean-Charles, qui se sentit obligé d'expliquer sa présence.

— Mais je suis ravie, Jean-Charles, que vous soyez avec nous. Un peu étonnée, c'est tout.

— Mes parents sont avec les enfants, alités à cause de la varicelle, et leur mère est partie se reposer en Floride.

— Vous ne vouliez pas y aller?

— Non. Je préférais rester à Montréal. Mon épouse s'amuse toujours davantage avec une de ses amies qu'avec un mari en manque de journaux d'ici.

Élise l'embrassa, sensible à la présence de cet homme dont le regard scintillait dès que Micheline entrait dans son champ de vision. Ce qui l'étonna fut de voir le regard de Micheline s'allumer également et elle se demanda s'il arrivait parfois à sa sœur de remettre ses choix en question. Quant à elle, elle se morfondait de désir jour après nuit, nuit après jour, et ce n'était plus Côme qui l'assouvissait. Maintenant qu'elle avait des bébés, l'étau s'était resserré autour d'elle puisqu'elle ne voulait pas priver ses filles de leur père. Elle avait lu dans un magazine que certains hommes cessaient de désirer leur femme dès qu'elle devenait enceinte. Elle avait entendu à la télévision un homme pleurer sur son infortune d'avoir assisté à l'accouchement de sa femme. «En un jour, cette femme que je désirais profondément est devenue une espèce d'animal dont est sorti un petit. Comme un chiot.» Élise avait été heurtée au plus profond de son être. Elle aimait viscéralement se sentir femelle sur cette terre qu'elle adorait. Elle aimait faire partie de la chaîne de la vie. Tant pis pour ceux qui se croyaient au-dessus de la création, êtres élus et supérieurs. Ce n'était pas son lot. Elle était là pour l'éternité de la vie.

Wilson et elle étaient devenus les meilleurs amis du monde et elle admirait son courage d'avoir quitté la ville afin de pratiquer une autre médecine. Il avait loué une maison sur la charmante île Sainte-Thérèse, à proximité de Saint-Jean-sur-Richelieu, où la rivière léchait presque le pas de sa porte. Élise savait, parce que Wilson le lui avait laissé entendre — ô combien discrètement! —, qu'il était le seul Noir de l'hôpital et aussi le seul Noir de son île.

Blanche vint à la fête avec Napoléon Frigon, qui leur annonça qu'il attendait sa laïcisation.

— Ça veut dire que vous ne serez plus un prêtre?

— Si le Vatican m'affranchit.

Micheline était fascinée.

— Parce qu'il y a une espèce de tribunal qui va vous juger apte ou non à retourner à la vie civile?

— Plutôt apte ou non à rester prêtre.

— Et qu'est-ce qu'il vous faut faire de mal?

— C'est ça, le problème. Depuis que j'ai revu votre mère, je nage en pleine loi de la relativité...

— Einstein serait content d'entendre ça!

— Peut-être davantage son copain Freud...

— Donc, c'est parce que vous avez revu ma mère que vous voulez redevenir laïc. Pourquoi? Qu'est-ce que ça changerait?

— En fait, rien. Pardonne-moi, Blanche, mais... En fait, votre mère et moi, nous avons dormi ensemble.

— De toute façon, vous l'auriez fait... Pourquoi attendre la bénédiction du Vatican?

— Par respect, c'est tout. Respect de l'institution, respect de votre mère et respect de moi-même. Tranquillité d'esprit, aussi. Je n'ai pas envie d'être un paria.

— Et si le Vatican refuse?

— Je me défroquerai et je vivrai en paria!

Napoléon éclata de rire et posa sa main sur celle de Blanche.

Durant toutes ces heures de réjouissances, Côme fut égal à lui-même. Souriant, rieur, bon père de vitrine, mais Élise et Micheline durent quand même nourrir et endormir les bébés toutes seules. Ces moments intimes plaisaient aussi à Micheline, qui adorait bichonner sa filleule en lui promettant mers et mondes. Quant à Marcel, il les surprit tous en leur montrant un billet d'avion de la ligne Sabena, qui allait l'emmener à Bruxelles.

— Revoir la Grand-Place et son Gisant et les terres des cousins, les miens comme ceux de Mimine. Voir à quoi ressemblera cette Europe censée naître ce mois-ci.

— Mais enfin, papa, quand partiras-tu?

— De la mi-janvier à la mi-avril.

— Tant mieux. Tu seras là pour les semis.

— Voyons, Côme, ton père n'est pas forcé d'être ici! La ferme est à nous!

— À nous, évidemment, mais quand je suis à l'extérieur, ce ne sont quand même pas les filles et toi qui pouvez travailler dans les champs...

— J'y avais pensé, mon fils. Je ne suis pas con. Et merci de me souhaiter bon voyage!

Piqué, Marcel se leva, prétextant des brûlures d'estomac, et rentra chez lui en plein milieu du réveillon. Son départ jeta un froid qui persista malgré l'arrivée-surprise de Jacqueline et de Bernard.

— Bonne année!

Devant la mine déconfite de ses amis, Jacqueline changea de ton.

— Qu'est-ce qui s'est passé? Je viens de voir Marcel avec une mine... Attendez, j'ai appris le mot cette semaine à la télévision... Une mine patibulaire.

— Fais pas chier, Jacqueline. Mon père est déprimé comme c'est pas possible depuis que ma belle-mère fréquente son curé.

— Côme! Pardonnez mon mari, mais ce qu'il vient de dire est *cheap*. Le père Frigon vient de nous expliquer qu'il attend sa laïcisation.

Élise regarda alors sa mère en esquissant un sourire. Blanche fut la seule à saisir l'importance de ce qui venait de se produire : Élise avait défendu Napoléon et ses amours à elle.

— Mais, en attendant, il est encore prêtre, ce qui déprime mon père.

— Voyons donc, mon beau-frère! Ce qui déprime ton père, c'est d'être seul et veuf.

Un silence lourd et épais se cristallisa dans le froid. Personne n'eut l'audace d'ajouter que Marcel était énormément déprimé à cause de son fils qui, apparemment, ne cessait de le décevoir. Embarrassée, Blanche demanda à Napoléon à rentrer à Montréal. Il acquiesça.

Micheline et Côme allèrent dormir. Jacqueline et Bernard repartirent aussi vite qu'ils étaient arrivés. Jean-Charles et Élise restèrent seuls à nettoyer la salle à manger et la cuisine, silencieux comme des bénédictins.

* * *

Le printemps et l'été furent extraordinaires. Viviane força sa sœur à la suivre dans une marche continue. Élise ne cessait de s'émerveiller devant les progrès de ses filles et leur sourire où des dents coiffaient maintenant les gencives. Elle habillait souvent Violaine d'une robe jaune et Viviane d'une robe lilas. Il était maintenant notoire que celle qui portait du jaune était toujours Violaine. Si l'une des deux portait du vert, c'était toujours Viviane. Cela permettait aux petites de changer quand même de costume de temps à autre. Côme ne savait toujours pas les différencier.

— Je ne sais pas comment tu fais, Élise. Même dans la baignoire, tu les reconnais. Elles sont tellement pareilles!

— Il y a une bonne façon de le savoir, Côme.

— C'est quoi, le truc?

— Être avec elles.

— Parfois, ma douce, tu m'énerves...

— Je gagne. Toi, c'est plus que parfois...

Élise n'osait se l'avouer, mais ses amours logeaient maintenant à la même enseigne que celles de Côme : bonne entente et indifférence. Elle se savait capable de continuer ainsi si c'était là son destin, surtout pour leurs enfants, mais elle aurait préféré être aimée comme elle l'avait été au tout début de leur relation. La vérité, c'est qu'elle avait idéalisé Côme, voyant dans un geste occasionnel un comportement habituel, dans un mot doux une promesse d'amour éternel, dans une absence le plaisir du retour, et dans un mensonge une délicatesse pour l'épargner. Elle l'avait complètement idéalisé. Mais maintenant elle le voyait tel qu'il était : un peu roublard, merveilleux pour faire la cour, et menteur, du moins le croyait-elle jusqu'à preuve du contraire. Il n'était pas non plus le père qu'elle aurait souhaité pour ses filles, mais celles-ci l'adoraient et c'était là le plus important.

Marcel rentra de Louvain deux jours après qu'on y eut arrêté un espion qui transportait des documents secrets relatifs à l'avion de combat Mirage.

— Ah ! voilà pourquoi vous vouliez aller en Belgique, Marcel...

— Absolument ! Et j'ai l'intention d'apprendre aux petites comment cacher des papiers importants dans leurs couches. J'en ferai de vraies Mata Hari en herbe !

Côme devait aller chercher son père à l'aéroport de Dorval, mais c'est en vain que Marcel l'avait attendu. Il était rentré par autobus, ce qui avait choqué Élise.

— Mais pourquoi est-ce que Côme ne nous l'a pas dit ?

— J'imagine que c'est parce que Côme a oublié...

— Je vous jure, Marcel, qu'il me dépasse...

Retrouvant son sérieux, Marcel s'assit à la table de la cuisine, soucieux.

— Qu'est-ce qui arrive à mon fils, Élise ? Est-il toujours aussi...

— ... absent ? Oui, Marcel, de plus en plus, et j'ai le sentiment que vous pensez ce que je crois et redoute depuis des années...

Marcel soupira en hochant la tête. Heureusement pour Élise, qui ne pouvait consoler son beau-père, dont la colère sourde et silencieuse lui bouillait toujours entre le cœur et la bouche, prête à éclater.

— J'ai trop aimé la Belgique, Élise... Et les cousins... Une fête ici, une soirée là, une frite par-ci, une moule par-là, une course, une belle veuve...

319

— Marcel! Vous n'irez quand même pas vivre en Belgique! Et les petites et moi, Marcel?

— C'est ce qui me retiendrait, Élise: vous trois. D'autant plus qu'à ta façon tu es aussi un peu veuve, avec tes soirées vides et ton lit défait seulement d'un côté plus souvent qu'autrement. Mon Côme est probablement sorti d'un gourmand de notre arbre généalogique et non du tronc!

Élise dut s'asseoir à son tour. Elle prit la main de Marcel et la caressa longuement.

— Êtes-vous amoureux, Marcel?

— Si être amoureux, mon petit, c'est me sentir guilleret quand elle arrive au cinéma, ne pas trop lui parler de Mimine et supporter qu'elle me parle de son Jacques, alors oui, je suis amoureux, ou, disons, très charmé et intéressé.

— Et son nom?

— Madeleine.

Côme rentra et se frappa le front en voyant son père.

— Quel jour on est? Merde! Pardonne-moi, papa. Quel con je suis!

En moins de deux, il fut mis au parfum, et il n'attendit pas que les petites soient endormies pour hausser le ton. Il arpentait le plancher de la cuisine de long en large, assommé par ce qu'il venait d'entendre.

— C'est ça, papa, retourne en Belgique! Efface tout ce qu'a été ta vie et force-nous à vendre!

— Baisse le ton, Côme! Les petites sont inquiètes.

— Bon, bon, d'accord. Mais comment est-ce qu'un homme qui n'a pas encore l'âge de la retraite peut penser tout balancer et se prendre pour un prodigue?

— Peut-être, fils, parce que c'est ce que je suis. Je n'ai jamais été regardant quand il s'est agi de ton bien-être.

— Je parle de l'enfant prodigue, papa...

— J'avais compris ça aussi! Je ne suis pas con! Et c'est ce que je pourrais devenir pour ma famille là-bas.

— Tu es témoin, Élise. Mon père n'est pas retombé en enfance, mais il est arrivé directement à l'adolescence... Il a une blonde et il veut partir de la maison!

— Je ne suis témoin de rien, Côme. Ton père peut faire ce qu'il lui plaît.

— Es-tu prête à retourner vivre en ville? Parce que la ferme, c'est gros, et moi je suis agronome et je suis souvent appelé à m'absenter.

— Tu m'en diras tant! Personne n'a parlé de vendre sauf toi, Côme.

Sans ajouter un mot, Côme sortit en faisant claquer la porte. Violaine éclata en sanglots.

— Mais non, ma choucoune, mais non... Papa n'a pas fait exprès.

— Mais veux-tu me dire, Élise, quelle mouche l'a piqué?

Élise pinça les lèvres avant de sourire.

— Pour autant que ce ne soit pas un morpion!

— Je t'admire, ma bru. Crois-tu qu'il veuille vendre?

— Si oui, c'est nouveau...

— C'est drôle qu'il dise que j'effacerais ma vie, alors que c'est lui qui en est le propriétaire... De tout ce que j'ai fait, de tout ce que j'ai semé, c'est lui qui récolte!

— 37 —

Blanche regardait Napoléon plier et ranger ses effets sacerdotaux dans une valise qu'il rapporterait à l'évêché.

— Le plus drôle, c'est que ça va probablement retourner dans les missions pour aider un jeune prêtre du pays. Mais c'est mieux comme ça...

— Es-tu heureux, Napoléon?

— Oui, comme un homme qui débarque chez sa maîtresse après un divorce... C'est douloureux, Blanche. Heureusement que j'ai la récompense que je n'espérais plus: être avec toi. Ça fait des années que je regrette que ma fougueuse passion de jeunesse m'ait fait pécher par excès de confiance en te présentant comme ma fiancée. Je suis maintenant forcé d'admettre que je n'ai probablement pas fait le bon choix, il y a quarante ans. Peut-être que j'aurais été un bon père de famille. Peut-être que j'aurais pu rendre une femme heureuse. Enfin..., te rendre heureuse. Pourtant, je sais que j'ai suivi une voix royale et lactée qui me menait directement au paradis, sans passer *go* et en évitant tous les avatars de la vie.

— J'espère, Napoléon, qu'on ne se reprochera jamais d'être allés au baptême de mes petites-filles.

— Jamais, c'est certain. J'ai le sentiment que, toi et moi, on s'est retrouvés par hasard sur le chemin du Christ. Il nous avait crus morts et il s'est senti obligé de nous ressusciter...

— C'est pas un peu morbide, ce que tu dis?

— Mais non, mon bel oiseau du Nord. Ce que je te dis, c'est qu'on a la chance extraordinaire de continuer notre vie. Autrement, il est vrai, mais quand même dans la brume ouateuse du matin...

— Bon, il va falloir que j'apprenne à comprendre tes images. T'avais-je dit que mon père appelait ma mère « ma belle brume » ?

— Non, jamais.

— C'est une coïncidence amusante, mais je préfère l'oiseau du Nord à la belle brume, si tu n'y vois pas d'objection...

Blanche et Napoléon ne savaient comment annoncer les changements qu'ils projetaient. Ils voulaient se marier, pour leur tranquillité d'esprit et pour le plaisir de le faire à l'église. Ils voulaient aussi vendre la maison d'Outremont et en acheter une plus petite pour pouvoir la quitter cinq ou six mois par année afin d'aller au soleil d'Haïti et aussi de venir aider Élise aux semis et aux récoltes.

— *A la kontan m kontan: mwen ka di ti cheri m nan mwen renmen li san m pa bezwen peu anyen.*

— Qu'est-ce que tu viens de dire ?

— Que je t'aime.

— Moi aussi, je t'aime, mais je redoute la réaction d'Élise. J'ai pressenti qu'elle serait mal mariée et maintenant je sais que c'est le cas. Elle a tellement de principes, ceux que son père et moi on s'est évertués à lui inculquer, qu'on dirait qu'elle est prise au piège.

— Je ne saurais lui conseiller le divorce.

— Si c'est à cause de tes principes religieux, laisse-moi lui parler.

— D'accord.

— Si c'est parce que tu n'as pas d'expérience du mariage, laisse-moi lui parler.

— D'accord, ma chère.

— Si c'est parce que tu as une meilleure solution, alors parle, parce que ça presse. Ma fille se meurt à petit feu entre ses jumelles qu'elle adore, ses chevaux et sa petite serre. Et surtout ne lui parle pas de religion. C'est une affaire de famille.

— Tu peux compter sur moi.

— Élise est très attachée à la maison et à tout ce qui lui rappelle son père. J'ai peur que ça la peine énormément.

— Je reconnais chez elle la sensibilité de sa mère.

— C'est que tu n'as pas connu son père.

— Non, et je le regrette. Mais je suis heureux de savoir que nous avons été deux à t'aimer en même temps, Blanche. Parce que je n'ai jamais cessé de t'aimer. Je t'ai dit que ton souvenir serait le soutien de ma vocation et il l'a été. Ce que tu sais maintenant, c'est que j'avais besoin de ce souvenir pour vivre.

Blanche étreignit Napoléon avec la même pudeur qu'elle avait toujours eue avec lui comme avec Clovis. C'est dans la noirceur de ses nuits qu'elle aimait goûter l'amour.

*　*　*

— Y a-t-il quelque chose, Élise, que tu voudrais conserver ?

Silencieuse, Élise était assise devant sa mère, Napoléon et Micheline, laquelle était venue, supposait-elle, pour aider sa mère. Elle ne disait pas un mot, impassible devant leurs propos. Si elle se réjouissait sincèrement du mariage de sa mère — «Ça, c'est heureux, Micheline, parce qu'on sait qu'elle ne mourra pas de solitude ou d'ennui» —, elle avait un peu de mal à imaginer que celle-ci porterait un autre nom que le sien. Elle était surtout catastrophée à l'idée que sa mère serait partie six mois par année en Haïti, un pays en lequel elle n'avait plus confiance depuis que Wilson lui avait dit que sa famille s'en était «sauvée». Le père Frigon avait beau avoir expliqué que les missions y étaient presque à l'abri malgré les souffrances infligées au peuple haïtien par «Papa Doc», qui était mort en avril de l'année précédente, elle n'était guère rassurée.

— Et j'aime trop Dieu pour souhaiter qu'Il ait son âme.

Micheline, aussi inquiète que sa sœur, s'empressa de l'absoudre.

— C'est permis, puisque vous n'êtes plus prêtre. Et son «Bébé Doc»?

— On verra. C'est un gros bébé gâté qui s'appuie aussi sur la loi militaire...

— C'est gai ! Père gâteux, fils gâté...

— On verra.

Élise regarda alors sa mère, qui lui fit un sourire si confiant et bon enfant qu'elle en frissonna.

— Il faut pas exagérer. On s'en va pas vivre à la mission ni dans la brousse. On va être des retraités logés à l'hôtel. Napoléon et moi, on va aider à la mission. Napoléon pourra être homme à tout faire, et moi, infirmière. Et quand on va avoir soixante-dix ans, on verra...

Les petites grandiraient loin des yeux bleus de leur mamie, et éloignées de leur papi si Marcel mettait son projet à exécution. Élise sourit à sa sœur.

— J'irai à la maison, maman. De toute façon, j'y serais allée pour aider. Si personne n'y voit d'objection, j'aimerais avoir le train électrique et le fauteuil de papa. J'aimerais aussi avoir les accessoires de ses noces, ses boutons de manchette et les autres affaires que tu m'avais montrées, maman. C'est O.K., Micheline?

— Pas de problème. J'aime pas ça, moi, m'encombrer de vieilles affaires.

— Moi, oui... Regardez votre mère, il y en a qui diraient que c'est une vieille personne de soixante-quatre ans, mais laissez-moi vous dire que ça, c'est le décor. Si vous pouviez voir la pièce et vous promener dans la coulisse...

Blanche aurait ri si elle avait pu le faire. Mais Élise ne releva pas l'humour de Napoléon.

— J'aimerais aussi prendre ses vieux horaires des Chemins de fer nationaux, puis d'autres bricoles, comme sa vieille lampe à huile. Oh!... et les petits menus pour enfants que vous aviez gardés dans une boîte au sous-sol.

— *Coudon*, Élise, veux-tu faire un musée Lauzé?

— Non... Je veux des souvenirs pour pouvoir en parler avec mes filles. Qu'elles le connaissent. Qu'on joue au train avec de vrais horaires. Et je prendrais bien ta robe de mariage, maman, si Micheline en veut pas.

— Prends-la. Le mariage, ma chère, ça me concerne uniquement pour aller à la noce et offrir un cadeau. Je serai jamais au pied de l'autel, sauf en demoiselle d'honneur.

— Puisque tu en parles, Micheline, j'aurais besoin de deux filles d'honneur...

— Maman, vous allez pas vous marier tout de suite comme ça!

Élise avait presque bondi sur ses pieds. Tout ce qu'ils racontaient depuis le début de la soirée lui semblait si irréel. Mais si sa mère mettait une date à leur projet de mariage, une nouvelle vie les habiterait tous.

— À mon âge, c'est pas nécessaire d'attendre trop longtemps, Élise. Et puis, même si c'est difficile à comprendre, Napoléon et moi, on a hâte de se faire appeler monsieur et madame Frigon.

Élise alla à la chambre de ses filles, arborant un sourire un peu forcé, puis revint les trouver.

— Élise, merde! C'est quoi l'idée de gâcher leur fun? Tu t'inquiétais pour maman, et maintenant c'est Napoléon qui va le faire.

— Avec bonheur... Tu vas pouvoir dormir sur tes deux oreilles, Élise, parce que ta mère n'aura jamais été autant aimée.

Élise accueillit cette promesse comme une profanation de l'amour de son père. Qui était-il, ce père Frigon, pour que sa mère ne le gifle pas? Qu'était-elle devenue pour que l'amour de son mari soit ainsi effacé?

— Ah non! Mais qu'est-ce que vous en savez, vous?

— Élise, ma ch...

— Vous l'avez aimée quand vous aviez pas encore vingt-cinq ans, vous la retrouvez au maudit baptême de mes filles, puis vous décrétez qu'il y a personne qui l'a aimée autant que vous! Vous me faites rire!

— C'est pas évident qu'il te fait rire, Élise... Calme-toi...

— Pour une fois que c'est pas moi la plus calme, Micheline!

— Où étiez-vous quand la mâchoire du train l'a empalé?

— Je sais, Élise, que je n'étais pas là... Je...

— Moi, j'y étais! J'y étais et je retourne souvent le long de la voie ferrée, cauchemar après cauchemar... Je fais encore des cauchemars, maman. Je vais avoir trente-deux ans et ça fait seize ans... La moitié de ma vie en cauchemars! Je t'ai menti, maman. Papa est pas mort sur le coup. La mâchoire du train lui est arrivé en plein là et il a fait «hoah!», puis il s'est figé, comme ça, en respirant fort. En râlant, maman, en râlant!

Micheline tenait la main de sa mère tandis que Napoléon lui tenait l'épaule.

— Est-ce bien, nécessaire, Élise, de raconter les moments les plus...

— Oui, père Frigon, oui! Vous nous parlez de l'enfer, mais moi j'y suis allée! Quand je lui ai demandé, à mon père, ce qu'il venait de faire, il m'a répondu: «Je pense que je viens de me tuer.» Il m'a dit ça, maman. C'est pas vrai qu'il a perdu connaissance. Il a été conscient jusqu'à la dernière minute. Il a souffert, les yeux en arrière, comme ça. C'est même lui qui a dit au conducteur de faire avancer le train pour ouvrir les mâchoires. Il le savait, qu'il allait mourir.

— Arrête, Élise! Je peux pas entendre ça!

— Ce que tu entends, Micheline, c'est rien comparativement aux cris des passagers et aux râles de papa. C'est rien comparativement aux efforts surhumains qu'il faisait pour me laisser ses messages d'amour pour toi, maman, puis pour toi et moi, Micheline. Ça fait que pour oser me dire que ma mère a jamais été aimée comme vous allez l'aimer, vous repasserez! Mon père est mort en l'aimant!

Blanche était livide et tremblotante. Elle enleva le bras de Napoléon de son épaule et laissa tomber la main de Micheline pour se diriger vers Élise, qu'elle reçut dans ses bras.

— *Mwen mande w padon pou sa mwen fek di w la.* Oh! pourras-tu seulement me pardonner ce que j'ai dit?

— Pourquoi ne jamais l'avoir dit, Élise?

— Parce que j'ai promis. Promis de te protéger, maman. J'ai promis de vous protéger toutes les deux. J'ai raté toute ma vie... J'ai même pas réussi à empêcher Micheline d'aller à New York...

— Élise, mêle pas tout...

— J'ai pas réussi à empêcher mon mari de bambocher, parce que j'ai pas su comment le retenir dans mon lit...

Micheline se boucha les deux oreilles.

— Tais-toi, Élise! Je peux plus t'entendre!

— Maintenant que j'ai deux belles raisons de vivre, je vais réussir ma vie... Excusez-moi...

Elle sortit et se réfugia près de Poussin, qui ne broncha pas quand elle lui agrippa le cou et ne broncha pas non plus quand elle pleura dans sa crinière tout en lui martelant les flancs de coups de poing.

— Wilson! Viens me consoler, Wilson!

— 38 —

Élise était furieuse. Après avoir préparé les enfants, elle avait été forcée de les mettre au lit en attendant Côme qui n'arrivait pas. Tout l'été, il l'avait fait attendre pour des raisons de plus en plus fantaisistes. Elle bouillait. Il était impératif qu'elle soit à Outremont ce soir et il était important aussi que les filles dorment une bonne nuit.

Elle avait passé le dernier mois dans les champs, à récolter, et dans la maison, à s'occuper des filles et des conserves, et à Outremont, pour aider à faire des cartons. La mise en vente de la maison avait été reportée au printemps afin de permettre à sa mère et à Napoléon de préparer leurs noces et leur séjour en Haïti. Il lui tardait, disait-elle, de se trouver là-bas avec lui pour le voir à l'œuvre avec les gens qu'il avait aimés et qui l'avaient aimé. Il lui tardait de connaître ses amis et ses relations. Il lui tardait de voir ces gens qui, sans lui, ne sauraient ni lire ni compter. « Tu l'aimes beaucoup ? — Oui, Élise, je l'aime, et je l'aimerai toujours. Mais je n'ai aucun regret de ne pas avoir pu l'aimer avant, parce que ton père, que j'aime et que j'aimerai toujours, a partagé toute la place avec vous. »

Élise aperçut des phares et alla à la fenêtre. Ce n'était pas Côme. Ils avaient pourtant convenu qu'ils devaient être sur la route dès dix-neuf heures pour que les petites dorment une bonne nuit. Elle rageait.

Depuis que sa mère préparait le mariage, Élise redécouvrait chez elle la fébrilité et l'énergie de l'infirmière qui l'avait assistée à la naissance de Violaine et de Viviane. Les moments passés à emballer le train, à reparler de toutes les maisons miniatures, avaient eu l'effet d'un baume sur une brûlure, d'un parfum sur ses souvenirs.

Le téléphone sonna et elle répondit au deuxième coup.

— C'est moi, Élise. Je voulais te dire que j'étais bien arrivé et bien installé à l'hôtel. Côme est là?

— Non, Marcel, Côme n'est pas là, et je ne sais plus si je suis en colère ou inquiète.

— Oh! mon petit, veux-tu que je rentre te chercher?

— Non, merci. Il devrait arriver. Et les fleurs?

— Au frigo, t'en fais pas.

Demain, sa mère allait dire «oui» à Napoléon. Ils avaient hésité entre les dates du 2 et du 9 septembre, mais Blanche avait tranché. «Je pense que je suis superstitieuse, Napoléon. La date du neuf a été prise par mes parents et ensuite par Élise. Le deux me convient mieux.»

Ils avaient invité très peu de personnes: Élise et Côme, Micheline quelques amis religieux de Napoléon, Marcel, Jacqueline et Bernard, deux des tantes Pronovost, un cousin de Napoléon et les Philippe. Blanche ne voulait voir personne d'autre. La cérémonie serait sobre et de courte durée, Napoléon et elle ayant demandé une bénédiction sans messe, non pas dans la nef ou le chœur de l'église Saint-Viateur, mais dans la sacristie, qu'Élise devait aménager et décorer avec des dizaines de bouquets d'hydrangées et de glaïeuls cueillis dans son jardin. Elle et Marcel les avaient mis dans des bacs d'eau et recouverts de papier transparent et de papier kraft.

— Tu es certaine, Élise, que ça va tenir?

— Je l'espère, Marcel.

Ils avaient tout placé dans le coffre de la voiture de Marcel, qui était parti sur le coup de seize heures pour Montréal, où il dormirait à l'hôtel Reine-Élisabeth, dont les préposés avaient accepté de placer les fleurs dans les réfrigérateurs.

Élise termina la vaisselle et lança son torchon sur le comptoir. Elle n'en pouvait plus d'attendre. Ils réveilleraient tout le monde en arrivant à Outremont, où ils ne pourraient être avant vingt-deux heures, maintenant. Elle ne savait plus que faire.

Micheline et Jacqueline avaient offert deux jolies robes à leurs filleules, qui dandineraient leurs dix-huit mois aux côtés de leur mamie. Elles seraient magnifiques avec leurs boucles châtaines et leurs barrettes en forme de nœud. Quant à Élise, elle avait acheté —

sa mère en avait été ravie — un ensemble orange brûlé qui lui allait à merveille.

Quelque chose l'émouvait dans le remariage de sa mère. L'espoir peut-être. Le fait de savoir que la vie ne finissait que le jour de sa fin. Elle avait longtemps cru que sa mère ne cesserait jamais de pleurer, puis Blanche avait séché ses larmes. Alors elle avait pensé que sa mère ne saurait plus rire, jusqu'à ce qu'elle l'entende s'esclaffer. Enfin, elle avait été convaincue qu'aucun amour ne pourrait renaître, et pourtant sa mère allait l'afficher demain.

Demain ! Élise téléphona chez Micheline, qui ne répondit pas. Elle s'assit devant la télévision et fut horrifiée de voir qu'une discothèque de l'ouest de Montréal était en flammes. Une horreur ! Elle éteignit immédiatement l'appareil, écœurée. Trois jeunes hommes auxquels on en avait refusé l'accès auraient lancé des bidons d'essence dans l'escalier pour y mettre le feu. Une vengeance.

L'obscurité avait donc tout envahi : l'écran de la télévision, le salon, la chambre et le ciel. Élise s'assoupit, après avoir, par précaution, mis le réveil pour cinq heures.

Côme entra dans la chambre en pleurant à chaudes larmes, des sanglots si sourds et si profonds qu'ils éveillèrent Élise.

— Côme ? C'est toi, Côme ?

— Évidemment...

Élise alluma, mais elle savait ce qu'elle allait voir. Son nez l'avait prévenue. Côme était devant elle, les sourcils et les cheveux roussis, le visage noir de suie et blanc de dégoulinures.

— Qu'est-ce que tu faisais au *Bluebird*, Côme ?

Il s'écroula sur le lit en pleurant à fendre l'âme d'Élise. Ses pleurs étaient des pleurs de deuil.

— Qui est mort, Côme ?

— Personne et plein de monde...

— Qui connaissais-tu, Côme ?

— Plein de monde...

Élise sentit son sang se drainer. Elle savait qu'elle devait se lever en se taisant et aller dormir sur le canapé du salon, mais elle n'avait pas envie de se taire. Le glas sonnait dans la voix de Côme et lui résonnait dans l'âme.

— Qui connaissais-tu qui est mort, Côme ?

331

— Suzanne.

Alors, à travers ses larmes, ses sanglots et ses reniflements, il pleura cette Suzanne.

— Je l'ai tirée par le bras en la protégeant, en nous dirigeant vers l'escalier, puis je l'ai placée devant moi et je l'ai exhortée à se faufiler. Elle a trébuché. J'ai à peine pu l'éviter, mais les gens derrière moi l'ont piétinée. Elle est morte en criant, Élise, en criant et en m'appelant. « Côme ! Côme ! qu'elle disait, où es-tu, Côme ? Je ne vois rien ! » Il y avait tellement de fumée qu'on s'est perdus. Elle criait, et moi je répondais : « Ici ! », mais je n'étais plus là, parce que j'avais été poussé sur le trottoir. J'ai tenté de retourner la chercher, mais on m'en a empêché. L'enfer !

Élise était de glace. Elle aurait dû le consoler, lui prendre une main, aller chercher un linge mouillé ou des kleenex, mais elle demeura immobile. Statufiée. Puis elle s'entendit demander qui était Suzanne.

— Ma blonde, Élise... L'autre femme que j'aime depuis plus de dix ans...

Élise se prit la poitrine à deux mains pour empêcher son cœur d'en jaillir.

— Et moi, j'étais quoi, Côme ?

— Toi, ma femme. Une fille que j'ai baisée, et que mes parents ont aimée et dont ils étaient fiers. Une fille dont la fragilité m'a toujours fait peur. J'étais tellement torturé que je vous ai mal aimées toutes les deux. J'étais déjà avec Suzanne quand j'ai fait ta connaissance.

— Mais notre amour ?

— Il a toujours été là, Élise, et il est toujours présent. Avec toi, j'avais le sentiment de tromper Suzanne, et avec Suzanne, de te tromper. Je l'ai quittée des dizaines de fois, mais je revenais toujours. J'ai voulu te quitter des dizaines de fois, mais je suis toujours revenu. Une folie qui vient de me rattraper. Au moins, maintenant, je ne suis plus forcé de mentir. Je pourrai te regarder... Mais qu'est-ce que tu fais ?

Élise s'était levée et avait pris une valise, qu'elle emplit de ses effets. Elle en avait déjà une de prête pour la noce. Côme ne broncha pas, sanglotant toujours aussi fort. Elle descendit à la voiture, qui empestait la fumée, en baissa toutes les vitres, et retourna chercher tous ses effets et ceux de ses filles. Les petites ne se réveillèrent même pas lorsqu'elle les installa sur la banquette. À peine gémirent-elles. Elle tourna la clef dans le contact et alluma les phares. Côme était debout devant la voiture, affolant. Elle étouffa un cri de surprise et recula. Il s'approcha de sa vitre et frappa dedans.

— J'ai encore quelque chose à te dire, Élise. J'ai encore à me faire pardonner ma folie.

Elle fit non de la tête et un signe de la main.

— J'ai couché avec ta sœur... Le savais-tu? Je suis le père du petit que tu voulais qu'on adopte... T'en étais-tu doutée? Reste, Élise! Reste, que je te dise pourquoi je t'aime tant! Je veux essayer de comprendre mes trahisons... Ne m'abandonne pas! Élise, ma douce, que j'ai écorchée...

* * *

Un mince ruban rouge à l'horizon tentait de repousser la nuit lorsque Élise reprit la route. Elle s'était immobilisée à une halte routière, effrayée par son attitude. Elle aurait dû pleurer ou crier, mais elle n'en faisait rien, toujours de glace. Côme avait signé son arrêt de mort. Quant à Micheline, elle ne savait qu'en penser. Tous ces mensonges, toutes ces cachotteries, et elle, l'imbécile, prête à adopter leur enfant! Comment Micheline avait-elle pu se moquer d'elle aussi méchamment? Ce n'est qu'en pensant à sa sœur qu'elle essuya une larme furtive qui lui chatouillait une narine. Il lui paraissait aussi difficile de détester les gens qu'elle aimait que d'aimer les gens qu'elle détestait. Ah! Micheline et son obsession du plaisir au détriment des principes, au détriment de la morale et du bonheur des autres! Elle la méprisa profondément. Côme avait vu mourir deux femmes la même nuit, toutes les deux piétinées.

Le soleil illuminait les édifices de Montréal lorsqu'elle franchit le pont Jacques-Cartier. Ne sachant où aller, elle se gara dans la rue Ontario et attendit que les petites se réveillent. Elles y mirent près d'une heure et elles pleurèrent en duo, affolées de se retrouver dans la voiture. Élise les installa dans un restaurant et les fit manger. Leur bonne humeur revint rapidement. Elle les laissa ensuite se dégourdir les jambes. Les gens ayant toujours énormément de tolérance envers des jumeaux, ils tentaient tous d'attirer leur attention. Élise eut soudain un serrement au cœur en pensant à l'inquiétude de sa mère, qui devait être sur le point de se mettre en route pour l'église. Elle avait certainement téléphoné à L'Avenir et Côme n'avait pas entendu la sonnerie, ivre de douleur et d'alcool, ou bien il avait décidé de ne pas répondre, connaissant la raison de l'appel. Tant pis pour les fleurs. Non... Dommage pour les fleurs.

Lorsqu'elle entra dans la sacristie, Élise entendit des éclats de voix mêlés à des soupirs de soulagement. Elle ne vit pas sa mère et elle ne vit pas Napoléon. Elle vit les fleurs, puis, parmi les visages maintenant sans sourire, elle reconnut Micheline. Laissant les menottes des filles, toujours en pyjama, elle se dirigea vers sa sœur, qui n'eut pas le temps de dire un mot. Le son d'une gifle envoyée avec désespoir retentit dans la sacristie. Élise se retourna, aperçut l'air catastrophé de sa mère et celui, choqué, de Napoléon. Elle se dirigea vers eux et étreignit sa mère en lui murmurant à l'oreille qu'elle avait de bonnes raisons d'avoir agi ainsi. Puis elle embrassa Napoléon. « Père Napoléon, lui dit-elle, ma mère est chanceuse d'avoir retrouvé son âme. » Elle reprit ses filles par la main et disparut par où elle était venue. Wilson Philippe haussa les épaules et la suivit.

En sortant de l'église, Élise poussa un cri. À la porte se tenait Conrad Ballard, plus chauve, plus gris, plus carié que jamais. Les petites pleurèrent, troublées par son énervement.

— Oh! la belle petite mère! Je savais que tu profiterais du mariage de ta mère pour venir me voir... J'ai pensé que tu serais intéressée à savoir qu'un peu plus et j'allais aux Olympiques de Munich!

— Aux Jeux?

— Ouais, au lancer du marteau! Le marteau, c'est moi! Puis j'aurais pu me lancer le marteau jusqu'au mur de Berlin!

Satisfait de sa blague, Conrad éclata de rire. Élise s'était accroupie pour consoler ses petites, qui s'arrachaient sa jupe.

— Deux petites pareilles!

Elle avait saisi qu'il était fou, fou de rage, fou d'elle, fou à lier, et que cette folie n'était pas douce.

— Oui, puis regarde-les bien, parce que je veux plus te voir, Conrad Ballard. On a cassé, ça fait des années! Tu t'en souviens pas? J'imagine que t'es marié, maintenant...

Elle vit se déformer les traits de Conrad et reconnut la main de Wilson, posée sur son épaule.

— Oh! tu t'es pris un *bouncer* au *Black Bottom*? Pas laid! Hé! Fais-tu du *pumping iron*?

Wilson se frotta les jointures tandis qu'Élise ne relâchait pas la prise qu'elle avait sur les mains des petites.

— Non. Je fais de la boxe. Et toi?

— Lancer du marteau! Regarde-moi bien faire...

Conrad tourna sur lui-même comme s'il tenait effectivement un marteau, un pied calé et plus reculé que l'autre, puis, feignant d'être tiré par un poids, il disparut en direction de l'avenue Laurier, triste illuminé que les piétons s'écartèrent pour laisser passer. Wilson se pencha pour prendre Violaine tandis qu'Élise s'emparait de Viviane.

— Nous avons quitté Côme.

— C'est ce que j'ai compris.

— 39 —

Élise aurait souhaité attendre un peu, mais sa faim de bonheur était si grande qu'elle chercha une petite maison à la campagne, moins éloignée de Montréal, mais suffisamment pour s'y sentir en visite.

— J'ai pensé à des moutons pour l'agneau, à du soja ou carrément à une ferme maraîchère, quitte à embaucher du personnel saisonnier pour en assurer le roulement. J'aimerais trouver une fermette de rêve où les enfants auraient du plaisir en été et une patinoire en hiver.

— Sur un beau petit étang, j'imagine...

— Évidemment, Wilson.

Pas une seule fois Wilson n'avait mis en doute sa capacité de gérer cette ferme, ce qui lui avait donné des ailes. Ils s'étaient soudés en cœur comme deux libellules, mais tous deux désiraient attendre que la poussière soit retombée, et surtout, comme disait Wilson, qu'Élise se soit refait une bonne peau moins fragile et moins rose sur ses blessures.

— Crois-en ton médecin, cette peau-là, une fois refaite, sera encore plus solide.

— Mais, Wilson, ma peau va très bien. Ce qui est difficile à refaire, ce sont mes pensées.

À son grand étonnement, ce qu'elle considérait comme la trahison de Côme ne l'avait pas fait souffrir autant qu'elle l'aurait imaginé. Il lui arrivait même parfois de penser, mais elle se gardait bien de le dire, que cette Suzanne avait dû lui ressembler dans sa solitude et sa patience et qu'elle aussi avait été flouée.

Élise avait freiné son désir de faire de Wilson son amant, préférant l'épicurisme à faible dose à la découverte immédiate de leurs textures et de leurs saveurs. De toute façon, elle aurait été incapable de faire l'amour chez sa mère, et il lui était difficile de le faire chez Wilson, à cause des filles. Ils avaient aussi passé l'âge des inconfortables banquettes d'automobile.

Ensemble, ils avaient considéré leurs lieux connus : l'accident de Clovis, le mariage et la magnifique photographie de son père dans son cadre argenté, la mort de Martin Luther King, et enfin — même si, en y repensant, Élise se trouvait un peu *sosotte* —, le baptême des petites.

— Ton arnaque était parfaite, Élise...

— Quelle arnaque ? Veux-tu dire que je mourais d'envie de te voir, tant j'étais heureuse d'avoir eu les jumelles, et que je ne savais pas comment t'attirer ?

— Allons donc ! Tu as très bien su... et tu as fait de moi le plus heureux des parrains !

Wilson avait commencé à se constituer une clientèle et il s'en réjouissait.

— Blanche, Élise, une clientèle blanche !

— Parce que tu t'attendais à avoir une clientèle de couleur dans une ville où il n'y pas un seul négrillon ?

C'est au cours d'une promenade dominicale avec les trois enfants, dans la région de Saint-Jean, qu'ils virent, à L'Acadie, la maison dont Élise n'aurait jamais osé rêver. C'était une ancienne école de campagne, modifiée, solidement ancrée sur un terrain immense avec ses arpents accidentés, et assez éloignée de la route pour ne pas être offerte à tous les regards. Le terrain était couvert de pins et d'épinettes, d'érables et de bouleaux, et la terre adjacente comportait six mille plants de bleuets et six mille plants de framboises. L'exploitation était à vendre dans sa totalité et Élise en avait perdu la voix tant elle était ravie.

Si la maison lui convenait, les bâtiments étaient idéaux pour l'entreposage de matériel aratoire et de jardinage, et adéquats pour loger Poussin et P'tit Poussin. Ils purent visiter les lieux le jour même, les propriétaires se trouvant dans les champs, à tailler les framboisiers. Même si elle l'avait voulu, Élise n'aurait pu résister à l'exubérante excitation des petites, qui couraient dans la grande cuisine — une ancienne salle de classe —, ni à celle de Dany, qui galopait dehors parmi les arbres et les fossés, qu'il voyait comme des canyons.

Wilson se retira lorsqu'elle discuta avec les occupants, fasciné par sa soudaine allure de femme d'affaires avisée et futée. Elle impressionna ces gens uniquement en prenant instinctivement un sécateur posé dans un panier et en élaguant les framboisiers avec eux, tout en les interrogeant sur le travail à abattre, sur les coûts et sur le seuil de rentabilité.

— Le plus difficile, c'est toujours de trouver des cueilleurs.

— Je pensais plutôt ouvrir les vergers aux gens de la ville. À votre avis, ce serait possible?

Ils se regardèrent et sourirent.

— À notre avis, oui, et rentable. En tout cas, c'est ce que commencent à faire les pomiculteurs, et ils ne s'en plaignent pas. Personne à nourrir, personne à loger, presque personne à payer. Peut-être un peu de casse de branches, peut-être un peu de fruits négligés, mais, à tout prendre, c'est bien.

— Et je pourrais éventuellement acheter les terres voisines pour agrandir?

— Probablement, mais c'est déjà très grand.

— Je sais. Il y a un centre d'équitation à proximité? Le petit Dany adore les chevaux.

— Oui, et des amis à nous ont des écuries à Saint-Luc.

Ayant sympathisé, ils furent invités à passer quelques heures à la ferme, et Élise arpenta les lieux comme elle avait vu faire son père. Plus elle marchait, plus elle s'excitait, fermant les yeux et se disant: « Marquise de Carabas, ouvre les yeux et vois ton domaine! » Ils prirent une collation et les enfants se barbouillèrent en bleu, les mains plongées dans une belle tarte aux bleuets couronnée de glace à la vanille.

— Comment faites-vous pour les différencier?

— Il y en a une qui me ressemble et l'autre ressemble à sa mère.

Wilson avait répondu spontanément et la dame fut interloquée avant de pouffer de rire.

— Je ne voudrais pas être indiscrète, mais êtes-vous le médecin qui est arrivé récemment à l'hôpital de Saint-Jean ?

— Oui, et je sais qu'on m'y a beaucoup remarqué, parce que mon sourire et mes sarraus sont les plus blancs...

Encore une fois, ils rirent de bon cœur, et Élise eut, là, immédiatement, l'envie de s'attaquer aux lèvres de Wilson.

Elle n'en dormit plus et raconta son excitation à sa mère et à Napoléon, via les radios amateurs de la mission, en Haïti.

— Un rêve, maman ! À toi.

— Tu peux compter sur nous pour ta mise de fonds. Et je te rappelle que ton père t'a laissé un petit quelque chose. À toi.

— Es-tu heureuse, maman ? À toi.

— Oui. Et toi ? À toi.

— Comme quelqu'un qui s'est sorti indemne d'un terrible accident... À toi.

— Et les petites ? À toi.

— Merveilleuses ! Vous verrez combien elles ont changé ! Et Dany aussi... À toi.

— Pourquoi me parles-tu de Dany ? À toi.

— Parce qu'il aimera galoper à la ferme. À toi.

— Et Micheline ? À toi.

— La communication est mauvaise, maman. *Over and out.*

Élise demanda à Claude Delambre s'il pouvait lui recommander quelqu'un qui serait apte à évaluer la qualité de la production de la bleuetière et de la framboiseraie, du sol et des arbustes. Claude offrit de le faire lui-même et il passa un après-midi complet avec Élise à se promener sur la terre, dont le sol avait gelé à deux reprises dès les derniers jours d'octobre.

— D'après les chiffres, c'est une bonne exploitation. Je vais quand même prélever quelques carottes de terre, pour analyse.

Ne voulant pas déranger les propriétaires plus qu'il ne fallait, ils se réchauffèrent dans un restaurant du village, où on leur servit un café infect et des carrés aux dattes délicieux.

— Et... ?

— Si les analyses sont bonnes, je n'hésiterais pas.

— Si tu savais combien j'aimerais vivre ici. Je m'y vois marcher et travailler, et j'imagine les enfants courant ou galopant partout.

— Tu as quitté Côme, n'est-ce pas?

Élise s'étonna. Apparemment, Claude était toujours en contact avec Côme.

— Oui, et j'ai l'intention de demander le divorce.

— Pour adultère, évidemment.

Élise avala sa bouchée de travers. Était-ce si notoire que Côme avait eu une maîtresse, sans mentionner ses aventures?

— Tu la connaissais?

Claude grimaça et répondit que oui.

— Nous la connaissions tous depuis nos études.

— Côme était déjà avec elle quand je t'ai rencontré sur le mont Royal et que je l'attendais comme une épaisse?

— Oui.

— Joyeux!

— Oh non! Côme n'a jamais été joyeux. Toujours torturé. Et quand je t'ai revue, à votre mariage, j'ai compris.

Élise ne savait plus si elle voulait tout savoir.

— Compris quoi?

— Que tu étais une Lauzé et qu'une fois qu'un homme a approché une Lauzé, il est coincé dans ses filets.

Élise perdit toute sa contenance devant les larmes qui allumaient le regard de Claude. Cet homme souffrait encore de sa rupture avec Micheline.

— Avant que tu me le demandes, non, je n'ai pas de nouvelles de ma sœur.

— Je sais. Côme me l'a dit. Elle se serait pointée à L'Avenir la nuit même du mariage de votre mère, et, selon Côme, l'horreur qu'il avait vécue au *Bluebird* s'est continuée pendant une bonne heure. Elle t'aurait canonisée avant de le précipiter aux enfers.

Élise aurait souri si elle n'avait pas eu si mal.

— Nous sommes sans nouvelles depuis.

— Mais je ne vois pas par qui tu aurais pu avoir des nouvelles.

— Jean-Charles.

— Jean-Charles!

— J'en aurai peut-être aux fêtes, parce qu'il est le cousin de Françoise.

— Ah bon! Penses-tu que Micheline l'a pris comme amoureux pour t'avoir à l'œil?

Ce fut au tour de Claude d'accuser le coup.

— Si c'était le cas, je serais le plus heureux des hommes... En fait, ça aurait plutôt été à moi de précipiter le cousin dans ses bras pour savoir ce qu'elle devenait... Je... Tu permets que je parle un peu d'elle, même si...?

— Est-ce que je peux dire non? Tu sais que j'ai toujours eu de la difficulté à...

— ... à m'inclure dans votre album de famille, je sais.

Élise était terriblement mal à l'aise, mais Claude était si ouvert qu'elle ne pouvait décemment l'empêcher de parler. Elle accepta donc de l'écouter, les yeux rivés à la fenêtre.

— Micheline a toujours été une compagne, une amante, un clown auprès de qui il faisait bon rire et vivre. On avait notre routine et elle a toujours insisté pour que je sois à la maison pour le souper, avec ma famille, sauf exception. « Que veux-tu, Claude? qu'elle me disait. Tu seras toujours mon lunch ou ma collation, jamais mon plat de résistance. » Elle me téléphonait rarement, même lorsqu'elle n'avait que vingt ans. J'ai toujours admiré son sang-froid. Tu te souviens certainement de mes fiançailles. Elle y a été spectaculaire et, n'eût été le poids de ma promesse, j'aurais pris mes jambes à mon cou et je l'aurais suivie au bout du monde.

— Tu l'aimes encore?

— Oui. Assez pour faire des insomnies, de peur de la réclamer en pleine nuit... Assez pour que notre bébé porte son nom, car ainsi ce serait moins compromettant... Assez pour ne pas me retenir de faire le guet devant son bureau pour la voir, ne serait-ce qu'une fraction de seconde...

— Alors, pourquoi tu n'as pas pris tes jambes à ton cou?

— Je me pose la question tous les jours, Élise. À l'époque, je me disais que Françoise était la plus fragile des deux, ct Micheline m'a répété tant et plus qu'elle ne voulait pas avoir d'enfant. Alors... La vérité, Élise, c'est que Micheline n'a jamais voulu de moi comme mari... Elle est entêtée.

Élise fronça les sourcils. Côme l'avait-il choisie parce qu'elle aussi était la plus fragile des deux?

— Et si c'était à refaire?

— Que Françoise me pardonne, mais je choisirais Micheline. Je serais son amant à plein temps, ne rêvant que d'une chose: être son vieil amant ou son vieil impuissant, selon. Côme et moi nous sommes deux imbéciles. Ça me fait une belle jambe d'avoir défié les principes de mes parents, avec le résultat que je suis, comme Côme, malheureux comme une pierre.

Élise aurait voulu lui dire qu'elle le comprenait, mais elle ne le comprenait pas. Elle pensait davantage à Françoise qui, toute sa vie, avait fait sa lessive et ses repas, avait préparé ses vêtements pour ses déplacements, s'était occupée de ses enfants, tout en se croyant aimée et respectée.

— Pardonne-moi, Claude, mais je pense que tu as été un beau salaud. Un lâche.

Claude acquiesça.

— Je le pense aussi... et tu es toute pardonnée.

— Heureusement que Françoise t'a un peu rendu la monnaie de ta pièce...

— Qu'est-ce que tu veux dire?

— Je crois qu'elle a été la blonde de Côme pendant vos études. En tout cas, je l'ai rencontrée chez les Vandersmissen et elle pleurait.

— Je n'ai jamais entendu dire qu'elle soit allée chez les Vandersmissen. Tu es sûre?

Élise acquiesça et se tut. Chacun des deux amis s'était servi allègrement dans le garde-manger de l'autre. Elle en était nauséeuse.

*   *   *

La sonnerie du téléphone retentit si fort qu'Élise se précipita pour répondre. C'étaient les propriétaires de la ferme, qui non seulement acceptaient son offre, mais lui proposaient de quitter les lieux bientôt afin qu'elle puisse en prendre possession pour Noël. Elle dit: «Merci, merci!», puis: «Oui, oui, merveilleux!», avant de raccrocher et de se laisser choir sur le lit. Il était plus de vingt-deux heures et les petites dormaient si dur qu'elle hésita avant de les réveiller. À minuit, elle n'avait pas encore fermé l'œil, tant elle était fébrile, et les petites dormaient ferme. N'y tenant plus, elle leur enfila leurs habits de neige et les installa dans la voiture. Violaine n'ouvrit qu'un œil, qu'elle referma aussitôt. Quant à Viviane, elle regarda les lumières de la nuit en souriant. Élise ne lui parla pas, la petite se promenant sûrement dans un rêve de Noël, là où habitaient le vieux barbu et la fée des Étoiles. Elle se rendormit dès qu'elles se retrouvèrent sur l'autoroute, en direction de Saint-Jean.

Élise se gara derrière la voiture de Wilson, coupa le contact et se dirigea vers la porte. Par la fenêtre, elle vit Wilson assoupi sur le canapé. Elle sonna, et elle grimaça en le voyant sursauter.

— Qu'est-ce que...?

— C'est nous, Wilson!

— Qu'est-ce que tu fais ici?

— Je suis venue passer la nuit avec toi... J'ai la ferme, Wilson!

Ils prirent chacun une des deux petites et ils les couchèrent à l'étage, sur un matelas posé par terre. Wilson les couvrit avec toute sa délicatesse, sortit sur la pointe des pieds et attira Élise dans sa chambre. En silence, presque en apnée, elle découvrit la saveur d'une nouvelle peau d'homme tandis qu'elle s'abandonnait sans pudeur dans les bras de Wilson, avec le sentiment de réintégrer son corps et de le trouver chaud et confortable comme un manteau qui aurait été remisé dans l'attente d'une nouvelle saison.

— 40 —
1973

Élise et Wilson se gavaient l'un de l'autre depuis le jour où Élise avait obtenu la ferme. Leurs amours étaient si limpides qu'elle se prenait fréquemment à regretter ses vingt ans. La maison était encore plus belle qu'ils ne l'avaient imaginée. Leur chambre, entièrement meublée d'antiquités, était fleurie; celle des filles, semblable à ce qui leur était familier, avec des grenouilles et des arbres sur les murs.

Marcel bouleversa Élise en arrivant en pleine tempête avec le mobilier de salle à manger qu'Amélie avait briqué durant toute sa vie. Il lui apportait aussi son gros mobilier de chambre.

— Tu peux le mettre dans ta chambre d'amis si tu ne peux plus dormir dedans.

— C'est ce que je ferai avec plaisir, Marcel. Mes souvenirs de votre ferme seront appréciés ici, malgré tout.

— Tout?

— Un triste échec, mais beaucoup de bonheur quand je regarde mes filles. C'est quand même grâce à Côme...

Elle voulait demander où dormait ce dernier, mais elle n'en fit rien. Elle ne se sentait plus concernée. Apparemment, Marcel entendit ses pensées.

— Il est retourné vivre à Sainte-Anne-de-la-Pocatière, si c'est ce que tu n'oses pas demander. On lui a offert un poste de professeur, laissé vacant par la mort accidentelle d'un de ses collègues. Je vais y aller une fois de temps en temps, et je vais aussi venir ici, dans la chambre d'amis, une fois de temps en temps, si tu me le permets, et je vais aller en Belgique de plus en plus souvent.

Marcel s'assombrit avant de sourire tristement.

— J'ai vendu la ferme, Élise.

Elle eut un choc, même si elle s'y attendait. Marcel avait vendu sa vie au lieu de la passer à son fils et à ses petites-filles. Elle ne pourrait retourner sur les lieux et leur montrer la chambre où elles étaient nées. Elle était émue par tout ce qui arrivait. Marcel lui était resté fidèle et, si elle avait bien compris, il lui demandait gentiment d'avoir son pied-à-terre à L'Acadie.

Ainsi Côme habitait sa deuxième maison, en regrettant sa deuxième femme et en pleurant ses deux filles.

— Tu la connaissais, cette Suzanne?

— Non.

— Je ne comprends rien. Il me répète qu'il t'a aimée dès qu'il t'a vue. Drôle d'amour!

— Ce que moi je comprends, Marcel, c'est qu'il a aussi aimé Suzanne dès qu'il l'a vue...

— Mais on n'est pas des mormons, pour avoir deux femmes!

Élise changea de pièce, ouvrant une porte pour que Marcel voie les filles.

— Demain, si tu permets, je les emmène voir le père Noël.

— Elles sont trop jeunes encore!

— Alors, je les promènerai en traîneau.

* * *

Élise, Wilson, Dany et Jacqueline s'époumonaient à chanter un joyeux anniversaire aux jumelles, qui battaient des mains en riant de bonheur. Chacune souffla ses deux bougies sur un petit gâteau. Puis tout le monde s'emmitoufla, enfila ses patins et sortit sur la patinoire, que Wilson avait préparée selon les instructions d'Élise. Wilson tirait le traîneau de Viviane, et Jacqueline, celui de Violaine. Dany, portant un petit chandail de hockey par-dessus son habit de neige, tenait la main d'Élise, tentant avec maladresse et beaucoup de détermination les premières glisses de sa vie.

— Et ton Bernard, Jacqueline?

— Il prépare sa maison pour l'arrivée de sa blonde.

— T'es pas sérieuse? C'est qui?

— Ma chatte échaudée, toi! C'est moi, sa blonde!

Jacqueline éclata de rire et Élise l'imita. Quelques instants plus tard, elles virent une vieille Renault 5 effectuer un spectaculaire dérapage sur la glace de l'entrée et s'immobiliser à deux pieds d'un fossé. C'est Micheline qui s'en extirpa, pour sortir ensuite des tonnes de paquets du coffre. Sans même jeter un regard en direction de l'étang gelé, elle posa le tout devant la porte et retourna à sa voiture.

Élise s'était immobilisée et Wilson la regardait, dans l'attente d'une indication quelconque sur ce qu'il devait faire. Il avait vainement tenté de la faire fléchir et réfléchir.

— Ça fait des années, Élise. Je ne voudrais pas être arrogant, parce que j'aime ta perfection, mais elle n'est pas donnée à tous...

— Tu *es* arrogant, et ne parle pas comme ça, Wilson. Ça n'a rien à voir avec moi.

— Justement! C'est bête de te priver de ta sœur parce qu'elle a la morale élastique comme une trampoline sur laquelle elle aime sauter une fois de temps en temps...

— Ce n'est quand même pas sur une trampoline qu'elle a sauté, cette fois-là!

Près de cinq mois s'étaient écoulés depuis la dernière fois que les sœurs s'étaient vues. Micheline avait d'abord logé des appels, demeurés sans réponse. En revanche, elle s'occupait toujours du divorce de Wilson, ce qui leur avait permis de reconduire Blanche et Napoléon à l'aéroport sans risquer de se croiser, puisqu'ils s'étaient entendus à l'avance. Micheline avait aussi utilisé les services de Wilson pour expédier les cadeaux de Noël des petites.

Wilson regardait donc Élise, attendant un signe pour retenir Micheline. Le signe ne vint pas et Micheline partit comme elle était venue, en dérapant sur la glace. À peine une minute s'était écoulée qu'ils entendirent un terrible bruit de tôle froissée et de verre brisé. Élise cria « Micheline! » et partit à la hâte vers la route, Wilson la devançant de peu, tandis que Jacqueline demeurait derrière avec les enfants.

La voiture de Micheline avait capoté et déboulé dans une petite rivière gelée, et ils ne pouvaient la voir. Ils descendirent donc la pente, en se tenant aux branches. Élise pleurait en suppliant Wilson de retourner la voiture à l'endroit.

— Elle est peut-être coincée en dessous, Wilson! Vite! Il faudrait pas qu'elle meure écrasée ou noyée! Vite, bon Dieu!

Ils forcèrent à deux et la voiture bougea enfin un peu.

— C'est pas nécessaire de vous donner un tour de reins... Je suis ici.

Ils se retournèrent et aperçurent Micheline debout derrière un arbre. Wilson courut vers elle pour l'examiner.

— Retourne à la maison, mon bel ami. Je veux parler à ma sœur.

— Mais qu'est-ce qui s'est passé?

— Rien. J'ai simplement lancé la voiture vide dans le ravin.

— Tu veux dire que tu l'as fait exprès?

Élise regardait sa sœur en hochant la tête. Du plus profond de ses fibres, sa sœur défendrait toujours ses causes.

— Évidemment! Il fallait que je sache si j'étais encore ta sœur, Élise.

Wilson, comprenant le stratagème de Micheline, se laissa tomber sur la neige en hurlant de rire. Élise regarda sa sœur, puis Wilson, puis sa sœur encore. Elle s'essuya ensuite les yeux et donna un coup de poing sur l'épaule de sa sœur.

— Maudite niaiseuse, Micheline! Ton auto?

— Mon auto est stationnée à deux milles d'ici, au garage. Ça, c'est une minoune avec des pneus aux fesses, que j'ai payée cinquante dollars, plus dix, j'imagine, pour l'expédier à la casse. J'ai *gamblé*, Élise.

— Tu voulais me faire de la peine? Tu voulais que je pleure à cause de toi parce que tu penses que je l'ai pas assez fait?

— Oui, c'est ce que je voulais, puis ça a marché. Vivre sans sœur, moi, j'aime pas ça.

— Tu t'es dit que si t'étais morte dans un accident de voiture, je m'en serais voulu de ma rancune jusqu'à la fin de mes jours?

— Je me suis aussi dit que t'as raison de m'en vouloir jusqu'à la fin de tes jours. Mais c'est pas de l'enfer que j'aurais pu plaider ma cause, Élise.

Micheline se planta devant sa sœur, dans l'attente de son verdict. Wilson avait cessé de rire et il s'était mis en route vers la patinoire. Élise, calmée après son émoi, refusait de soutenir le regard de sa sœur.

— Je voudrais, Élise, que tu me gifles et que tu m'engueules. Je peux plus supporter ton silence.

— J'ai pas envie de jouer ton jeu, Micheline. Tu arrives ici et tu me fais une peur atroce en simulant un accident. C'est écœurant, ça, quand on sait ce qui m'est arrivé avec papa! Puis là: «Silence, on tourne! Engueulez-vous, les sœurs!» Non, Micheline. Ma vie ressemble en rien à la tienne. J'engueule pas, moi, je souffre. Je gagne pas ma vie à défendre la veuve et l'orphelin du haut d'une chaire. Moi, je mouche les nez qui coulent, j'arrose mes terres, mes fleurs. Et tu le sais: quand je souffre, je coupe les ponts.

Micheline était ébranlée, même si elle avait mérité ce qu'Élise lui servait.

— Miss Perfection... Tu changeras jamais, Élise.

— Tais-toi! Tu m'as demandé de parler, alors écoute! Je suis pas Miss Perfection. Comparativement à toi, Micheline, les filles qui vaquent à leur vie sans blesser rien ni personne sont invisibles. Inintéressantes.

— Voyons!

— J'ai rien à dire, tu le sais. J'avais un mari qui a passé sa vie à m'aimer en me trompant tout le temps et j'ai rien vu, du moins j'ai choisi de rien voir. Mais je me disais, Micheline: «Qu'est-ce qu'il va chercher chez les autres filles? Je l'aime, je suis pas laide, j'ai des idées... Qu'est-ce qu'il va chercher?»

— Rien.

— Tais-toi! Moi, je pense qu'il allait chercher un peu d'émotions, pour rendre sa vie plus piquante. De la turbulence, pour rendre sa vie plus sportive. Du mensonge, pour se faire croire qu'il était meilleur comédien que sa pauvre petite conne. Le grand frisson, pour être Casanova. C'est facile de dire qu'on aime quand on passe sa vie dans un *wetsuit*, sans jamais se mouiller. Que l'eau soit chaude ou froide, on le sait pas. On nage, on plonge, on regarde les écueils de loin. Tu peux pas imaginer combien je l'ai aimé, Micheline. Plus que moi-même...

— C'est peut-être ça que...

— Tais-toi! Quand ta femme désespère d'être mère, tu vas pas faire un enfant à sa sœur! Bordel!

Le regard des deux sœurs pleurait.

— Tu t'organises pas pour mettre en péril les seules certitudes qu'elle a, pour fêler sa confiance ! Tu t'organises pas pour l'isoler avec ses émotions dans une tour de rogne et de colère et de honte ! Tu t'organises pas pour lui faire perdre la face devant, devant... Je veux plus te voir, Micheline !

— Tu peux pas...

— Tais-toi !

— O.K., je vais me taire, tout de suite après t'avoir répété que ça a été un *one-night stand*. Je m'en souviens à peine, Élise.

— Facile à dire !

— Surtout pas facile à dire ! Je l'ai vu, à Montréal, dans la rue avec une femme qui s'appelait...

— Suzanne...

— Oui, Suzanne. Je l'ai su plus tard. J'en ai perdu le souffle, tellement j'étais insultée. En tout cas, je sais pas pourquoi, mais je les ai suivis, et je me suis retrouvée au *Bluebird*. Je suis restée cachée un bon bout de temps, puis je me suis levée. J'en pouvais plus. Je suis allée sur la piste de danse, toute seule, et je me suis approchée de lui pour lui donner un coup de hanche. Il s'est retourné et il m'a souri, puis le déclic s'est fait dans sa tête et son sourire s'est figé.

— Je suis pas certaine que j'ai le goût d'entendre ce que tu vas me dire.

— C'est pas méchant. Il a dit merci à Suzanne comme si c'était une partenaire de hasard, puis il est retourné à leur table, a appelé le serveur pour lui demander de nettoyer, et a commandé une bière comme si c'était son premier drink. Des nerfs d'acier.

— Comme les tiens... ! Puis là, je parie que vous avez parlé de moi... Il t'a dit combien il m'aimait... Il t'a reconduite pendant que son autre pauvre idiote l'attendait à l'hôtel... Il est entré, pour être certain que t'allais pas t'imaginer des choses, et tu l'as rassuré, puis il a abouti dans ton lit... *One-night stand* ! Je suis pas certaine, moi, que ç'ait été un *one-night stand* ! Ça a dû être un énorme *one-night fuck* !

Micheline fut saisie par la verdeur du propos de sa sœur.

— Peut-être... En tout cas, après cette nuit-là, j'avais la ridicule impression que je pouvais l'avoir à l'œil pour l'empêcher de te faire du mal, de te blesser, parce que t'es tellement démunie, tellement fragile...

— Pas tant que ça !

— Je sais. Pas tant que ça... Puis c'est moi qui t'ai blessée, presque mortellement, avec ma grossesse.

— Pourquoi m'en avoir parlé, Micheline, si c'était pas pour me faire mal ?

— Parce que, maudite *marde* !... t'es la seule personne au monde que j'aime assez fort pour tomber devant elle !

Élise remonta la pente, essoufflée.

— J'ai tout fait pour te détester, Micheline...

— J'ai tout fait pour le mériter, Élise.

Les deux sœurs regardèrent Wilson, qui avait rejoint les enfants et qui, avec Jacqueline, chacun tenant une fille dans ses bras, nourrissait les mésanges qui venaient picorer dans les menottes.

— Wilson m'appelle son « beau mésange ». Parce qu'il dit que je suis pas tout à fait un ange, mais que, comme les beaux petits oiseaux qu'on voit là-bas, j'ai appris à m'abandonner.

— C'est pas possible comme il est beau, ton *chum* !

Élise marcha en direction de Wilson, en pensant à la douceur de leurs nuits agitées dans leurs âmes calmes ; à la délicatesse de ses longs doigts quand il ne cherchait qu'à la faire frissonner ; aux chants murmurés dont il lui emplissait les oreilles ; à sa peau chaude, musquée et couleur de terre ; aux promesses inutiles parce qu'elles disaient la vérité. Elle pensa à leur plaisir de batifoler sur le flokati devant la cheminée avec les filles et Dany, qui se servaient de Wilson comme d'un terrain de jeu ; à la famille Philippe, qui l'avait adoptée et qui arrivait, le dimanche, les bras chargés de nourriture et de surprises pour les enfants.

Micheline l'avait rejointe et Élise n'avait pas vraiment senti son bras se glisser sous le sien, mais elle posa sa main sur la sienne.

— Micheline, pas touche !

ÉPILOGUE
1992

La stèle de Clovis Lauzé, au cimetière de Notre-Dame-des-Neiges, est la plus fleurie et la plus spectaculaire de toutes. En hiver, elle est gardée par des bonshommes sculptés dans des blocs de glace, qui tiennent toujours une lampe à huile de cheminot que personne n'a, à ce jour, eu l'indécence de voler.

Élise et Wilson ne se sont plus jamais quittés, surtout qu'ils ont eu deux autres enfants. D'abord une petite Delphine au teint de miel comme Dany, mais aux yeux aussi bleus que ceux de sa grand-mère Blanche et que ceux d'Élise, et aux cheveux blonds de blé, quoique frisés comme ceux de sa grand-mère Whillelmine. Ensuite un deuxième fils, qu'ils ont nommé Clovis, en souvenir de son grand-père, et Émile, un clin d'œil à la grand-mère d'Élise, Émilie Bordeleau. Delphine est née le jour de la victoire électorale du Parti québécois, le 15 novembre 1976, et Clovis-Émile, en 1979, alors que sa mère, âgée de trente-neuf ans, croyait avoir fait ses adieux aux langes.

Wilson pratique toujours la médecine familiale, et leur première maison de L'Acadie est maintenant devenue sa clinique, où il s'est adjoint un acupuncteur. On remarque encore Wilson à cause de la blancheur de ses dents et de ses sarraus. On le connaît aussi pour sa bonté.

Dans un des bâtiments jouxtant l'écurie, Wilson et Élise ont l'intention d'aménager une clinique vétérinaire qu'occupera d'ici trois ans, si elle le désire, Violaine Vandersmissen, fraîchement médaillée de bronze aux Olympiques, en sport équestre, concours complet individuel. Son cheval, nommé Caleb, a été acheté dans un encan, et il est un miracle génétique, ses parents n'étant, ni l'un ni l'autre, des champions, mais d'ordinaires chevaux d'école. Violaine a un fiancé auquel elle a l'intention de demeurer fiancée jusqu'à la fin de ses jours.

Élise a acheté à peu près toutes les terres qu'elle a pu trouver et elle y a bâti des serres renommées pour la qualité de leurs produits maraîchers, la variété et la beauté de leurs fleurs. Elle a été nommée femme d'affaires de l'année 1991 par la Chambre de commerce du Québec. Elle continue, chaque hiver, de nourrir les mésanges, qui s'abandonnent dans ses mains pour y picorer.

Viviane a aménagé, sur une de leurs terres, un petit aéroport qui accueille amateurs d'avions et de parachutisme. Elle est entraîneur et compte plus de deux mille heures de vol, gracieuseté de sa marraine. Elle espère travailler, dès qu'elle aura vingt-cinq ans, pour une petite compagnie aérienne, piloter des bimoteurs turbopropulsés et sillonner le ciel du Québec et du nord-est des États-Unis. Elle a un penchant pour tous les beaux pilotes, qu'ils soient aux commandes ou sous son commandement, de préférence en vol de nuit.

Dany est chef de train pour VIA Rail Canada et déteste s'éloigner trop de Montréal, sa femme ayant la mauvaise habitude d'accoucher tous les dix-huit mois. Il attend son quatrième enfant.

Delphine a seize ans et rêve de devenir mannequin, ce qui fait défriser son père et friser sa mère, qui voudraient tous les deux la voir prendre la relève de la ferme, puisqu'elle y excelle et fait déjà, discrètement, la gestion du personnel saisonnier.

Clovis-Émile, treize ans, a commencé son cours secondaire au collège Jean-de-la-Mennaie, à La Prairie, et souhaite devenir musicien de jazz à La Nouvelle-Orléans.

Micheline pratique dans un grand bureau d'avocats et a quitté le droit familial, trop orageux à son goût, pour se spécialiser dans les recours collectifs et s'attaquer aux grandes sociétés et aux gouvernements. Elle s'est activée auprès d'organismes parrainant les réfugiés politiques et a fait un pro bono annuel en payant le voyage et les soins médicaux d'un enfant d'un pays en voie de développement. C'est ainsi qu'un petit Haïtien, emmené à Montréal dans les bras de Napoléon, a subi une intervention majeure qui lui a fermé la voûte palatale et la lèvre supérieure, ce qui lui a permis de manger et de parler. Une petite Vietnamienne a été opérée aux yeux et peut maintenant voir les grimaces de Micheline.

Napoléon et Blanche, âgés respectivement de quatre-vingt-six et quatre-vingt-quatre ans, se sont installés dans un appartement situé devant le parc Lafontaine, tout près de l'hôpital Notre-Dame, où Blanche a fait ses études d'infirmière. Ils y font leur promenade quotidienne, passant immanquablement à l'endroit où ils s'étaient quittés pour près de trente ans. Quand Napoléon a atteint l'âge de quatre-vingts ans, ils ont écourté leurs séjours en Haïti, n'y allant plus que deux mois par année, afin de voir les petits-enfants plus souvent.

Marcel a reporté indéfiniment son départ pour la Belgique, ayant trouvé une Anne-Marie de Drummondville pour remplacer sa Madeleine de Louvain. Veuf pour une deuxième fois, il occupe ses journées d'octogénaire en jouant, avec une détermination à effrayer l'adversaire, au billard en hiver et au boulingrin en été.

Côme a pris une retraite anticipée et, selon Marcel, vit seul à Sainte-Anne-de-la-Pocatière, regardant passer les bateaux sur le fleuve. Il n'a jamais établi de lien avec ses filles, les ayant confiées à Wilson et à Élise.

Jacqueline et Bernard échangent leur maison de Drummondville six mois par année avec des couples qui, comme eux, ont un petit budget pour voyager. Ils ont visité la France, l'Espagne, la Hongrie, les États-Unis, le Venezuela, et doivent partir sous peu pour le Japon.

Claude Delambre a recommencé à voir Micheline peu de temps après l'achat de la ferme. D'après elle, s'il a encore de l'encre dans le stylo, c'est bien parce qu'il est un pousse-crayon de fonctionnaire et qu'il n'est donc jamais fatigué.

Jean-Charles Gagnon n'a jamais cessé de voir Micheline et, d'après elle, il dort toute la nuit, épuisé d'attendre ses jeunes, qui rentrent à des heures impossibles.

Pit Avoine et son épouse, la belle Beauchamp, ont vu leur écurie expropriée et démolie au début des années soixante-dix et sont retournés à la campagne. Ils sont morts tous les deux.

Conrad Ballard, un soir d'illumination, se serait jeté sur la voie du métro. Blanche a appris que personne n'avait réclamé son corps.

Ce volume a été achevé d'imprimer
au Canada en novembre 2003